姜耕玉文集（第三卷）

艺术之经验与创造

姜耕玉 著

东南大学出版社

图书在版编目（CIP）数据

姜耕玉文集 . 第 3 卷 · 艺术之经验与创造 / 姜耕玉著.
— 南京：东南大学出版社, 2023.3
　　ISBN 978-7-5766-0143-5

Ⅰ．①姜…　Ⅱ．①姜…　Ⅲ．①艺术 – 文集
Ⅳ．① J-53

中国版本图书馆 CIP 数据核字（2022）第 104140 号

姜耕玉文集 第三卷
Jianggengyu Wenji（Di-san Juan）

著　　者：姜耕玉
出版发行：东南大学出版社
地　　址：南京市四牌楼 2 号　邮编：210096　电话：025-83793330
网　　址：http：//www.seupress.com
经　　销：全国各地新华书店
印　　刷：兴化印刷有限责任公司
开　　本：700 mm × 1000 mm　1/16
印　　张：21
字　　数：412 千字
版　　次：2023 年 3 月第 1 版
印　　次：2023 年 3 月第 1 次印刷
书　　号：ISBN 978-7-5766-0143-5
定　　价：72.00 元

本社图书若有印装质量问题，请直接与营销部联系。电话：025-83791830
责任编辑：刘庆楚　封面设计：姜耕玉　责任印制：周荣虎

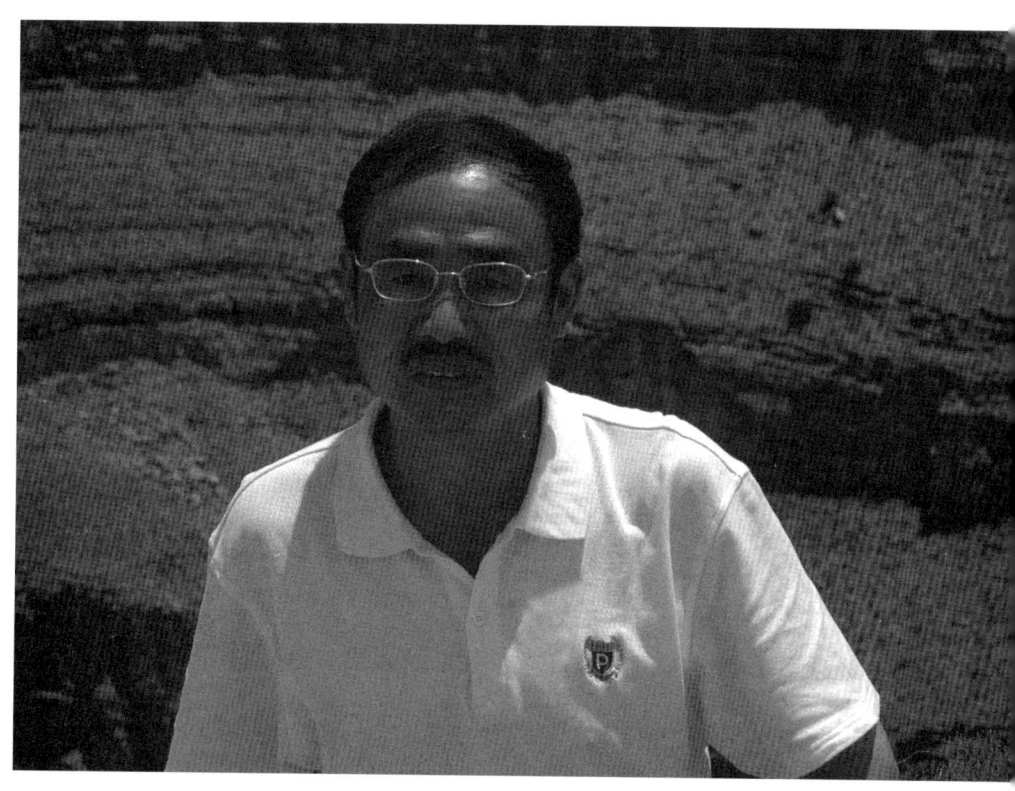

姜耕玉 1947年生于高淳县东坝镇,长于苏北盐城。东南大学艺术学院教授、博士生导师,曾任人文学院现当代文学学科带头人。已出版理论著作《红楼艺境探奇》《艺术与美》《艺术辩证法——中国智慧形式》《艺术的位置与创造》《飞翔与栖息——直觉经验的心灵形式》《新诗与汉语智慧》等。已出版诗集《雪亮的风》《寂寥如岸》等三本,长篇小说《风吹过来》《寂静的太阳湖》两部。独自完成全国艺术科学基金课题"艺术辩证法研究""艺术学原创性理论研究"与国家社科基金项目"新诗语言形式研究"。《艺术辩证法——中国智慧形式》被教育部评为推荐研究生教学用书,获第四届中国高校人文社会科学研究优秀成果奖二等奖,并被评为中国图书第二批对外推广交流重点书目。《"西部"诗意——八九十年代中国诗歌勘探》获第二届鲁迅文学奖评论提名奖(论文被收入《第二届鲁迅文学奖获奖作品丛书》)。《谈〈红楼梦〉人物的"笑"》入选人教版初中语文九年级上册教师教学用书。新诗作品《渔舟唱晚》被选入北师大版全国义务教育课程标准实验教科书语文课本。长篇小说《风吹过来》被《长篇小说选刊》选载。曾获江苏省第五届紫金山文学奖,电影剧本《河源》获首届钟山杯电影剧本征集奖。

出版说明

《姜耕玉文集》分上部与下部,上部为学术与理论研究,下部为文学作品。

上部分四卷,第一、二卷暂存目。第一卷《红楼梦》研究,版本为专著《红楼艺境探奇》再版本(重庆出版社2007年版或东南大学出版社2015年版);第二卷艺术辩证法研究,版本为专著《艺术辩证法——中国智慧形式》(高等教育出版社2012年再版本);第三卷艺术之经验与创造;第四卷现代诗与汉语智慧。

文集编选保存文稿的历史真实。作者对早期论文除有词句修改外,仍保持其文字风格和思想观点的原貌。个别篇目是对同类论题的整合,个别论文题目有修正。目录编排以论文写作和发表的时间为序,一律在文后注明发表(出版)的时间和刊物(出版社),一篇入选的讲稿除外。第二、三卷同属于艺术学理论,对有关艺术辩证法单篇发表的文章,除了在附录发表论文要目中显示,不再编入第三卷。

目　录

生活·发现·独创 …………………………………………… 1

历史真实与艺术真实 ………………………………………… 10

创作个性自由与人物性格逻辑 ……………………………… 18

也论形象美
　　——曹禺剧作中陈白露式人物的审美价值 ……………… 24

主题·主脑·主旋律
　　——兼评文学狭隘思想"主题"的弊端 ………………… 41

艺术与诗 ……………………………………………………… 51

舞蹈——动的形式美与本质感 ……………………………… 70

论"外师造化 中得心源"
的艺术创构与心理体验深度 ………………………………… 76

艺术虚构中感性时空的超越与真实 ………………………… 86

中国艺术感悟：神遇—物化 ………………………………… 100

趣：艺术生命之元素
　　——从严羽的"兴趣"说到袁宏道的"真趣"论 ……… 112

艺术的位置：从娱乐到审美 ………………………………… 121

艺术学与美学的界限
　　——作为艺术原创的经验理论 …………………………… 136

艺术的本源与生态	151
艺术创造的心灵：想象力与理解力	168
艺术传达：形式、形象、境界	184
艺术分类与门类艺术、边缘艺术	197
中国艺术"以丑为美"理论的形成及实践	211
中国画为什么没有走向世界	233
经验是超然的一个整体	242
影视剧艺术的文学要素	246
艺术辩证法论纲	257
美与艺术鉴赏纲要	291
附：发表论文要目	314

姜耕玉摄影作品

蓝色的梦	321
水面清圆 ——风荷举	322
随性生长，独享一片天空	323
漠河落日	324
鸣沙山	325
圣湖·玛旁雍错	326
西藏女孩	327
康巴骑手	328

生活·发现·独创

作家对生活的艺术发现,是艺术独创的前提和基础。托尔斯泰曾说过,当我们阅读或者思考一个新作家的一部艺术作品的时候,经常是这样的:"喂,……关于应当怎样看待我们的生活这一点,你能够对我说出些什么新鲜的东西来呢?"如果这是一位已经熟知的老作家,就问:"喂,你还能够对我说出些什么新鲜的东西来呢?你现在是从哪一方面向我阐明生活的呢?"[1] 只有从生活中获得了"新鲜的东西"——自己独有的素材和见解,才能构成作品的个性特征和社会价值。

当然,艺术独创是由题材、风格、形式等多方面的因素决定的。这里,我只想从学习一些先辈作家的创作经验中,谈谈生活发现方面几点零散的体会。

玛雅金和"零落人"

作家在撷取生活素材的过程中,常常有"俗套之材易得,新颖之材难寻"的苦恼,但也常常有"山穷水尽疑无路,柳暗花明又一村"的兴奋。

高尔基在谈到创作长篇小说《福玛·戈尔杰耶夫》中的制绳厂老板雅科夫·玛雅金的形象时说:"雅科夫·玛雅金这个人物是根据什么材

料写成的呢？首先，我对于'老板们'是相当了解的；他们依靠别人劳动来生活的基本意图，他们对自己这种主子权利的坚强信念，我是在各种各样场合直接领教过的。"高尔基幼年时代就受尽"老板们"的压迫欺凌。他学过锯木工，当过鞋店学徒，做过码头脚夫，干过面包工人。特别是一八九六年，高尔基又能以记者的身份，接触和认识了各地很多大小"工厂主们"，获得了更多的"关于老板们的知识"。但是，高尔基却感到："对于雅科夫·玛雅金这个人物，他们仍然没有给予我足够的材料。"后来，高尔基在夜店、教堂和大路上看见过许多"零落人"，他们是在和"主人们"进行力不胜任的斗争中失败下来的，"被生活从'正常的'境界抛到夜店里"，"变为无赖汉的'零落人'"。高尔基从这一材料中得到很大启发，立即联想到：有些失败的地主资产阶级知识分子与夜店里的"零落人"，"在心理上都具有非常显明的相同的特征"。这一特征，高尔基在与一些大工厂主们、大地主们的接触中也有所觉察，他们"是新的人物，已经不是很'正常的'，而是有了裂痕的人了；我在他们的言论中听到了一些音调铿锵而含义模糊的话，也许，这种腔调只不过是某些代表从知识分子那里剽窃来临时应用的，并用以互相炫耀的多余的漂亮话罢了。"高尔基看到"零落人"，触类旁通，对这一特征认识更清楚了。这一特征，无疑是玛雅金这一类老板身上新出现的，能体现某种人的本质和个性特征，并且具有重大的典型意义。高尔基依据新的发现，有力地刻画了玛雅金"这一个"具有显著地位的中产阶级老板所独有的"铁石心肠""敏感的""能思考"的性格特征。

可见，熟悉生活，不一定就获得能写的素材。高尔基熟识千百个资产阶级老板，但最后还是从"零落人"那里找到玛雅金的性格特征的"钥匙"。像这类例子，在艺术大师们那里是不足为奇的。托尔斯泰、果戈理算是很熟悉俄国生活的，但他们也苦恼过没有能写的素材。托尔斯泰的长篇小说《复活》，就是请别人"让出"给他的一个题材。果戈理的剧本

《钦差大臣》的素材,也是普希金讲给他听的。这种严格力求新的发现的创作态度,是多么引人深思呵。我们有的作者跳不出创作的俗套旧巢,往往就是选材的标准不高,靠苦思冥想出点"新意",缺乏在生活中艰苦探索的精神。要知道:艺术发现,就是要求选材的标准定在"新"字上,要舍得放弃别人或自己已经写过的东西,哪怕很重大、很有特点,要善于抓住别人或自己没有认识过和没有写过的特点,即使很微小的特征、很微小的细节。

高尔基"从对'老板们'所作的许多细微的观察中",才得到"零落人"的宝贵启示,塑造出玛雅金这个"出色的""与众不同的""比较完整而又'栩栩如生'的"形象。这说明了作家要从生活中搜集和掌握大量的丰富的素材,才会有新的发现,才能集中概括。艺术发现,总是要经历一个过程的,特别是对生活认识、理解的过程。只有扎扎实实地深入生活,熟悉了解众多的人、事、物,并且"通晓"每一个人的思想、行动和内心活动,才可能比较、鉴别、挑选、择取。一个作家获得特点鲜明、内容丰富的素材,往往需要下一番"沙里淘金"的功夫。当然,有经验的作家深入生活,也有"妙手偶得"的现象。但是,这毕竟是偶然的,况且这种"偶得"与作家的生活积累也是分不开的。在绝大多数情况下,这种"偶得"是出现于作家在生活的采矿途中历尽艰辛、付诸汗水之后。那种以为艺术发现可以像海滩上捡贝壳那样俯首即拾的天真想法,那种举步不前、守株待兔的侥幸心理,那种囿于经验、坐吃山空的满足情绪,都是有害的。高尔基批评了那种"不必了解一切"的初学写作者,"将来决不会有什么出息"。同时也热情赞扬了"直接和新的现实接触",不断丰富生活经验的老作家。高尔基提倡"文学家必须熟悉他周围所发生的一切,熟悉他生活于其中的现实,以及推动现实的力量的工作"[2]。这岂不应该成为文艺创作者置身于社会现实生活中的座右铭?

乞乞科夫们和"死魂灵"

果戈理的长篇小说《死魂灵》,通过买卖死亡农奴的"死魂灵"这一希奇古怪的情节和纠葛,描写了乞乞科夫、玛尼罗夫、罗士特来夫、梭巴开维支等一群精神丑陋的贵族地主形象。

果戈理在小说的议论中曾透示过自己的写作"使命":"敢将随时可见,却被漠视的一切:络住人生的无谓的可怕的污泥,以及布满在艰难的,而且常是荒凉的世路上的严冷灭裂的平凡性格的深处,全部显现出来。"[3]乞乞科夫收买"死魂灵"的故事,正是作家从"随时可见"的"污泥"中发现和提炼出来的。这在一般人看来是"极其昏妄极其无聊的新闻",是不会引起注意的。但作家却凭特有的天才,热情而尖锐的慧眼,看到了别人所看不到的隐蔽的深刻的东西。乞乞科夫这个投机取巧、遭受恶趣的骗子手,将祖传的遗产花得一干二净,但在困境之中,他无聊地旅行搜集农奴的"死魂灵",企图通过"死魂灵"的买卖契约,实现"加入胖子类",娶上"知事的女儿",做一个"体面的俄罗斯地主"的梦。在果戈理所处的欧洲文学批判现实主义时期,暴露贵族社会中颓败堕落的官僚地主骗子的作品很多。但乞乞科夫却是从"随时可见"的"污泥"中,从"平凡性格的深处","显现出来"的"可怜、猥琐、肤浅、污秽和平庸"的一个。这个"废物"本身就像一个"死魂灵",具有震撼人的心灵的艺术力量。真是作家有"化腐朽为神奇"的魔力,昏妄无聊的"新闻",成了难得有趣的"新闻"。这也是"物极必反"的哲理吧。

小说通篇描述的情节、场面、细节、语言,也是"极平常的"。正如鲁迅所说:"单说那独特之处,尤其是在用平常事,平常话,深刻地显出当时地主的无聊生活。"[4]例如第四章里,乞乞科夫在酒店里遇到罗士特来夫,罗士特来夫命令仆人拿来偷来的好小狗,极力夸示着,让乞乞科夫摸了耳朵还要摸鼻子——

  乞乞科夫要向罗士特来夫表示好意,便摸了一下那狗的耳朵。"是的,会成为一匹好狗的。"他加添着说。
  "再摸摸它那冰冷的鼻头!拿手来呀!"因为要不使他扫兴,乞乞科夫就又碰了碰那鼻子,于是说道:"不是平常的鼻子!"

  这种"消磨于极平常的"赏狗场景,乍看上去是极无聊的。实际上,作家"用鉴识人物所练就的眼光,很深地射进人的精神的底里去",揭开无聊的薄雾,入木三分地反映了两个地主独有的精神世界和性格特征。一个赶热闹,要恭维,莽撞而沾沾自喜;一个深通世故,唇舌圆滑,巧于应酬。"不是平常的鼻子",是怎样的鼻子呢?乞乞科夫正是靠这种谄媚奉迎、犬儒主义的交际手段,收买了一大批"死魂灵"。他对蓄有三百个魂灵的地主说话,和对蓄有两百个魂灵的完全两样,但对蓄有五百个、八百个的,说话又不一样,就是增加到一百万也不要紧,各有各的说法。
  果戈理对再细微的事物,也能觉察到其独特之处;对人物身上"微妙的,若有若无的特征",也能发现和捕捉住。例如抽烟,是一些人嗜好的习惯,不少小说、电影、戏剧中经常出现抽烟的细节镜头。有的人抽烟思考问题,有的人抽烟解除疲劳,有的人抽烟助兴,有的人抽烟消愁。《死魂灵》第二章中却有这样一段描写,绅士玛尼罗夫的书房里,最引人注目的是许多烟,"烟也各式各样地放着:有用纸包起来的,有装在烟盒里面的,也有简直就堆在桌上的。两个窗台上,也各有几小堆从烟斗里挖出来的烟灰,因为要排得整齐,好看,很费过一番心计的。这些工作,总令人觉得主人就在借此消遣着时光"。这一罕见的细节,多么生动逼真地表现了烟鬼玛尼罗夫"饱食终日,无所用心","无聊得要命"的性格特征。这既不是罗士特来夫"枪,狗,马"式的无聊,也不是泼溜希金"为了每一文钱发抖"

的无聊,而是"什么也没有"的无聊。

这些极平常的、极细微的,或者简直近于没有事的悲剧,没有尖锐的思想敏感,没有细致入微的观察,没有真实深切的生活感受,是很难觉察的。

古人云:"天下难事必作于易,天下大事必作于细。"[5]伟大出于平凡,新奇寓于平常。人民的生活纷纭浩繁、千姿百态。即使秋山红叶,远远望去一片火红,似叶叶相同,近看却找不出完全相同的两片。别人写过的东西,仍然有未被发现过的特点,即使最细微的事物里,也会有一星半点未被认识过的东西。关键在于作家身临其境,善于细致深入地去观察,去寻找,去发掘,获得"易"中见"难""小"中见"大"发现。果戈理深有体会地告诉人们,观察"不忘记人物本身和他的脾气,嗜好和习惯,也不放过他们周围的无生物,从衣服起,下至器具以及他们所住的房屋的墙"[6]。作家深入生活,多么需要有这种明察秋毫、一丝不苟的精神呀。那种"走马观花"式的观察态度,那种"蜻蜓点水"式的体验作风,那种"身在宝山不识宝"的短浅眼光,与果戈理的这种精神,又是多么格格不入?我们要正确吸取批判现实主义大师果戈理那种"用鉴识人物所练就的眼光",看到各种人物"平凡性格的深处",善于"于细微处见精神",这样就"一定会看出许多别人之所失察,懂得许多别人之所不知"。[7]有的作家观察生活体会到"细中出新,深中出奇",文艺创作者应该善于从"到处存在着,人们也看得很平淡"的社会现象中,从平凡的人物和事件中,从事物的发展变化中去发现新东西,写出新特点。

阿 Q 的癞头疮和毡帽

一个人头上有癞疮疤,属于正常的生理缺陷,至于戴帽,更是人们日常的生活细节。然而,鲁迅在《阿 Q 正传》中,对阿 Q 的癞头疮和毡帽的处理,却别具一格,寓意深刻,是画龙点睛之笔。

在发现和选取生活素材的过程中,鲁迅主张"选材要严,开掘更深",要"取其有意义之点,指示出来,使那意义格外分明,扩大"[8]。这就要对发现和获得的生活素材,进行去芜存菁、去粗取精,选取和提炼那些具有典型意义的事件、场面、细节。可想而知,如果对阿Q的癞头疮、帽子,只作一般化的外表描写,而与思想性格没有什么关系,那么,对阿Q的癞头疮、毡帽描写得再"新奇",又有什么意思呢?鲁迅对待生活认真严肃,对每一个细节也要作深入的探讨和研究,把刻画阿Q外表特征与心理特征有机地连结了起来。

阿Q头上的癞疮疤,具有独有的特征和内涵。阿Q忌讳别人说癞疮疤,不同于一般性"护短"。阿Q"讳说'癞',以及一切近于'赖'的音,后来推而广之,'光'也讳,'亮'也讳,再后来,连'灯''烛'都讳了"。这就说明阿Q已经讳疾忌医到未免有点滑稽可笑的程度。至于他在反击"犯讳"者连遭失败、束手无策之际,只得另外想出报复的话来:"你还不配……"这时候,"又仿佛在他头上的是一种高尚的光荣的癞头疮,并非平常的癞头疮了。"这就进一步显示出阿Q的"精神胜利法"这一本质的性格特征。当我们看到阿Q醉醺醺地在街上遇到"王癞胡",他"却删去了一个癞字",叫"王胡"的时候,当我们看到阿Q争强好胜与未庄的闲人们吵打起来,"他癞疮疤块块通红了"的时候;当我们看到阿Q吃亏挨打之后,只是以"儿子打老子"安慰自己,"也心满意足地得胜地走了"的时候,难免会露出"带泪的微笑",阿Q的形象仿佛活现在眼前。这里,鲁迅把阿Q的癞头疮与心理状态紧紧联系在一起,癞头疮像"透视镜"似的,凸现出了阿Q思想性格的本质特征。

阿Q戴的毡帽是特定的,摘不下,换不了。毡帽,是绍兴农村贫苦农民戴的帽子,但对于阿Q来说,却具有特殊的意义。阿Q是一个流氓无产者,"没有家,住在未庄的土谷祠里"。虽然"很沾了些游手之徒的狡猾",

却"有农民式的质朴,愚蠢"。例如,当阿Q发生了"生计问题"之后,偷了静修庵的萝卜还要抵赖,当老尼姑指着他衣兜里的萝卜时,他的"辩解词"只能是"这是你的?你能叫得它答应你么?你……"这与其说抵赖,倒不如说供认了。无怪鲁迅说:"只要在头上戴上一顶瓜皮小帽,就失去了阿Q,我记得我给他戴的是毡帽。"[9]如果戴上瓜皮小帽,就容易显得"流氓样""瘪三样",或者混同于上海的"洋车夫和小车夫"。可见,毡帽体现了阿Q的"质朴"特性。毡帽和阿Q的形象浑然一体。最后,毡帽被押给地保做酒钱,也预兆了阿Q走向穷途末路的悲惨下场。

可以说癞头疮,成了阿Q的"精神胜利法"这一精神病态的显著标记;毡帽,成了阿Q这一贫苦农民的身份证。癞头疮有毡帽的陪衬,说明阿Q的精神胜利法是受了半封建、半殖民地社会的意识形态严重摧残的结果,深深地烙下农民阶级的印记。毡帽有癞头疮的反衬,反映了阿Q是一个麻木不仁、毫不觉悟的农民。这一深刻的意境,是自然而然地流露出来的,没有丝毫的矫揉造作、张冠李戴之感。那种离开生活素材本身固有的内涵和特征,给素材硬贴上所谓"丰富深刻的含义",只能是"强扭的瓜不甜",丧失文艺的真情实感。

这两个典型细节,是鲁迅"眼里所经过的"农民中发现提炼出来的。鲁迅曾"依了自己的觉察",竭力摸索过阿Q模特儿们的"魂灵"。他说:"阿Q的影像,在我心目中似乎确已有了好几年"[10],直到了然于胸、呼之欲出的程度。小说出版十二三年之后,鲁迅对阿Q那"黑色的,半圆形的"毡帽,以及"那帽边翻起一寸多"的式样,还记忆犹新。这就告诉我们,作家对"有意义之点",一定要"静观默察,烂熟于心",才能确切地显示出人物或事物的姿态及其思想性格的深度。倘若体察"不免肤浅,写出来也不会好的"。这就不能满足于生活发现时的感受,对撷取的素材,还要进行必要的深入体验,加深理解。深入生活里面,挖掘出人、事、物固有的面貌、特点、特征,以及内在的社会、政治、思想方面的含义。只有对笔下人物独有的身世经历、性格脾气,乃至音容笑貌、一颦一蹙,都感受充实、深切、丰富,方可"凝神结想",左右逢源,使艺术形象鲜明生动地跃然纸上。

注释:

［1］《托尔斯泰全集》(百年纪念版),第30卷,国家文学出版社,1954年,第19页。

［2］此段参见《高尔基选集·文学论文选》,孟昌 等译,人民文学出版社,1958年,第162-179页。

［3］果戈理:《死魂灵》,人民文学出版社,1952年,第147页。

［4］鲁迅:《几乎无事的悲剧》,《且介亭杂文二集》,人民文学出版社,1973年,第125页。

［5］《老子·第六十三章》。

［6］［7］果戈理:《死魂灵》第一部第二版序言,文化生活出版社,1935年。

［8］鲁迅:《关于小说题材的通信》,《二心集》,人民文学出版社,1976年,第190页。

［9］鲁迅:《寄〈戏〉周刊编者信》,《且介亭杂文》,人民文学出版社,1976年,第172页。

［10］鲁迅:《〈阿Q正传〉的成因》,《华盖集续编》,人民文学出版社,1977年,第202页。

(原刊《钟山》1979年第4期)

历史真实与艺术真实

一、关于"真人假事"

以写历史上真实人物为题材的历史剧,在基本事实和重大问题上不背离历史的前提下,允许和需要进行艺术上的概括和虚构,这就是剧本中的所谓"真人假事"。"真人假事",自然不是向壁虚造,以意为之,而是从"真人"出发进行想象和创造。虽属"假事",但能够"假中见真",是"真人"完全可能做出的"事"。正如茅盾所说的:"凡属历史上真有的人物,大都能在不改变其本来面目的条件下进行艺术的加工","真人假事也应当是符合于这个历史人物的性格发展的逻辑而不是强加于他的思想或行动"。[1]

要写好"真人假事",首先必须了解和熟悉"真人真事",获得对历史人物和事件准确的、深刻的认识。情节是人物性格发展的历史。只有掌握人物性格,才能虚构出符合人物性格发展逻辑的"假事"。这就要掌握充足的丰富的历史资料,对历史人物进行深入细致的分析、研究。要认清历史人物所处的那个特定时代的具体历史条件,认清历史事件的全貌、本质和特点,并且弄清其发生、发展的来龙去脉、前因后果;注意从历史人物各方面的言行表现、即使每一个微小的生活细节中,探索和挖掘历史人物当时真实的思想感情、文化素养、兴趣癖性,吃透其思想和性格特征。剧作家胸中有了历史人物真切清晰的形象，就获得了艺术虚构的依据和分寸，做到胸有成竹，描绘自如。如果剧作家不在探索历史人物的真实面目上面下功夫，或者满足支离破碎的史料，相信道听途说的东西，对历史事实知其然，不知其所以然，或者只是热衷于追求某些所谓生动的情节，而对历史人物的思想性格却朦朦胧胧，把握不准，这样岂不是引水无源、画木无本？作品中势必会出现"似是而非"或"以意为之"的现象，非但"假事见假"，而且真事也会失真，笔下的历史人物难免会变"型"，丧失真实感。

"真人假事"，自然要根据作品艺术结构的需要，依照历史人物的思想性格发展的逻辑和真实事件发展的规律，进行想象和虚构。要反复揣摩历史人物在特定的历史环境里，可能做些什么，又是怎样去做的，"虽然不必是曾有的实事，但必须是会有的实情"（鲁迅语）。要做到凡属虚构的情节，包括微小的细节，都要讲究它的真实性，置于具体的历史生活环境里是合情合理的，是特定的历史人物所能够做到的。当然，对于能够突出历史人物本来面目的"假事"，在艺术上可以作必要的渲染和夸张。在一出戏中，剧作家概括和虚构出来的真实可信的典型情节、典型场面、典型细节，往往能够更集中、更生动地表现历史人物的思想性格，使历史人物的艺术形象更鲜明、更丰满，这样也就更能反映历史的真实。那种不在历史人物的思想性格上探求严格的合理性，认为"应作如是观"而粗制滥造出来的"假事"，必然不是历史人物自然而然地做出来的，而是强加于历史人物的思想和行动，还是达不到反映历史上"真人"的艺术形象的应有的艺术效果。

在优秀的传统戏和历史剧中，虚构的"假事"，一般都是以一定的历史线索做依据的，有些作品是依据历史人物的某些具有特征性的言论行为生发出来的。郭沫若的历史剧《蔡文姬》中有这样一个情节：曹操偏听了周近的不实之词，错判董祀死罪。后来听了蔡文姬、曹丕及侍婢等人的意见，明白了真相，立即收回成命，并晋升董祀为典农中郎将。这情节部分出于虚构，但能广开言路，倾听下属意见，并勇于改正错误，却是曹操的一个重要的思想性格特征，史籍上有许多这类的事实。第四场中有曹操与曹丕谈诗的一个场面——曹操论《胡笳十八拍》。这事出于假托，但曹操爱诗却是事实。再如话剧《陈毅出山》中陈毅司令在双目失明的罗奶奶面前跪下自称儿子的细节，也未必真有其事，但却有出处：陈毅《赣南游击词》中有深情的词句："靠人民，支援永不忘。他是重生亲父母，我是斗争好儿郎。"同时，这也符合陈老总直爽豪放的性格特征。还有些作品是采用传说或异说改造出来的。不妨借长篇历史小说《李自成》为例，第一卷中所写的潼关南原大战，根据姚雪垠的研究，历史上"根本没有发生过这次战争"，但作家还是"抛开了作为历史科学研究的结果而采取了虚诞的流行说法"。小说描述有声有色，引人入胜，将李自成的性格特点，活灵活现地显示了出来。实际上，史书上或民间关于历史人物的传说、异说，不少就是前人根据历史人物本来的思想性格特点，或者一定的历史线索，记述下来或编造出来的，本来就有一定的历史真实性。当然，也有歪曲历史人物事件的以讹传讹的传说、异说。剧作家在采用传说、异说时，应该从研究历史事实和历史人物中，鉴别真伪，决定取舍。

剧本中的人物和情节，是作家的生活经验的产物。传记戏或历史剧的创作，作家一般靠第二手材料，缺乏直接的生活感受。这就更需要深入历史、深入实际进行调查和考察，千方百计地增强对历史人物的真切感受，设身处地地跑到历史人物的生活中进行艺术构思，这样虚构出的"假事"，方能具体、切实、逼真，栩栩如生地再现出历史人物的本来面貌。

二、从"这戏写的谁"说起

某剧团上演的一出现代小戏中，揭露和鞭挞了某厂行政科长在安排住房问题上所表现出的阿谀奉承、势利圆滑的恶劣作风,这本来是针砭时弊,受到了广大观众欢迎,但是,也引起了少数人的不满。据闻有的行政科长或类似于行政科长职务的,观看这出戏时便坐不住了——"这戏写的谁?"有的紧拧双眉喃喃自语,有的怏怏然拂袖而去,还有的竟跑到有关部门红下脸责问。

这戏写的谁呢?这实在问得人哑然无语。然而,持这种看法的人,又何止于此?尤其是讽刺剧的创作和演出,更容易受到一些人的怀疑和指责。联想到当年鲁迅的小说《阿Q正传》发表以后,曾引起一些小政客和小官僚的惶恐,硬说是在讽刺他们;也有一些"才子学者们"充当"后街阿狗的妈妈",一定要穿凿书上的谁,就是实际上的谁。这种现象出现在旧中国,是毫不足怪的,然而出现在今天的干部中,就发人深思了。

艺术是通过形象来感染人、教育人的。剧本中的人物和事件,是对现实生活中的人物和事件的集中、提炼、生发、改造,是经过艺术的典型化而成的,并非现实生活的照搬。鲁迅说他小说中的人物模特儿没专用过一个人,往往嘴在浙江,脸在北京,衣服在山西,是一个拼凑起来的角色。他指出:"有人说,我的那一篇是骂谁,某一篇又是骂谁,那是完全胡说的。"[2] 当然,说文艺作品中的某某不是现实生活中的某某,不是说现实生活中的某某就做不得模特儿。因为作者熟悉某某,可能某某身上某些东西可以构成作品中典型人物的一份素材。但是,一进作品,就赋予代表一种人物的资格,成了艺术形象的东西,与某某又有什么相干呢?

毋庸讳言,我们的戏剧作品和其它文艺作品一样,总会涉及现实生活中还存在的不良倾向,其目的是在揭出病根,引起疗救的注意,帮助人们消除病毒,健全肌体。1836年,果戈理的大型讽刺喜剧《钦差大臣》初次演出后,曾遭到不少人的责骂。十年后果戈理在重版《钦差大臣》时,特地在扉页上写上"脸歪莫怪镜子"。这话对今日现实生活中"脸歪"的人,倒是一句有益的箴言。现代戏对观众来说,确实是可以作为"镜子"

来照的。我们在从戏中得到真、善、美教育的过程中,应该善于从艺术典型的身上得到启示,勇于解剖自己,对自身错误的东西引起警觉,并且加以克服和纠正,这才是值得提倡的正确的态度。那种讳疾忌医,甚至追究作者的责任,闹出"某某就是自己"的笑话,这只能混淆和抹煞艺术真实与生活真实的界限,不仅使作品意义和作用完全失掉了,而且还要由此生出无聊的枝节来,使剧作者啼笑皆非,手足无措。例如,有的人认为作品中的某某写的是自己,便对作品中每一个细节都"审查"起来,"这有什么根据","那有什么线索",最后便给剧作加上"造谣""诬蔑"之类的罪名。倘若是领导干部,又会立下几条戒令,把剧作者的手脚捆起来。这实在是对创作的一种简单粗暴的干涉。无怪乎有些作者变得"谨慎"起来,把创作表现现实生活的戏看成是得罪人的事,因而忧虑重重,畏缩不前,影响了现代戏创作的繁荣和发展。

当然,作为剧作者来说,应该按照艺术典型化的原则进行创作,不能局限于对现实生活中一人一事的真实摹写,并且最好避免不必要的容易引起误会的东西。鲁迅为免除"才子学者们"和"谣言家"们的"毒舌"另生枝节起见,曾用《百家姓》上最初两个姓起名"赵太爷""钱太爷",并且对作品中的坏角色,是没有一个不是"老大",或"老四""老五"的。(因为鲁迅是长男,下有两个兄弟)。鲁迅说:"上面所说的那样的苦心,并非我怕得罪人,目的是在消灭各种无聊的副作用,使作品的力量较能集中,发挥得更强烈。果戈理作《巡按使》,使演员直接对看客道:'你们笑自己!'……我的方法是在使读者摸不着在写自己以外的谁,一下子就推诿掉,变成旁观者,而疑心到像是写自己,又像是写一切人,由此开出反省的道路。"[3]我们的剧作者应该学习和吸取鲁迅的这种十分讲究艺术效果的慎重态度和科学方法,使戏剧在现实生活中发挥更好的作用。

三、"提炼"不是"提纯"

最近,我发现有两部以写真实人物生平为基础的影片,都回避了原来有关妓院方面的生活素材。

一部是还属比较好的写将军的电影。现实生活中的人物模特儿的自传中有这样一段,在讨袁护国军当旧军官时,他有一次被同伴拉去逛妓院,但毕竟是不习惯地逛逛而已。当他知道有一位妓女是穷人家姑娘,长得很漂亮,为了筹钱埋葬父亲,被迫卖入妓院,便对这位妓女的悲惨命运表示深切同情,并给了她一笔钱,解救她离开妓院。这位妓女对这位好心人感激不尽,双方也产生了感情。在军队开拔之际,她向他表示愿许终身。但他感到不能趁人危难之际,索取婚姻,准备先作兄妹相处,日后再定。可是这位姑娘十分痴情,竟以自刎表示对他爱情的忠贞。电影中却回避了这段妓院生活,改为奴隶的女儿在街头被卖,他救了她,并很快结了婚。我觉得剧作家舍弃前者有个性色彩和强烈时代感的素材,是颇可惜的。电影中的情节,看起来提炼得比较"纯"了,但却流于一般,不能唤起我们的真切之感和共鸣。

再一部是写著名民间艺人瞎子阿炳的传记影片,表现了阿炳与琴妹的纯洁爱情。实际生活中的阿炳,在年轻时生活是比较放荡的,在无锡流传有不少宿娼之说。其眼瞎的原因,就是由于常与妓女混在一起,患了梅毒以后而双目失明的。更何况,无锡人看到电影中的琴妹,很自然会想到抗战以前无锡北城脚的长三妓院的一艘灯船上的名妓"阿琴"。影片完全避开了阿炳的宿娼之说,为他与琴妹大唱"爱情的赞美诗",并说阿炳的眼睛是被企图霸占琴妹的汉奸李老虎打瞎的。这里且不说传记文艺要尊重历史真实的原则,就说生活细节的提炼,如果离开素材本身的特点,随意改换角度或一味拔高,就容易丧失艺术的真实性和感染力。

举出以上二例,并非否定影片剧作本身,而是想说明在电影、戏剧等创作中确实有回避"妓院"之类的现象。似乎旧社会的妓院,共产党人、革命者逛不得,非党人士、沦落者也逛不得,当妓女的都是阿飞,逛妓院的都是流氓。似乎英雄人物只有像和尚道士坐在庙堂中才会清净,正面人物就不会掉进泥坑,沾有污痕。反面人物也只能在阴暗中活动,见不得太阳。似乎文艺的典型化就是将生活"净化",对生活素材的提炼,也要像炼钢炉的提纯一样,只能存留"纯而又纯"的清一色的东西。不是吗?一些剧作者本来已经从生活中获得了独有的、生动的素材,往往由于对这些素材的"提纯",而使之失去了生命和光彩。造成这种现象,自然不能都归咎于剧作者,与长期的极左文艺路线的影响和文艺知识的贫瘠化有关,与要求把作品搞得"纯"一点的文艺领导有关。殊不知,由经过"提纯"的素材构成的作品,虽然反映的社会生活"净化"了,但也狭窄化、简单化了,艺术形象显得缺少个性和血肉,苍白无力。

　　文艺自然不是随意摄取生活中的任何现象,或者对于摄取的生活现象进行毫无取舍的照搬和复写。但在纷纭复杂的社会生活面前,凡是有艺术价值的生活素材,都可以作为描写的对象。对于生活素材的提炼和典型化,虽然有一个去粗取精、去伪存真的过程,但不可离开固有的特征和内涵。鲁迅说过:"如果作者是一个斗争者,那么,无论他写什么,写出来的东西一定是斗争的。就是写咖啡馆跳舞场罢,少爷们和革命者的作品,也决不会一样。"[4]德国剧作家莱辛也说过:"我们不应该在剧院里学习这个人或那个人做了些什么,而是应该学习具有某种性格的人,在某种特定的环境里做些什么。悲剧的目的远比历史的目的更具有哲理性。"[5]只要剧作者具备正确的艺术观,从展示人物的灵魂着眼,依照生活的本来面目,准确揭示具有特定性格的人物在各种环境里行动的必然性,并对描写的生活现象和人物形象,赋予正确的审美评价,这样的作品就有具备艺术价值的可能。比如写妓院,如果抱着欣赏的眼光,自然主义地写色鬼、恶少等社会渣滓的淫乐,诚然是污秽、反动的。但像京剧传统戏《玉堂春》中写妓女苏三被老鸨婆当作赚钱的工具的不幸遭遇和苦难命运,写她与王公子的纯真爱情的离合悲欢,就深刻揭露了封建制度的腐朽和黑暗,宣扬了真善美,鞭挞了假丑恶。日本电影《望乡》写贫苦姑娘阿崎被拐卖到南洋当妓女的痛苦生活,展示了这个善良女性被践踏、被损害的灵魂,从而沉重抨击了日本资本主义制度的黑暗面。再从上面举的两个电影来看,"将军"决不会因为过去当旧军官时逛了妓院,与一位贫穷而漂亮的妓女有一段纯洁爱情的故事,而形象被丑化或贬低了。相反,更能揭示"将军"年轻时候素有的情义和情操、思想发展的清晰脉络,使"将军"的形象更真实可信。同时,因为阿炳是旧社会的受害者,电影中即使交待了他眼瞎的原因,也只会批判当时促使他堕落的旧社会,同时也能够表现阿炳真实的思想基点,有利于烘托他眼瞎后的悲惨命运和思想的变化,使《二泉映月》的曲子显得更加丰富深沉,真挚动人。

剧本的生命,在于剧作对生活的认真探索和真实的描绘。只有解放思想,正视现实,打破划在广阔的历史现实生活中的任何的"疆界"和"禁区",在忠实于生活原型的基础上,进行取舍、概括、联想、凝炼,这样才能创造出血肉丰满、动人心魄的艺术形象。

注释:

[1]茅盾:《关于历史和历史剧》,《茅盾评论文集》(下),人民文学出版社,1978年,第96页。

[2][3]鲁迅:《答〈戏〉周刊编者信》,《且介亭杂文》:人民文学出版社,1976年,第173、174页。

[4]鲁迅:《书信》(1934,10),《鲁迅全集》第10卷,人民文学出版社,1956年,第236页。

[5]莱辛:《汉堡剧评》第十九篇,张黎 译,上海译文出版社,1981年,第101页。

(原刊《剧本》1980年第4期,《江苏戏曲》1980年第9期,《电影创作》1981年第5期)

创作个性自由与人物性格逻辑

一、"艺术作品是由愿意创造什么……产生的"

阿·托尔斯泰说:"艺术作品就是从愿意去创作,去写作什么东西而产生出来的,不仅仅是由于他觉得应该去写作什么东西才产生的。"他又说:"在所有可能加以解决的艺术课题中,你应该选择的是你最感兴趣的,最能吸引你的东西。""应该把这放在首要的地位:艺术——这是艺术家自己怀着兴趣,而且还是怀着极为强烈的兴趣,去塑造形象的一个过程。"

阿·托尔斯泰这一创作经验,揭示了一条文艺创作的普遍规律:作者只有表现他熟悉、感兴趣并深为激动的东西,才可能写出好的作品来。这就是需要尊重作者的创作个性自由,必须保证个人创造性、个人爱好的广大空间,思想和幻想、形式和内容的广大空间。

但长期以来,文艺界对作家、艺术家的创作个性,没有给予足够的重视和尊重,搞"主题先行",领导定任务、出题目,作者带着任务和框框下去生活。作者要写什么,还需要领导把关,集体讨论。例如,在一次剧本创作座谈会上,有个剧本题材引起了大家的兴趣。这个剧本描写一个新四军女战士与一个海盗头目之间的爱情故事。这个海盗头目和新四军女战士从前都是穷苦渔民,两人曾是一对共患难的爱侣,后来为渔霸所害,女的被投进大海,遇救后参加了新四军,男的则下海为盗。后来新四军女战士偶然落到了这股海盗手中,旧侣重逢,于是俩人之间展开了一场颇为曲折的政治与灵魂的争夺战。女战士的爱情重又唤醒了这个海盗头目对美好感情的回忆与正义感,终于使他接受了她指引的抗日救国之路。最后,女战士牺牲了,海盗头目走上了正道。作者抓住这个题材的传奇色彩,原想着力刻画人物的人性美、人情美,但是抓创作的领导却要求作者在戏里突出新四军领导的形象,着重表现新四军女战士被派进打入这股海盗中发挥的思想改造作用,显示统战政策的力量。这样写的结果,剧本的个性和锋芒,完全被磨平、抹煞。

艺术创作个性自由,首先集中体现在对自己"最感兴趣的,最能吸引你的东西"的艺术表现,是对自己所追求的人物形象的创造。然而,作者进入人物形象的创造过程,又必须尊重笔下的人物个性与自由。吴强在谈到《红日》创作的体会时说:"我这样觉得,当我的自由权利和人物的性格要求统一的时候,我的笔触和我的心情才顺畅如流。如果与这种情况相反,不是由作者按照生活规律赋给人物以性格,而又根据人物的性格的规律去表现人物,就是说,让作者的自由限制了、侵犯了人物的自由,随意地支配了人物的思想行动,那就必然使客观的存在为作者的主观意念所代替。"[2]这种对"作者的自由"的理解和阐释,无疑是切入艺术创作规律的。从《红日》中沈振新、石东根、张灵甫等许多人物形象身上,可以看到吴强在创作中尊重笔下人物自由的具体表现。关于华静与梁波在战斗中的爱情生活,也是尊重华、梁"自由"的不可缺少的一笔。吴强认为,华静在深夜里给梁波写信,思念梁波,是华静自己的感人行动;但在那封信上花了那么多心力,把写好的信折成八角形的花瓣儿,就不是当时战场上华静所做的了。可见,对华、梁的爱情,如果掩盖不写,或写了不当,都是让"作者的自由"限制或侵犯了"人物的自由"的表现。可是,在电影《红日》遭受批判以后,吴强在修改本中将书中有关华静与梁波的爱情生活的情节和有关描写,全部删去,未免又使华、梁的人物形象受了"委屈"。

尊重作者的创作个性与作者尊重笔下人物形象的个性,实质上,都是对创造主体意识的肯定。所谓创造主体意识,指作家、艺术家的思想、文化、哲学、美学、历史、宗教等精神内涵和修养。创作个性贯穿于整个艺术创造过程中,它离不开作者主体意识的投射,包括观察生活的独特视角、形象思维的特有方式、艺术表现独特手法等。愈是生活积累丰富、思想深邃、艺术修养精湛的作家、艺术家,愈能创造出独特鲜明的人物形象和富有艺术分量的作品。作家、艺术家的愿望和兴趣,笔下的人物性格,虽然不能表示创造主体的全部,但也能验示其主体意识的鲜活性与向度。作家、艺术家被要创造的人物身上某种东西所吸引而引起写作的兴趣和冲动,应该说是一次全身心的生命情感和心灵的震撼。只有尊重在创作过程中的有意识、潜意识与无意识、自觉性与不自觉性,方能得到对他们创作个性自由的深入理解。

下面侧重谈谈在形象创造中如何遵从人物性格逻辑。

二、"跟着人物走"

人物形象是受自己的性格和生活环境所支配的。作家、艺术家应该按照人物性格的内在逻辑去表现人物,创造真实的艺术形象。一位作家说得好:"与其说我创造了人物形象,倒不如说我是跟着人物走的。"[3]这句话言简意赅,确实是中外作家共同的经验之谈。

处于一定环境中的人物,都有自己的动机、意念、心理行为,有其思想性格上的内在规定性,绝不是以作者的主观意愿而转移的。曹雪芹在《红楼梦》第一回中曾透示创造的人物形象,是"我这半世亲见亲闻的几个女子","观其事迹原委","其间离合悲欢,兴衰际遇,俱是按迹循踪,不敢稍加穿凿,至失其真"。例如贾宝玉的形象,完全是按照这个叛逆贵族青年既有朦胧的民主主义思想,又尚未完全突破封建贵族阶级局限的复杂性格的内核而活动起来的:从不满于父亲贾政关于繁文缛礼、仕途功名的苛求,到对富贵尊荣、脂香粉气的寄生生活的眷恋;从也羡慕过薛宝钗的美貌和健康而想到"金玉良缘",到当着袭人赞扬林黛玉从不曾像薛宝钗说过劝他去立身扬名的"混账话";从对遭受迫害的奴婢晴雯的同情庇护而无力拯救,到晴雯死后在园中池上芙蓉之前一祭;从被骗与薛宝钗"成大礼",到恪守"木石前盟"而"悬崖撒手"……这一连串的描写,都是"按迹循踪",一言一行、一举一动,都有其"原委",没有半点"穿凿"或"失真",活现出宝玉"行为偏僻性格乖张"的独有风貌。

巴尔扎克曾称在创作中的艺术形象欧也妮·葛朗台,是逗得他睡不着觉的"孩子"。事实上,一旦当人物性格已经躁动于作家、艺术家头脑之中,就像胎儿落地离开母体一样,以自己有血有肉的生命,表现出相对的独立性。人物形象应该按照自己思想性格的逻辑和发展规律,自然而然地活动和成长起来,作家、艺术家只不过充当匠心经营的"高级保姆"。因此,"跟着人物走",就是要作家、艺术家尊重笔下人物的客观独立性和自由权利,要从准确反映"这一个"人物的个性特征和本来面目出发,揭示人物性格。特别是表现人物性格的发展,不可按照作家、艺术家的创作意图随意支配人物,甚至迫使人物去做,也不可凭主观意料臆测人物,而只能根据特定的环境和条件,按照人物性格固有的内涵和特点,自然而然地推想,让人物干自己可能干的事,说自己会说的话,想自己要想的东西,使人物性格的每一点微小的变化,都有必然的充分的内在根据。

当然,这里并不排斥作家、艺术家的思想、愿望、情感、审美观念,只是要求融洽地蕴含在人物性格之中,"直接利用生活的提示、形象、画面,利用生活的颤动、它的血和肉"(高尔基语)。如果作家的主观意图与人物性格的要求相悖,那么,编造得所谓生动的情节、细节,不过是强加于人物性格的东西。这种做法,实际上是对人物性格的一种粗暴干涉,艺术形象难免受到"委屈",甚至"变型"。还说贾宝玉的叛逆性格,自然渗透了曹雪芹这个破落贵族公子的"辛酸泪"。然而,高鹗的后四十回续书中,虽然写出了贾宝玉终于出走的结局,但在表现贾宝玉出家前,却还奉旨赴考,成名中举,写他是"高魁贵子""入圣超凡",这就是这位"未成进士"、心志未灰的举人老爷的思想强加给贾宝玉的,完全违反贾宝玉厌恶封建科举制度的叛逆性格,直接损害了人物形象。实践证明,"跟着人物走"的作品,人物形象是从作家笔端"蹦"出来的,有血肉、有灵魂、有个性,跃然纸上;"牵着人物走"的作品,人物形象是故意"捏"出来的,显得矫揉造作,苍白无力。

  真正把握和推想人物性格的内在逻辑及其行为的归宿,并非易事。作家、艺术家在开始酝酿构思中,固然要对创造的人物性格的内在逻辑及其行为的归宿,做一番认真细致的揣摩和设想,但由于精神领域的东西是十分复杂微妙的,往往不是一下子就能够弄清楚、把握准的,还要靠在具体创作过程中"跟着人物走",进行反复艰苦的探索。鲁迅笔下的阿Q形象,虽然在作家的"心目中似乎确已有了好几年",但阿Q的悲剧结局却是作家最初构思时所没有想到的。鲁迅说过:"其实'大团圆'倒不是'随意'给他的;至于初写时可曾料到,那倒确乎也是一个疑问。我仿佛记得:没有料到。"[4]可见鲁迅对阿Q这个不觉悟的落后农民的复杂性格和不幸的命运,通过在创作中不断深入地探索,才推演出"大团圆"这一最合理的结局。法捷耶夫《毁灭》中的美谛克,本来是想让他自杀的,但后来作家又反复揣摩了美谛克在当时严酷的环境里卑怯懦弱的心理,感到他是"没有力量自杀的",于是还是让他叛变了,这样就使美谛克的性格与行为熔为一炉。法捷耶夫深有体会地说:"形象在典型环境中发展的逻辑是时常会有变化的,甚至往往破坏了事先的构思。"[5]由于作家对人物性格看得真、吃得准、摸得透,所以人物在一定环境的驱使下,就会按照自己的性格去想、去说、去做,甚至出乎作家的意料。有的作者不愿在"按迹循踪"的探索上下苦功夫,而贪图走捷径,去猎奇,求"巧合",这种所谓"得来全不费工夫"的东西,怎能经得起纷纭复杂的生活逻辑的检验,不使人感到"穿凿""失真"呢?

"跟着人物走",实际上是对生活必然的一种追求,首先要在对生活的探索上下苦功夫。我们曾听说巴尔扎克在巴黎贫苦工人集居的巴耐区跟踪行人、偷听私语的故事。巴尔扎克说,这样做是为了让自己"能进入他们的生活,觉得背上披着他们的破烂衣服,穿着他们的开了口的鞋走路,他们的愿望,他们的需要,样样进入我的灵魂,不然就是我的灵魂进入他们的灵魂"。巴尔扎克这种跟着生活中的人物走,以"摄取别人的身体和灵魂"的做法,正是力求作家、艺术家的主观意图与人物性格的要求相吻合的唯一途径。只有深入生活,对人物模特儿的思想、愿望、情感、秉性、兴趣、心理及身世、经历、素养等,进行细致深入的观察体验、分析研究,获得对人物思想性格的准确、深刻、透彻的认识,真正"摄取别人的身体和灵魂",这样方能做到成竹在胸,笔下生花,"跟着人物"左右逢源,塑造出血肉丰满、动人心魄的艺术形象。

注释:

[1] 阿·托尔斯泰:《致青年作家》,《论文学》,程代熙 译,人民文学出版社,1980年,第264-265页。
[2][3] 吴强:《写作〈红日〉的几点感受》,《作家谈创作经验》,中国青年出版社,1959年,第93、94页。
[4] 鲁迅:《华盖集续编·阿Q正传的成因》,人民文学出版社,1977年,第206页。
[5] 法捷耶夫:《论作家的劳动》,《第二次全苏青年作家代表会议报告及发言集》,中国青年出版社,1955年,第4页。

(《原刊《文学常识》1982年第1期)

也论形象美

——曹禺剧作中陈白露式人物的审美价值

艺术形象最基本的特征,需要给人以美感,具备审美价值。剧作作品中受褒扬的人物的审美价值是显而易见的,评论家讨论的较多。而对于受鞭笞的人物的审美价值,评论家探讨的较少,也是当前创作中的一个薄弱环节。

本文就曹禺剧作《日出》《雷雨》《北京人》中陈白露、蘩漪、曾文清等一类人物为例,侧重探讨一下这类人物的审美价值。他们既不同于方达生、鲁四凤、周冲、愫方等被肯定的人物,又区别于金八、潘四、周朴园、曾皓等残暴、虚伪、腐朽的人物。他们是受着恶势力迫害的弱者,是剧作者既鞭笞又同情的对象,有着复杂心理形态的真实的典型人物,从多方面表现出特有的审美价值。

一

美和丑是对立统一的。艺术应该按照美的规律进行创作。生活丑本身作为艺术作品中的一个重要因素,要善于使之转化为艺术美。季摩非耶夫说:"艺术家在描写生活的污浊面时,仍旧是站在美的一边,他的描写在激发读者的理想。"[1]曹禺剧作也正是通过对笔下人物形象的"丑"的揭露,而表现了审美价值。陈白露、繁漪、曾文清等,是旧社会中普普通通的少爷、小姐、姨太太的典型形象,并因处于不同的环境之中,而表现了各自的个性特征。虽然他们没有什么罪恶,不遭人憎恨,但他们的生活理想、生活道路和生活方式等,是不足称道的。剧作者通过对他们生活丑的揭示,达到对理想美的肯定。

《日出》主要是围绕陈白露的遭际命运展开戏剧矛盾和冲突。这位书香门第的小姐,由于与前夫、进步诗人合不来而分道扬镳。她一个人闯出来,不靠亲戚朋友,抱着"能活就活,不能活就算"的悲观失望的态度,投入上流社会的作乐场。她演过电影,当过红舞女,还是个社交明星,不惜作为"高级商品""卖给这个地方"。她虽然也认识到自己习惯的生活方式,是残酷的桎梏,也时而流露出恐慌和忧苦,但又无力逃脱"丑恶的生活圈子"。

当她的追求进步和光明的旧友方达生买了车票要带她回乡时,有一段对话颇能说明问题——

  陈白露　　(很大方地)你有多少钱?
  方达生　　(没想到)我不懂你的意思。
  陈白露　　不懂?我问你养得活我么?
  达生惊愕得说不出话来。
  陈白露　　咦?你不要这样看我!你说我不应该这么说话么?我要人养活我,你难道不明白?我要舒服,你不明白?我出门要坐汽车,应酬要穿些好衣服,我要玩,我要花钱,要花很多很多的钱,你难道听不明白?

陈白露与我国古代社会中被迫沦落为名妓的苏三、杜十娘等艺术形象不一样。她走上这条堕落的道路，主要是由贪图阔绰、追求享乐的思想内核决定的，自然也不排斥她"一条道上走到黑"的自负倔强的性格因素。并且不以为耻，流露了"我这样弄来的钱"，比形形色色的银行家、实业家靠欺骗剥夺来的钱，"要名誉得多"的自我慰藉的心理。剧本生动描绘了陈白露沦落于败坏糜烂的社会一角里的处境，她也厌恶和痛恨金八之类恶棍，但她的命运完全锁在银行家、实业家的钱囊之中，没有他们她就活不下去。一旦当她主要依附的潘经理上了金八的当而败落囊空，她也只得服毒自尽。这就深刻揭示了陈白露必然毁灭的悲剧命运及其社会根源。

《雷雨》中繁漪的性格特征和生活方式，主要通过对周朴园前妻生的大儿子周萍爱情的追求中表现出来。这位受过新的教育的旧式女人，不愿做周朴园笼子里的鸟。她像一团火那样热烈地追求着与周萍的不正当关系，并试图通过这种途径逃脱周公馆。这诚然有追求人生自由、个性解放的积极因素，但她不顾伦理关系的紊乱，乃至在周萍决定从与她的"情爱"的苦海中摆脱出来，找着了新的与鲁四凤的"情爱"的时候，她还是那样一股"蛮劲"地纠缠着他，并解雇鲁四凤，阻挠其接触。造成这种悲剧的原因，除了她被锁在"监狱似的周公馆，陪着一个阎王十八年"的生活环境之外，主要还是出于共同的思想基础的生活方式。不是吗，她在反对周冲、周萍与穷苦仆人鲁四凤的"爱情"时，就暴露出了明显的看不起"没受过教育的下等人"的门第观念。剧作表现了繁漪受到周家两代人欺负的精神创伤，是一个受害的悲剧贵妇形象。

《北京人》中的曾文清，作为生长在封建士大夫家庭里的大少爷，具有进步的思想因素。然而，"这只是一个生命的空壳"。剧作生动刻画了他的基本性格特征——彻头彻尾的惰性和懦弱性。他懒于动作，懒于思想，懒于说话，懒于举步，懒于起床，赖于见人，懒于做任何严重费力的事情,懒于宣泄心内的痛苦,懒到他不想感觉自己还有感觉。是优厚的家庭养成了他好逸恶劳的习性,半生都在游逛、养鸟、玩古董、赋诗作画、独坐品茗等空洞的悠忽中度过。他虽然向往资产阶级的民主自由,但却无力冲破封建家庭固守的陈规陋习的束缚,甚至也不得不顺从凶狠的老婆。他曾从封建家庭走出,但由于经不起外面的风浪,又只得退缩回来。他与愫方在平等自由的思想基础上派生的暧昧的爱情关系,宣告了悲剧的结局。对生活的厌倦和失望甚至使他时时处处逃避现实,不由偷偷吸起鸦片烟来,尽管曾皓跪下劝阻,最终还是吸毒而亡。剧作通过对曾文清悲剧结局的描绘,委婉地嘲讽了在封建文化基础上生长起来的资产阶级的脆弱、无能和溃灭。

尽管剧作家在写作剧本的不同时期认识生活的深度不一样,但善恶观念、追求真理的目的是明确的。如果说金八、潘四、周朴园、曾皓等是反动、腐朽、落后的势力的代表,剧作者以犀利的笔锋有力地剥开了这类人物丑恶的画皮;那么,陈白露、蘩漪、曾文清等则属恶势力的陪葬品,剧作深入剖析了他们囿于丑恶的圈子的悲剧,从而抨击了当时的社会制度和败坏的道德风尚。曹禺在《后记》中写道:"《雷雨》是我的第一声呻吟,或许是一声呼喊。在《日出》中,我想求得一线希望,一线光明。我深切地感到,这个社会没有阳光,需要阳光;向往着'日出东来,满天的大红……'但是,哪里是太阳?太阳又怎样出来?我不得而知。写《北京人》时,我的诅咒比较明确些了。那种封建主义、资产阶级是早晚要进棺材的!他们在争抢着寿木。而这个人世,需要更新的血液和生命。"剧作家的呻吟和呼喊,追求的希望和光明,探索的新的血液和生命,并非主观的肤浅的表露,而是深含在客观形象里。不仅通过鲁四凤、周冲、方达生、愫方、袁圆等被肯定人物形象直接地体现出来,更主要的是通过剧中主角陈白露、蘩漪、曾文清等复杂的人物形象曲折地体现出来。而后者,正集中体现着剧作者对社会和人生的探索以及剧作反映生活的深度和达到的高度艺术水平。

当然,从剧作中对生活丑的暴露中引起美感,更依靠正确的善恶观,要凭理智和情感去辨别生活丑现象为先决条件。倘若嗅觉不灵,善恶不分,就不会感到美寓于丑,而是以丑为美、以耻为荣。

二

称陈白露、繁漪、曾文清等有值得怜悯和同情的方面,主要是以他们具备民族的乃至人类共同的道德感情为依据。

我们不可离开善去感受艺术形象的美。在道德意识中,"善"就等于"美"。各种典型人物的道德意识的善,直接显示了艺术形象的美。陈白露、繁漪、曾文清在对待人与人之间关系的某些方面所表现出的伦理道德和人情品性,也是直接形成人性美的。剧作者正是根据特定人物的思想基点和感情素质,以不同分寸和方式描写和表现了人性、人情的具体生活形态。

陈白露的生活道路堕落了,但心灵世界中的怜悯之心、亲友之情尚未消逝,突出表现在她对"小东西"的同情和掩护方面。这是一个丧失父母刚到城里不久的瘦弱胆怯的小女孩子,被鸨婆强迫跟黑胖子金八睡觉,她受尽打骂折磨也不肯,逃到陈白露的房间里。陈白露见她寒冷、恐惧、痛楚、哀求的面容和胳膊被打的伤痕,对她不幸的身世和遭遇,是表示怜悯和同情的,并还对她打了金八爷一巴掌表示啧啧赞许。她想方设法借潘月亭为保护伞,机智地骗过金八的打手黑三的检查。直至后来小东西又不知去向,实际已落到黑三手中时,她还要跟方达生一同去找。这种道德行为,无疑体现了人性美。当然,这里也可能有她与小东西相通的亲身体会的感情因素为基础。陈白露虽不愿跟前夫和方达生走追求进步的道路,但现在还爱着前夫,至少说对方达生还是充满友情。夫妻之爱、好友

也论形象美

之情虽然填不平他们之间两种根本对立的人生道路的鸿沟,但依然不可磨灭地客观存在着。剧作家将陈白露置于"丑恶的生活圈子里",却也通过她与"圈子"外人物的瓜葛,刻画了她与丑恶相悖的善良优美的情愫。

曾文清是一个失去自主能力的"生命的空壳",但不是说也失去了人性感情。他甚至对陈奶妈送来的一只半路上失掉了伴侣的鸽子,都多情地起名叫"孤独"。第一幕中,当曾思懿应付了陈奶妈的来访以后,有这样一段对话:

> 曾文清　(笑颜隐失)她真的去了。你怎么不留她一会儿?
> 曾思懿　(不理他)这是她送给你的鸽子。(递过去)
> 曾文清　(提起那只鸽笼)可怜,让她老人家走这么远的路。(望着那鸽子,赞赏地)啊,这还是个"凤头"!"短嘴"!(欣喜地)这应该是一对的……

曾文清对哺养过他的老奶妈有着比较深的感情。他为她远道而来送鸽子,尚未会面就去了,油然而生怜悯之情。这里曾文清希望鸽子成对的心境,大概与他有感于同愫方的爱情有关。他俩的爱情诚然是不合法的,却是有着进步真挚的爱的人性感情内容。曾文清最终要走不想再回来的时候,除了伤心地哀叹"有情人不能成眷属"之外,便恳切贸然地劝愫方嫁人,赶快离开家庭这个"牢"。倘若说他对愫方感情有不正当的部分,那么这里确实是属人性(情)美的流露。他平素在与父亲之间,与妻子(尽管思懿狠待他)、儿媳之间,与妹妹、妹夫之间,与仆人、邻里之间,也似乎笼罩着一层温情脉脉的轻纱,无疑也含有伦理人情。由此,曾文清就不是"一个生命的空壳"的稻草人,而是一个有血有肉、人情味颇浓的无力摆脱封建习俗束缚的贵族大少爷的生动艺术典型。

与陈白露、曾文清相比,我们似乎看不到繁漪身上有多少人性美的地方。这无疑与这位年轻妇人失望后的痛苦和怨恨的感情特质有关。没有明显表现她的人情美,不等于没有人情美。蘩漪对周萍的追求,实际从某种程度上也是曲折地反映了她受压抑的人性感情。非道德的外衣里却裹挟着人性与对爱情的渴望。人性美,不仅表现在对遭受戕害或毁灭的善美的爱怜和同情,也表现在对遭受打击或死亡的人(通常亲友之间)的怜悯和悲哀,当然这种怜悯和悲哀是符合道德伦理观念的。蘩漪为儿子周冲之死痛哭不已,显然不是对周冲舍己救四凤的善的行为而哀怜,而是一般的母亲失去儿子的伤痛。这种母子之情,应该属于正常伦理范畴中的人性感情。陈白露对地痞恶霸金八无疑是厌恶的,而投靠能做"爸爸"的资本家潘月亭,也是为了维持阔绰的生活享受,很难说有什么感情基础。然而,当潘月亭被金八击败破产而不得不走时,她似乎倒真挚地流露出了怜悯之情。这里自然不单是对丑恶的毁灭,而是对曾充当自己经济靠山的人的破落的怜悯。这里是否有属于伦理常情的东西?也值得探索。

其实在曹禺笔下,即使像周朴园、曾皓、潘月亭这类受鞭笞的人物,也不是没有一点伦理道德。周朴园在将玩弄过的使女鲁侍萍无情地抛弃后,还把她当作前妻看,甚至多少年来还保留着她所喜欢的家具、关窗习惯等。倘若以此断定周朴园是"既要做婊子,又要立牌坊"的道德败坏的伪君子,未免有点简单。是否可以这样分析:当他大言不愧地自称"我的家庭是我认为最圆满、最有秩序的家庭",并以此为资本教育儿子时,他是一个十足的维护家庭伦理关系的伪善君子;当他动了恻隐之心,以此来弥补自己的罪过时,也还是一个具有人伦天良的"人"。否则,当还活在人间的鲁侍萍无意与他们父子相见时,周朴园为什么还严厉地喝令周萍认"没有什么好身世"的母亲?至于吝啬、自私、怕死的曾皓,见到儿子曾文清吸鸦片烟,不由心灵也受到不可想象的打击,突然跪下痛心地说:"我给你跪下,你是父亲,我是儿子。我请你再不要抽,我给你磕响头,求你不——"这岂不生动闪现了在人性感情泉流几乎枯竭了的封建老朽身上的一点人情味么？那种为了揭露所谓"反面人物"的丑恶，连一点伦理常情都不给予，怎么能写出活生生的人来呢？

马克思说过："我是一个人，凡是合乎人情的东西，我都觉得亲切。"别林斯基也曾说："在每个人身上，都应该区别两个方面来：一般的，人类的，和特殊的，个人的；任何一个人，首先必须是人，然后才是某某人。""一般的，人类的"人性共同形态，是塑造人物形象，构成典型性格的基本因素。

联系剧本创作实际，问题在于：写被歌颂人物缺乏人的七情六欲，写受鞭笞人物缺乏人的伦理常情。一句话，他们都缺乏人的血肉和人性感情。契诃夫在一封信中谈到自己的剧本《伊凡诺夫》时，说："要是公众从剧院出来的时候认为伊凡诺夫是坏人，医生尔沃夫是伟大的人，那我只好从此辞职，把我的笔丢给魔鬼了。"[2]事实上，剧作中的伊凡诺夫是一个也有人伦天性的普通贵族，医生尔沃夫也是一个有个性缺陷的正直的人。契诃夫反对把伟人推向高台，将坏人推向深渊的创作倾向。

曹禺的《雷雨》《日出》《北京人》等剧作中，人性感情得到了充分而自然的具体描写。特别是作为剧中主要人物的陈白露、繁漪、曾文清等，剧作在揭露他们的生活丑的同时，也肯定了他们保持着人类共通的人性感情。即使作为旧的社会制度的维护者周朴园、曾皓等，也赋予了他们可能具备的伦理常情。这种共同的人性感情，作为完整的人物性格、心理不可缺少的基本要素，起有决定人物形象艺术生命的作用，也正是造成剧中人物形象血肉丰满、栩栩如生的主要原因之一。这对于避免剧本创作中"丑则一切皆丑"的简单化倾向，是十分有益的启迪。

欧洲文艺复兴时期著名大画家达·芬奇有句名言："灵魂想要住在肉体里，因为如果没有肉体的各部分，灵魂就不能动作，也不能感觉。"[3]曹禺雕塑戏剧人物典型的灵魂，正是有机地铸附于肉体里，真正使"这一个"人物的灵肉一体，显示出艺术生命和美的"永久的魅力"！

三

剧作家在对陈白露、蘩漪、曾文清等类型人物的艺术描写中,还用美的形式表现丑的内容,车尔尼雪夫斯基称之为"美丽地描绘"。

曾有一种流行的做法,凡是刻画受鞭笞人物,尤其是"反派人物",面貌总是丑的,起码不能那么漂亮,行动往往是灰暗的,乃至举止声色也是诡谲的。似乎外在形式愈丑,愈能表现心理内容的丑。如果表现了外在形式的美,就有美化受鞭笞人物、反派人物的嫌疑。这是不懂得艺术美创造的平庸化、简单化的做法。

诚然,通常有这样一种情况,人物形象外在的美或丑,直接显示了内在的美或丑。然而,人物形象外在的美或丑与内在的美或丑之间矛盾的情况,也是常有的。它真实体现了客观人物的心理和性格的复杂性。这也符合美和丑对立的双方相互依赖、相互转化的辩证法。我们并不否认在遵循生活真实的前提下,以美的或丑的形式,烘托美的或丑的内容,但也不能排斥以美的或丑的形式揭示丑的或美的内容。如《巴黎圣母院》中助善惩恶的敲钟人面貌丑陋,灵魂却美,并且外貌丑反衬了心灵美。神父佛罗洛、骑士费比斯,灵魂阴暗丑恶,但仪表却风度翩翩,清秀文雅,这种以真实生活的复杂性为依据的人物外表形式美,也同样有利于诱发观众自己去发现和肯定这些人物内在品质的丑恶。

其实在我国古典文学艺术中就有这种情况。这里不妨借看一下杜甫的《丽人行》。诗人意在讥刺虢国夫人与杨国忠的奢侈淫乱,却并未回避这位中国封建皇宫贵妇人中第一流美人的绝色佳姿。诗作首先侧面写她容貌、服饰、姿质、意态的美,以曲江边游春诸女的佳丽,烘托这位"丽人"之魁。接着极力铺排渲染她宫廷生活的富丽——她承明皇恩泽宠赐的优渥,饮食车马的豪华,箫管声乐的盛势,杨国忠威赫赫的骄恣意气,宾从的附炎趋势……其豪华景气,颇使人眼花缭乱,但"美"中有刺,在富丽之中却蕴含诗人的婉讽讥意和特有的清刚之气。读者不光凭一般感官感觉到富丽的形式美,而且凭理智的沉淀深入感受到宫廷内部奢侈淫乱的丑恶。杨氏的体貌美导致了生活丑,不过是徒有美的外表,显得廉价和哀怜。

曹禺剧作由于对陈白露、蘩漪、曾文清等类型人物形象的悲剧命运,寄予深深的同情和怜悯,这种符合客观事物的复杂性的描写,就决定了审美心理的两面性,艺术形象的形式美更有存在的价值。

剧作中描绘了陈白露、蘩漪的容貌美、衣饰美,乃至举止言谈、行动中表现出的姿态美。

陈白露出场时穿着极讲究的晚礼服,颜色淡雅,多褶的裙裾拖在地面如一片云彩。她发际插一朵红花,乌黑的鬓髻,垂向耳际。她的眼睛明媚动人,一种嘲讽的笑总挂在嘴角上,时常露出一种倦怠的神色。这种打扮和姿态,无疑带有三十年代交际场上时髦小姐的特色。但她讲究和追求的外在形式美,一般不是轻佻的矫揉作态,而是具有清淡幽远的特质,具有美的个性特征。她的这种形式美,虽然从与潘月亭、张乔治等作乐的生活细节中表现出来,反映了丑的思想内容,但也表现在反映她内心矛盾和痛苦的倦怠和厌世的神色表情方面。

蘩漪脸色苍白,面部轮廓很美。她通身是黑色,旗袍镶着银灰色的花边。她素来文弱、明慧,爱好诗文,眉目眼光却时常充满了年轻妇人失望后的忧郁、怨恨和痛苦。如此人物外廓,显然与这位幽禁夫人的身份、年龄、心境色调相称而显示出阴郁美来。她爱起人来像一团火那样热烈,恨起人来也会像一团火把人烧毁,然而她的外形是沉静的,像秋天傍晚的树叶轻轻落在你的身旁——这正是蘩漪外形美的个性特征。

剧作以陈白露、蘩漪形象的形式美,揭示其"丑恶的生活圈子",给人们以哀怜之感。

实际上,由于人是社会的人,其在特定环境中表现出的身姿服饰、言谈举止、一颦一笑、一举一动,往往与其思想、志趣、情绪、精神境界相连。欣赏艺术形象的形式美,也离不开对艺术形象的内在含义的思考和想象。如果说形式美引起的美感,是感官起主导作用,思想情感、心理或善引起的美感,是知性起决定作用,那么判断艺术形象的形式美的审美价值,仍须靠人们的感官与知性的融合。

我们对陈白露、繁漪的容貌、服饰,乃至姿式、动作、言吐、意态的美的感受中,自然包含有对道德情操与善的评判。当陈白露打扮成美丽阔绰的交际花,闪动着明媚动人的眼睛,与能做"爸爸"的潘月亭放纵撒娇,这时的"美",只能起一种诱导作用,使我们认识她那种无奈的心理内容。当陈白露在其经济靠山潘月亭眼看破产倒台,变得神色忧郁,借酒消愁,欲服安眠药自尽,这时的"美"又使我们感到怜悯。这里剧作有一段刻画陈白露的外形美和内心痛苦的细腻描写。她端详着镜子里一个美丽的妇人,摇摇头,凄然地自语:"生得不算太难看吧。人不算太老吧。"她不忍再看了,慢慢又踱到中桌前,倒出药片,将空瓶丢在地下。望着前面,又流露出心头的哀伤:"这一么一年一轻,这一么一美。"眼泪悄然流下来。终于拿起茶杯,背过脸,把药很爽快地咽下去。这时外面传来打地基的工人们"哼哼唷,哼哼唷"的高亢雄壮的声音。她凝听着外面的木夯声,走到窗前,拉开帘幕,望着晨光,低声吟咏着前夫写的小说《日出》中的诗句:"太阳升起来了,黑暗留在后面。但是太阳不是我们的,我们要睡了。"她忽然关上灯,拉拢窗帘,最终在只有帘幕间隙透出一两道阳光颤动着的阴暗屋子里,拿着那一本《日出》,睡在沙发上。剧作家调动了舞台环境描写、氛围、渲染、演员的细节动作、独自旁白等各种艺术手段,造成悲苦绝望中的陈白露的姿容美及其在动态、静态中显示出的美的造型,发生了强烈的审美效果。我们在审美感受中可能发生两种不同感情色彩的美感。一种是欣慰。陈白露的死,虽然是消极的,但还是自己从丑恶的生活圈子里解脱出来,与其说是年轻美人的死,不如说是丑的灵魂的死,是寄生的思想的死。并暗示着当时社会制度的腐败不堪,走向死亡,一个"日出东来,满天的大红"的光明社会必将诞生。再一种是怜悯。与其说陈白露服毒自杀,不如说受"丑恶的生活圈子"的毒害死的。她临终前那"太阳不是我们的,我们要睡了"(这首诗可以看成她的生命歌)的哀吟,以及拿起那一本《日出》的悔悟……说明陈白露的美,不单单表现外形美,也包含着善美的因素,如此年轻、美丽、善良的女性的死亡,怎能不使人产生怜悯之情呢!欣慰和怜悯,看起来是矛盾的,实际上正是感性和理智、情感和想象等几种因素有机结合而形成的美感统一体。也说明了艺术形象本身不一般化、简单化,具有复杂丰富的美的内涵。

如果离开善的理性因素,单纯凭感性看待艺术形象的形式美,就容易滑入形式主义,甚至一味追求感官刺激。像顾八奶奶夸耀陈白露的:"你真是个杰作,又香艳,又美丽,又浪漫,又肉感。"像张乔治摇头摆尾,赞不绝口的:"美!美极了!你真会穿衣服,你穿得这么忧郁,穿得这么诱惑!并且你真会用香水,闻起来(连连嗅着,一声声长长的'嗯!')这么清淡,而又这么幽远!……"以致使他想起当初留学在巴黎的夜晚。在顾八奶奶、张乔治的眼中,陈白露只是十分标准的社交明星、上流社会美人,她(他)们自然不会理解陈白露"不得不回到自己丑恶的生活圈子里"的内心隐痛。如果今天有"张乔治、顾八奶奶"式的审美观的观众,形式主义地看待陈白露的形象,或者看不到她堕落的心理内容的丑,或者看不到她欲摆脱习惯的"生活"方式而不能的阴郁心情,那大概总不是陈白露这一艺术形象的形式美的过失吧!因此说,艺术形象的形式美作用于人们的感官和想象而发生的诱导性,还是要通过理性因素去认识客观事物,辨别善恶是非,感受舞台角色对立着的心理内容的丑与表演的形式美的统一。

艺术形象的形式美,实际是显示认识价值和社会功利价值的中间环节,而体现了艺术的隐蔽性、含蓄性。正如王国维在一篇关于艺术形式美的专论《古雅之在美学上之位置》中所说:"优美及宏壮必与古雅合,然后得显其固有之价值,不过优美及宏壮之原质愈显,则古雅之原质愈蔽。"他把美称之为"第一形式","雅"被称为"第二形式"[4]。即是说,艺术形象的美("优美及宏壮")一定要与"雅"("古雅")相融合而表现出来,这样方能使欣赏者从美的形式中隐蔽地感受到美的深刻内容。

当然,提倡艺术形象的形式美,并不是说凡写受鞭笞人物一律都是美貌男女,那样做也不符合生活真实。艺术形象的形式美具有多方面的表现形态,尤其是舞台表演艺术更提供了广阔的天地。

四

美和善常常联系在一起,但美不等于善。美并非一定依赖于善而存在,也有自己相对的独立性。我们对于按照美的规律创造出来的、具有艺术魅力的人物形象的审美活动中,只要不以"以善甄美"的道德观代替全面的审美观,就会有这样一种情况:美可以从不同于善的角度,去看到同一人物形象的另一个侧面,这时美就显示出了自己的独立性。

譬如,人物的性情、性灵、情趣、爱好、个性、秉赋等,固然会带有一定的意识和文化素养的烙印,但一般在道德意识不活跃的情况下,还是具有相对的独立性。在受鞭笞的包括反派的人物形象身上,同样存在着情性、情趣、秉赋等人性美的因素。这可视为人类共同美的范畴。

《日出》第一幕中,凌晨,陈白露拉开窗幔,看到玻璃上的积霜,叫方达生快来看的惊喜情形——

陈白露　　(用手在窗上的玻璃划一下)你看,霜!霜!怎么,春天来了,还有霜呢?

方达生　　(没奈何地)嗯,奇怪。

陈白露　　(兴高采烈)我顶喜欢霜啦!你记得我小的时候就喜

欢霜。你看霜多美，多好看！（忽然指着窗，孩子似的）你看，你看，这个像我么？

方达生　什么？哪个？

陈白露　（指指点点）我说的是这窗户上的霜。这一块（达生偏看错了地方），不，这一块，你看，这不是一对眼睛！这高的是鼻子，凹的是嘴，这一块是头发。（拍着手）你看，这头发，这头发简直就是我！

再看这一幕后面，陈白露瞥见地上的日影，与潘月亭说的一段话：

陈白露　　太阳——太阳都出来了。（跑到窗前）
潘月亭　　（干涩地）太阳出来就出来得了，这有什么喊头。
陈白露　　（对着日光，外面隐隐有雀噪声）你看，天多蓝！（窗外吱吱雀噪声）喂，你听，麻雀！春天来了。（满心欢悦，尽情地）哦！我喜欢太阳，我喜欢春天，我喜欢年轻，我喜欢我自己。哦，我喜欢！（长长吸一口冷气）

如此细节，生动挖掘了陈白露在心情轻松时固有的内在情趣。如果说这一幕中初步剖视了她生活堕落而道德尚未完全堕落的心理情态，那么，这里则揭示了这位年轻女性天真活泼的美好情性，热爱自然，热爱生活，与自然比美的浓郁情趣。上一个细节，正如她的前男友方达生所说，看了一夜晚，就"这一点还像从前的你"。如果我们不抱偏见，也会像方达生一样感受到陈白露这霎间流露出的少女情趣的美。下一个细节，潘月亭对她喜欢窗外春晨美景流露出的得意忘形的情态，不感兴趣，显然与不合他意念中情妇的娇纵媚柔的标准有关。观众会感受到陈白露的精神世界里那种原初纯洁的光亮，仿佛从凋零的树林里听到几声鸟语，闻到几丝馨香。

曾文清也是一个封建士大夫家庭的闲适雅人,清俊飘逸、温和淡雅,通于琴棋书画,惯于游玩观赏。他春天放风筝,夏夜游北海,秋天逛西山看红叶,冬天早晨,霁雪时在窗下作画,寂寞时徘徊赋诗,心境恬淡时独坐品茗。这种闲情逸趣,固然反映这个封建士族的公子哥儿,或者说有产阶级少爷思想空虚、游手好闲的性格特征。然而,如果他的思想意识处于不活跃状态,这些活动只是作为闲逸时的兴趣,那么,这时还是可以从他身上发现特有的人性之美。包括小书斋中的线装书籍、楠木书架、紫檀凳子、笔墨画砚、瓷器古董等,也凝聚有主人喜欢古雅精致的情致趣味。乃至,当我们看到他蓄养的白鸽成群地在云霄里盘旋,时而发出一片冷冷的嘹亮悦耳的鸽哨响,当我们看到天真烂漫的女孩袁圆惊喜而兴奋地举起他送给的大金鱼风筝,当我们看到他精心题字、赋诗、糊裱的愫方的墨竹画被思懿挂起来的时候,从产生的谐谑美的效果中,同样感受到他的情趣、秉赋会胜过他的心理内容。

美的独立性,还从人物行为的喜剧因素中体现出来。如从人物的讽刺、幽默、滑稽中发生笑的效果,观众从笑中获得审美的愉悦,像喜剧大师卓别林创造的很多喜剧形象,所造成的幽默感、滑稽感、谐谑感,莎士比亚笔下的喜剧人物福斯泰夫,果戈理笔下的喜剧人物巡按使,所造成的"邪恶的幽默和欢乐"的魅力,都发生了这样的艺术效果。然而,作为感情世界一样丰富复杂、具备特定性格的悲剧人物身上也有喜剧因素,特别是在悲剧感情尚未上升为主导地位时,喜剧因素总是寻找机会来表现出来。

曾文清可以说是喜剧性的悲剧人物。剧作中不少地方,对他的懒惰和懦弱的揭露和嘲讽中,也产生了可笑的喜剧效果。如第一幕中,对曾文清未上场前的细节描写,颇为出色。

  屋内文清的声音(慢悠悠地)　　鸽子都飞起来了么?
  思懿(不理他)　　我问你究竟想走不想走?

屋内文清的声音（入了神似的）　　今天鸽子飞得真高啊！哨子声音都快听不见了。

　　……

　　早晨懒于起床的曾文清，答非所问，一心想着自己养的鸽子。别林斯基说："任何矛盾都是可笑的和喜剧性的东西的来源。"[5]这里思懿要丈夫出走的紧催慢逼与曾文清匍匐于安乐窝的安闲自若的矛盾，造成了可笑的喜剧性的效果。后来曾文清与耳聋不灵便的陈奶奶的隔墙对话，又更大程度上造成了逗人发笑的喜剧场景。我们于笑中，一方面调侃和嘲讽曾文清的懒散懦弱，乃至戏谑遭受不恭待遇的陈奶妈还是对主人那么忠实；另一方面又不能不被这场误会的谐谑感，唤起畅笑不已的欢快和趣味。这正如我们对凤姐说笑话的印象，一方面对她有意恭维、承欢贾母而不满，另一方面又不能不为她高超的说笑艺术所产生的机趣而逗乐。后者也正是美的独立性的特有形态。

　　《日出》中的顾八奶奶心广体肥，忸怩作态，分不清人家对她的讪笑，误认"不规矩"的胡四，对她"总有相当的情分"。请听她与陈白露的一段对话：

　　陈白露　　（打着呵欠，有点厌烦地敷衍）胡四这样成天地对不起你，你何必那样忘不了他。

　　顾八奶奶　　（很自负地）那就是爱情罗！……——唉，天生是这么一个可怜的人！我不管他，谁管他？哎，爱情！从前我不懂，现在我才真明白了。

　　陈白露　　（讽刺地）怪不得你这么聪明了。

　　顾八奶奶　　我告诉你，爱情是你甘心情愿地拿出钱来叫他花，他怎么胡花，你也不心痛，

——那就是爱情！——爱情！

顾八奶奶对爱情的理解，多么天真、有意思。剧作家以幽默和嘲弄的笔墨，擘肌分理地剖析了顾八奶奶自负的炫耀和无价值的爱。如此产生了"讽刺喜剧"的效果。

感受艺术形象美的独立性，可能受到审美心理的影响。憎恨或同情的感情活动处于活跃的状态时，容易将艺术形象的美的独立性不自觉地纳入道德意识的轨道。但是，人们在对戏剧艺术视觉形象的审美活动中，首先还是以感知为基础、为第一位，以感官（视听）作为先导，引起审美的快感或愉悦。只要艺术形象具备艺术魅力，只要观众具备一定的艺术欣赏能力与审美能力，不以道德感情代替审美愉悦，使情感和理智与快感和愉悦、以及想象和联想诸种心理形式有机结合在一起，就能够感受到艺术形象客观独立存在的美。同时，表现被鞭笞人物形象的美的独立性，也不会影响对其心理内容的丑的揭露。因为人们对人物形象的道德化思考，无论如何不会受局部的、表面的审美印象或艺术的快感和愉悦所左右和制约。相反，具有艺术魅力的人物形象，能起一种诱发作用，激发人们去深入认识和理解艺术形象的兴趣。

注释：

[1] 季摩非耶夫：《文学原理》，查良铮 译，平明出版社，1955年，第68页。

[2] 契诃夫：《写给阿·谢·苏沃陵》，《契诃夫论文学》，汝龙 译，安徽文艺出版社，1977年，第121页。

[3] 达·芬奇：《达·芬奇的笔记》，《从文艺复兴到十九世纪资产阶级文学家艺术家有关人道主义人性论言论选辑》，商务印书馆，1971年，第21页。

[4] 王国维：《古雅之在美学上之位置》，《王国维遗书》（三）第618页。

[5] 别林斯基：《智慧的痛苦》，《别林斯基选集》第一卷，上海文艺出版社，1963年，第346页。

（原刊《北方论丛》1985年第1期）

主题·主脑·主旋律

——兼评文学狭隘思想"主题"的弊端

一

前一段时间,学术界在对长篇古典小说的"主题讨论"的分歧中,有人对主题概念提出了疑异。这确实是值得深思和探索的问题。

我在一九八三年写的一篇评《红楼梦》的文章中曾说:"主题,大概是评论家发明的专用语。其实作家开始创作的着眼点,并非主题,而是如何真实深刻地反映客观生活。"我国很多古典作家不必说,且说不少著名的现当代作家、艺术家的实践,也与"主题思想"这一文艺观念相悖。曹禺在初版《〈雷雨〉序》中说:"累次有人问我《雷雨》是怎样写成的,或是《雷雨》为什么写的这一类问题,老实说,关于第一,连我也莫名其妙,第二呢?有些人已替我下了注释,这些注释有的我可以追认——比如'暴露大家庭的罪恶'——但是很奇怪,现在回忆起三年前提笔的光景,我以为我不应该用欺骗来炫耀自己的见地,我并没有明显地意识到我要匡正、讽刺或攻击什么。"高晓声在谈《陈奂生上城》的创作体会时,说:"所谓作品的主题思想,对于作家的创作来说是没有多大意义的。创作实践证明作家只能忠实于生活而不能忠实于预定的概念。"[1]陆文夫也说："我们在反对概念化的同时又强调'主题明确'，这就使事情变得十分复杂，使作者颇费斟酌的。"[2]他结合中篇小说《美食家》的创作实践，又提出"多主题统一"的观点。这实际上是对主题概念的质疑。

长期以来，我们习惯于从理性、从思想上去认识和理解艺术形象，而忽视了从感性、从艺术本体去进行创作构思和形象创造。作家、艺术家进入创作过程，理性思考过于活跃，势必排斥或冲击形象思维，或停留在生活的平面或局部寻找因果联系，沿着单线思维简单滑行。这虽然不是将思想概念硬塞进作品，也是通过形象体现思想，然而这种形象往往因为缺乏丰富复杂而微妙的艺术真实而显得简单化。正如美国小说家福斯特所说："他们最单纯的形式，就是按照一个简单的理念或特性而被创造出来。如果这些人物再增多一个因素，我们开始画的弧线即趋向圆形。"[3]这种"扁形"形象，虽然也在一定的历史条件下发生过影响，但毕竟由于缺乏较高的审美价值，而难以成为文艺经典。而"圆形"的形象，则是具备多维复杂因子的立体感形象。这是以艺术美感为基本特征，以生命情感为经纬浸透着丰富的民族文化因子的有机形象整体。

思想寓于形象之中，蕴藏于作品艺术形态的最深层，且同样呈现为多方位、多角度、多维辐射状。现代文艺理论中的"主题"概念的定义，指"通过作品中描绘的社会生活所表现出来的中心思想[4]，如此界定，大概勉强适合"扁形"形象分析。倘若用于"圆形"形象分析，是无能为力的。"圆形"形象的思想意蕴的多义性，亦如构成立体的三维，请问哪一维度是中心？"中心思想"的界定，势必限制了艺术的视野和角度，不能从整体上把握客观形象的思想内涵，导致文艺创作和文艺批评的简单化倾向。如果习惯于这种思维模式，往往也无法跳出某种既定的观察角度去考察更为复杂的艺术形象，反而会将一种角度的观察当作对作品整体形象的把握。只有那种"按照一个简单的理念或特性而被创造出来"的作品，倒是在这种"主题"既定的范围内,达到"主题明确";至于对那种"趋向圆形"的人物形象的作品,进行"主题分析"就难免露出破绽来。

且看学术界对小说、戏剧、诗歌等名著的"主题"讨论存有的分歧意见。例如对我国古典长篇小说《红楼梦》《西游记》《三国演义》等"主题"说,都有多种、十几种之多。其原因,就是论者各自从不同的角度确定了一个"主题",因而得出不同的结论。其实如此种种说法,虽然合理成分不一样,但大致都是从书中悟出,从不同角度加以论述的。笔者赞成有人对《三国演义》各种"主题"所作的分析:"'拥刘反曹'说基本上是以政治观点立论的;'分合'说是从历史观这个方面阐发的;'忠义'说偏重于伦理道德;'道义'说带有哲学思想色彩;'兵不厌诈'说则总结的是一种军事战术思想;等等。"[5]有人运用流行的"主题分析"法,对于"趋向圆形"的《战争与和平》,显得无奈,干脆提出"可以分割为历史小说和日常生活小说两部作品"。这显然是对作品的一种肢解,抹煞了托尔斯泰笔下所展现的历史的、社会的、民族的、家庭的等包罗万象的生活形象体系的完整性。由于这些作品典型完整地反映了现实生活的丰富性、复杂性、微妙性,因而从社会学的、伦理学的、哲学的、法学的、经济学的、历史学的、军事学的、人类学的、精神现象学的等各种不同的概念范畴出发,往往都可以概括出一定的思想倾向。犹如观庐山,"横看成岭侧成峰",你说庐山究竟是"岭"还是"峰"?

中外大作家、大艺术家不仅具有很高的思想文化修养,而且具有广阔的思维空间,乃至能够进行多向思维,显示出驾驭复杂的艺术形象和宏大结构的整体能力与超凡的艺术表现力。莎士比亚、托尔斯泰、巴尔扎克、曹雪芹、罗贯中、吴承恩、蒲松龄、王实甫、孔尚任等,包括我国三十年代的老舍、巴金、曹禺等,大概都没有受到主题概念的影响,而是凭借博学多才、凭借情感、凭借对生活的真实体验和深刻感受,进入创作的。他们考虑的不单单是对社会和人生的思索的理念,而首先是形象,为之激动或感慨的、经过艺术孕育后脱颖而出的独特形象体系。譬如,曹雪芹是个诗人兼画家,还是赏戏专家,他祖父曹寅与大戏剧家李渔常有来往,并且对音乐、琴棋、衣饰、医药、烹调、园林、花卉、建筑等,无所不通。可以说,这个生长在文化富有的优越环境里的贵族才子,集中国传统文化之大成,尤其是在哲学上深受道家影响。因而在他的《红楼梦》创作里,表现了多种文化因子的交错和渗透,呈现出异彩纷繁的放射状结构的意象、意境。无论是表、里、纵、横的层次之间,还是各层纷繁交织的艺术因子之间,都有着千丝万缕的联系,相辅相成,相得益彰。这是天造地设、浑然一体、生意盎然的有机生命体。新时期涌现出来的不少小说、绘画、话剧、电影等方面佳作,开拓了艺术的思维空间,增强了文化素养和艺术节奏感,艺术形象体系是有复杂性和完整性、多维性和节速性、意感性和美感性的艺术特质。可以说,这些作品一般都不是能以一种"主题思想"来界定的。

西方结构主义批评家把作品中形成的框架称为"空意"。所谓"空意"指作品的意念要隐而不露,暗含于具有一定广度和厚度的艺术表现结构之中。中国传统艺术要讲究"意"。所谓"言有尽而意无穷"(钟嵘语)、"味外之旨"(司空图语)、"深如空谷寻声,靡所底止"(郑樵语),而这种"言"外无穷之"意",往往有难以"言尽""言传"之美的特征。曹雪芹笔下"通灵"的"石头",多么虚幻奇妙、瑰丽多彩的艺术精灵,何等富有民族审美心理特征。因而《红楼梦》的主体框架,博大精深,深沉幽美,蕴藉葱笼,氤氲荡漾,大有"谁解其中味"之"空意"。

不少经典由于作者高度概括和发掘了描写对象的个性特征,甚至升华到哲学境界,使之具有象征意义。因而其形象包含的意义具有不确定性,有人称之为模糊美学。譬如苏轼咏春天杨花的一首词《水龙吟》,既不是就花咏花,也不局限于比喻女子的离愁别绪,而是运用比拟和象征,作了更广更深的开拓。在作者对杨花深深怜惜的基本情调中,可以说既有对即将消逝的春光的惋惜,或者说对生活中被遗忘了的美好事物的同情,也有对那受爱情折磨的不幸女性的凄苦命运的悲叹……作者借杨花寄托的人生感受的复杂微妙性,正表现了"似花还似非花"的特质。还有像唐宋婉约派的诗词、清代神韵派的诗,如溶洞石笋,透明而绰约;李商隐的爱情诗,似雾笼春山,真挚而朦胧。像这类作品是不可能以某一界定的思想乃至几种思想来说清楚的。至于西方现代派、抽象派、象征派等作品,更不必说了。

况且,作品的意义,也是审美主体和审美客体的产物。一方面作品本身具有饱含多种涵义的特有能力或丰富容量,这是审美客体"潜在的意义系统",为审美主体提供了先决条件。另一方面,欣赏者由于个性爱好、生活经历、文化素养、民族习惯及所处的社会时代等不同,而形成了各自审美感受中某些特殊的知觉和理解方式。不同的欣赏者、评论者,或者从时间、空间、心理、社会背景等不同的角度出发,对同一部作品进行审美观照,都可能有不同的解释或结论。弗洛伊德在用俄狄浦斯情结解释哈姆雷特时,曾说:"正如任何神经病症状(或梦)都有可能引起多种解释一样,由于每一首天才的诗的创造,都不是起自于一种动机,所以会承受着不止一种解释。"他正是用"心理分析法",发现了前人未发现的自认为是"它的最深层的意义"[6]。

诚然,欣赏者、评论者审视作品的着眼点,都可以作为鸟瞰作品的"观测点",但是对其思想意义的发现或发掘,还是通过观照和分析几个相互区别和联系的"潜在意义系统"去完成。"潜在意义系统"的多义性,既表现在情节发展过程的"变换"中,又蕴含于语境和意境中。只要从作品的整个艺术形象体系的总体上去考察,就会发现众多艺术形象,不仅是相互交迭、相互包含,而且又是纵横交错、枝叶蔓生。"你中有我,我中有你。"有时即使一个具体的艺术形象,往往是作家、艺术家的明确性与模糊性、顺向与逆向、停顿与跳跃、单一与多向的弧线思维的聚集点,迸发出多重意义的艺术光辉。创作时空的多维性,表明艺术形象在多种复杂关系中存在。这就要求我们多角度、多元化、多层次地审视文艺作品。既然感受到作品艺术形象体系的立体感,就要善于把握作品主体构成的艺术形态特征,从各个不同形象、不同侧面、不同层次之间的内在联系系统中,从不同层面相互作用的折射中,去探索和挖掘作家、艺术家的情感流程和作品的思想意蕴。这样看到"庐山"的多面性,就不难认识"庐山真面目"。

有人说我国文艺理论中的"主题"概念,是从前苏联引进的。前苏联文学教程虽然从思想意义的层面上看待"主题",但没有把"主题"视为文学作品的"中心思想",而是与作品表现的思想相提并论。季摩菲耶夫说:"在综合地描绘生活时,作家触及一系列相互关联的问题,对它们每个问题必须予以某种评价。因此作品的'思想—主题'的组织便极端复杂。作品中的每个形象、每种生活环境,已经各有特殊的主题,和对主题的特殊的评价,(我们将把'问题''npāléom'一词,指思想和主题的统一,就是指在一定的思想背景中的一定的生活面)或是'多样主题的'及'多样思想的'。强调地指出作品的'问题'(及其思想及主题)的多样性是非常重要的。"[7]季摩菲耶夫将"思想—主题"视为作品中"一个独立的'问题'而'呈现的'","作品中一系列相互关联的问题",构成"多样主题及多样思想"。由此观察有论者提出的"主题多义性",无疑打破了"主题"概念单一性的局限。作品形象系列中蕴藉的各类意义,也有可能在特定的结构之中融合成一个总体思想,但与作为作品"主题思想"或"中心思想"的概念,还是有着根本的区别。其实俄语单词 тема 或 лейтмотив,是将主题、题目、话题与主旋律作为同等涵义相提并论的。

二

美国著名的文学理论家、小说家韦勒克、沃伦把艺术品设想为一个符号和意义的多层结构,他说:"……经过仔细考虑才形成的符号和意义分层结构的概念,正是要克服内容和形式分离这个老矛盾。艺术品中通常被称为'内容'或'思想'的东西,作为作品的形象化意义的世界的一部分,是融合在艺术品结构之中的……在我看来,唯一正确的概念是一个断然'整体论'的概念,它视艺术为一个多样统一的整体,一个符号结构,但都是一个有意义和价值,并且需要用意义和价值去充实的结构。"[8]

倘若我们将文学作品的艺术形象整体划为下列图式(横截面示意图),那末,艺术表象(或艺术外壳)与艺术内蕴(或艺术内核)是互相依赖和渗透、互相作用和影响的统一体。一方面,形式—意趣—情感—意义之间是层层包容的关系,因而对最深层思想意义的探讨,无疑建立在对艺术形象体系分析的科学基点上。另一方面,这四个层面又是不可分割的。作品的思想意义总是自然而然地蕴含于艺术形象(形式)之中,所谓"有意味的形式",即是说艺术形式本身具有审美价值和思想意义,艺术的感性形象积淀了美与意念的特质。分析作品的审美价值和思想意义,离不开对艺术构造特征的分析;而分析作品的艺术特色,也离不开对创造主体意识和艺术形式"意味"特质的分析。人们往往对后者没有引起足够的重视,这也正是导致对作品的艺术个性的发现和发掘"先天不足"的重要原因之一。作品的思想意义和艺术特征,实际上属同一审美客体的"同命相连"的叠合体,具有内在的不可分割性。从这点意义上看,更有必要在

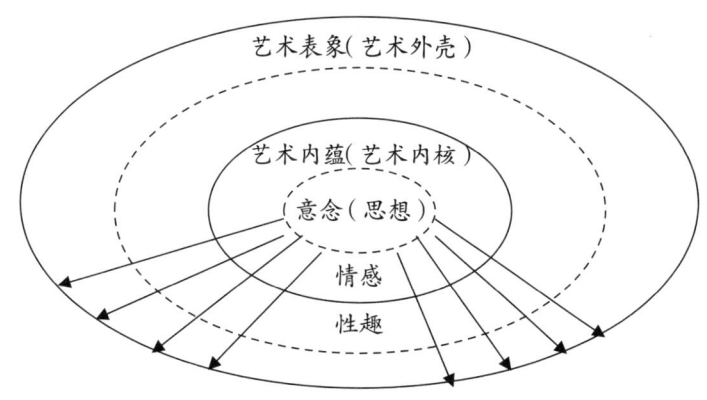

文艺"主题"问题上树立艺术的"整体论"的观念。

鲁迅不赞成对作品所谓"大旨"的讨论。他针对旧红学评论,曾讽刺道:"单是命意,就因读者的眼光而有种种:经学家看见《易》,道学家看见淫,才子看见缠绵,革命家看见排满,流言家看见宫闱秘事。"[9]他在批评有些人对《西游记》思想的简单化评论中,说:"如果我们一定要问它的大旨,则我觉得明人谢肇淛所说的:《西游记》……以猿为心之神,以猪为意之驰,其始之放纵,上天下地,莫能禁制,而归于紧箍一咒,能使心猿驯服,至死靡他,盖亦求放心之喻。"[10]这所谓"大旨"的话,显然是宽泛的理解,是指具有丰富底蕴、幽默意味的神奇优美的独特艺术构造主体。胡适在《〈西游记〉考证》中,也反对妄想透过纸背去寻那"微言大义",遂把一部《西游记》罩上儒、释、道三教的袍子。从吴承恩的诗中知道他确有斩鬼的清兴,而决无"金丹"的道心,他抱着的是一种"滑稽意味和玩世精神"。胡适考察,显然是从作家创作心理和艺术特质着眼。

"主题"这个词,来源于德国。它最早是一个音乐术语,即乐曲中最具有特征的、并处于显要地位的旋律,即主旋律。在俄罗斯音乐理论中,主题和主旋律也是同一个单词。音乐中主旋律,自然是指包含有音义结合的音乐整体形象。后来这个音乐术语被移到文艺创作中来,但其主旋律的内在涵义,大概没有变。在西方文艺理论中主题的内涵,本来是广义的。英文中的主题和题材就是一个词:subject matter。其解释:matter treated of in a book(contrasted with style)[11]是说在一本书中对一件事或人物的处理,它是与文体、写法相对的。这自然泛指作者对艺术材料构思的形象主体及特征。

我国清代李渔的"主脑"说,与西方的这种主题原意,倒是差不多的。这里不妨将原文摘引如下:

> 古人作文一篇,定有一篇之主脑。主脑非他,即作者立言之本意

也。传奇亦然。一本戏中,有无数人名,究竟俱属陪宾,原其初心,止为一人而设。即此一人之身,自始至终,离合悲欢,中具无限情由、无穷关目,究竟俱属衍文;原其初心,又止为一事而设。此一人一事,即作传奇之主脑也。[12]

李渔将《琵琶记》中的"重婚牛府"、《西厢记》中的"白马解围"等"一人一事"的中心事件,视为"传奇之主脑"。福斯特也称"故事是小说的基本面","故事虽是文学机体中最简陋的成份,而今却成了像小说这种非常复杂机体中的最高因素"。他强调"小说必须是个整体","必须围绕一个中心,其主题、布局和表达方式都应紧紧抓住各种人物,引伸出情节,还要使小说从外表看来前后连贯——即把分散的言词编织起来,像一张网子似的——宛似一颗行星在记忆的天空上运行一般。"[13]福斯特的这一艺术见解,显然与李渔的"主脑"说相默契。作为叙事文学中的"人"与"事","人"是要通过"事"来表现的,许多的人物关系和纠葛包含于中心事件之中。李渔批评了后人作传奇中"但知为一人而作,不知为一事而作"的创作倾向。"尽此一人所行之事,逐节铺陈,有如散金碎玉。以作零出则可,谓之全本,则为断线之珠,无梁之屋"[14]。显然,李渔所说的"事",不单是以一个主要人物而是包含其他人物的关系的整体情节骨架,它是提携和冠结全篇的"主要关键"。正如后来刘熙载进一步阐释的:"主脑,皆须广大精微,尤必审乎章旨、节旨、句旨之所当重者而重之,不可硬出意见。主脑既得,则制动以静,治烦以简,一线到底,百变而不离其宗,如兵非将不御,射非鹄不志也。"[15]

有不少论者将李渔的"主脑"说,作为论证"主题"概念的主要依据,显然不妥。"立主脑",是李渔戏剧理论的特定概念。它是从作品的艺术整体构思而言,并非单纯指"主题思想"。只要从总体构思上着眼,李渔的"主脑"说,完全可以视为作品艺术艺术形象整体的主干。

西方的主题（主旋律）说也好，我国李渔的"主脑"说也好，都是具有宽泛内涵的概念。可以理解为作品中艺术形象整体结构形态的内核和主要特征，它不仅是作家、艺术家进行独到巧妙的艺术构思中而形成的作品的主要骨架和基本线索，而且其中自然而然地辐射或蕴涵着作家、艺术家的审美追求、情感特征、趣味和风格等。它是作品和艺术形象的灵魂，具有"制动以静，治烦以简，一线到底"的艺术枢纽的性质。我们对文艺作品进行"主题""主旋律""主脑"的分析，可以从作品艺术形象构成的主体形态及其基本特征着眼，探讨其美学意蕴，包括生命情感、思想、哲学诸层面的意蕴。

注释：

［1］高晓声：《且说陈奂生》，《人民文学》1980年6月号。
［2］陆文夫：《却顾所来径》，《江海学刊》1984年第3期。
［3］福斯特：《小说面面观》，花城出版社，1984年，第23、24、59、142页。
［4］以群：《文学基本原理》（下），上海文艺出版社，1964年，第304页。
［5］《光明日报·文学遗产》，1985年1月22日。
［6］滕守尧：《审美心理描述》，中国社会科学出版社，1985年，第248-249页。
［7］季摩菲耶夫：《文学原理》，平明出版社，1955年，第179页。
［8］韦勒克、沃伦：《文学理论·中译本前言》，刘象愚 等译，三联书店，1984年，第16-17页。
［9］鲁迅：《〈绛洞花主〉小引》，《集外集拾遗》，人民文学出版社，1973年，第177页。
［10］鲁迅：《中国小说史略》（单行本），人民文学出版社，1973年，第297页。
［11］《现代高级英汉双解辞典》，牛津大学出版社，2005年，第1098页。
［12］［14］李渔：《李笠翁曲话》，湖南人民出版社，1980年，第19、20页。
［13］福斯特：《小说面面观》，花城出版社，1984年，第23、24、59、142页。
［15］刘熙载：《艺概》，上海古籍出版社，1978年，第172页。

（本文初稿题为《文学主题说质疑》，原刊《文史哲》1987年第1期）

艺术与诗

一切艺术都是心灵的艺术,只是各自所用的感性材料不同。黑格尔说:"……诗的想象和心灵性的观照本身,而且由于这个因素是一切类型的艺术所共有的,所以诗在一切艺术中都流注着,在每门艺术中独立发展着。诗艺术是心灵的普遍艺术,这种心灵是本身已得到自由的,不受为表现用的外在感性材料束缚的,只在思想和情感的内在空间与内在时间里逍遥游荡。"[1]黑格尔这段论述,无疑是精辟深刻的。一切艺术都具有诗性特征,而在各门艺术中又有不同的表现形态。假如从诗的意味的角度,看各类艺术的形式(形象)的诗性表现特征,可以说:绘画是有形的诗,音乐是有声的诗,舞蹈是灵动的诗,雕塑、建筑是凝固的音乐诗,以及戏剧、电影等现代叙事艺术中具有诗化倾向,等等。本文首先对绘画、音乐、舞蹈略作管窥之见。

之一:"画是有形诗"

历来称诗画为"姊妹艺术"乃至"孪生姊妹艺术"。如何从诗与画的内在关联和贯通出发,认识诗画艺术的相互作用和影响,仍是值得探讨的问题,本文侧重谈谈绘画艺术中的诗性因素或特质。

人们大多从形象意义上谈论"诗画一体""诗画一律"。古希腊西蒙尼德斯最早提出"画是一种无声的诗,而诗则是一种有声的画"[2]。中国古代诗画家强调诗画"异体而同貌""异迹而同趣"。如宋代张舜民说的"诗是无形画,画是有形诗"[3],成了后代艺术家的引言。苏东坡称"味摩诘之诗,诗中有画;观摩诘之画,画中有诗"[4],更广为人知。这般诗画互通互补互济的艺术关系,不能不说是中外古代诗画家的重要艺术发现和创作经验之谈。所谓诗是"无形画""有声画",是指诗歌语言的图画性,而诗又有非图画性的特点;所谓画是"有形诗""无声诗",是说绘画是富有诗意的形式,而绘画又始终离不开图画性。图画性,固然是沟通诗画艺术的切合点,但二者互为融会、相辅相成的艺术工程,又不能仅仅停留在表层形象的比拟模仿上。那样考察诗画的互通性,势必导致理解肤浅,思路狭隘。清初张岱《与包严介》中的评说,即是一例。他说:"如李青莲《静夜思》诗'举头望明月,低头思故乡','思故乡'有何可画?王摩诘《山路》诗'蓝田白石出,玉川红叶稀',尚可入画,'山路原无雨,空翠湿人衣',则如何入画?又《过香积寺》诗'泉声咽危石,日色冷青松','危石''日色''青松',皆可描摹,而'咽'字、'冷'字,绝难画出。故诗以空灵,才为妙诗;可以入画之诗尚是眼中金屑也。"[5]这种只看到绘画对诗歌形象的机械临摹,而看不到绘画形象的涵蕴的诗性特点,显然是简单片面的。因没有看到诗画艺术的内在联系,即都是通过形象表情达意,因而提出二者对立的观点。

绘画与诗,自然有着不同的艺术表现特点和发展规律。我们不可离开不同艺术门类的独特性,奢谈它们之间的联系。不同艺术门类之间艺术因素的交融和渗透,应该建立在等重和发展自身艺术特长的基点上。如果离开绘画与诗的不同特点,也容易模糊或抹煞诗与画的界限,作出浅陋粗疏的结论。正如莱辛所批评的:"时而把诗塞到画的窄狭范围里,时而又让画占有诗的全部广大领域。"[6]绘画与诗,不管是在描写形式还是表现方式方面,不管是在艺术鉴赏还是审美效果方面,都是有着很大差异的。画家运用线条、色彩和光进行创造,诗人运用语言文字、节奏和音韵进行创造。绘画描摹物体或动作的某一顷刻(最富于孕育性的那一顷刻),属于空间艺术;诗则能表现事物或动作的先后承续的变化,属于时间艺术。绘画按照物体组成部分去描写美,首先诉诸读者以视觉印象;诗则可以按内心状态表达情感,就美的效果创造美,诉诸读者以联想和想象。在绘画中,单凭孤立地描摹形象或姿势是不够的,还必须有一种完整的、具体的客观情境,乃至是凝聚有过去的和未来的表现的瞬间,方可以造成绘画的艺术意蕴。我们称"画是有形诗",就是指绘画艺术表现形态的内在意蕴的诗性特质,西方艺术家也称之为"诗意艺术"。诗,作为高度概括和凝练的语言艺术及其表现自由的特点,也为画家发挥绘画自身潜在的诗的因素,丰富和拓展绘画艺术,提供了参照系。

达·芬奇有句名言:"眼睛叫做心灵的窗子。"绘画与诗一样,都是艺术家、诗人的内心情感、主体精神的艺术表现。现代画家更强化了感觉的主体性。叶燮曾说"画者,形也,形依情则深;诗者,情也,情附形则显"[7],既强调了诗画所共有的情感性,又阐释了诗画表情的不同特点。尽管视觉艺术不像语言艺术那样容易表达内心情感,但画中的形与神(情)与诗中的景与情(神),是互通不悖的。诗中的形象(意象),虽并非都可以转化为物质的图画,却都能借以想象的方式而存在。美术欣赏,往往也需借助想象而进入艺术境界。欣赏一幅好画如同欣赏一首好诗,可谓殊途而同归。诗画的寓意及其方式,是相通的。中国画讲究"以形传神""气韵生动""意在笔先";中国诗追求神韵、空灵、"言有尽而意无穷"。诗的暗示,"得意忘言"的方式,能够增强视觉画面的涵蕴("神""韵""意"等),使绘画境界变得含蓄、深邃。诗人吴龙翰在为宋代画家杨公远的《野趣有声画》所作的《序》中说:"画难画之景,以诗凑成;吟难吟之诗,以画补充。"黄庭坚在《次韵子瞻子由题憩寂图》中的诗句"李侯有句不肯吐,淡墨写作无声诗",都是称道诗对绘画艺术的补充和拓展,或者说诗的因素在绘画艺术中的特有表现。张岱以"空灵"与"眼中金屑"将诗画分开,实质上也限制了"以形传神"(意)的力度和内涵,甚至割断了形与神(意)之间的联系。中国画持虚成实,追求中国诗的以实写虚的艺术效果。神似,也是虚拟;以形传神,也是以实写虚。所谓"神龙见首不见尾",是中国诗画家共同的艺术追求。若李白的《静夜思》入画,画出"思故乡"的境界,有何难?从《山中》(王维)的白石红叶中,又何尝画不出"湿人衣"的"空翠"?既然描摹"泉声""危荷""日色""青松"(《过香积寺》),却显示不出"咽"字、"冷"字,何以谈得上绘画的意境?王维的画作被公认为"画中有诗"的范本,历代画论中多有评述。或曰:"王维画物,多不问四时,如画花,往往以桃、杏、芙蓉、莲花同画一景。予家所藏摩诘《袁安卧雪图》,有雪中芭蕉。此乃得心应手,意到便成,故造理入神,迥得天意,此难可与俗人论也。"[8]或曰:"王维画伏生像,不两膝着地用竹简,乃箕股而坐,凭几伸卷。盖不拘形似,亦雪中芭蕉之类也。"[9]王维不管是画物,还是画像,都不拘形似,而求神会。清代神韵派大师王士禎在评述王维的诗画艺术融会时,将"只取兴会神到"视为古人诗画共性的艺术原则。[10]"以桃、杏、芙蓉、莲花同画一景",乍看不合一年四季的自然真实,实则以"画意不画形",合以"兴趣"或禅意作为内在逻辑的艺术真实,也切合达·芬奇关于"用心""把比较有价值的事物选择出来,把这些不同的事物捆在一起"的观点。亦如现代诗人运用蒙太奇手法,将不同季节里"花"的意象串联在某种情绪线索上。这种绘画的构境,因悖于事理的形式感,而突出画的特殊意蕴。"雪中芭蕉",更为脱俗之精品。金农在《冬心集拾遗·杂画题记》中称赞:"王右丞雪中芭蕉为画苑奇构。芭蕉乃商飙速朽之物,岂能凌冬不凋乎?右丞深于禅理,故有是画,以喻沙门不坏之身,四时保其坚固也。余之所作,正同此意,观者切莫认作真个耳。"艺术亦与禅理贯通。"雪中芭蕉",以超越"四时"的美丽"奇构",诗意十足,简直成了永恒的象征。画境蕴含"禅理",其暗示意味带有一种空灵感和神秘的美。王维作为诗人画家,表现了将诗的特长融入绘画之中的艺术自觉。

现代绘画艺术向内容与形式的一体性方面发展,加强了作品的形式感,形式几乎就是内容本身。一幅画,成了画家的感觉的形式或某种情绪、某种心境的符号。贝尔称之为"有意味的形式",苏珊·朗格称之为"艺术符号"。这与诗人抒写心灵、表现生命的语言意象符号,几乎取得了同步。正如马提斯在比萨观看乔托的壁画《耶稣圣迹图》时所说的:"我并不关心基督的事迹,而是立刻沉溺在线条组织和色彩所传达的感情之中。"绘画的线条和色彩像诗句一样传递情感和意绪。绘画要达到诗意效果,就需借助于诗的虚构和想象,进入对具体视觉形象描摹的过程的艺术抽象的强度,或者作符号化的处理,赋予物质形式的暗示性、虚幻性,造成诗的意味和诗的意境。绘画的诗意或意味,也常常像诗一样通过比喻、拟人、夸张、变形、寓言、象征等手法表现出来,用别的事物或者象征符号表示某种事物和人。例如,季节、河流或宇宙各部分组成的某种拟人化的形象,尽量造成画面的延伸意义或深刻寓意。只是绘画艺术的意味,并不是语义的功能所能完成的。这种表现性形式,是通过色彩、线条、平面、光影等组成这件个别艺术的所有因素之间的相互作用产生出来的。犹如一首诗的词语组合所产生的效果:成为诗人的灵魂或生命的存在的寓所。考察构成的基本形式要素——线条、色彩和光影,是具有特定内心蕴含的物质形式,显示了视觉语言的张力和诗意。

线条的蕴涵,色彩的意味,光影的韵律,以强烈的主体性与丰富的表现力,构成绘画艺术的感性空间与虚幻空间的统一。贝尔在《艺术》中说:"仅从一条线的质量就可以断定该作品是否出自一位好画家之手。"好画家手中线条的"质量",大概主要在于它的独特的表现力,特别是线条的暗示力(张力)和审美力量。亦如诗中词语的连锁,多用其转义和引申义。对于线条及其所构成的图形,与其说是为了客观的塑形的视觉的效果,还不如说是为了主观的表情的心理的效果。从某种程度上可以说,绘画是由出自艺术家内心的线条构成的心灵的审美的图式。例如南宋马远的山水画《枯柳远山图》与日本雪舟的《冬景》,虽然都是描写冬景,却给人以迥然不同的感受。前幅画中多是起伏的圆软的线条,或纤细质轻,或厚重宽大,于严冬的肃杀中流淌出一种宁静致远的平和情绪。后幅画中那种锯齿状生硬锐利的线条,则于寒冬的冰天雪地中传达出一种冷酷无情。这里线条成了凸现不同文化气质的内心世界的指示符号。同样,色彩的意味,也表现在色彩的情感反应和色彩表情的象征方面。如李白的诗词:"平林漠漠烟如织,寒山一带伤心碧"(《菩萨蛮》);"明月不归沉碧海,白云愁色满苍梧"(《哭晁卿衡》),诗歌画面中的色彩,都是诗人在特定情境中的心灵情感的印象。绘画与诗歌大体上是一致的,色彩所达到的审美效果,都是在心理和生理的层次上实现的。阿恩海姆在《艺术与视知觉》中赞叹:"那落日的余晖以及地中海的碧蓝色彩所传达的表现性,恐怕是任何确定的形状也望尘莫及的。"表明自然界中色彩感知富有的表现性。达·芬奇、莫奈、塞尚等大师追求自然的光和真色。当莫奈画《草地上的午餐》时,他选择了阳光普照的室外而不是画室。色彩在创造性的绘画艺术中是心灵化的独特符号。艺术家总是选择与自己的情感(情绪)相契合的色彩入画。西方表现主义画家把色彩视为"精神色彩"。在西方宗教题材的绘画中,黄色暗示天国的光明,并在与暗色调对比中洋溢出辉煌和欢快的情调。毕加索从1903年的蓝色转向后来的粉红色,表面上看是描绘对象的变化所决定的,实际上是特定的内在性情的集中迸发的变化所致。这些都说明了20世纪世界画坛色彩知觉的主观性尤为鲜明突出。当色彩成为艺术家的激情甚至生命的有机体,成为最好的内心语言时,它就会呈现出诗一般的艺术意味和审美力量。这是从调色板到艺术精神的飞跃。我们正可以从色彩的诗意上理解凡·高说的"未来的画家就是尚未有过的色彩家"。

法国画家保罗·西涅克在《从德拉克罗瓦到新印象主义》一文中甚至说:"画家当能使色彩和线条从属于自己的感情以及感情的表达,那么他将担负起一位真正诗人、真正创造者的工作了。"保罗·西涅克将绘画视为诗人的工作,是为了强调色彩和线条的抒情和创造。法国浪漫派风景画,即被称为"一种自由的抒情画"。莫奈的《早晨》,主要突出溪旁一株橡树,远处树木在水中的隐影,麋鹿在溪边饮水,起陪衬作用。占据图中最大部分的是天空,一片缥缈不定的云使天空显得很低,晨光中丛密的橡树叶间透露出来的光,是微弱的。这幅画的魅力,就在于蕴藉的诗意。那东方既白,晨光熹微,万物从朦胧中初醒过来的境界,流转着无声无形的生气。这种境界触发起人们新奇微妙、不可捉摸的情绪:或许是对生命的感思和惊喜,或许是与自然界亲切幽密的交流,或许获得一种纯粹精神的印象……这显示了画境的丰富深邃的诗意。至于高更的《清晨》,则将气氛作为画的主要基调,自然界变化不定,充满着神秘与谜。在他的画中一切在颤动,像小提琴所发出的袅袅不尽之音,那么自由活泼,半是清晰半是朦胧,这是凡尔伦(Verlaine)的诗的境界。如果说浪漫派风景画比较接近抒情诗的风格,那么表现主义的两个团体——比喻的和抽象的画派,对新的形式的追求,也是富有诗意的艺术。印象派作品类似于无标题音乐,给人以轻快诗意的满足。总之,这类画面给人们的印象,绝非造型的、视觉的,而是诗的、联想的、感觉的;使人们感动的,也不是它的线条美、色彩美,而是被唤起的一种精神的、审美的情绪。

　　成功的画境与诗境表现有相通的审美追求。尽管绘画受到物质的感情形式的制约,不能像诗人那样会有"思接千载,视通万里"式的自由抒情,然而艺术大师手中的线条和色彩,并不比诗的弹性语言逊色,他们以天才的独特的虚构和描摹,在感性的物质空间里建构起通向心灵的艺术虚幻空间,从而表现了绘画艺术自身特有的艺术原则和规律,也显示了绘画这一感性的物质形式所特有的其他艺术形式不可代替的艺术魅力。

之二:音乐的"诗意"

如果说"意味"是各类艺术形象或形式的共同特征,那么音乐的"意味",则表现了更丰富至深的内涵。因而可以说,最富有音乐性,也是诗。"音乐状态",也是诗的境界,乃至是诗人追求的语言超越的最高精神境界。有人认为艺术"极力地趋向于音乐状态",不无道理。

英国音乐学家柯克在颇有影响的专著《音乐语言》中详细地阐述了音乐的音调所具有的各种语义因素。德国作曲家门德尔松也把音乐视为一种至高无上的语言方式,甚至认为音乐语言不能用文字来表达,因它太丰富了。俄国作家屠格涅夫在小说《春潮》的创作过程中,也深切感到"无法描写萨宁读了这封信后的内心感受,没有一种言辞可以充分表达出这些深刻而强烈的并且是不太清晰的、难以用语言表达的情感,只有用音乐才能把这些感情表现出来"。显而易见,我们可以把音乐看成既包容有各种语义因素,又是一种超越语言的表达。这种音乐语言的丰富蕴涵,体现了只可意会不可言传的诗性特征。

音乐的意味,也可称诗意,或者是诗意的延伸。音乐与诗属于时间艺术,都是由同一种感性材料声音构成。不同的是,音乐是音响的组合和运动的艺术,意义主要在于声音自身之中,声音是音乐的生命形式;而诗是词语和声音的结合,意义存在于词语之中,词语是诗的存在形式。苏珊·朗格说:"音乐中,时间过程借助纯粹的音响因素成为可听的。这些因素单为耳朵存在。在延续的音乐意象中,所有音乐对于我们实际时间感觉的帮助,均被音调感受排除和取代。但是,文学的要素则不是这种声音。即使是在诗歌中,文学也绝非仅仅为了听,它们已经成为一种符号,而不是像形状、音调那样一些可以当作'自然'符号形式的纯粹感觉对象。"[11]音乐是可以听到的时间形式,瞬间即逝的声音世界通过耳朵直接渗透到心灵的深处。诗歌不仅是可以听到的时间形式,更重要的是供阅读的时间符号,质朴简洁或异彩纷呈的意象世界,通过眼睛和想象引起心灵的共振。音乐的音响作为"自然符号形式的纯粹感觉对象",比不上诗的意象符号荷载意义的功能。然而,中国诗对"得意忘言"的审美追求,诗人们常有"言不尽意""言不适意"的困惑,甚至感到语言成了表达诗意、寄寓生命情感的樊篱。从这一意义上说,语言的表述不如音乐的表述直接,音乐性的内容具有突破或超越语言局限的实践意义。白居易的《琵琶行》是对音乐语言(化听觉形象为视觉形象)的模拟,尽管白居易与琵琶女有相似的命运遭际和人生体验,但这首诗还是代替不了浔阳江头琵琶女的音乐倾诉。因为丰富的音乐语言是很难用文字来表达的。尼采说:"语言作为现象的器官和符号,绝对不能把音乐的至深内容加以披露。当它试图模仿音乐时,它同音乐只能有一种外表的接触,我们仍然不能借任何抒情的口才而向音乐的至深内容靠近一步。"[12]当然尼采未免夸大了语言与音乐的界限,作为文学语言的皇冠的诗,最能与音乐沟通,融为一体。《琵琶行》的成功之处,就在于诗体验也是进入音乐体验的过程,语言意象符号对于动人的琵琶音乐境界的最大的指示性,可以说诗意延伸而成音乐境界。

音乐的诗意寓于情,只是音乐的抒情,不像诗"借景抒情",而是"借情抒情",即对情绪气氛的客观描述(对自然景物的描绘,也是着意于情绪气氛的渲染),表达主观情感。因为音乐家对情感内容的深化,并非使它外现为一种图景,而是一种返回到自己内心世界的自由中的艺术过程。柴可夫斯基说:"这纯粹是一种抒情的过程,是灵魂在音乐上的一种自白,而且充满了生活中的所有经验,通过音乐倾泻出来。"音乐比诗更带有主观性,具有艺术形式相对的自由。它不像雕塑、绘画、诗歌在艺术表现中受到石头、色彩、词语的束缚,而音调和节奏可以在感觉和想象的内在时间和内在空间之中迢迢游荡,音符仿佛成了精神自由的代码。因此,黑格尔说:"音乐家主体创作自由有尽量发挥作用的余地。"[13]"如果我们一般可以把美的领域中的活动看作一种灵魂的解放,而摆脱一切压抑和限制的过程,因为艺术通过提供观照的形象可以缓和最酷烈的悲剧命运,使它成为欣赏的对象,那么,把这种自由推向最高峰的就是音乐了。"[14]譬如,贝多芬的第一到第九交响曲,多样化地运用变奏交响套曲形式,深入展示人的内心情感世界的自由。主部揭示人的英雄性的因素,副部揭示人与自然相联系的内心体验,即大自然的人性化,人的抒情性体验。这两条线索,不是以静止的方式而是在丰富的发展中表现出来,在充满思想情感的冲突(悲怆的与奋进的)形象中,呈现人性和灵魂的自由,造成音乐的审美境界。堪称贝多芬的创作顶峰之一的第五交响曲,并无文字标题,但两种命运和力量的冲突,那种争取人的自由解放的明朗而愉快的情感(情绪)的旋律,却鲜明地贯串在整个交响曲中。贝多芬说过,乐曲开始的主题动机是"命运在敲门",故也有人称之为"命运交响曲"。乐曲中包含着贝多芬对坎坷的个人命运的深刻体验以及他与命运搏斗中表现出的桀骜不驯的性格和灵魂深度。这部交响曲的各乐章相互联系又不断变化,并且运用奏鸣快板形式、交响性手段、大调与小调、主部与副部的结合、音色与音区的对比等手段,逐渐将交响曲推向宽广的阶段,从而揭示人的不同方面,呈现出丰富完整的人性世界。这种内心抒情的音乐形象,虽并未告诉我们任何具体事件,我们却从中感到人的自由精神的强大力量。这种以真正的"人"作为主题的交响曲,是最大限度概括的音乐形象。

概括性抒情,是音乐与诗的共同特征。一首短短的乐曲,可以包容无限的情感;一个小小的乐段,可以倾诉深沉的心绪。乐曲的音响形式指向比较抽象的内心生活,即所谓纯粹的声音。人们所熟悉的芭蕾舞音乐《四小天鹅》(《天鹅湖》),乐曲响起,给人一种欢快的气氛,仿佛小天鹅翩翩起舞,但乐曲中没有模拟小天鹅展翅等动作,也没有鸟鸣,表达的只是一种气氛,一种情绪和情调,一种比较抽象的心灵的声音。即使侧重于模仿大自然和生活中的音响的作品,如笛子独奏曲《笼中鸟》、唢呐独奏曲《百鸟朝凤》,在展现鸟儿在茂密丛林中跳跃、翱翔和歌唱的美丽风景中,也表达一种自由欢快的情绪。感情本身就带有抽象性。优秀的乐曲总是通过赤裸的感情的抒发,表达某种概括性的内心生活和音乐的精神体验的过程。小提琴协奏曲《梁山伯与祝英台》,为什么那么优美动人,令人陶醉?这显然是音乐的魅力。作曲家并没有通过音乐复述故事情节,而是择取"草桥结拜""英台抗婚""坟前化蝶"三个主要情节,作自我情感的体验、凝练和升华,构成乐曲的呈示部、展开部和再现部的内在发展逻辑,从而赋予梁祝的忠贞爱情这一概括性主题以音乐的诗意和延绵不绝的余韵,产生了文学剧本所达不到的效果。正如托马斯·门罗在评论德彪西的管弦乐序曲《牧神午后》时所说:"并不想通过音乐的形式将原诗描写的情节刻板地复述出来,而只是描述了牧神梦见他过去与仙女相遇时最富有音乐性的一段。"[15]只有最大限度地概括了的音乐形象,才"最富有音乐性",也最富有诗意。

音乐对于内心生活和感情世界的概括性、抽象性的展示,也如同诗歌,是一种暗示、隐喻或象征的表现过程。著名作曲家理查·施特劳斯认为诗人歌德说的"我把我的一切努力和成就都看作只是象征性的",正好是对音乐艺术最好的释义。[16]音乐中的象征性,是在情感领域为听众展示出一种"时间"幻象,展示出一种复杂多样、广阔的虚幻音乐运动。即是说,某个声音形式在运动中创造了一个有机的虚幻的主观时间意象。因而汇聚在这条时间之流中的旋律与和谐音乐所构成的一种张力,同样也显示着生命情感的、精神上的张力,并且这种张力随着声响的运行不断地变化发展。任何乐曲的声音形式,无不渗透着作曲家的情感和精神的体验。所谓"借情抒情",就是通过暗喻或象征的方式(前"情"是喻体、象征体),达到抒发这种主观情感(后"情")的艺术效果。换句话说,是为了增强音乐形象的情感涵蕴及其审美效能。譬如,从肖邦后期的钢琴音乐创作中,我们听到了更多的痛苦、郁闷、孤寂、愤怒,而这种苦闷不安的情绪气氛,又以特有的暗示性、象征性,包孕着惊雷般的感情力量——一种反抗的激情,不可屈服的民族意志和精神。也有些音乐作品把对情感的客观描述寄于自然景物之中,使情景融为一体。舒伯特音乐中出现的小溪的潺潺声织成的是一种纯粹的音乐形象,而其中的那云雀的真实啼叫在人的脑海里形成的仍然是一种自由的旋律。所谓"舒伯特的小溪"或"舒伯特的喇叭",就是舒伯特音乐创造的独有情感形象的指代。阿炳的二胡独奏《二泉映月》,泉流之中含有悲咽,月色之中呈示愁色,阿炳将不尽的酸楚、哀怨、悲愤,自然融入泉流月色之中。与其说这是二胡独奏音乐对泉流月色的模拟,不如说是对客观感情的形象描述。其情如泣如诉,拨人心弦,无疑是阿炳对内心郁结的感情世界的象征性表达。有人把无词歌曲比作抒情小诗,把叙事曲比作叙事诗,也主要是以乐曲的抒情性暗示的诗性手段为依据的。

音乐与诗结合为歌曲或交响诗。当诗(歌词)进入歌曲之中并融入音乐之中,作为独立的诗词完全消失在音乐之中了,诗的词句、声音、意义及意象,统统变成了音乐的元素。这并不是说歌词在歌曲中就不起任何作用,而是说它已进入了一种全新的结构之中,为音乐所同化。大凡优秀歌曲,都发生这种音乐对诗的同化现象。在音乐中,虽然歌词(诗歌)失去了原来的独立性,但一首好的歌词,则能够增强音乐的诗情画意。譬如俄罗斯古典作曲家达尔戈梅斯基的西班牙浪漫曲,歌词是普希金的诗:"夜晚的微风,飘散着香气。瓜达基维尔河水在奔腾,在喧响。"造句每一次都重复这一歌词,主要调性是 C 小调。第一插部叙述了事件的环境:"那里升起了金色的月亮,嘘,静些……吉他琴响了,一个西班牙少女,凭倚在阳台上。"而第二插部属于歌唱的小夜曲之类,是对这个西班牙少女的自白:"亲爱的,摘下你的披肩,像五月的太阳一样露出你的面容,把你秀美的纤足,露出在栏杆边吧!"接着便是叠句:"夜晚的微风,飘散着香气……"这首歌音乐性很强,歌词完全消融于独特的旋律音调之中,化为优美动人的诗情在音符间荡漾。而插部宛如两幅相映的风俗画,其C大调与叠句的C小调形成鲜明对比。这是富于诗情画意的歌曲性的一种类型。至于在交响诗中,这种诗意性的表现更为明显。

音乐的抒情,虽然不是对诗的模仿,因为音调和旋律本身就具有动人心弦的美感和抒情的功能,然而音乐所暗示或象征的意义,音乐含有的某种诗意,则提供给听众丰富的想象的因素。音乐欣赏者听到的应该是音乐的要素——音乐运动中直接呈现出来的那种鲜明生动的生命情感及这种情感的脉络,但要真正深入感受和领会音乐意象的全部情感含义,仍然要借助于听众的联想和想象,并且带有欣赏者的主观感情色彩,音乐的美存在于声音自身之中。《琵琶行》,就是诗人白居易的音乐欣赏杰作。它通过艺术再现由琵琶音乐创造出来的虚幻时间意象,生动描绘了一种音乐的美,表达了"同是天涯沦落人"的痛苦的情感共鸣。音乐为人们提供一种内在的听觉感受。尤其是乐曲的音响,作为"纯粹感觉对象",其含义和美完全在于听众对音响的感受和理解之中。如斯美塔那的管弦乐套曲《伏尔塔瓦河》,使我们始终听到经久不息的水流,仿佛由汤汤的小溪汇成浩荡的大海。这是生命的河——由生命活动本身标示的虚幻时间意象,带有很大的概括性(抽象性)、象征性,给我们诗一般的丰富想象,引导我们进入精神生命的音乐境界。很多中外名曲,往往都包含着"只能意会,不可言传"的诗意,只要我们运用心灵的耳朵倾听,全身心地沉浸于持续的音调和旋律之中,触发起情感和想象,那么,我们就不仅感受到每部作品所表现的欢乐或悲哀、骚动不安或斗志昂扬等各种情感(情绪),同时能够把握音乐大师所表达的灵魂的运动的虚幻时间意象的全部意蕴。

之三：舞蹈——力的幻象　灵动的诗

　　舞蹈作为动态形象的独立艺术门类，也综合和融会了诗、音乐、绘画等艺术因素。有人称舞蹈艺术是"流动的诗，运动的画，跳动的音乐（旋律）"不无道理。然而，倘若进一步探究，这三者也不是并列的。应该说，音乐的节奏旋律，是舞蹈动作构成的不可缺少的基本组织要素；画面感是舞蹈动作构图的外在表现形态；诗的意味，则主要指舞蹈形式的内在意蕴。如果说音乐感、画面感属于舞蹈艺术的形式结构的外观印象，那么诗意（味）感，则是对舞蹈的形式蕴含和结构意义的深入感受。从舞蹈的创作和表演的艺术实践看，在一场舞蹈中，达到动作的节奏、旋律和构图画面，并不一定能够达到舞蹈艺术形式的诗情画意，即丰富的蕴涵，而后者却直接影响舞蹈的艺术水准和质量。

　　舞蹈艺术本质上也是展示内心生活，表现生命情感的形式。它与其他艺术之间的区别，就在构成形式（形象）的材料的不同。如绘画是通过色彩、光和线条构成虚幻空间，舞蹈是由人的形体所创造的一个力的虚幻世界。这个力的虚幻世界是通过一系列的动作和姿态的组合而显示出来的。即是说，舞蹈本身的纯粹外观的力，凝聚在动态形象之中。这是经过夸张和美化了的形体艺术的动作，是在对动作美的规律与动作表现规律自觉的认识和把握中形成的动作或姿势。舞蹈作为人的形体艺术、造型艺术，诚然要讲求形体动作的形式美，包括舞蹈者形体的特有能力，但也不能没有内在的情感和精神的表达。否则，动作形式就显得空洞无物，缺乏生命感。舞蹈艺术应该是形体美与意态美、动作美与精神美的融合和统一。我们称舞蹈是灵动的诗，包括两层基本含义：一是指舞蹈的诗情，二是指舞蹈的诗意。

　　情动于内而形于外。"情感经验可以通过动作直接表现自身"（摩尔·阿来太古语)。情感驱使舞蹈演员的动作姿态,舞蹈的动作组合是以情感线索为内在逻辑的。可以说舞蹈是"通过动作,提炼、升华到最高水平的情感的自我表现"(乔治·鲍罗丁语),是直接展示情感活动的结构模式。事实上,在史前期,人类虽然还过着野蛮的群居生活,却是十分崇拜舞蹈的部落。他们创造的舞蹈形象,都是些超凡的神灵和魔怪——原始世界的主要现实,这也是他们将内心生活,即主观经验和情感的对象化——对人类的本质所作的首次对象化的直接展示。这即是原始图腾的含义。(追溯到早于人类的鸟兽舞蹈,也是动物的本能与天性的展示。)在这个时期创作的音乐,只有伴随着这种舞蹈才显得动听。其实是音乐成了舞蹈的构成因素,便也有了舞蹈的意义。舞蹈虽然先于诗歌而出现,但却最早具有诗性特质。后来诗歌发展为完备的理论形态,便又对舞蹈产生了积极的影响和推动作用,促使舞蹈艺术的丰富发展。尤其是当舞蹈从神灵世界回到现实生活中之后,它使自然增添了鲜活的诗情,复苏了青春的生命。舞蹈成了人类真善美的感情和爱情的抒发。从《天鹅湖》《睡美人》等芭蕾舞的优美抒情,到19世纪末现代舞的倡导者伊莎多拉·邓肯认为动作源于个人感觉,主张不拘一格的自由舞蹈,都表明舞蹈的形体动作朝着人的自身的生命情感的体验方面深入发展。我国古代就有舞蹈与诗(词、曲)、音乐三位一体的艺术传统。流动的舞蹈形象,直接成了诗情的抒发、诗的意境的展现。譬如《春江花月夜》,舞蹈角色就是诗中抒情主人公"思妇"形象,是"思妇"借舞抒情。通过一系列宛转低回、轻柔优美的动作姿态,再现了"思妇"面对江月如怨如诉的情思和伤感惜别的感伤情调。女舞蹈演员把对诗情的深刻理解,倾注于自身创造的形体、动作、姿色和表情之中,将诗情由溢于言而转化为溢于形、姿和色,诉诸观众的视觉形象。

当我们观看一场舞蹈时,那悲哀或欢乐的情绪仿佛是直接存在于舞蹈动作之中,舞蹈动作的形式因素与它表现的情感(情绪)因素,在结构性质上是等同的。因此说，舞蹈作为情感的结构形式，堪称有意味的形式。每一个动作都是抒情"词汇"，如许动作就可以组合成"一首抒情诗"。舞的旋动，行神如空，行气如虹，能使深不可测的玄真的体验的境界，豁然而出。

假如探究这种舞蹈的形式，它尽管是可以感触的具有人体美的视觉形象，但也是虚拟的动作形式，是经过艺术提炼的视觉外观形式，是具有一定的艺术张力的暗示符号，同样给予观众直觉的想象。我们正是从这一角度，描述舞蹈的诗意。本来舞蹈作为造型艺术，具有画的表意性，虽属于一种观照的可变图画，但是动化构图。画的表意性，很大程度上是画中的诗性因素的作用。上文已讨论过诗与画有抒情表意方面的相通性。舞蹈的诗意，主要是指由形体动作构成的动态的形象的表现性。舞蹈编导家诺维尔说："舞蹈上运用的每一种手段，也是创作图画的表现能力，而在绘画方面能产生图画效果的各种因素，又可以作为舞蹈的模式。换言之，被画家所剔除的东西，也必然为芭蕾舞大师所排斥。"(《关于模仿艺术的通信》)舞蹈尽可能去借鉴和运用绘画的各种表现手段及艺术效果，但称"它们扮演了同一角色"，未免混淆了舞蹈与绘画的界限。实际上，舞蹈既是独立的形体艺术，同时也受到人体的局限。人体很不容易那样以简约的形象符号传递情感信息。正如阿恩海姆所说："对于艺术表现来说，人体是一个最困难的，而不是一种最容易的媒介物。"[17]譬如那些不具有意识的事物：一块陡峭的岩石、一棵垂柳、落日的余晖、墙的裂缝、飘零的落叶、一泓清泉，甚至一条抽象的线条、一片孤立的色彩，在诗与画中却能够获得有意识的、情感化的表现性，并且很有表现价值。这是由人与自然的"移情作用""拟人作用"而产生出来的。而人体的表现性的知觉和表现价值，直接存在于自身的舞蹈动作之中。譬如表现悲哀，在诗与画中可以用一棵垂柳来隐喻或象征，因为垂柳枝条的形状、方向和柔软性，传递了一种被动下垂的表现性，恰与悲哀的心理结构相契合。而舞蹈演员只能运用自身的形体动作进行表现,其大致特征是:缓慢、幅度小,造型呈曲线形,动作张力也比较小,方向变化不定,身体似乎是在自身的重力支配下活动着……这标示了悲哀的心理过程。然而,这种表现也有艺术上的高低之分。高明的舞蹈家,总是尽量虚化自身的舞蹈动作,虽然不一定把自己变为一棵垂柳,却也可以模仿垂柳的姿势,增强动作的艺术抽象感和暗示性。舞蹈作为人体自身独立的艺术创造,可以发挥人体的力和美的创造的优势,这也是人体的智性的创造。人类的力和美的舞蹈,即是智慧的舞蹈。

舞蹈的动作都是姿势,或是显示姿势的因素。姿势,即是富于诗意的舞蹈语言。姿势属于非真实的艺术虚构。舞蹈的情、意、美、技,全见诸这种姿势之中。富于诗意的姿势,也是富于艺术表现力的姿势。它是舞蹈中创造出来的基本幻象,或者说是力的幻象。舞蹈的开合、动静等动作(动律),似乎都不是来自演员的力量。在双人舞中两人互相吸引,似乎存在着一种超乎空间力的关系。其实,都只是舞蹈的力,虚幻的力。这种虚幻的力的王国,不是现实的肉体所产生的力,即不是物理学意义上所产生的力,而是由虚幻的姿势创造的力量和作用的表现,这也是一种力的情感。舞蹈姿势是一种虚的实体,但它又给人以视觉艺术的真实,不同于诗的虚幻意象似镜中月、水中花。舞蹈的诗意主要表现在实在(艺术实在)的形体动作,却是虚幻的情感形式和自由的心灵符号。换言之,舞蹈的实体之虚,体现所造成的虚幻的力的暗示性,或是表达了某种情与意,却又并非明确,或是阳刚或优雅的抽象美感的表现,等等。

舞蹈的创意,更能体现出诗意。一场舞蹈,尤其是抒情舞蹈,也像一首诗一样营造优美的意境。编导家在对舞蹈的总体设计和构思中,往往借助于诗意的引发,乃至直接运用比拟、暗示、象征等表现手段,尽量发掘和赋予舞蹈结构丰富的意蕴。有些抒情舞蹈将构图和姿势与舞台美术巧妙地融合在一起,构成富于意境美的动态画面。舞台景物、道具、服装、灯光、色彩等,设计运用得当,对舞蹈创意能起到很好的烘托作用,会营造一种诗意氛围。还有的舞蹈采用拟人手法,拟人化的花鸟等景物(动物)的舞蹈,只要构思和寓意自然,往往能够取得诗一般的借景抒情、意趣盎然的创境效果。

我们称舞蹈为诗的灵功,自然要从舞蹈的形体动作中表现出来,不仅从力的幻象,同时还从舞蹈的韵律中表现出来。韵律,既是音乐美,也是诗美。它形成动作的节奏、意蕴、神采,从而使舞姿气韵生动、形神兼备,富于流风韵致。愈是优秀的舞蹈作品和舞蹈家的表演,愈有这种诗意的蕴含和灵动。从舞蹈的基本动律来看,中国有开合、虚实、刚柔、动静的艺术传统。如果说舞蹈动作的美,基本在于一开一合、虚实结合之中,那么加大虚实相生的力度,做到实中有虚、虚中有虚,于有形(有限)的动作之中,寓无限(无形)的情、意、美。这样的舞蹈动作,不就成了以诗意的方式而存在?如果说舞蹈的形式美感,还在于刚柔、动静的配合之中,那么运用刚柔相济、以静显动、动极见静的艺术辩证法,以拓展、深化形体动作的美外延力和内涵力,这样的舞蹈动作,不就是蕴含诗意的形式符号?

舞蹈凭借幻象的力和美的韵律,可以把那种神秘的力量的全部变幻展现在观众面前。舞蹈的世界是一个觉醒了的美化了的精神世界。在原始生活中,舞蹈是人类超越自己的动物性存在的对世界的瞬间观照,也是人类第一次把生命看成一个整体。在现代生活中,有些舞蹈是人们企图摆脱现实的羁绊,建立一个由幻想力支配的另一世界。库特·萨克斯说:"在舞蹈的沉迷之中,人们跨过了现实世界与另一个世界的鸿沟,走向了魔鬼、精灵和上帝的世界。"[18]这种"沉迷"就是由虚幻的力创造的理想王国。旋转、绕圈、滑动、跳跃和平衡,仿佛是从情感的最深刻的源泉和肉体生命的节奏中产生的基本姿势。这种神秘的舞蹈,完全是诗的自由的生命的境界。艺术进入最高境界,往往都超越了自身的局限,而进入共通的艺术理想境界,即人类生命情感体验的深刻和灵魂自由的诗性境界。

有一种流行观点:跳舞,就是"跳音乐"。如果这不是指随着音乐跳舞,而是指跳的就是音乐,并且这种音乐是反映生命体验的深刻,从灵魂中流出来的,那么这种音乐境界正是舞的境界,即理想的诗性境界。除此之外,将舞蹈理解为任何意义上的音乐,都只会抹煞舞蹈艺术独有的创造力,同时也抹煞了舞蹈的诗性特征。

注释:

[1] 黑格尔:《美学》第一卷,商务印书馆,1984年,第213页。
[2] 莱辛:《拉奥孔》,人民文学出版社,1979年,第2页。
[3] 张舜民:《画墁集》卷一。
[4] 《东坡题跋》卷五《书摩诘〈蓝田烟雨图〉》。
[5] 《琅嬛文集》卷三。
[6] 莱辛:《拉奥孔》,人民文学出版社,1979年,第3页。
[7] 《己畦文集》卷八,《赤霞楼诗集序》。
[8] 沈括:《梦溪笔谈》卷一七。
[9] 都穆:《寓意编》。
[10] 见《池北偶谈》卷一八。
[11] 苏珊·朗格:《情感与形式》,中国社会科学出版社,1986年,第115页。
[12] 尼采:《悲剧的诞生》,周国平译,三联书店,1986年,第24页。
[13] [14] 黑格尔:《美学》第三卷上册,商务印书馆,1984年,第9页,第337页。
[15] 托马斯·门罗:《走向科学的美学》,中国文联出版公司,1984年,第529页。
[16] 萨姆·摩根斯坦:《作曲家论音乐》,人民音乐出版社,1986年,第103页。
[17] 阿恩海姆:《艺术与视知觉》,中国社会科学出版社,1984年,第624页。
[18] 库尔特·萨克斯:《世界舞蹈史》,上海音乐出版社,1992年,第4页。

(原题为《艺术意味》,刊《艺术学研究》1995年第二期,江苏美术出版社,1996年)

舞蹈——动的形式美与本质感

舞蹈是形式感很强的一门艺术。舞蹈如何在遵循形式美创造规律的基础上,充分发挥自身形式的暗示性和象征性,尽量加大其表情达意的艺术力度?确是值得探讨的重要课题。

舞蹈形式,在很大程度上受制于人体动作,即是说,人体动作的结构方式和结构形态组成了舞蹈形式。"情动于中而形之于体"。舞蹈的意蕴或本质,总是从人体动作结构中表现出来。因此,尽量造成人体动作结构的内蕴和质感,是舞蹈艺术的主旨所在。法国舞蹈理论家德尔萨特曾经研究了人的手势与内心活动的相互联系,提出舞蹈的主要特征在于运用特定的动作表现与其心理情感相对应。中欧现代派舞蹈的创始人鲁道夫·拉班进一步提出,舞蹈的审美特征在于把精神、感觉、知觉等直接转化为象征性的动作,并认为"纯舞蹈是一种象征意味的活动","人体动作是充满着内在意义的许多符号"。[1]舞蹈形式,就是由舞蹈家的"充满着内在意义的""象征性的"动作构成的。这种舞蹈艺术的形式意味、象征意味,就是其形式内涵的深度显示,也可称为人体律动的本质的显示。具体而论,我们可以从三个层次上来认识这种舞蹈艺术的形式与本质的统一性。

A. 舞蹈动作的力与虚拟性。

舞蹈,首先是生命情感的姿势。舞蹈演员从每一个手势到身体的旋转,乍看是受到人体的自然力的支配,是生命的运动,实际上舞蹈表演中的这种"力",已不是由演员的肌肉活动所产生的那些引起实际动作的物理力,而是由艺术家创造的艺术形象的生命情感的力。换句话说,是舞蹈演员对所扮演的角色的深入体验和理解而表现出的一种情感的力、生命的力。它自然包含有人体物理的力,但已属于一种艺术本质化的生命力,它是构成舞蹈形式的基本元素。《德国现代舞蹈》曾这样描述玛丽·魏格曼:"当她跳舞时,她的躯干和四肢仿佛被一种按照神秘规律运动的自然力所支配"。这种"神秘规律运动的自然力",是指被她的生命创造出来的舞蹈中的力,这种力使她由肉体存在的运动形式转化为艺术生命存在的形式——身体紧张形式在空间形成的符号性创造物,并且在不断变化中造成一种境界。

舞蹈的力的动作,是受控制的、节奏化的、想象的姿势。即是说,舞蹈家创造力的形式,同其他艺术形式一样,是虚构的形式,是生命情感的力的幻象。苏珊·朗格曾以松鼠作了"一个很有表现力的姿势"为例,说明舞蹈姿势的虚拟性。他说:"只有把松鼠这个真实的姿势想象成真正的姿势,才能脱离松鼠的具体状态和心理,才能变成一种艺术成分,一种可能的舞蹈姿势。这样,它才能变成一种明显的或暗示的可以用来表达情感概念的自由符号形式。"[2]像实际生活中的人的富有表现力的姿势或动作一样,松鼠的自然姿势,只能成为艺术的摹拟,也只有变为艺术家"想象成真正的姿势",即变为虚拟的姿势,才能成为舞蹈姿势,成为舞蹈中外部姿势创造的存在。艺术虚构的姿势,作为一种艺术生命的存在,它的内在情感意义,不会受到任何干扰而被削弱,因而获得完满的内在力量。在舞蹈表演中,那种一味摹仿自然姿势,而不擅于作虚化处理,作荷载意义的形式的拓展,就很难显示出舞蹈姿势的表现力和艺术价值。舞蹈形象的所谓"妙肖的摹态",并非外形的酷似,而是内在的神似,追求一种情态、意态和精神的表达,因而往往在外形的似与不似之间,甚至也可以作艺术上变形的处理。高明的舞蹈表演家,无不通过虚拟的艺术手段,去达到对角色表现的深刻。运用人体动作创造的形象,是舞蹈演员给予艺术的丰富情感和力的投入,任何一种虚构的动作,都是通过身体内富有弹性的紧张度而表现出来的,这不单单是一种力的表现,而是在全身心的生命情感的创造中自然表现出来的。俗话说:"强扭的瓜不甜"。在舞蹈表演中,任何离开自身生命情感的真实体验,而"为赋新诗强说愁"的姿势和表情,都是苍白无力的。舞蹈不是徒有外表形式的纸花,而是须臾也离不开生命情感的源泉的润色的花,是带有泪痕与笑影、充满血色的虚幻美丽的花。

B. 舞蹈构图模式与心理情感结构的对应同构。

舞蹈作为人体动作的艺术,人体姿态造型之间的连接、组合、移动与转化,一方面遵循着舞蹈自身的构图程式而创造形式美感,另一方面又受到艺术心理情感的支配而赋有空间运动画面的意义,舞蹈家的心理情感结构也呈现为舞蹈形式的结构意义。如果说舞蹈构图包括人体姿势造型和人体在空间运动的画面,即舞蹈的外部结构形态和内部结构方式;那么舞蹈的内部结构方式,则是舞蹈家的心理情感线索的直接呈现,可称为"内形式";而可称为舞蹈的"外形式"的人体姿势造型,则是人体的动作美、线条美、姿态美的突出显示。

吴晓邦先生关于"对称的平衡和轴心论运动"(中国传统艺术构图)与"自然的平衡方法和矛盾论运动"(现代艺术构图),以及"舞蹈构图是画面上动之和谐的方法",[3]都是对舞蹈创造的形式美规律的深刻揭示。中国舞蹈艺术的圆弧造型和"S"线运动的画面而和谐地结构出的形式美,通过观众的视知觉及平衡、运动等对感官的作用,而引起观众的美感。"圆"在平衡中最富于动感,"圆"在运动中最为流畅,因而在舞蹈艺术中构成的"圆"的平衡和运动的画面,具有很高的形式美感。舞蹈的程式及表演技巧作为人体动作和姿态的艺术化过程,也是舞蹈家的心灵图式的显示。完美的舞蹈形式,总是恰到好处地显现心理情感内容的形式。舞蹈家不是机械地固守舞蹈程式,而是遵循舞蹈的形式美创造的规律,自觉地把内心的情感体验外化为生动具体的舞蹈形式,正是从表现内心需要出发,他们常常打破旧的程式而创造新的程式。在舞蹈作品中,成功的构图方式总是与心理结构相对应同构。甚至可以说,优秀的舞蹈构图模式总是被舞蹈家的心理情感所同化所浸润而变得灵性十足,它不是限制而是促使自身进入自由创造的艺术境界。在使舞蹈艺术的形式技巧得以充分发挥的过程中,同时表达了一种精神和生命的深度。现代舞蹈加强了艺术的物化形式的力度,以至运用了音乐和绘画的艺术效果,增强了舞蹈形式的意味。舞蹈表演都是伴着音乐节奏而跳动。音乐对舞蹈的渗透,音乐境界使舞蹈由空间画面突入时间意象,"是一种表示非物质的、非现实的、想象的空间,它超越了一个或更多舞姿的视觉轮廓"。[4]音乐形式显然拓展了舞蹈形式的外延和内涵。绘画艺术对舞蹈的渗透,不仅是一种画面感的呈现,也同样是一种艺术意味或境界的显示,或者说使舞蹈艺术的动作特性在创造中显示出各种关系的艺术深度。舞蹈的基本幻象一旦具有绘画的空间深度和音乐的时间长度,就会成为丰富复杂的心理情感经验的符号意象。

C. 舞蹈形式的本质化与形式美的独立性。

克莱尔·贝尔认为艺术的本质是一种"有意味的形式",即以线条和色彩组合成一种独特的方式引起我们的美感。舞蹈是以人体的线条、姿势、情态及服饰的色彩组合成的独特方式而引起我们的美感("意味")。现代舞蹈家总是将富有生命活力的感觉、情绪、精神直接诉诸舞蹈的动作和节奏之中。所谓"象征性动作","人体动作是充满着内在意义的许多符号",只是制造感觉情绪的形式的意味或象征意味。这种舞蹈形式与心理情感的同构,往往达到了融合为一的艺术程度。这也是舞蹈的本质与形式之间的矛盾互相转化过程中的特有艺术形态。所谓本质进入了形式，形式借本质特有的关系而建立，本质是艺术结构中的形式因素，即是说本质或结构意义直接成了形式的感性形态。

在西方现代舞作品中，从伊莎多拉·邓肯从海浪的起伏、棕榈树枝的摇动、蜜蜂的飞舞及鸟类的优美姿态中吸取动作的灵感，到玛莎·格雷厄姆让穿蓝色紧身衣的演员做类似游泳的动作象征海浪，用缅甸舞拖地裹腿的长裙来表现海中的美人鱼；从用演员的服装直接改变外形，或用人体动作在灯光变幻中的投影的弯曲、倾斜间接改变外形，以凸现其个性特征及其内涵力，到有些现代舞蹈动作完全与音乐融合在一起，赋予舞蹈一种音乐境界……都是舞蹈形式的本质化的具体体现，也是对艺术形式本身的审美价值的强化。格雷厄姆主张运用身体来叙述，"以身体的形象客观地表现我的信念，从而揭露内在的人"。[5]即是说，舞蹈演员的动作、姿态、手势、表情等，都是对"内在的人"的"叙述"。为了强化这种"叙述"语言的力度，格雷厄姆强调与大地接触，身体不同部位的肌肉的收缩与放松，让人体的每一个动作都凝聚有思想情感的因子，舞蹈形式更具有质感，也更富有意味。

中国舞蹈艺术传统讲究神韵、飘逸，运用夸张、象征的表现方式，造成舞蹈的形式意味。譬如敦煌壁画中"伎乐天"，舞女"飞天"那种凌空翱翔的姿态和随风飘动的衣带，虽未添双翼，却给人以飘飘欲仙的美感。这种大胆夸张和想象的舞蹈姿势，产生了抒情表意的艺术效果。民族舞剧《丝路花雨》中英娘"反弹琵琶"那个贯穿全剧的舞蹈姿势，就是从壁画而来。英娘双手将琵琶举置脑后作弹拨状，微微下视的眼神表示她似乎沉醉于音乐之中，动作婀娜妩媚，造型优美典雅，这种创新的舞蹈姿势，以富有的民族特色和象征性意味，产生了很强的艺术感染力。舞蹈形式的象征性意味，是形而上的艺术审美形态。

正因为形式美具有独立的审美价值，因而在舞蹈欣赏中会出现这样的情况：我们可以撇开形式的内容意义，而单纯欣赏美的人体艺术表演，以获得一种快感。当然，这仅是舞蹈艺术的外在形态，而舞蹈的内容意义总是不可分离地包蕴其中，也只有具备这种本质意味的舞蹈形式美，才是优秀的舞蹈艺术形象。

注释：

［1］见《舞蹈》杂志，1979年第3期，第48页。
［2］苏珊·朗格：《情感与形式》，中国社会科学出版社，1986年，第200页。
［3］吴晓邦：《论舞蹈的构图》，《舞蹈论丛》1980年第1期。
［4］汉斯·哈斯廷：《舞蹈与音乐》，庄修田 译，《现代舞蹈》，台北艺术图书公司，1985年，第39页。
［5］戴爱莲：《漫话古典芭蕾与现代舞蹈》，《文艺研究》，1980年第5期。

（原刊《舞蹈》1997年第3期）

论"外师造化 中得心源"
的艺术创构与心理体验深度

唐代画家张璪的《绘境》一篇已佚,张彦远的《历代名画记》中仅记载其中一句短语:

> 初,毕庶子宏擅名于代,一见惊叹之,异其惟用秃毫,或以手摸绢素,因问璪所受。璪曰:"外师造化,中得心源。"毕宏于是搁笔。

毕宏同样因画山水松石而"擅名于代",而见张璪作品惊叹不已便从此搁笔。如此写可能带有几分夸张,但张璪从全身心投入的创作状态中悟出其道,确实独得艺术创造之奥妙。"外师造化,中得心源",言简意赅,不但得"言画之要诀",而且具有普遍的艺术创造原理的意义,堪称中国艺术理论的精髓。

一、"心源"之深与"造化"之真

中国古代艺术重视"心"的作用,将心物之间的互动关系视为艺术创生的缘由,不能不说中国艺术创造理论有了一个高起点。先秦《乐记》曰:"乐者,音之所由生也,其本在人心感于物也。""凡音之起,由人心生也。人心之动,物使之然也。感于物而动,故形于声。"这虽是阐释音乐起因,却具有回答各类艺术成因的普遍意义:(1)艺术生于人心;(2)艺术家感于物而拨动心弦,便有了艺术的产生;(3)艺术形象是心像。艺术是因艺术家的心与物(景)的相互依存、相互作用而孕生。物愈能打动艺术家的心,心愈能生成生动感人的形象。相反,艺术家的心愈能赋予物以丰富的生命情感信息,物也愈能转化为艺术的深邃的心像。这一艺术转化是完全心化的过程。

张璪的"外师造化,中得心源",形成了中国艺术创造中心物关系的极致。不仅造成艺术创构中心物关系得以拓展的可能,同时,"外师造化,中得心源"所独具的文化底蕴,使"心物"关系完全个性化了。"外师造化,中得心源",建立在中国古代的"天人合一"的美学基础上。庄子讲"道",乍看是说自然本体,实质上指人的本体。"天地与我并生,万物与我为一"[1],通过天地万物与"我"的相通合一,达到"我"的独立自足、自由无限的人格本体,这使"我"在天地万物中得以显现。禅的"悟道",旨在悟"空",即潜入超越一切物我人己界限的心空,虽然也是与宇宙自然合为一体的虚空,却能够从瞬间的永恒感中抵达真正的人的本体自身。唐代禅风盛行,张璪的"外师造化,中得心源",得益于禅宗境界。"心源",出自禅家。《五灯会元》卷四云:"千万法门,回归方寸;河沙妙德,总在心源。"可以从两个方面来理解"心源"的意蕴:一方面"性体清净"[2],皆有佛性,是说人性本净、本善,这种纯粹"本心",是完全超越任何具体限定的自由的本体存在,是一种纯真、清明、静寂的原本状态;另一方面是说"性体虚空",虚空能含纳一切。惠能说:"心量广大,犹如虚空……虚空能含日月星辰,山河大地,一切草木。恶人善人,恶法善法,天堂地狱,尽在其中。世人性空,亦复如是。"[3]"虚空",显然出自具有极大包容性的博大心境。

可见，"心源"不仅为创造主体提供了重要资源，有利于艺术家实现自我超越，进入深度艺术体验与高级的审美创造状态，突出表现为：一是皈依本真本善的艺术体验本体，二是拥有极大含纳性的博大心灵时空。同时其含纳宇宙万象的特性，又提供了艺术创构中心物之间最大限度地融合的可能。譬如，南宗画派接触禅宗后体认到自己内心深处而艺术发掘到灿烂的程度。其首倡者董其昌精通禅学，深悟得禅与画之道，有《画禅室随笔》为证。董其昌所追求的"心不在焉，视而不见，听而不闻"的"悟境"，正标示进入"心源"深处，进入人的本真境界。

"心源"作为艺术体验本体，以特有的形而上的文化底蕴，区别于西方现代艺术体验本体。这种充满东方神秘的深邃心灵，拥抱并钟情于聚有神秀之气的自然"造化"，是何等博大、幽美、充沛的体验境界、艺术创生的境界？特别是后期禅宗强调了"自心"对个人欲望顺从，甚至呵佛骂祖，骑坐在佛像的脖子上表示自己悟道。认为一旦悟了道，见了自心，便可以放开手脚、随心所欲，一切外在的束缚、权威偶像，都可以打破。这种走向具有现实人格的自由内心的禅宗艺术精神，进一步促使了艺术家主体意识的确立。唐宋之际，儒、释、道融合的"心性"本体，把"心"这一人性理论抬到与朱熹的"理"等同的地位。代表人物陆象山主张性、理归于一心，认为"宇宙便是吾心，吾心即是宇宙"[4]，这颇通于禅宗的"心如虚空，名之为大"[5]的心性说。伴随明代中叶城市商品经济的迅速发展与艺术的世俗化，出现的李贽的"童心"说、袁宏道的"性灵"说，是对人性和感性生命真实的进一步的理论发现与肯定，因此被宋明理学视为"异端"。中国艺术精神的演进，正以开发与守护艺术家心灵的"深"与"真"为标志。艺术对这种"心"本位的认同，无疑打破了一般的情、景（物）关系，有利于艺术切入内心、切入生命，进一步向艺术体验本体突入。

中国艺术家以造化为师，借自然造化达到"心"的本身的内视的真实。因此，妙造自然，真予不夺，可以理解为"外师造化，中得心源"的基本特色。王维《山水诀》云:"肇自然之性,成造化之功。"这里"自然之性",既指天地万物之宇宙本体,也指艺术家之"心源"本体,是"心源"与"造化"融一的艺术本体。王夫之将"自然之华"视为艺术之"固有者",并提出"内极才情,外周物理"[6],虽然理论内涵单薄,但也可以视为对"外师造化,中得心源"的补充。"物理"属于"自然之性",艺术表现"物理",无疑又成"造化之功"。"物理"因被艺术家主体之气所孵化,为"才情"所浸润,而那么富有灵性和韵致。袁宏道说:"山之玲珑而多态,水之涟漪而多姿,花之生动而多致,此皆天地间一种慧黠之气所成,故信为人所珍玩。"[7]艺术家对天地间"慧黠之气"的聚敛,又何尝不是对人的性灵和谐趣的发现?"趣得之自然者深"(袁宏道语),中国诗画因独得天地间灵秀慧黠之气而显示了性灵意趣之"深"的魅力。汤垕在《画鉴》中评论北宋初期山水画坛三大家时,称"董源得山之神气,李成得山之体貌,范宽得山之骨法",三位画家对"山"的不同侧面和特点的艺术表现,都是各自心理体验形象的外现。据刘道醇《圣朝名画评》卷二记载,范宽在秦陇一带,"居山林间,常危坐终日,纵目四顾,以求其趣,虽雪月之际,必徘徊凝览,以发思虑"。范宽显然是从深入内心、激励精神气质的感受中真得"山之骨法"和磅礴之气,当然也与他用笔"雄伟老硬,得山真骨"[8]有关。而董源山水笔墨圆浑,山体温润,秀色夺人,毫无外强之气却又气度深厚,则是董源对江南山水的独到深刻的心理体验。董源明显受到道禅文化的影响,着力于混沌中放出光明,表现了本真、独立的宇宙生命的内韵。因而,董源不恃巧趣皆得天真,范宽不资华饰得山真骨,两家笔墨所生乃造化自然。"造化"显现于"外"——艺术的表层,"心源"包含于"中"——艺术的深层,如此"中外贯通",内外照耀,表现了中国艺术的深而真的特点。

二、"玄悟":"气交冲漠,与神为徒"的奇验效应

"外师造化,中得心源",是艺术家进入深度体验的直觉智慧的创造状态。符载对张璪绘画所作的生动描述,有助于理解张璪所言的艺术感悟境界。

> 是时座客声闻大凡二十四人,在其左右,皆岑立注视而观之。员外居中,箕坐鼓气,神机始发。其骇人也,若流电激空,惊飙戾天。摧挫斡掣,㧑霍瞥列。毫飞墨喷,捽掌如裂。离合惝恍,忽生怪状。及其终也,则松鳞皴,石巉岩,水湛湛,云窈渺。投笔而起,为之四顾;若雷雨之澄霁,见万物之情性。观夫张公之艺,非画也,真道也。当其有事,已知夫遗去机巧,意冥玄化;而物在灵府,不在耳目。故得于心,应于手;孤姿绝状,触毫而出。气交冲漠,与神为徒。……则知夫道精艺极,当得之于玄悟,不得之于糟粕。[9]

从张璪入画境的神秘体验中,可以看出"气"在审美体验中的主导作用。《庄子·人间世》曰:"无听之以耳,而听之以心,无听之以心,而听之以气",将"气"视为比"心"还重要的高级感悟方式。钟嵘《诗品》曰:"气之动物,物之感人,故摇荡性情,形诸舞咏。""气"催动了情性舞姿,化为舞的热烈的旋动与生命的韵律。古代艺术家常常借助于"舞"而进入艺术体验与艺术创化的境界。张旭见公孙大娘剑器舞而悟草书。吴道子画鬼神,借裴旻舞剑的"猛厉"之气"以通幽冥","援毫图壁,飒然风起,为天下之壮观"[10]。张彦远在《论画》中说,"杜甫歌行述其事,是知书画之艺,皆须意气而成"。符载称张璪"箕坐鼓气,神机始发",即以"气"激发悟性,产生创作冲动。艺术体验是返回本源的活动。"鼓气",意味着生

命激情的沉醉迸发,唤醒了沉睡的自我意识与潜意识。沉冥入神,"穷元妙于意表,合神变乎天机"[11],是进入一种妙悟的自然境界。从"鼓气"到"气交冲漠",是一个酝酿和突发的过程,标举艺术家物我两忘、返归本心,全身心地投入艺术体验状态。"气交冲漠",表明"气"在引发悟性中发挥到了极致,艺术家从深不可测的玄冥状态中得以升华,进入灵感突发的"玄悟"境界。如果说艺术家当灵感来临时想象力特别活跃,那么"玄悟"中"气"伴随想象而行,张璪"毫飞墨喷,愧掌如裂","孤姿绝状,触毫而出",颇有"行神如空,行气如虹"[12]之状;张璪笔下"松鳞皴,石撝岩,水湛湛,云窈渺",则是"气"贯注形象、意境的呈现,可谓"气韵生动,是也"[13]。荆浩在《笔记法》中有"张璪员外树石,气韵俱盛"之评语,气韵是中国艺术特有的内在气质。

"道"的体验境界,是实现"玄悟"的机缘。所谓"真道",指向艺术家的心理体验与直觉创造的境界。一方面,张璪"玄悟"时的"道精艺极"或"遗去机巧",虽不止于庄子之"道"的技艺境界,却又大有庖丁解牛之势,"物在灵府,不在耳目"与"以神遇而不以目视",似有异曲同工之妙,不讲技巧却又进入了最高的技巧境界;再一方面,庖丁解牛寄托有庄子自然之道的理想境界,张璪作画得益于对禅的彻悟,一种人生彻悟的心境,"若雷雨之澄霁,见万物之情性"的心物融一的体验境界。

"玄悟",表现了"气"的模糊体验与感悟的艺术包蕴的特征。所谓"离合惝恍""意冥玄化",可以理解为模糊体验的概念。艺术家进入"气"的感悟,进入深层次的审美体验,是一种迷离闪烁的模糊心态,一种高度自由、六神无主的直觉状态,这也是意向性体验与非意向性体验的感性统一体的特有心理形态。

艺术创造的模糊心理包括创造性直觉的下意识、潜意识,联想和想象的幻觉性,体验的深微与瞬息万变,形象意义的宽泛与不确定性。这自然为艺术增值提供了信息源与空间。艺术家因心理体验的模糊而造成形象(意象)的朦胧多义;艺术境界因体验到位而曲径通幽;"意冥玄化"的过程标示艺术感觉的增大;"玄悟"的直觉奇效,突出表现在艺术感悟形象处于内涵和外延的伸展之中。模糊体验比明晰体验更具有艺术创造力。艺术体验如果依存于创作的目的性,让理智或概念抑制了直觉感受的向度,势必导致体验的明晰化。玄悟,是一种不受任何滞碍和压抑的灵魂和精神的体验深度的显示,也是艺术家的生命创造的激情、灵性、智慧获得了自由充分的发挥。

三、"心源"与"造化"之圆融

"玄悟",也是"心源"与"造化"契合的艺术过程。唐代艺术从魏晋的"以佛对山水"转入"以法眼观之",从借自然山水显形的外视,转变为"心"本身的内视。艺术向内心突入,会不会导致情与景(物)的脱离?关键在于能不能保持良好的心物感应的艺术氛围和契机。王夫之说:"情景虽有在心在物之分,而景生情,情在景,哀乐之触,荣悴之迎,互藏其宅。"[14]正是强调了艺术心灵中"景生情,情生景"的磁性感应特征,只要建立"互藏其宅"的心物关系,势必伴随艺术家"心"的能量的发挥而增强"物"对"心"的艺术表现力。譬如,王维的《雪中芭蕉》,即是独特深入的内心领悟的感性形式,是一种心境,一种心中的意念,它表明"景""物境"完全心灵化了。"外师造化,中得心源",既开拓了心灵资源,也加大了心物交融的力度。"物在灵府,不在耳目。故得于心,应于手;孤姿绝状,触毫而出。"可见在艺术创生中,"造化"("孤姿绝状")的意蕴,成了艺术家主体心灵的深度显示。"造化"与"心源"的契合,标示大范围、全方位、多层次的相互投射和交构,从而达成圆融的境界,换言之,标示深度体验中心物同化的艺术创生过程形成浑然之圆。艺术家在"玄悟"中的气运之圆,是造成"心源"与"造化"之圆融的基因。气悟的境界,是艺术体验和审美创造的最高境界。因为气悟本身的浑整性,显现出包容一切的可能性,因而也有了"心源"与"造化"之间辐射和聚敛之圆的可能。艺术家在"气交冲漠,与神为徒"的创造状态中,对宇宙人生、自然生命、情感、人格、道德、精神、灵感、趣味等各种体验,都浑然汇集在一起,甚至寓于瞬间的感悟之中。正如高宾达所说,"更高准的体验是通过将意识中不同中心、不同层次的体验一体化而达到的"[15]。"心源"的圆形辐射,正是以"体验一体化"为标志。

唐代文人常把参禅与作画写诗相提并论,大概因为参禅状态是深入"心源",达到悟觉圆的创作状态的心理契机。郭若虚在《图画见闻志》中谈到唐五代贯休画罗汉相时,曾这样记载:"尝睹所画水墨罗汉,云是休公入定观罗汉真容后写之,故悉其梵相,形骨古怪。""入定观罗汉真容",即是以心深入无际,借参禅入定的离形去智的状态中获得体验的真实。所谓"形骨古怪"的"梵相",正是贯休得其三昧的心灵幻象,属于本质的真实。董其昌推崇董源山水画的"平淡天真",称自己临仿了一辈子的"北苑笔意"。他的《遥岑泼翠图》"泼翠"之境,岂不是"造化钟神秀""生命原本真"的悟境的显示?是"心源"与"造化"契合的博大潜沉的圆融之境?古代诗画家关于参禅打坐可进入梦的艺术状态的看法,值得重视。苏东坡有诗云:"吴生画佛本神授,梦中化着飞空仙。"在《五代诗话》的《野人闲话》中,对贯休画罗汉更有"梦中所赌"之说。欧阳炯在赠诗《贯休应梦罗汉画歌》中称"闭月焚香坐禅室","忽然梦里见真仪"。这里的"梦",虽然不是弗洛伊德所说现代意义上的"梦",但也可以理解为古代艺术家进入潜意识活动的真境、圆境。我们需要以现代人的意识认识"梦",梦是进入潜意识领域的体验境界。弗洛伊德曾把人的意识活动喻为一座冰山,浮出水面的部分很小,水面以下占绝大部分的是潜意识领域[16]。现代艺术体验本体突入生命体验,艺术家只有拥有人的意识的全部,拥有整座"冰山",才能在生命意义的瞬间感悟中,获得心物交融的整体浑圆的艺术效应。

"气交冲漠,与神为徒"的高级感悟状态,是物我同一的自由创造的直觉状态。应该说,艺术家深入"心源"的体验,打破了人与己、我与自然之间的"墙","我在世界中,世界亦在我之中",主客体的硬性边缘为意义所浸入,逐渐双向渗透。所谓创造主体与客体的关系界限消失了,化成了超越一切的艺术体验境界。"玄悟"或灵感爆发的瞬间呈现的艺术形象(意象)或意境,则是最终的意义载体的圆成,也是"物在灵府"的艺术转化的实现的壮观。董其昌所说"结岳融川,笔与神合,气韵生动能得其自然"[17],即是对"心源"与"造化"合一的形态特征及美学原则的描述。

董源画笔的"平淡天真",不单单是艺术风格,还可以从"心源"与"造化"契合之境的本真程度上来理解。董源水墨温润,气度深厚。像《潇湘图》所描绘的石峰圆润,林峦深蔚,水道盘折濛洄,豁然扩展,是一种深沉静穆与无限自然的浑然融化,也是由幻即真深入生命节奏的境界。董源笔墨所生的"一片江南"(米芾语),是艺术家的自由充实、真性弥深的心灵世界的显影,如此天然图画,是人返本归真的家园,这大概才是"北苑画意"的魅力。南北宗画家在艺术创作上提倡"师造化"[18],表面上重自然,实际上是创造"心源"辐射的契机,重视了心物感应的艺术过程。郭若虚说:"本自心源,想成形迹,迹与心合,是之谓印。"[19] "师造化",正是表现了"迹与心合"的特征,也是黑格尔所说的,"在外物界寻找自我",返归自身。这样物我同化,有利于"心源"能量与灵性的发挥,乃至循着无形的踪迹,达成"心源"与"造化"的契合的意境圆——一种最大蕴涵的形象意味。

注释:

[1] 庄子:《齐物论》,陈鼓应《庄子今注今译》,中华书局,1985年,第71页。
[2][3] 郭朋:《坛经校释》,中华书局,1983年,第49、43页。

［4］《象山先生全集》卷二二,《四部丛刊》本,商务印书馆,1935年。

［5］慧能:《六祖坛经·般若品第二》,中华书局,1983年。

［6］［14］王夫之:《姜斋诗话》卷二,卷一。

［7］袁宏道:《袁中郎集·刘玄度集句诗序》。

［8］夏文彦:《图绘宝鉴》卷三。

［9］符载:《江宁陆侍御宅燕集·观张员外画松石序》,见《唐文粹》卷九七。

［10］［19］郭若虚:《图画见闻志》。

［11］张彦远:《论画》,《历代论画名著汇编》,上海世界书局,1943年,第34页。

［12］司空图:《诗品》。

［13］谢赫:《古画品录》中最早提出"绘画六法",其一"气韵生动也"。

［15］F.卡普拉:《物理学之道》,见《现代物理学与东方神秘主义》,四川人民出版社,1983年,第123页。

［16］弗洛伊德:《精神分析引论》,商务印书馆,1984年。

［17］孙俍工编:《中国文艺辞典》,民智书局,1931年,第735页。

［18］范宽有"与其师古人,不如师造化"之语。董其昌说:"画家以天地为师,其次以山川为师,其次以古人为师。"

（原刊《文艺研究》2001年第5期）

艺术虚构中感性时空的超越与真实

艺术是对虚幻世界的创造,而艺术虚幻的世界总是存在于虚构的空间和时间之中。一件艺术品,能否最大限度地构成艺术的感性时空,也是验证艺术创造力的标志。运用真与幻、虚与实、有限与无限、瞬间与永恒诸对艺术辩证范畴,正表现了艺术虚构中感性时空得到极大的拓展或境界空灵的效果。

在格式塔心理学中,任何形都是一个格式塔,是一个"完形"的整体。格式塔心理学与艺术形式的关联是明显的。它为艺术创造力的充分发挥提供了心理体验的重要依据,至少有三:一是对简洁性与多样性的追求。阿恩海姆通过对形状的观看的试验,提出"人的眼睛倾向于把任何一个刺激式样看成已知条件所允许达到的最简单的形状"。并说"当某件艺术品被誉为具有简化性时,人们总是指这件作品把丰富的意义和多样化的形式组织在一个统一结构中"[1]。格式塔心理学关于知觉中表现出"简化"倾向,是一种以"需要"的形式存在的"组织"("建构")倾向,无疑使艺术形式的多样化及结构意义的丰富性有了可能。所谓"简约合宜",就是那些在特定条件下最简洁的刺激物被建构得最好、最规则(对称、平衡、和谐),也最能给人以审美愉悦的格式塔。二是独特的整体性。凡是格式塔,虽都是各种要素或成分组成,但却产生"各种不同的集合系列"(韦太默语)。即是说,一个格式塔是一个完全独立的全新的整体。"一个构图单位的形状愈是连贯,它就愈易于从它所处的背景中独立出来"[2],任何形都是有着完全独立于其构成成分的独特性质的知觉整体。这就使艺术创造中对形式结构的新的独特性的追求有了可能。三是经验结构的透明性。一个格式塔,即使在它的各构成成分都改变的情况下,仍有变中之不变。所谓形,说到底乃是经验中的一种组织、一种结构,"当艺术家对于他所要表现的现实的洞察力即生活经验的格式塔成为自己创作活动的向导时,就会变得透明了"[3]。所谓经验结构有二层含义,首先,艺术家对生活的、情感的生命的经验,要作一番选择和提炼,或者说达到对"经验"的揣摩的深度;继而,要真正成为自己的艺术心理体验,并化为一种格式塔。艺术家的这种经验结构决定了所创造的"形式'透明'"的可能性,但他如果缺乏对深层经验的把握或不能化为"形"的创造,就难免会出现滞碍而导致浅尝辄止或艰深难懂的现象。

格式塔心理学促成在"形"的创造中超越真实的艺术实现,使中国有无相生、虚实相成的直觉体验闪现出新的光辉。明代袁于伶说:"文不幻不文,幻不极不幻。是知天下极幻之事,乃极真之事;极幻之理,乃极真之理。"[4]李卓吾称:"似假似真,令人惝恍。文至此,活矣!活矣!"[5]这里"幻"与"真"或"假"与"真",显然是对真实的人物和事物的彻底脱离,使创造的形式(形象)脱离真实事物,即赋予"他性",成为自由荷载新的意义的纯粹的艺术表象。艺术形式(表象)的功能,是在纯质的、非真实的创造中,即从形而下的物象到形而上的幻象的艺术实现中得以表现的。虚构之物,可以作为抽象之物,作为荷载意义的隐喻或象征体。"分离和组合是一对相应而相反的概念"(阿恩海姆语)。从生活真实到艺术的非真实,是一个相反的过程,而从艺术的非真实到艺术的真实,又是一个相应的过程,而这两个过程是一体化的。真与幻,就是这样的"一个相应而相反的概念"。苏珊·朗格在谈到"他性"时,还提及种种相关的"描述语",如"奇异性""逼似""虚幻""透明""超然独立""自我丰足"。[6]这都是对艺术重构或虚构的基本要求,也是虚构之物达到幻与真的完美统一的艺术过程。"奇异性"带有独创性的因素。"逼似",是指虚幻之真。"虚幻"而"透明",是对所创造的艺术品的最直接效果的验示。"超然独立""自我丰足",则是艺术创造的自由超越的特征与充实完满的主体意识的反映。

"景之奇幻者,镜中看镜。"[7]中国艺术在空中构景中不即不离,寄意于有无之间。谢榛说:"凡作诗不宜逼真,如朝行远望,青山佳色,隐然可爱,其烟霞变幻,难以名状。及登临非复奇观,惟片石数树而已。远近所见不同,妙在含糊,方见作手。"[8]诗家俊语,无疑也入画中三昧。中国画以山水为大宗。大师们早就意识到,山水间烟光云影,变幻无常,当以无墨之墨、无笔之笔取之。朗格称"绘画艺术创造的幻象是一种虚幻的景致",其虚幻景致,是指"与眼睛发生着直接的本质的联系的空间",即"感悟性空间"。中国艺术虚幻形象或虚幻空间,则给人以山外有山虽断而不断,树外有树似连而非连之感,往往是模糊的、不确定的,因而也显示了很大的艺术的包蕴性。中国艺术的"以意求似",就是线条、墨气、色彩以致动作、旋律、词语等所造成的幻象的效果。"可望而不可置于眉睫之前"的虚幻景象和氤氲,恰是中国艺术表现力的展示,也是中国艺术的独特魅力所在。

幻中有真,是艺术幻象存在的生命显示。倘若幻而无真,假而无信,便不会造成艺术的灵性十足的空间感觉。真中之幻,必然充满灵气,形象生动而浑涵不露。清代屈绍隆说:"诗以神行,使人得其意于言之外,若远若近,若无若有,若云之于天,月之于水,心得而会之,口不得而言之,斯诗之神也。"[9]"神行",可谓幻中显真的空间体验的代码。"幻中见真,乃为传神阿堵"(睡乡居士语),就是指"画眼睛",即对人物或事物的主要的本质的特征的揭示,乃至放大和变形,达成"虽无常形而有常理"(苏轼的艺术表现境界。"神行",是形象的神似或神韵的视觉效果,也是艺术家的情、意、趣对形象的渗透所致。"画到神情飘没处,更无真相有真魂。"(郑板桥语)于若远若近、若有若无的幻景幻象中,蕴含着一种自然与生命的本真。如凡·高的《向日葵》,在那颤抖旋动的笔触和令人目眩神迷的色彩造成的虚幻空间中,分明包裹着一个热烈追求真理、渴望生活的痛苦灵魂。幻中见真的极致,往往是将虚幻空间的视觉效果与心灵体验的深度融于一体的境界,这也给予人们一种似幻似真的艺术感受。

在艺术的幻象和幻境形成的过程中,有一个最为基本的艺术辩证范畴:虚与实。幻,是艺术表现中虚的作用。艺术虚构就是"实者虚之,虚者实之"(金圣叹语)的过程。艺术幻境或灵境,就是虚实相生的效果。中国艺术注重表现"虚"的境界,形成了比较完备的虚实相成的艺术传统理论。唐代王昌龄《诗格》中称"诗有三境":"物境""情境""意境"[10]。按王昌龄的本意,"三境"都有虚实相成的因素。"物境"并非不少论者所认定的"写实"或"实境"。泉石云峰之境,"神之于心","视境于心,莹然掌中",显然也是通过"心"的灵视,带有虚化之意。所谓"了然境象,故得形似",也是一种得"神"(虚)之"形似"。这种得"物"(泉石云峰)之神,更多地表现为得自然之趣,包含着艺术家的趣致。如果说"物境"以神趣为虚,那么"情境"则以情为虚,所谓"情景者境界也"。也有称"意境就是情与景的结合"。而"情境"与"意境",虽有"深得其情"与"思之于心"的区别,但都"张之于意",明显加大了虚化的力度。而"得其真"的"意境"(心境)似比"情境"更为虚化。后世人多推崇"意境"说。实际上,"三境"也有着内在的联系,可以理解为作品境界的三个层次。写事境宜近,写意境宜远。近则亲切不泛,远则想味不尽。艺术境界何尝不是近境与远境、"亲"与"味"的统一体? "物境"或"事境"表现的意趣、情趣、理趣、谐趣,构成作品表层的审美趣味;"情境"(哀景乐景)所包含的喜怒哀乐,则构成作品深层的生命世界;"意境"或"真境"所透视的心灵之真之深,则构成作品独特的灵境、神境。优秀作品的艺术境界(意境),一般都是"三境"浑然一体而构成,虽然也会因艺术个性的张扬而造成"三境"并非齐美。笪重光在《画筌》中说:"山之厚处即深处,水之静时即动时,林间阴影,无处营心,山外清光,何从着笔。空本难图,实景清而空景现;神无可绘,真境逼而神境生。位置相戾,有画处多属赘疣;虚实相生,无画处皆成妙境。"[11]他从对山水微妙体验的"空本难图""神无可绘"中,提出以实写虚、虚实相生的表现手法。这段话中有行批曰:"人但知有画处是画,不知无画处皆画。画之空处,全局所关,即虚实相生法,人多不着眼空处。妙在通幅皆灵,故云妙境也。"不难看出,所谓"无画处",就是对那种微妙难言的"空""神"的艺术表现。

虚实相生法,是超越线条、色彩、声音、动作、词语等各种感性物质形式的最为经济的艺术手段。明代祁彪佳在评点戏曲中称《广爱书》得避实击虚之法","善用虚无过《广爱书》","不尽组织朝政,唯以空中点缀。谑浪处甚于怒骂。"[12]即是说表演艺术中"善用虚"所取得的显著效果。虚实相生,旨趣在"虚"。任何艺术形象(形式),只有产生"虚"的艺术效果,即求之于"形象之外"的效果,才称得上赋予灵性。正所谓"满幅皆笔迹,到处却又不见笔痕。但觉一片灵气,浮动于纸上"[13]。然而,"虚"总是要以"实"为基础。"虚"的境界的形成依赖于"实",没有精到的"实"的艺术创造,没有"实"的暗示或象征的作用,就不可能产生"虚"的艺术效果。"虚实相生"的经济笔墨,给作品造成的灵气、灵境,成为中国艺术的奇妙景观。"实",是虚构的艺术形状(形式),即"云中露一爪一鳞","有笔墨处",朗格称为"表象""虚构之物"。虚实相生法,就是要使艺术品运用特定的物质手段创造的表象(有形),去诱惑或唤起人们的联想和想象,从而取得对丰富微妙的"虚"的境界追求的艺术效果,这也是老子所说的"大成若缺",格式塔心理学所描述的"不完全的形"趋向"完形"的必然结果。按庄子的"得鱼忘筌""得意忘言(象)"的观点,"实",就是"筌";"言"

("象"),就是一种艺术媒介。因此,能否造成实的部分的审美刺激与最大张力,是直接涉及以实生虚或虚实相生的艺术关键。

简洁而精粹。阿恩海姆称"好的格式塔"是特定条件下最简洁的刺激物,这也是"神龙见首不见尾"之意。然而"至简而至精粹者也",务必"精当、切至、清新,理不晦而语不滞"[14]。艺术中的实,是经过去伪存真、去粗取精的提炼,或者说是艺术家对表现对象的选择和凝炼的结晶,也是经过艺术家的心灵化或灵视的产儿。所谓"精当、切至",大有要求至简至精到恰到好处之意。如南宋马麟的《层叠冰绡图》,仅取秀梅两枝,以右下画面截取,一枝低垂含笑,而凌空高昂的却仿佛是从画外伸来的梅梢,由此一俯一仰,虚实掩映,提供了创构这幅画境的最大的可能。艺术家创造的"实"的部分,应该是这种"活的形式",具有生命存在的现时特征,并且给人以鲜活的新异感。"实景清而空景现",画面有形("实景")的部分,只有做到凝炼、新异、透明("不晦""不滞"),才具备成为艺术媒介的基本条件,产生"空景现"即实中见虚的艺术效应。

暗示性与不尽之意。艺术中"实"的简炼性、包孕性,实中有虚,就在于"实"的暗示能力。而人们的直觉想象具有一种距离(时空)穿透力。暗示原理,就是以少量的线索,通过心理的联想或对整体的知觉趋向获得知觉整体的原理。犹如《太平广记》中所记载的唐人评《白马》诗:"雪中放出空寻迹,月下牵来只见鞭",并不直接写白马而仅以雪与月、马蹄印与马鞭,诱导和暗示读者去玩味、去想象,使"白马"活在读者的雪月感觉之中。从暗示原理出发,所谓"象外之象,景外之景","境生象外","象外追维"之说,便不难理解了。何况"实"的部分作为艺术媒介,还往往起着意象符号的作用。它留给人们更多的想象余地,也可以引发深层的无意识反应。正如沈宗骞所说:"树石本无定形,落笔便定。形势岂有穷相,触则无穷。态随意变,意以触成,宛转相关,遂臻妙趣。"[15]"落笔便定"并非对"树石"的摹拟式"定形",而是一种意态心象的表现。"触则无穷",

是指向一种真、精、美,传导性强的画面,或者说十分富有象外象、景外景的生殖性。这种表现不是通常确定意义上的符号表示,而是一种相互生发、连绵不断的情景的呈现,其捕捉意趣之微妙,似"境生象外"。

"真境逼而神境生"。王国维《人间词话》认为"能写真景物、真感情者,谓之有境界,否则谓之无境界"。如此将景与情之真,作为衡量有无境界的标准,并不为过。情景失真,虚实相生也等于一句空话。笪重光《画筌》中对"真境"另有一段阐述:"无层次而有层次者佳,有层次而无层次者拙。状成平褊,虽多邱壑不为工。看人深重,即少林峦而可玩。真境现时,岂关多笔。眼光收处,不在全图。合景色于草昧之中,味之不尽。擅风光于掩映之际,览而愈新。密致之中,自兼旷远。率易之内,转见便娟。""乃知惨淡经营,似有似无,本于意中融变;即令朱黄杂沓,或工或诞,当于象外追维。"笪重光主张以实写虚,"意中融变","象外追维",惨淡经营而又不露痕迹,虚实相生之中见自然本真。这即是所谓"真境逼",也是指"得深景真意"(郑绩语)。而王昌龄认为"张之于意而思之于心,则得其真矣"。只有从情、景或心、物之交融的方面,从情感、心灵浸入境界之真之深的程度上考察境界,方可得真境。而真境建构中虚实相生至臻至妙,达到"无画处皆成妙境",即"神境生"也。空则灵气往来,空灵之后物情毕肖,心境托出,"清空中有沉厚"(刘熙载语)。神境,当是一种空灵而深邃的境界。

虚中有实,实质上是对"虚"的效果的深入描述。一是空中点缀,或从艺术品的灵境中反观其"实",而愈见其空灵,愈见其境深。如马远《寒江独钓图》中一叶扁舟,却反衬了无边无际的水天的空旷渺茫的境界。又如"大漠孤烟直,长河落日圆"(王维),我们通常所说妙在一个"直"字、一个"圆"字,是指景象奇观而言。但虚空之中"孤烟""落日"也是一种点缀。一个"直"字,显示了大漠之辽广;一个"圆"字,展现了长河之阔远。这种"实",以反衬效果拓展了虚。二是对"虚"的效果的艺术再表现。所谓"画中之白即画中之画""画外之画",书法"计白以当墨,奇趣乃出",

也就是可以供人"象外追维"的画面,是对那种"象外之象,景外之景""境生象外"的捕捉和揣摩。这种虚拟的艺术表现,大致分两种情况:一种是艺术家在创作中"虚里摹神",抟虚成实。中国诗画"险中取巧",看重空中点染、抟虚成实的表现方法,状难状之景,如在目前;得物态天趣,曲尽其妙。不乏佳句留传,画面世代生辉。如清代顾文彬对米友仁的《潇湘奇观图》评曰:"至今观之,但见冈峦出没,林木隐见,时在云气溃洞中,烟容雨态千形万状,殆极山水之变,不得以'无根树懵懂山'尽之。纸虽少损而神气特完。"[16]按传统画法,实笔画山水树石,虚笔写云烟,而笔致缥缈全在云烟。《潇湘奇观图》之"奇观",正在于虚中摹神——对"烟容雨态千形万状,殆极山水之变"的真境的表现。特别是"善画无根树,能描朦胧云"(汤垕语),真正达到"以虚运实,实者亦虚,通幅皆有灵气"[17]的境地。另一种是读者或观众在艺术想象中的"实"。象外之"象"、景外之"景",以及象(景)外之"境",是存在于人们的艺术联想与幻想之中的间接形象。人们在默会中"至虚而实,至渺而近",便会感到虚中有实,"理与事无不灿然于前也"(叶燮语)。也有论者称"虚者,空中楼阁,随意构成,无影无形之谓也"[18]。从鉴赏的二度艺术创造而言,审美想象总是通过表象运动来进行的,虚境中是能不断呈现出各种自发的和自觉的表象(幻象)。这也可以理解为"无笔墨处是实"(范玑语)。而作品的"有笔墨处"或艺术形象("实")的暗示力、包孕性愈强,人们对作品的审美想象中的表象也愈丰富深厚。

实者虚,虚者实,虚与实相互包容、相互转化。司空图所说"不着一字,尽得风流",不正是由实转化而成的奇效?刘熙载《艺概》在作品评论中称:"虚实互藏,两在不测","结实处何尝不空灵,空灵处何尝不结实"。虚实相生,妙在若即若离,若远若近,独探真际于个中,遥听清音于弦外。镜中月,水中花,虽不可迹求,却可神会。

艺术创造总是要尽量开拓形式和形象的外延和内涵,乃至将形式意义引向极致——有形中寓无形,有限中见无限,瞬间即永恒,从而构成穿透时空、意蕴荡漾的艺术灵境。

空间艺术的造型或画面是对时间的瞬间摄取,艺术大师总是善于把握和择取最富有意义的瞬间。造型或画面对时间或空间的超越,一般要求较大的暗示力与暗示能的聚变。莱辛曾提出造型艺术要追寻"暗示性的顷刻",并要"避免描绘激情顶点的顷刻",因为"到了顶点就到了止境,眼睛就不能朝更远的地方去看,想象就被捆住了翅膀","最能产生效果的只能是可以让想象自由活动的那一顷刻了"[19]。造型艺术只有选取到达顶点之前的"顷刻",才能充分发挥自身的暗示作用。米隆的《掷铁饼者》并没有把铁饼掷出去,正表明"运动"姿势的暗示性和艺术张力。拉奥孔的痛感,并没有在面容和外表姿势上发狂地流露出来,而是表现在那痛得抽搐的腹部和身上每一条筋肉。

中国画更能体现"有限中见无限""瞬间即永恒"。这不仅表现在中国画的空间构图运用散点透视,正如阿恩海姆所说:"在中国风景画中,这无限的空间是在画面之内表现出来的,它是视线瞄准的目标,但眼睛却看不到它。"[20]同时,中国画不是西画几何化的空间,而是时间化的空间,正如宗白华所说:"画家在画面所欲表现的不止是一个建筑意味的空间'宇'而须同时具有音乐意味的时间节奏'宙'。一个充满音乐情趣的宇宙(时空合一体)是中国画家、诗人的艺术境界"[21]。我并不否认关于"雕塑的时间性""建筑是凝固的音乐"的特性,但中国画包括建筑艺术的"音乐意味的时间节奏"有着独特的文化背景和美学意蕴,与造型艺术的一般所可能具有的时间节奏因素,有着明显的界限。中国画的时空合一,建立在"天人合一"的观念的基础上。儒道释各家都强调人与自然的统一。所谓"与天地并生,与万物为一"(庄子),"上下与天地同流"(孟子),"赞天地之化育","与天地参"(孔子),如此顺应自然,就是肯定大自然生生不息的运动而呈现在空间和时间上的无限与永恒。特别是老庄之"道",

在强调人格本体与宇宙本体的合一中实现个体的无限和自由的境界,深刻体现了中国艺术精神与美的追求。中国艺术"笼天地于形内,挫万物于笔端"(陆机),"一画收尽鸿蒙之外"(石涛),是从深入自然宇宙中发挥艺术创造主体的作用。宗炳所谓"身所盘桓,目所绸缪""澄怀观道""凝气怡身",说明古代艺术家从"身""目"所感触到的空间和时间进入"道"的最高体验境界,从而"应会感神,神超理得"(宗炳语),获得时空合一体的艺术创造的契机。

美国音乐家塞欣斯说:"视觉艺术控制着一个空间世界,而我们得自空间的最深刻的感觉,我认为也许不属于扩展,而属于永恒。在最本原的层次上,我们觉得空间是某种恒久的、根本不能发生变化的东西;运动通过眼睛而为人了解时,永恒就产生了,可以说它是在静态的框架中产生的。"[22]正因为运动是永恒的,"静态的框架"才会给人以永恒感。实质上,运动在空间中的无限性与在时间中的永恒性,也为中国画的时空合一提供了可能。物质形式的无限与永恒是一种心理感觉。人们对于任何一种艺术的感受都是心理的印象。伦勃朗油画通过明暗透视法呈现无限的深空,用心灵的俯仰的眼睛,追寻和体悟带有音乐节奏的渺茫无际的空间。而中国画境之远之深,是由对自然实存的超越而通向寥廓恍惚的道意之无限。恽正叔评画说:"谛视斯境,一草一树,一丘一壑,皆洁庵灵想之独辟,总非人间所有。其意象在六合之表,荣落四时之外。"[23]"六合之表",指无限空间;"四时之外",指永恒时间。这种由"一草一树,一丘一壑"构成的独辟之灵境,与其说是时空合一体,不如说是超越时空的一种精神追求的虚幻境界。中国画家运用"三远",几乎达到"一勺水亦有曲处,一片石亦有深处"的境地,其"曲"、其"深",也是时间流逝的踪迹,是一种音乐节奏。

中国书、画、舞及园林建筑的时间节奏,表现为空间的回环往复的连续组合,也是阴阳明暗高下起伏所构成的节奏化的空间。"山峥嵘,水泓澄。漫漫汗汗一笔耕。一草一木栖神明。忽如空中有物,物中有声。忽如远道望乡客,梦绕山川身不行!"[24]唐代诗人沈佺期显然是对范山人画境的空中音乐或音乐空间的真切感受。《青卞隐居图》中山峰石上散散洒落圆笔或破笔的笞点,似乱不乱,似繁不繁,有望之郁然深秀之意。这种由回环往复、连续组合的细部表现,同样产生了空间的音乐感,是节奏化了的自然。恽正叔说:"意贵乎远,不静不远也。境贵乎深,不曲不深也。"[25]静中见远,曲中见深,岂不是一种时间化的空间建构?中国园林建筑艺术强调曲折幽深,假山洞、花木掩映、回廊、漏窗、云墙等造成的曲径通幽的效果,体现了时间节奏之深。而园林造境(静),如苏州拙政园的扇面亭,临水面东,宜于赏月。又题名"与谁同坐轩",取自苏轼词"与谁同坐,明月清风我",如此构成诗情画意的静境,给人以逸远之感。中国园林总是通过一亭一阁收尽空间的美,乃至让人们体会到无限的空间、时间。中国书画作为线条艺术,更表现了盘旋往复、疏荡绵密、聚散交错的生发过程。书法艺术一波三折,绵延有致,"疾若惊蛇之失道,迟若渌水之徘徊",是"无声之音"(张怀瓘语),充满生命的流动感和力量。其实,《易经》中所说"无往不复,天地际也",早就揭示了中国艺术的空间表现的特征。

　　如果说中国艺术空间创造表现了"万物自生听,大空恒寂寥"(韦应物诗)的境界特征,那么其时间节奏则见诸天地之气。中国画以"气韵生动"为本,所谓时空合一体的意境,是以气的往复与萦洄为标志。"虚室生白"(庄子语),"太虚即气"(《正蒙·太和》)。画面留下的大片空白,仍有气的运行、回荡或飘忽。艺术家以凝神独照、返于本心之深的心灵节奏,去体合自然宇宙的生命节奏,也是以气韵为媒介和表现形式。宗白华说:"中国画的透视法是提神太虚,从世外鸟瞰的立场观照全整的律动的大自然,他的空间立场是在时间中徘徊移动,游目周览,集合数层与多方的视点谱成一幅超象虚灵的诗情画境。"[26]中国艺术家得力于道禅境界,从对世俗世界或现实时空的超越中登上艺术观察的至高点。

艺术创造的时空结构受着人类的感知方式和心理结构的影响。与具象的直觉感知方式相适应的是时空对立的心理结构,如西方写实的古典主义绘画、雕塑。但当人类社会进入电子技术和信息的时代,便使过去无法跨越的广阔空间集聚为可感知的瞬间,使需漫长的时间过程才能认识的东西凝缩为瞬间可感知的空间。这种空间与时间相互渗透的心理结构的演变,便产生了现代艺术的抽象与抽象感知方式,也就是艺术时空结构的感觉化与艺术感觉方式。譬如对于英国亨利·摩尔的《核能》纪念碑上的部分感知,像人头,像骷髅,又像蘑菇云?按摩尔解释,这个头颅骨的部分,"暗示着正是人的大脑活动才导致了核能的发现,同时它也暗示了蘑菇云,这种原子弹的摧毁性因素"[27]。也可以将骷髅理解为摧毁性战争的象征,蘑菇云作为核能试验的成果性标志,属喜忧兼半的中性。这个雕塑的抽象形态的丰富意蕴,呈现出开放的时空交融的恒久性结构意义。正是在现代人时空互渗的心理结构的语境中,中国古代优秀艺术显示着不衰之势,展现了纯净与本真的亘古灵境的永久的魅力。然而,现代艺术的感觉化的空间或灵境的创造,是艺术家的情绪与直觉的记忆,是幻觉、错觉、潜意识、无意识的重新组合,是经过抽象或变形而失去时空界限的心理外显,也可称突然长大了的感觉的境界。如法国后期印象派画家塞尚,率先以多点透视代替了传统的焦点透视,追求对潜藏在物象中的永恒的本质的表现,因而他把一个茶杯表现成为一个具有生命的东西,使静物上升到具有生命的境界。色彩的"精神性",光的"神经震撼",显然标举色彩的抽象意味与光的感性(感觉)力度的增大,因而他以色彩和光表现的空间充满了内在精神的张力,有论者称为"神韵",给人以一种回荡浮腾的旋律感。总之,现代绘画、雕塑是以感觉的强化、抽象化而达到时间对空间的渗透。一方面,在表现由内向外的量感和生命力的动感中,大大拓展了艺术空间;另一方面,时间已经融汇于感觉之中,时间即是感觉,感觉到便是存在。以时间感觉情绪记忆的跳跃重构空间秩序,将生命的存在定格在瞬间画面之中。现代艺术感觉化的时空观念不同于古代艺术的时空境界。

现代艺术的感觉化的空间创造,表现了对象征、变形等手法的普遍运用。譬如,立体主义绘画是以"眼前所无,心中所有"的感觉为逻辑,彻底瓦解了建筑性的空间结构,实在的物质表象不见了,只有彩色的面和线,在超空间的关系中相互组合,在节奏性的连续过程中创造了幻觉的空间,从而构成一个象征性的境界。现代艺术感觉化的空间结构,是"视觉+心理"的整体艺术感受的效果。我们感受艺术大师的作品,视知觉总是在灵性十足的表象的不确定的意指中,在恍惚迷离的心理氛围中,进入生命精神的自由的境界。中国古代艺术所表现的有限中见无限、瞬间即永恒的灵境,虽已成了一种遥望或梦幻,但其构境的虚实相生、幻中见真的艺术方式,仍是吸引我们向艺术的无限宇空追寻的光源。

注释

[1][2][20]阿恩海姆:《艺术与视知觉》,中国社会科学出版社,1985年,第67页,第101页,第403页。

[3][6][22]苏珊·朗格:《情感与形式》,中国社会科学出版社,1986年,第56页,第102页,第80页。

[4]袁于伶:《西游记题辞》,《中国历代小说论著选》(上),江西人民出版社,1982年,第271页。

[5]李贽:《李卓吾批评琵琶记》第三十七出《书馆悲逢》[太师引]曲批语。

[7]董道:《书徐熙画牡丹图》,《广川画跋》卷三。

[8]谢榛:《四溟诗话》卷三。

[9]屈绍隆:《粤游杂咏序》,引《李太白全集》卷三十四附录。

[10]王昌龄:《诗格》,《中国历代诗话选》(一),岳麓书社,1985年。

[11]笪重光:《画筌》,《历代论画名著汇编》,文物出版社,1982年,第309-312页。

[12]祁彪佳:《远山堂曲品》。

［13］［17］孔衍拭:《画诀》,《历代论画名著汇编》,文物出版社,1982年,第274页,第272页。

［14］郝经:《唐宋近体诗选序》,《郝文忠公全集》卷三十。

［15］沈宗骞:《芥舟学画编》卷一。

［16］伍蠡甫主编:《中国名画鉴赏辞典》,上海辞书出版社,1994年,第313页。

［18］李渔:《闲情偶记·审虚实》,《李笠翁曲话》,湖南人民出版社,1981年,第34页。

［19］莱辛:《拉奥孔》,人民文学出版社,1979年,第18-19页。

［21］［26］宗白华:《艺境》,北京大学出版社,1987年,第209页,第119页。

［23］［25］恽正叔:《南田论画》,引自沈子丞编《历代论画名著汇编》,文物出版社,1982年,第328页。

［24］沈佺期:《范山人画山水歌》,见《佩文斋书画谱》。

［27］转引自钱绍武:《亨利·摩尔的创作方式初探》,《文艺研究》1986年第6期。

（原刊《江苏社会科学》2003年第3期）

中国艺术感悟：神遇—物化

中国艺术理论将心物之间的互动视为艺术创生的缘由。走向大自然，在自我与景物的亲近融通中，获得感悟与深层体验。艺术生命与创造之心感于物而律动，物，又是心的对应物，随时能够触发艺术家的悟性与灵感，并成为生命精神的艺术载体。中国古代"天人合一"的农耕社会的自然生态，荡漾着一种家园感与一触即发的诗意。"一叶且或迎意，虫声有足引心"[1]，"物之感人，故摇荡性情"[2]，即是对景物与心意之间发生感应和交融的生动描述。陆机所说"精骛八极，心游万仞"[3]，则是从更广阔的视野里获取内心体验及其独特境界。心与物之间互动的关系，是层层深入的拓进，也是从"感物"或"物感"到"超物"的体验过程。"神遇""物化"，是艺术体验与感悟中两个重要环节，凸显着中国艺术创造理论的亮点。

西方后现代主义提出："后现代主义世界中将拥有一种在家园感，他们把其他物种看成是具有其自身的经验、价值和目的的存在，并能感受到他们同这些物种之间的亲情关系。"[4]中国古代诗人、画家的山水体验理论，为现代艺术体验提供了重要资源，"神遇""物化"及其创造的一大批古代经典作品，仍显现出不朽的魅力。

神遇：心物交会中一拍即合的原初默契

庄子"庖丁解牛"中最早出现"神遇"这个概念，"臣以神遇而不以目视，官知止而神欲行"[5]，是说技艺纯熟的境界，也是顺应自然之理的一种"道"的境界，其强调用心神领会而不用眼睛去看，得力于心物交会之天成。应该说，后代诗人、艺术家所说的"神遇"，无疑带有庄子"顺应自然""万物与我为一"的哲学底蕴。

"感物"或"物感"，是最初的体验与感悟，"神遇"，是这种心物感应的过程中交会契合的特有现象。苏轼曾有"神与万物交"之说："或曰：龙眠居士作《山庄图》，使后来入山者信足而行，自得道路，如见所梦，如悟前世；见山中泉石草木，不问而知其名；遇山中渔樵隐逸，不名而识其人。此岂强记不忘者乎？曰：非也。画日者常疑饼，非忘日也。醉中不以鼻饮，梦中不以趾捉，天机之所合，不强而自记也。居士之在山也，不留于一物，故其神与万物交，其智与百工通。"[6]"后来入山者"因受龙眠居士李公麟的《山庄图》的感染，而获得奇妙的"山庄"体验。"神与万物交"，揭示了心物感应的普遍现象，提供了"神遇"的可能性。苏轼这段文字描写，是"后来入山者"与龙眠居士《山庄图》的"神遇"，其根由还在于原创者龙眠居士在山庄体验中进入了"神遇"之境。"不留于一物"，至关重要，否则，不会发生"如见所梦，如悟前世"的令人痴迷的奇迹。苏轼把它视为"神与万物交"的重要条件，无疑切入带有想象性的艺术体验的特点。艺术感悟中的"神遇"，属于艺术理论的范畴。"有道有艺，有道而不艺，则物虽形于心，不形于手。"苏轼从"艺"的方面，阐释心物关系，单凭"道"而不具备艺术创造者的心灵，就不可能产生好作品。

"神遇"，得之于"感物"或"物感"，而又"不留于一物"，即不受物的滞碍，正显示和发挥艺术创造性想象的心理因素的作用。"诗人感物，联类不穷"[7],"神与物游"[8],"神遇",作为艺术家"感物"所悟得的灵境,不能说不含有"神思"之意,即艺术的想象的因素。艺术体验既是知觉与情感的活动,又带有想象的审美心理因素,表现为探索性与选择性的特点,最终是要获得引起心灵震动的艺术发现,即神遇的境界。马斯洛在谈到"高峰体验"时,"这些美好的瞬间",最容易在艺术与审美领域里发生,"伟大的灵感,来自意义重大的领悟和发现"[9]。

郑板桥《题画》曰:"江馆清秋,晨起看竹,烟光、日影、露气,皆浮动于疏枝密叶之间。胸中勃勃,遂有画意。其实胸中之竹,并不是眼中之竹也。"[10]虽然"眼中之竹"已在艺术家"聚精会神的观赏"中,但仅仅是引起艺术家的兴趣和情思,而在没有发生"神遇"之悟,还只是"眼中之竹"。只有受到深刻的感动,并触发内心深处的东西,才有发生"神遇"的瞬间的可能。所谓"胸中勃勃,遂有画意",即意味着"神遇"的状态与创作冲动的来临。"胸中之竹",可以理解为"神遇"之境。没有引起"心"的感应与震撼,而仅仅停留在对"物"的形、色、质的一般认识上,称不上直觉意义上的初级体验。初级体验也是原初的纯真的体验,"神遇",这一心物交感的特有现象,是指艺术体验中特有的艺术心理反应。它是心与物交会中的一拍即合,是心与物之间达成的原初默契,可称为艺术直觉体验的初级阶段。可以说,惟有"神遇",才能进入艺术创造之门。

清代画家石涛致力于"搜尽奇峰打草稿",旨在获取"神遇"的契机。他说:"且山水之大,广土千里,结云万重,罗峰列嶂,以一管窥之,即飞仙恐不能周旋也。以一画测之,即可参天地之化育也……我有是一画,能贯山川之形神。此予五十年前,未脱胎于山川也,亦非糟粕其山川,而使山川自私也。山川使予代山川而言也,山川脱胎于予也,予脱胎于山川也。搜尽奇峰打草稿也。山川与予神遇而迹化也,所以终归之于大涤也。"[11]石涛的"神遇"说,不仅道出了中国诗人、艺术家进入艺术体验与感悟的独特方式,以"山川与予神遇"而创造出作品,而且,"神遇"与石涛著名的"一画"论有机联系在一起,它不仅赋有"意义重大的领悟和发现",同时以充盈的庄禅意蕴,显现着对大地山川的虔诚与胸襟,因而有了"代山川而言"的可能,"山川脱胎于予也,予脱胎于山川也",如此"神遇",即是物我同一的体验之大境界、大惊喜。

"神遇",作为艺术体验中的心物感应的现象,既触发于那些新鲜奇异的、可亲近的事物,又生成于艺术家的大心大智。石涛主张"搜尽奇峰打草稿"的含义有两个方面:一是认为自然山水可居、可游、可望,足以令人亲近,是艺术家的心灵寄所,艺术家应该潜入自然山水体验中,获取心物交会的契机。二是强调艺术家的自我意识,批评了"道眼未明"[12]的浅薄平庸之风。没有大心慧眼与对"物"的虔诚,没有对心物感应的艺术把握,就不会有"山川与予神遇"的可能。

艺术感悟或体验,是从外物界寻回自我,是对自我的内心及梦境的发现,但首先是创造主体与外物之间的交会。诗人"登山则情满于山,观海则意溢于海"[13],这种对自然景物"情"和"意"的投射,立普斯曾作过移情解释。他说:"……在对美的对象进行审美的观照之中,我感到精力旺盛,活泼,轻松自由或自豪。但是我感到这些,并不是面对着对象或对象的对立,而是自己就在对象里面。"[14]即所谓"感时花溅泪,恨别鸟惊心"。中国诗人、艺术家徜徉于山水之中,是心灵的徜徉、灵魂的徜徉,是山川之灵秀、日月之精华、大自然之亘古,对心灵与灵魂的滋润和哺育。从这一角度看,艺术家主体更多地表现为受动性。"山川与予神遇",是指自然山川对心和灵魂的亲近,对生命的亲近,诗人、艺术家只是怀着对自然山川的虔诚,把一木一石视为纯洁的"物",由此"物"成了心灵寓所,即神遇。这种神遇即是"物感","物"对"我"的震撼,对"我"的精神的激发、对"我"的生命灵性的触动。

艺术家胸中须有丘壑,眼底须有性情。王夫之认为"身之所历,目之所见,是铁门限",强调"阅物多,得景大,取精宏,寄意远"[15]。这也是说人生阅历、记忆与经验在艺术体验中的作用。譬如郑板桥画竹,"眼中之竹",一经"神遇"而成为"胸中之竹",就成了"我"的生命情感与精神的载体。其竹图,或立于山崖,或立于水边,都是瘦硬秀拔,傲然挺立,突出了孤傲独立的人格境界,这显然是郑板桥人生经验的深度显现。这种指向认识层面的经验,固然提供了对体验物的凝练升华的可能,但也可能会造成对悟性与想象力的束缚。

神遇,是妙不可言的瞬间体验。每一次"神遇",可以理解为一次感性经验的发现。这并不是指一般的生活经验,而是直接出自内心和生命情感的感悟。它虽然会受到人生经历与情感记忆的影响,但没有受到理性认识的束缚。正如杜威所说:"那些具有理智结论的经验的材料是一些记号和符号,它们没有自身的内在性质。""这一个经验是一个整体,其中带有它自身的个性化的性质以及自我满足。"[16]杜威把个体直觉经验与理智结论的经验的材料之间的界限,说得很清楚。那种一味渴求认识论层面上的真理,却未看到感性经验自身所蕴含真理的可能性,或者说割裂了经验与感觉之间的联系。中国古代艺术家深入直觉体验与感悟的"神遇"现象,以其个性化的性质及自我满足,与现代经验理论相通。

神遇,也可理解为灵感的最初闪现。艺术家对心物感应的瞬间体验,如电光石火。或触动寂寞的内在情感,或唤起某种陌生的经验,或敲开沉睡之中的生命之门,一种豁然的敞亮,"物象走进他的心灵",以至"吸进了一种充满神物的音乐"[17]。所谓偶遇枯槎顽石,勺水疏林,都能以深情冷眼,求其幽意所在,即是传递出一种无声之声的冷音乐。据《宣和画谱》卷十一记载:(范宽)"卜居于终南、太华岩隈林麓之间,而觉其云烟惨淡、风月阴霁难状之景,默与神遇,一寄于笔端之间。"画家深居岩隈林麓之间,痴迷于云烟惨淡、风月阴霁难状之景,"默与神遇",默然中足见其心灵震撼的力度,直接跃入艺术灵境。

神遇—物化,是中国艺术发生过程中物我交会的奇观,如果说神遇是艺术创生的契机,那么,物化则显现着东方的艺术灵境。

物化：从形下的物到形上的精神体验的实现

艺术家从"神遇"中获得一种创造的冲动与契机,但在通常情况下,"神遇"这一初级的直觉体验,还有待于开拓、上升到体验的高级阶段。"物化",即是创造主体深入体验的标识,它意味着物我交感在向更高层次突入中而达到物我同一,使艺术形象的产生有了瓜熟蒂落的可能。"物化"这一概念,最早见于"庄周梦蝶"：

> 昔者庄周梦为胡蝶,栩栩然胡蝶也。自喻适志与,不知周也。俄然觉,则蘧蘧然周也。不知周之梦为胡蝶与？胡蝶之梦为周与？周与胡蝶则必有分矣。此之谓物化。[18]

庄周变为"栩栩然胡蝶"的优美形象,似与《逍遥游》中的"大鹏"一样,都是"自喻适志"的鸟类形象,实质上并不一样。这里的"物化",是指一种特有的物我同一的状态或境界。如此物我一体,才可获得真正的精神自由的存在。这种物我一体的物化现象,在艺术体验与审美体验中是存在的,对于艺术创造具有重要的应用价值。

苏东坡有"竹化"之说："与可画竹时,见竹不见人。岂独不见人,嗒然遗其身。其身与竹化,无穷出清新。庄周世无有,谁知此凝神。"[19]文与可画竹,并没有达到苏东坡所言境地,但所言"竹化"理论,可以说,是庄子的"物化"思想的反映。如果说"见竹不见人",是对文与可画竹的初步印象,那么,"嗒然遗其身"、"其身与竹化",更多的则是苏东坡在审美体验中的发挥,抑或是对庄周梦蝶的物化理论的饶有兴趣的理论阐释。"庄周世无有,谁知此凝神",从"凝神"理解"物化",把"物化"引入了艺术的审美体验领域。"嗒然遗其身",这般神不知、鬼不觉的"竹化",只会发生在凝神的瞬间,即物我融一的物化现象。这是竹子由形而下的物,质变为形而上的精神形象的艺术实现。

可见,"物化"的艺术体验与创造的境界,是自觉而又不自觉的浑化之境。以心物之间天衣无缝的交合而显示自生自足的怡然状态,以无言之美而催动生命精神形象的诞生。凝神、浑化,是艺术体验中物化之艺术实现的关键词。

物化,作为艺术体验与形象创造的方式,属于审美范畴。宋代邵雍说:"以我观物,物我皆通,以物观物,便可臻大道。"[20]邵雍虽是从义理的方面立论,却也涉及物化这一美学命题。"以物观物",并非没有"我",而是摆脱世俗的"我"、囿于个人利害关系的"我"。正如王国维所说,"艺术之美所以优于自然之美者,全存于使人易忘物我之关系也"。"苟一物焉,与吾人无利害之关系,而吾人之观之也,不观其关系,而但观其物。"[21]艺术家包括观赏者,都有一个实现物我关系之超越的问题。物化体验心理,即意味着在实现"我"的转换与超越中进入心物交感的艺术过程。古代诗人、艺术家因为具有处世的淡泊心境,不与邪恶同流合污而归隐的人格精神,从而坚守真我,保持诗意存在的状态,以物我融一的全身心的投入,而创造了经典作品。

艺术创造中的物化体验心理,不是没有我,而是去弃了假我、非我,存有真我、本我。正是从这一意义上说,物化即人化。法国新印象派画家塞尚说:"在我内心里,风景反射着自己,人化着自己,思维着自己。我把它客体化,固定在我的画布上。"[22]"物化",具有塞尚的"人化"的意思,不同的是,艺术物象的张力朝着两个维度。苏东坡所说"竹化","其身"化为"竹",未留"人化"之痕,亦是"竹"化为"其身"。如此"心手两相忘""见竹不见人",正显示了"物化"的特点。人们在鉴赏中自然感受到"臻于化境","见竹如见人","竹"中有"其身",真正达到了"超以象外,得其环中"的艺术境地。西方艺术的"人化",根于移情经验,把"我"的知觉和情感移注或外射到物的身上去。不是"物"成为"我",而是"我"变成了"物"。正如波德莱尔说的,"把你的情感欲望和哀愁一齐假借给树","你觉得它表现'超凡脱俗'一个终古不磨的希望",那么你变成了"树"或"飞鸟"[23]的体验。这种人化或拟人的形象,显然更带有艺术的主体性。

庄子所说"物化"与立普斯的移情经验,有相通之处,如庄子有"自喻适志与"之说,即获得愉悦的美感境界,但二者还是有很大差别。立普斯倾向主观,称为"内在移置","这种向我们周围的现实灌注生命的一切活动之所以发生,而且能以独特的方式发生,都因为我们把亲身经历的东西,我们的力量感觉,我们的努力、意志,主动或被动的感觉,移置到外在于我们的事物里去,移置到在这种事物身上发生的或和它一起发生的事件里去。这种向内移置的活动使事物更接近我们,更亲切,因而显得更易理解。"[24]而庄子倾向客观,或者说无"主"无"客",追求失去物我界限的无拘无束的自由,庄子那种精神愉悦,是失去自己的愉悦,失去人也失去物的乌托邦精神,是庄子的"物化"思想的灵魂。然而,庄周梦蝶式的乌托邦,却是实现精神超越的大境界,庄子所说"物化",作为艺术体验的方式而言,提供了显现内心与形上的精神层面的可能。

王国维说:"有我之境,以我观物,故物皆著我之色彩。无我之境,以物观物,故不知何者为我,何者为物。古人为词,写有我之境者为多,然未始不能写无我之境,此在豪杰之士能自树立尔。"[25]王国维推崇的"无我之境",可以理解为艺术创造中的物化体验方式。"无我之境"写作的难度,正表现在诗人不易对物化体验的深度把握。物化与人化,都要进入心物交汇与融一的过程中而显现倾向。王昌龄在阐释"心物交会"的过程中,认为"神之于心,处身于境,视境于心,莹然掌中","搜求于象,心入于境,神会于物,因心而得"。[26]艺术创造中的物化体验,显然也有一个"神会于物,因心而得"的过程。当然,王昌龄强调"以心击之",使"心入于物",则可从"以我观物"的"有我之境"方面去理解。

"无我之境",并非没有"我",只是冷却了情感,淡化了"我","我"隐没于物中,消失于物中。石涛所说"山川脱胎于予也,予脱胎于山川也",可以称之为"忘我""物我两忘"的体验境界,所谓"忘我""物我两忘",只是通过对"我"与"物"的双重超越,把创造主体提升到一个自由充实的境界。它是以"真我""观赏的自我"与"非自我"的物象相同一,达到由形而下的物向形而上的精神形象的艺术实现。这种物化体验的最高境界,达到主客体融一的全新的境界,即是康德所说的那种"我在世界中,世界在我中",主客体的硬性边缘为意义所浸蚀,而逐渐双向渗透,最终成为一个意义的重赋。[27]

"物"的意蕴及形上的特征,取决于物化体验的深度。诗人、艺术家的灵感与冲动,一旦受到陌生的外物的激发,有可能发生心物对应与同构的意象定型,神遇即物化。但这种偶得的成功形象,抑或有一次经验的奇迹,但也离不开创造主体的充盈与天才的艺术悟性。在一般情况下,形象创造中的物化体验,是一个深入与开拓的过程,进入"物我两忘"的体验境界,即是一种审美期待,只有具备对宇宙人生感悟深刻与独特的想象力的艺术家,方能抵达艺术的彼岸。诗人、艺术家没有对宇宙人生的深刻体验,没有对形而下的物的尊重与体恤,没有对非我、假我的痛恨,就没有超越物我的理由。所谓超越社会现实的最高体验境界,是由爱、痛苦或对恶的痛恨而引起的人生境界的升华。古代不少才华卓绝的诗人、艺术家表现为超然于世的姿态,并不意味着他们脱离宇宙社会,而在于他们以"出乎其外"的观察方式,独得对宇宙人生的深刻看法。王国维说,"吾人之胸中洞然无物,而后其观物也深,而其体物也切"[28]。"洞然无物",首先是相对于胸中有物而言,即是王国维所说诗人对宇宙人生,"须入乎其内,又须出乎其外","出乎其外,故能观之","出乎其外,故有高致"[29],"洞然无物"是"出乎其外"的标识,它以对胸中之物的彻底超越,从对物的远离与扬弃中去重新认识物、亲近物,故"观物也深""体物也切"。这一看法,十分精到深刻。宋代魏了翁所言,"以物观物,而不牵于物,吟咏情性,而不累于情"[30],不光是说观物须彻底摆脱物,还提出对情的超脱,可以理解为对物化体验心理的特点的描述。

邵雍强调"因闲观时,因静观物"。他在"万物静观皆自得"的境界中,获得"月到天心处,风来水面时"之佳句。"静观",是物化体验的第一要素。"无我之境,人惟于静中得之;有我之境,于由动之静时得之。"王国维从静中静与动之静的区别,揭示了"无我之境"中"不知何者为我,何者为物"的物化体验心理的深度。譬如,王维的《鸟鸣涧》:"人闲桂花落,夜静春山空。月出惊山鸟,时鸣春涧中。"诗中空山、惊鸟,虽是表现极静("静中静")之物,却不是物牵制于人,而是呈现物的本性、灵性、真趣、真意,惊山鸟是春山月夜的灵物,春山空是花落夜静的深度显现。它们虽出自诗人的悟性,却不带丝毫的情感色彩,是这种空灵之物逼近人的精神境界。王维受禅宗思想影响,在诗画创作中,潜入物化体验甚深。"摩诘用渲淡,开后世法门"[31],"渲淡",可以理解为王维进入物化体验的深度标识。王维在《荐福寺光师房花药诗序》中把山水景物当作通向"色空有无之际"来表现。"色空有无之际",是显现灵魂的物化体验形式,色空反映了物我同一的强度。它见诸画面构图中水墨的"淡"与"远"。王维、董其昌的水墨山水画中的"淡"与"远",给人以视觉心理的静与空,显示禅悟的精神形式的独特美感。

如果说"物化"体验是"静中静"的体验境界,那么庄禅哲学境界提供了这种"静中静"之体验的可能。"庄周梦蝶"中"不知周之梦为胡蝶与,胡蝶之梦为周与"是消失了物我界限、获得物我同一的大浑的境界,然而,首先意味着的是一种静寂的生命状态。梅特林克在《寂静》中说:"真正的寂静……从各个方面包围我们,成为我们生命潜流的源泉;我们当中任何一人试用战颤的手指去弹深渊之门,那么这门也会在同样寂静的殷切关注之下,被打开了。因为寂静没有任何疆域,是无限度的,在它面前,人人平等。"[32]从"寂静"是"生命潜流的源泉"的观点看,庄禅境界通向神秘的生命之门。诗人、艺术家借助庄禅境界潜入或获得寂静的天空,倾听自身内部,倾听生命与灵魂的声音。从现代生命体验的意义上,庄禅境界之静寂,从远古延绵而来,包围着我们,亲近着我们。王维的《雪溪图》与他的"空山不见人""夜静春山空"之类的诗一样,表现了那种空寂无人之境(静),其"溪雪"之白,"春山"之"空",给人造成灵魂的颤动与空寂之美。当然,中国艺术独有的静观境界,旨趣在于进入凝神或畅神的审美观照,表现了与西方现代艺术体验心理之差异。

注释:

[1][7]刘勰:《文心雕龙·物色》,《文心雕龙注》,人民文学出版社,1978年,第693页。

[2]钟嵘:《诗品》,王大鹏等编选:《中国历代诗话选》(一),岳麓书社,1985年,第12页。

[3]陆机:《文赋》,见郭绍虞主编:《中国历代文论选》第一册,上海古籍出版社,1981年,第170页。

[4]大卫·雷·格里芬:《后现代精神》,中央编译出版社,1998年,第22页

[5]庄子:《养生主》,陈鼓应《庄子今注今译》,中华书局,1985年,第96页。

[6]苏轼:《书李伯时山庄图后》,《苏东坡集》前集卷二三。

[8][13]刘勰:《文心雕龙·神思》,《文心雕龙注》,人民文学出版社,1978年,第493-494页。

[9]转引自滕守尧:《审美心理描述》,中国社会科学出版社,1985年,第48页。

[10]郑板桥:《题画》,转引自:《中国美学史资料选编》下,中华书局,1981年,第340页。

[11]石涛:《苦瓜和尚画语录》,沈子丞编:《历代论画名著汇编》,文物出版社,1982年,第369页。

[12]石涛在长卷画《搜尽奇峰打草稿》的卷末长题中曰:"江南江北,水陆平川,新沙古岸,是可居者。浅则赤壁苍横,湖桥断岸,深则林峦翠滴,瀑水悬争,是可游者。峰峰入云,飞岩堕日,山无凡土,石长无根,木不妄有,是可望者。今之游于笔墨者,总是名山大川未览,幽岩独屋何居?出郭何曾百里,入室那容半年。交泛滥之酒杯,货簇新之古董。

道眼未明,纵横习气安可辩焉?自之曰:此某家笔墨,此某家法派。犹盲人之示盲人,丑妇之评丑妇尔,赏鉴云乎哉!"

[14] 立普斯:《论移情作用,内模仿和器官感觉》,见朱光潜主编:《西方美学史》下卷,人民文学出版社,1982年,第609页。

[15] 王夫之:《薑斋诗话》卷二。

[16] 杜威:《艺术即经验》,商务印书馆,2005年,第35页。

[17][22] 塞尚:《真实的世界》,《欧洲现代画派画论选》,人民美术出版社,1983年,第21-23页。

[18]《齐物论》,陈鼓应《庄子今注今译》,中华书局,1985年,第92页。

[19] 苏轼:《书晁补之所藏与可画竹三首》,《苏东坡集》前集卷十六。

[20] 邵雍:《伊川击壤集序》。

[21] 王国维:《红楼梦评论》,见《王国维文学美学论著集》,北岳文艺出版社,1987年,第4页。

[23] 见《朱光潜美学文学论文选集》,湖南人民出版社,1982年,第80页。

[24] 立普斯:《空间美学》,转引自朱光潜:《西方美学史》下卷,人民文学出版社,1982年,第606页。

[25] 王国维:《人间词话》,郭绍虞等主编:《蕙风词话人间词话》,人民文学出版社,1982年,第191页。

[26] 王昌龄:《诗格》,见王大鹏等选编:《中国历代诗话选》(一),岳麓书社,1985年,第39页。

[27] 见王岳川:《艺术本体论》,上海三联书店,1994年,第163页。

[28][29] 王国维:《文学小言》(四),见《王国维文学美学论著集》,北岳文艺出版社,1987年,第25页。

[30] 魏了翁:《费元甫注陶靖节诗序》,郭绍虞主编《中国历代文论选》(第二册),上海古籍出版社,1979年,第281页。

[31] 唐岱:《绘事发微》,沈子丞编《历代论画名著汇编》,文物出版社,1982年,第404页。

[32] 梅特林克:《寂静》,转引自伍蠡甫主编《西方文论选》下卷,上海译文出版社,1979年,第480页。

(原刊《江苏社会科学》2011年第2期)

趣：艺术生命之元素
—— 从严羽的"兴趣"说到袁宏道的"真趣"论

在中国古代文论中，很少有专门对"趣"的论述，或者说"趣"，没有像"韵味""意境"之类，形成艺术传统的特定审美范畴。这与中国文化传统有关，韵味、意境等，体现了东方文化崇尚含蓄的特点。中国诗画把"生气"视为艺术生命的标志，这是以古代哲学的"气"的范畴为支撑，南齐谢赫的《绘画六法》，把"气韵生动"列为"第一"[1]。古典诗人、画家也有对"趣"的艺术追求，但其趣都融于韵味或气韵之中，化为"疏影横斜水清浅，暗香浮动月黄昏"（林逋《山园小梅》）式的韵致。这就是散见于诗论、画论中的"情趣""意趣""逸趣"等。然而，引起我注意的是，南宋诗家严羽的"兴趣"说，尤其是明代革新家袁宏道提倡"真趣"的观点，虽然涉及文字不多，却是对"趣"的本体论述，见解独到深刻，似被一些研究文章所遮蔽或忽视。

趣，是一种生气和灵机，也是黑格尔所说"心灵中起灌注生气作用"[2]的基本因素之一。自古诗文之道有理、事、情、景四字，但理有理趣，事有事趣，情有情趣，景有景趣。写出"趣"字，不能单单停留在使诗文增色的修辞层面上，而且，要从形象的艺术生命元素的深层上来理解。趣，使艺术形象闪现灼灼的生命光彩。在艺术创构中,生命之趣,不仅是艺术真实的元素,同时又是艺术的审美形态。严羽所说,"诗者,吟咏情性也。盛唐诸人唯在兴趣,羚羊挂角,无迹可求。故其妙处透彻玲珑,不可凑泊,如空中之音,相中之色,水中之月,镜中之象,言有尽而意无穷"。可以说,基本上体现了这两个层次。而一些论者,在从诗人的艺术构思来理解严羽这段著名论述时,大体都是从词、理、意、兴的统一与意境的空灵两方面来加以阐释。这样理解与阐释,看上去没有什么不对,只是由于避开或隐去了"趣"字,而使解释宽泛。其实,在《诗辩》的上文谈"诗之法"时,把"兴趣"列为五法之一,与"体制""格力""气象""音节",相齐并论。笔者认为,理解严羽的"兴趣"说,不可不发掘其"趣"的内涵,这样才能够展示其理论的独特价值。

严羽从诗的起兴出发,以"吟咏情性",反对和克服当时诗歌受理学影响的弊端。诗歌只有因情性而发,才有表现趣的可能。他明确提出:"夫诗有别材,非关书也;诗有别趣,非关理也。"[3]诗人对别材、别趣的发现与抒写,与书本道理无关。他甚至还说:"所谓不涉理路,不落言筌者,上也。"这种对"理"与"言"的彻底颠覆,可谓惊世骇俗,而令一般诗家不可企及,这种颠覆本身,却是一种大胆的建构,为宋末以后诗歌洞开了一条新路。严羽的这一观点,包含着艺术形象或诗人的想象,不是语言所能够表达的。严羽反对"理"与"言",旨在"吟咏情性",获得诗意形象表现的自由。别趣,既是诗人的情性的花朵,又是诗的想象与创构中智性的花朵。

严羽所论"兴趣"的宗旨,在于对诗的"羚羊挂角,无迹可求"的"妙处"的追求。对于"空中之音,相中之色,水中之月,镜中之象"的比喻,如果仅仅从"言有尽而意无穷"的空灵方面去理解,是不够的。这一观点,前人已经提过。譬如影响较大的,唐代司空图在《诗品》中,不仅把"不著一字,尽得风流"推为《含蓄》一品首句,还有"超以象外"之说。司空图在论及戴容州所云"诗家之景,如蓝田日暖,良玉生烟,可望而不可置于眉睫之前也"时,还提出:"象外之象,景外之景,岂容易可谈哉?"[4]严羽岂不正是论述司空图认为不容易谈的"象外之象,景外之景"?非但如此,他那微妙至深的形象比喻,还凸现了一个"趣"字,一种虚幻的音、色、相之趣,给人以审美愉悦。中国诗人的心灵之趣,尽在自然宇宙之境,太虚云片,寒塘鹤影,莫不是精神世界的符号。这种形而上的审美趣味,反映了中国古代的一种高蹈的文化风尚。严羽的这一喻证,十分精到地阐释了他所推崇的形而上的审美趣味的诗境。

诗歌要达到"羚羊挂角,无迹可求"的"妙处",需得力于诗人的"妙悟"。刘勰曾说:"形而上者谓之道,形而下者谓之器。"形器易写,"神道难摹"[5]。严羽提倡的"妙悟",是中国诗人进入形而上之道的诗性体验的独特方式。他说:"大抵禅道惟在妙悟,诗道亦在妙悟。""惟悟乃为当行,乃为本色。然悟有浅深,有分界,有透彻之悟,有但得一知半解之悟。"严羽将诗的品位高低,归于"悟"的深浅,称盛唐诸公得于"透彻之悟"。诗境通于禅境,诗人借助于禅道的直觉智慧,可以潜入个体体验的深层状态,获得透彻之悟的真境、灵境。所谓禅道不可道破,"涅槃妙心,实相无相",表明悟觉形象的微妙莫测而不可言传。禅宗传教所采用的"不立文字""拈花微笑",便是一种"不涉理路,不落言筌"的意会的方式。诗人、艺术家借助于"拈花微笑"式的艺术传达方式,其至深至妙的透彻之悟、不可言传的心灵之趣,就有活脱脱地和盘托出的可能。"拈花微笑"并非不要文字,而是寻求一种不为言语所累、潜然贯通的诗意方式。唯如是,才有严羽所推崇的"不涉理路,不落言筌"的"上"的境界的可能。譬如,王维的《鸟鸣涧》:"人闲桂花落,夜静春山空。月出惊山鸟,时鸣春涧中。"因诗人妙悟的博大圆融与浑整洒脱的诗意传达,构成了旨趣静深、超旷空灵的意境。宗白华称:"色即是空,空即是色,色不异空,空不异色,这不但是盛唐人的诗境,也是宋元人的画境。"[6]所谓"空中之音,相中之色,水中之月,镜中之象"的境界,是诗人心灵体验微妙至深的博大境界,往往是在超越物我界限、超越时空时的"直觉悟见""瞬间凝聚"。

如果说严羽的"兴趣"说,还主要表现在对诗的品位与境界的追求中所体现出来的形上的审美趣味,这与神韵、逸致、灵境相融相通,成为一种高雅的艺术追求与文化风尚。这样,"趣"也被文人化、诗化,不能成为独立的审美范畴。元末至明代,袁宏道对"趣"的张扬与独到深入的描述,则企图在摆脱传统文化的束缚中,使诗和文学回归人的本真。这种"真趣"论,不仅是对文人雅趣中玄虚倾向的反拨,也对明代兴起的市井俗文学,发生了一定的影响。

袁宏道的"真趣"论,是他所提出的"独抒性灵"的观点的延伸。他说"真人真作,故作真声","任性而发,尚能通于人之喜怒哀乐,嗜好情欲"。[7]趣,是人的天性、灵性的体现。只有"任性而发",才能调动起性灵之趣,并得之以展示。李贽在提出"童心"说时,也有过"天下文章当以趣为第一"[8]之语。这般从人的本性上张扬表现"趣",大有将"趣"视为"童心""真心""真情"之标志。而千余年来,只是"童心"说、"性灵"说,在学界产生了重大影响,有关"趣"的论述,却很少引起学界的注意。虽然古籍中论述很少,但袁宏道等涉入"真趣"之观点却使人耳目一新。本文从艺术构成的本质上理解"趣",袁宏道的"真趣"论,具有独立范畴的理论意义。

首先,对"趣"的审美认同。袁宏道说:"世人所难得者唯趣。趣如山上之色,水中之味,花中之光,女中之态,虽善说者不能下一语,唯会心者知之。"这与严羽所称"如空中之音,相中之色,水中之月,镜中之象"相一致,都认为"趣"独得妙处,只可意会,不可言传,是难得的高级的审美形态。但,两人对"趣"有着不同的理解和追求。袁宏道一方面尊重"会心者",即对趣的微妙感悟,包括对不同趣美的价值取向的肯定;另一方面,又批评了当时文人中"慕趣""求趣"的"寄意玄虚,脱迹尘纷以为远"的倾向,认为这种脱离世俗与人的神情的趣,只是"趣之皮毛"。他由此提出,"趣得之自然者深,得之学问者浅"。

袁宏道所论"趣"的核心价值,在于追寻了"趣"的发生的源头,从返归自然、返归人的本真方面,对"趣"作了深入论述。所谓"趣得之自然者深",包含两层意思:一是从趣的表现形态看,趣美的生命在于自然;二是从趣的内质或构成看,趣,依附着人的本性之真,只有发自人的天性、"性灵"之趣,自由绽放之趣,才会充满生命力,带着生命本色烂漫伸展。袁宏道强调趣的自然性,企图使文学创作走出复古派和理学的阴影。

知识、官品往往是对"趣"的束缚,"入理愈深,然其去趣愈远矣"。年长官大,"有身如桎,有心如棘"[9]。袁宏道这一看法,切中古今时弊,深刻道出了文人失去真趣的社会思想原因。老子说"智慧出,有大伪"[10]。文人学士愈是读书识理,反而愈失去童心、率真,甚至变得利禄熏心。言不从心,身不由己,官样文章,毫无生趣;或使假言、假文堂而皇之,招摇过市。学问与智慧,由此成了束缚和扼杀童心与性灵之趣的精神杀手。袁宏道的这一看法,虽与严羽关于诗有别趣、与理无关的观点同出一辙,却针砭时弊,显示批判的锋芒,把病端剖析得透彻之至。

袁宏道推崇"童子"与"山林之人"之趣,具有彻底卸掉思想文化重负、砸烂精神枷锁的意义。"当其为童子也,不知有趣,然无往而非趣也。面无端容,目无定睛,口喃喃而欲语,足跳跃而不定,人生之至乐",这即是"孟子所谓不失赤子,老子所谓能婴儿"。"山林之人,无拘无缚,得自在度日,故虽不求趣而趣近之"。袁宏道称道"趣之正等正觉最上乘也"[11],是指童子之趣。这可以理解为返归人之初的本真意义上的趣,具有纯粹的原生态的特征。成年之后,年岁越大,往往因变得世故和城府而失去或遮蔽了人生固有的趣。山林之人却是个例外。他们基本上处于世外,目不识丁,安贫寡欲,没有背上任何精神负担,因而,他们还拥有人生的乐趣。这从另一侧面说明,人类只要远离社会思想与文化对自身的束缚,同样有"近趣"的可能性。而本文更有兴趣提出这样一个问题:"山林之人"

告诉我们,怎样才能保持自身的本真之趣? 从"童子"到"山林之人",都是"虽不求趣而趣近之"。这即是说,趣,不是刻意可求,只要保持一颗童心,不背上思想文化的重负,就有"近趣"的可能。趣,就包孕于童心之中。人类并非要回到童年,也不可能回到童年,而是要在不停地去蔽中拥有和保持童心之真、之趣,这是作家、艺术家的艺术生命之所在。

趣,有俗趣与雅趣之分,文人视野中的野趣,可谓雅趣的变奏。我们称"趣"具有审美价值,也是指文化意义上的"趣"。一方面,我们要摆脱文化重负,回到人的本真之源去找回真趣;另一方面,趣,又不可避免地反映着人的个性与文化素养。袁宏道所说"性灵",大概是指人先天的灵性与后天的灵性的合一,而后天的灵性,就折射着人的素质和智性。他主张"淡",意在淡中求真趣。他既称"唯淡也不可造,不可造,是文之真性灵也",又说"唯淡也无不可造,无不可造,是文之真变态也"[12]。趣,得之自然,任乎情性,表现为淡的不可造性;而付诸艺术形式,需要通过艺术创造赋予淡以质感,加大其表现力,"大都入之愈深,则其言愈质,言之愈质,则其传愈远"[13],这又表现为淡的可造性。宋代画家、书法家米芾在评论北宋巨然的山水画的"平淡天真"时,称之为"老年平淡趣高"[14]。如此"天真"之"淡"中见"大趣""高趣",折射着画家的胸襟高远。又如以"逸品"著称的倪瓒作品,草草简淡之笔中逸趣横生,却是一种任乎情性、纵笔自如的高浑大趣之境。这都可以视为袁宏道所谓性灵之"淡"不可造与文中之"淡"无不可造的有力例证。

严羽的"兴趣"说,也推崇"淡"。所谓"羚羊挂角,无迹可求",是侧重于"淡"的形式创造论。"其妙处透彻玲珑,不可凑泊",这一审美标准,表现了对以虚为实、以无为有的艺术追求,可谓将淡的形式创造发挥到了极致。老子说:"淡兮,其若海。"[15]景外之景,相外之色,韵外之致,境外之境,如此虚幻之美,是一种浑大之美,具有极大的包蕴性。这种以老庄、禅宗的哲学为依托的艺术思想,颇能展示形而上的东方艺术精神。

古代诗人、艺术家讲求淡泊胸襟,在《诗品》中,"落花无言,人淡如菊"[16],是对淡泊心境的深度描述,成为《典雅》一品的范式。这种隐逸、出世之淡,已经成为古代诗画艺术所普遍追求的一种审美趣味。发人深思的是,袁宏道所说"唯淡也不可造,不可造,是文之真性灵也",强调"真性灵"之淡,不可造,是不是要执意与"假性灵"之淡,划清界限?文化传统或者对某种文化的崇尚,如果日渐变为对自身心灵的束缚,致使失去本真,性灵也就有伪。袁宏道的"真趣"论,从对人的本真、对自然的张扬方面,可以说,激活了严羽的"兴趣"说。这一文学主张,不同于庄禅的返本归真,而是走向世俗、追求人的生命真实,体现了穿越时空的艺术精神。它对于文学创作所产生的作用,一是对作家创造主体本身,一是对艺术形象的创造。

　　作家创作的灵感和艺术生命,总是表现在对心灵之真的感悟与不断追问,对人性和性灵之趣的依恋与发现。"山林之人"已经离我们远去,而如何保持"山林之人"式的无拘无缚、自在自由的心灵,却是拥有灵趣、发挥艺术创造力的必要条件。也可以说,提倡个性解放、使个人的天性得到自由的发展的现代文学精神,与袁宏道的"性灵""真趣"的观点一脉相承。摆脱旧的束缚,又会落入新的束缚。袁宏道所说"有身如桎,有心如棘","入理愈深,然其去趣愈远"的现象,依然没有绝种。返归自然、返归本真,已经注入现代哲学精神,成为反对人的异化的精神旗帜。袁宏道称道的返归人之初的本真意义上的趣,即"趣之正等正觉最上乘也",已经被现代艺术思想所点燃与照亮。对于作家、艺术家来说,童心、童子之趣,永远是一个富有魅力的新鲜话题。

　　趣,作为心灵本真的自由显影,是艺术形象创造中个性表现的基本内容之一。袁宏道说:"少年工谐谑,颇溺《滑稽传》。后来读《水浒》,文字益奇变。六经非至文,马迁失组练。一雨快西风,听君酣舌战。"[17]明清小说在文字描写的口语化中,十分重视对人物个性刻画与讲故事过程中趣的氛围的渲染。尤其是清代言情小说,对人物的情性、情趣的发掘,成了心灵逼真的表现。譬如,曹雪芹在《红楼梦》中称大观园是"女孩子天真烂漫的混沌世界",着力展示了少女们的丰富情趣和活泼快乐的天性。曹雪芹的好友明义有评诗云:"怡红院里斗娇娥,娣娣姨姨笑语和。天气不寒还不暖,瞳昽日影入帘多。"[18]这首诗最早透露《红楼梦》成书时所展现的青娥红粉争艳斗俏、情趣盎然的场面。小说中描写大观园女儿们斗俏取笑的形式,表现为雅谑。雅谑,也是谐谑,"更多的是愉快和机智的放肆"[19]这恰到好处地展现了女孩子的天真烂漫和灵秀之气。曹雪芹对大观园少女们的天性灵趣的尊重和发掘,无疑增强了她们最后被毁灭的悲剧价值。再如,蒲松龄的短篇小说《婴宁》,全篇有26处写婴宁的笑,有遇面捻花含笑,有倚树孜孜憨笑,有初见微笑,有户外嗤嗤笑声,有客前忍笑,有叱叱咤咤,放纵大笑,还有与王生相见时,她且行且笑,边说边笑,乃至"笑极不能俯仰"。种种笑姿,发乎情性,出乎自然,是这位少女在不同场合里的真实情态。小说中这样写道,她"善笑,禁之亦不可止。然笑处嫣然,狂而不损其媚,人皆乐之"。显然是对婴宁纯真灿烂的笑的美的认同。笑,虽为形趣,却耐人品味。按照封建社会中"淑女"标准要求"笑不露齿",而蒲松龄写婴宁无拘无束的笑,正是在远离世俗、冲破封建礼教束缚妇女的桎梏中而闪现心灵的光辉。当然,作品里的人物形象性格各异,即使表现"有身如桎,有心如棘",同样可以张扬自由和真趣,关键在作家对人物的体验与认知。

至于由心灵的机智而产生的趣,包括袁宏道所说"谐谑",包括运用借喻、双关、反语等修辞手法而产生的情趣、谐趣、机趣等,只要是人的本性与性灵的自由抒发,同样属于"任性而发"的"真趣"范畴。譬如,王实甫《西厢记》中红娘善于周旋、成人之美的倚门卖俏、调笑谑语,则是她心灵的智慧的表现。金圣叹称红娘"如从天心月窟雕镂出来"[20],这种"灵襟""慧口",更借助于她的灵性的发挥。与西方幽默、滑稽相比,红娘的调笑谑语,属于自然清纯的一类。幽默、滑稽,"模仿偶然的事件以及情况、性格的荒谬可笑"[21],在更大程度上制造笑或喜剧的效果,但同样依赖于作家、艺术家的"真心"。

注释

[1] 谢赫:《古画品录》,《历代论画名著汇编》,文物出版社,1982年,第17页。

[2] 黑格尔:《美学》第一卷,商务印书馆,1984年,第37页。

[3] 严羽:《沧浪诗话》,《中国历代诗话选》,岳麓书社,1985年,第807-809页。

[4] 司空图:《与极浦书》,《中国美学史资料选编》,中华书局,1982年,第316页。

[5] 刘勰著,范文澜注:《文心雕龙注》下,人民文学出版社,1978年,第608页。

[6] 宗白华:《艺境》,北京大学出版社,1987年,第156-157页。

[7] 袁宏道:《袁中郎全集》卷三《叙小修诗》。

[8] 李贽:《容与堂本〈水浒传〉回评》。

[9] 袁中道:《袁中郎全稿序文》,《袁中郎全集·文钞》,中国图书馆出版部,1935年,第1页。

[10] 陈鼓应:《老子注译及评介》,中华书局,1985年,第134页。

[11] 袁宏道:《叙陈正甫〈会心集〉》,《袁中郎全集》卷三。

[12] 袁宏道:《叙呙氏家绳集》,《袁中郎全集》卷三。

[13] 袁宏道:《行李园存稿引》,《袁中郎全集》卷三。

[14] 转引自伍蠡甫:《中国名画鉴赏词典》,上海辞书出版社,1993年,第231页。

[15] 陈鼓应:《老子注译及评介》,中华书局,1985年,第117页。

[16] 孙联奎、杨廷芝:《司空图〈诗品〉解说二种》,齐鲁书社,1982年,第18页。

[17] 袁宏道:《袁中郎全集》卷二十七《听朱生说〈水浒传〉》。

[18] 一粟:《红楼梦卷》,中华书局,1980年,第11页。

[19] 车尔尼雪夫斯基:《车尔尼雪夫斯基论文学》中卷,上海译文出版社,1979年,第93页。

[20] 转引自《中国十大古典喜剧集》,上海文艺出版社,1982年,第74页眉批。

[21] 赫斯列特:《英国的喜剧作家》,转引自伍蠡甫:《西方文论选》下卷,上海译文出版社,1984年,第41页。

(原刊《东南大学学报》2013年第5期)

艺术的位置：从娱乐到审美

艺术在意识形态领域里究竟处于一个什么样的位置？这是多少年来一直令人们困惑的问题。政治说：艺术是我的宠儿，应该属于我；艺术说：我与你是兄妹关系，我是独立的，有自己的追求。道德说：艺术应该向我靠拢，离开了我就会堕落；艺术说：我有我的良知，我与美是孪生姊妹。历史说：艺术要在一定的历史文化的背景里，创造典型人物；艺术说：虚构与想象是为了抵达对真实及人生真谛的追求，我是对历史生活的冷眼旁观者。

任何对艺术的政治解释、道德解释和历史解释等，都是不妥的。在意识形态领域里，艺术具有自身的独立存在的价值。

英国著名哲学家科林伍德曾以获得真理的不同程度为次序，提出人类有五种从低到高的经验形式，即艺术、宗教、科学、历史和哲学，它们分别在不同的水平上满足人类精神的需要，而艺术则是人类经验的最低形式[1]。艺术、宗教、科学、历史和哲学，都属于社会意识形态，从经验形式所含的真理力度考察，基本上呈现一个金字塔排列，艺术是以间接的经验形式，靠形象说话，所处的位置最低，哲学是"科学的科学"，是统领者，处于最高的位置。然而，科林伍德又说"在不同的水平上满足人类精神的需要"，即艺术是因在最低水平上满足人类精神的需要，才处于最低位置。

这一看法,不能令我们信服。这是科林伍德早期的观点,虽带有一定的片面性,但把艺术摆放在社会意识形态的最低层面,却是合理的。

我们认为,艺术作为认识真理的经验形式,作为意识形态的构成元素,与宗教、科学、历史和哲学等相比,诚然是处于最低的层面,但艺术作为人类天才的创造的形象世界,又包含有更高目的的精神指向。高级的形而上的艺术作品,伟大的史诗性的作品,同样具有获得丰富深刻的真理的可能性。而且,艺术在满足人类精神的需要方面,具有抽象的认识真理的形式不可代替的作用。

卡西尔曾从人性与人的哲学的方面,对意识形态的形成作过精辟的论述:"人的突出特征,人与众不同的标志,既不是他的形而上学本性,也不是他的物理本性,而是人的劳作(work)。正是这种劳作,正是这种人类活动的体系,规定和划定了'人性'的圆周。语言、神话、宗教、艺术、科学、历史,都是这个圆的组成部分和各个扇面。"这段话,按我理解有三层意思:一是"人的劳作"这一最基本的"人类活动的体系",形成和规定了"'人性'的圆周";二是"'人性'的圆周"包蕴了语言、神话、宗教、艺术、科学、历史等各个扇面;三是语言、神话、宗教、艺术、科学、历史,并列有序地分布在这个圆周上,它们之间相互联系着,又具有相对的独立性。卡西尔进一步阐释:"一种'人的哲学'一定是这样一种哲学:它能使我们洞见这些人类活动各自的基本结构,同时又能使我们把这些活动理解为一个有机整体。语言、艺术、神话、宗教绝不是互不相干的任意创造。它们是被一个共同的纽带结合在一起的。"[2]这个"共同的纽带",即是"一种功能的纽带"。从功能意义考察,语言、神话、宗教、艺术、科学、历史等,既被共同的功能纽带所维系,而各个扇面又有各自的基本功能。科林伍德所说艺术、宗教、科学、历史和哲学等人类五种从低到高的经验形式,正可以从各自基本功能上得以解释。艺术处于一个最低的位置,是由艺术的基本的功能特性所决定的。

艺术基本的功能特性是什么呢?

从艺术的起源看。人类祖先最早的艺术形式是游戏与舞蹈。鲁迅先生认为艺术起源于劳动,但"劳动"概念太宽泛,具体地讲,艺术起源于游戏,因为游戏是劳动之余的活动,是一种调节。最早游戏者的活动并不追求一定的功利目的。原始人的游戏与动物游戏一样,达到自身的各种器官的练习,还可以获得某种物质的满足(游戏后可以吃到一些东西)。再则,原始部落的游戏,是由于要把狩猎时使用力量所引起的快乐再度体验一番的冲动而产生的。正如描绘各种场面的原始舞蹈,首先是野蛮人在战争中负伤的伙伴的死亡所给予他们的印象,然后才有想用舞蹈再现这种印象的冲动。前者冲动是为了快乐,后者冲动是表示一种模仿和哀悼。总之,人类最早的艺术,是劳动之余对身心的活跃与调节,是情感的发泄。

人类社会发展以后,逐渐有了歌唱、音乐、绘画,有了雕塑、舞蹈表演等等。艺术伴随着人类的劳动与精神活动而向前发展。然而,游戏并没有随着人类告别童年时代而消失,而是随着新生儿童的出现不断变得鲜活。对于儿童来说,游戏先于劳动。尽管游戏不再被现代人视为艺术,但这一简单的原始艺术形式,却为孩子们所喜爱。而现代智力游戏,不仅是对儿童游戏的开发,而且也引起成年人的极大兴趣。游戏,作为最简单而又纯粹的娱乐形式,是人类的天性所致。

艺术起到一种劳作之余的调剂作用,是情感的宣泄与娱乐的需要,这是最基本的功能。

从人的基本层次的需要看。美国著名的人本主义心理学家马斯洛认为,人有五个基本层次的需要:一是生存需要层次,二是安全需要层次,三是归属需要层次,四是尊重需要层次,五是自我实现需要层次。"生存需要",解决人的衣、食、住、行,是人最基本的需要;"安全需要",就是安全保障,不要受到外来的侵袭;"归属需要",是有自己的群体和民族的归属,并自愿服从群体和民族的利益;"尊重需要",是得到别人、集体和社会的尊重,并通过努力找到自己的位置;"自我实现需要",无疑是一种内在精神活动,首先是人的兴趣、个性与精神的自由的需求。这五个"自我实现需要层次",是人的基本需要的最高层次。

人的"自我实现需要"的精神活动过程,包括宗教、科学、历史、哲学诸方面的作用,但人的精神的基本需求,离不开艺术。从宗教、科学、历史、哲学中无法获得的,在艺术中能够获得;从历史和现实生活中找不到的,可以从艺术作品中找到,这就是艺术的特质与魅力所在。人的精神需要,与娱乐不可能没有联系。娱乐有低级的娱乐和高级的娱乐,高级的娱乐是一种审美的愉悦,其中就包含了丰富的精神内涵,可以满足人的精神的第一需要,还可以提高人的精神境界。

艺术既然属于人的精神的基本需求,那么它所处的重要位置是显而易见的。第一,艺术具有宗教、科学、历史、哲学等不可代替的特殊功能,不可以笼而统之阐释为"艺术的社会功能";第二,艺术作为精神产品,与物质产品一样,属于人的基本需要;第三,艺术作为社会意识形态的构成元素及其社会功能,与宗教、科学、历史、哲学相比,它处于最低位置。

我们为什么要谈艺术在社会意识形态中处于什么位置呢?因为长期以来,过于夸大艺术在社会生活中的作用,使艺术偏离人的基本的精神需求,而变成了政治或社会意识形态的工具,这样只会导致艺术功能的衰退。从20世纪80年代改革开放以后,随着艺术回归本体,理论回归本体,虽然对艺术功能问题的认识有了较大的进展,但仍未得到彻底廓清。我们有过太多这方面的历史教训,这里不妨回顾一下。

梁启超在《小说与群治之关系》开篇就提出:"欲新一国之民,不可不先新一国之小说。"[3]他在文中具体阐述了"小说之支配人道"的"四种力",即"熏""浸""刺""提"。梁启超从政治家的角度强调小说高扬"新道德""新风俗"的社会功能,这对于当时社会变革的需要,也许没有错,但后来被一些文学理论书中引用为说明文学的社会功能的理论根据,危害匪浅。这对于艺术本身的发展,无疑是不利的。毛泽东在1962年8月北戴河中央工作会议上说:"利用小说进行反党活动,是一大发明。凡是要推翻一个政权,总是要先造成舆论,总要先做意识形态方面的工作。"当把文艺推向舆论和意识形态的前沿,成为政治和巩固政权的工具时,文艺便也失去了自我。在"文化大革命"剑拔弩张的形势下,文艺园地百花凋零,八亿人民只能看到八个戏。至于《春苗》《反击》《欢腾的小凉河》等电影,则由政治工具演变成了"阴谋文艺",全是虚假的编造,哪里还有电影艺术可言。而江青培植的革命样板戏(实际上是对原有剧本的修改)的所谓"三突出"原则,即"塑造无产阶级英雄形象,在所有人物当中突出正面人物,在正面人物当中突出英雄人物,在英雄人物当中突出主要英雄人物",这一突出,是鹤立鸡群,"主要英雄人物"成了没有生命的稻草人,其他人物也都是没有生命的类型化人物。比如,在《智取威虎山》第五场《打虎上山》中,在原来的本子中,有一段杨子荣在路上遇见座山雕的小老婆"一枝花",跟"一枝花"调情的场面。其实杨子荣与"一枝花"打情骂俏,也有迷惑她,不暴露自己身份的意图。再说英雄遇美人,在那样一个只有两个人的世界里,杨子荣与她说几句调情话,不仅无伤大雅,更显得人物的真实。样板戏的本子认为这一段不健康,有损于英雄形象,就被删掉了。个性没有了,人性没有了,我们的艺术早就不知去向了。现在演的不是江青搞的样板戏,还是以前的底本。70年代末,有些作家本来是很有才华的,但由于受到"左"的文艺思想的影响,笔下的人物和故事仍趋于简单化。即使写历史人物的作品,也有把人物拔高的现象。如有论者称历史小说《李自成》中存在"高夫人太高,红娘子太红,老神仙太神"的倾向。这就是把艺术摆到过高的位置,搞"主题先行"带来的后果。

"文艺从属于政治"的观点,是20世纪30年代从苏联介绍过来的,更早可以追溯到我国古代儒家思想。有论者称《乐记》是艺术学的第一本著作。实际上《乐记》是儒家礼教教化的经典,它是通过音乐也就是礼乐来达到教化目的。所谓"礼别异,乐和同",旨在强调中庸之道、和谐伦理。当然,音乐等艺术也需要和谐,但没有矛盾冲突,没有什么大起大落,何以谈艺术?艺术是一个独立的门类,儒家强调乐的礼教功能,是从治邦之道或政治着眼的。把"文艺为政治服务"奉为圭臬,使艺术变为政治的附庸,如同中世纪哲学成为宗教的奴仆一样,艺术动辄遭受戳辱。江苏有一个画家叫陈大羽,画了一只公鸡站在农家草堆上,对着升起的太阳啼叫,尾巴高高翘起,非常壮观。画家对公鸡啼鸣时尾巴高高翘起,是有深入观察的,却有人批判这幅画是骄傲自满,影射"三面红旗",简直无中生有。这就是过于夸大艺术的作用,把艺术置于意识形态的过高位置的后果,也是处于奴仆地位的艺术的不幸,像寄人篱下的林妹妹,"不敢多走一步路,不敢多说一句话",还有什么艺术创造性可言?整天看政治的脸色,靠政治得宠,今天你走红,或者说红了一阵子,马上就会掉到万丈深渊,把你打入十八层地狱。这种事情太多了,高处不胜寒!

文艺与政治的关系,不是父子般的关系,而是兄弟姐妹般的并列关系。在1979年全国第四次文代会上,邓小平在"祝词"中舍弃了"文艺为政治服务"的提法,明确提出文艺要"为人民服务,为社会主义服务"。文艺理论界对"文艺从属于政治"的观点,进行了理论的反拨和澄清。

可是,对于如何摆正艺术的位置,仍是尚待讨论和解决的问题。我们在一些艺术原理的教科书中看到,论及艺术的功能,大体上还是从意识形态的高度,理解艺术,阐释艺术的社会功能,说明艺术在社会生活中的作用。

我们强调艺术回到本来的位置,目的是尊重艺术,尊重艺术创造自身的规律,使艺术家拥有创作的自由,能够充分展示自身的才华和艺术的想象力、创造力。艺术家在低处歌唱,是心灵在歌唱、灵魂在歌唱、生命在歌唱。我们认同艺术在认识真理的经验形式的方面处于最低位置,正在于艺术的间接性和形象性,然而,这种艺术的形式是"有意味的形式"(贝尔语),是以形象为特征的人类精神的最高形式。按照马斯洛所说"自我实现的需要"理解艺术,也就是说,艺术要达到人类精神的自我实现,首先有赖于艺术家的自我实现,有赖于艺术家精神世界的充分展示。艺术家的自我实现,包括浅层次的自我实现和深层次的自我实现。浅层次的自我实现主要是艺术家认知能力的实现,就是把自己对生活的感受和认识表达出来,一般是经过精心处理的。深层次的自我实现是艺术家全身心的投入,是整个内心的全人格的实现,是艺术家的意志、才华和创造力的全面实现。一部艺术经典,是一个太阳对人类精神的照耀,是一个月亮对大地的抚慰,对人类黑夜的穿透。这就是人类精神的最高形式。真正的艺术、高级的艺术、经典的艺术,最低的形式同时也就是最高的形式。在艺术意味方面,在表现人类精神方面,都是形而上的。它是人类精神的最高形式,在最低的形式之中包孕着最高的形式,这是艺术回到固有的位置、艺术自身得以健全、艺术功能得以发挥的深刻反映。

在这个地球上的事物,各有归宿,万物都有自己的位置,我们的艺术与宗教、道德、历史、科学、哲学等意识形态都有自己的位置,艺术就是处于亲近人类、贴近现实、贴近世俗的最低形式,不要把它拔高了,因为艺术是感性的、形象的,感性形象的世界是供人类享受的,是一种审美的愉悦享受。艺术是使人们从获得娱乐与审美愉悦中满足其精神的需要。

下面,我们就具体谈一谈艺术的娱乐与审美的问题。

艺术的娱乐性与娱乐功能

娱乐并不是实用,只是享受,但又不是享乐主义,是一种特殊的快感。娱乐并非功利性的而是享受性的。在探讨艺术起源中,有一种巫术说。巫术是原始宗教。在我国边远地区少数民族中,至今还有巫术活动。巫术与宗教仪式,激起的一种情感(虔诚),具有实际作用。娱乐与其说是激起一种情感,不如说是情感的释放。

艺术是一种娱乐。艺术的娱乐的内涵是什么呢？艺术的娱乐,并非功利性,而首先是享受性。它与一般娱乐不同的特点是审美的愉悦,具有强烈的情感性,是感动或情感的释放。艺术的娱乐与美有千丝万缕的联系,娱乐所产生的享受,在某种程度上说,就是一种美的享受,虽然不全是,但更多的是发生美感效应。

美感不是人类所专有,从动物开始就有了。比如,在动物园里,一个小姑娘穿着花裙子走到孔雀面前,孔雀就会开屏与她比美,这说明孔雀本身就有审美快感。在鸟类中,雄鸟在雌鸟面前有意展示自己的羽毛,炫耀鲜艳的色彩,而其他没有漂亮羽毛的鸟类就不能这样卖弄风情,我们也就不会怀疑雌鸟是在欣赏雄鸟的美丽了。世界各国的妇女,都爱用这样的羽毛来装饰自己,这形成了一种共识:羽毛装饰起来是美的。化妆艺术源于对身体实用涂抹的模仿,是为了审美快感而涂抹身体。人的本性使它有审美趣味和概念。舞蹈是动作的,是有节奏的。远古的部落喜欢音乐的节奏,而且节奏感越强烈的调子他们越喜欢。所以跳舞之时,原始部落的人的节奏感表现得很强烈,他们同时用手和脚打着拍子,为了加强节奏感,特意在身上悬挂着许多串各种各样的发出声音的铃铛。这种节奏产生的是一种快感,一种审美的快感。我们的原始人或原始部落,跳舞对于他们来说是一种娱乐,在娱乐当中就孕育着美的快感。我在云南西盟参加佤族的篝火节,佤族的姑娘、小伙围着篝火拉成很大的一个圆圈跳舞,简单的音乐节奏,大家一边唱,一边跳,节奏感非常强,给人以很好的审美快感,一直跳了四五个小时。这就是娱乐。在那样的时刻,你就忘记了你还有什么痛苦,还有什么忧愁,全都忘却了。这就是娱乐带来的一种情感发泄,一种情感释放,在情感的发泄与释放中就有了一种快乐。他们没有什么自觉的艺术追求,只是在白天劳作或工作之后,借民俗节日进行娱乐活动。娱乐起到一种身体的调节与情感的发泄作用,带来的是娱乐之后的轻松。我们的艺术功能应该首先建立在这一娱乐的基点上。

艺术的娱乐是一种高级享受,观众同样是在通过情感本身来激发情感,即唤起兴奋与情感释放中得到审美快乐,获取精神享受。艺术的娱乐性与一般消遣,具有较大的深浅差异。二者在对欣赏者的情感经验发生作用时,所产生的效果不同,娱乐是借方,消遣是贷方。

科林伍德把欧洲的娱乐史概括为两章[4]。第一章叫"有吃有看"。这是最原始的、最初级的娱乐。比如古罗马剧场和各种圆形剧场的表演就是"有看",这些表演都取材于古希腊时期的宗教、戏剧和竞技;"有吃"就是指娱乐时供应饭食,古罗马造就了一个以"白吃面包、白看戏剧"为唯一能事的城市低层阶层。曾搞过一次活动就是表演向平民开放,只要你来看就行了,有吃有看。第二章叫"娱乐世界"。它要证明文艺复兴时期的娱乐首先是贵族的娱乐,它是由显赫的艺术家向显赫的雇主贵族提供的,然后通过社会的民主化,逐渐改造成为今天的新闻和电影行业。显然,它总是要从中世纪的绘画、雕刻、音乐、建筑、表演和演出当中提取素材。可见,娱乐艺术由来已久。

怎样理解娱乐与艺术欣赏中情感的释放问题?娱乐时产生的情感必须加以释放,但在娱乐本身的过程中就能得以释放,这就是娱乐的独特性。情感发泄对于调节人的身心是非常重要的。据说东北某地成立了一个"发泄公司",你如果郁闷、痛苦、压抑,想发泄——想唱歌、想吼叫都可以,想打人也有人跟你打,你只要交钱就行了,这是一种带有半娱乐性质的商业操作。但艺术的娱乐本身就有一种情感,在娱乐本身的过程中就能加以释放。大众场所的浅层次的娱乐形式,包括康乐球、玩牌、打游戏、马戏团表演、歌舞厅等等都是。艺术的娱乐,虽然也有通俗与高雅之分,但娱乐都表现为艺术欣赏的方式。这种娱乐意味着欣赏者的经验,被分成自身实际阅历的部分和作品虚拟的部分,艺术是属于虚拟的部分,这个经验的虚拟部分(艺术)就成为娱乐。然而,艺术这一虚拟的部分所唤起的情感又在虚拟的部分得以释放出来。如果把这种情感过程分为兴奋阶段与释放阶段，那么这两个阶段都是在艺术欣赏中完成。即娱乐中的情感在释放之后就完了，不能滞留或泛滥到实际生活中去，否则就说明没释放完。

这一观点，早在亚里士多德的《诗学》里就提出来了，科林伍德在《艺术原理》中也深刻阐释了这一问题。所谓柏拉图"攻击艺术"，旨在反对艺术的娱乐性。他有一句名言：要把艺术（诗歌）驱逐出我们的城邦！他认为娱乐艺术所唤起的情感并没有指向实际生活的任何排放口，导致感性（兴奋、纵情）的泛滥。但亚里士多德认为不会产生这样的后果，因为由娱乐产生的种种情感被娱乐过程本身释放了。比如，悲剧所带来的情感的释放，悲剧在观众心中唤起怜悯和恐惧的情感，作为娱乐的一种悲剧形式所产生的这种情感，不会在观众的精神上留下重负。看了悲剧之后，悲剧的主人公死亡了，美好的东西毁灭了，仿佛我们的心情很沉重，实际上是一种心理惯性的反映，一种刚刚消失的情感印象，因为情感负荷（怜悯和恐惧）被释放了，在我们悲剧体验过程中就被释放了，没有留下情感重负。悲剧是"把有价值的东西毁灭给人看"（鲁迅语），通过人物的不幸和死亡的命运、人物故事的悲剧结局等，抨击了导致人物的不幸和死亡的人性根源、性格根源、道德根源与社会根源等，揭示了悲剧的精神价值与美学价值。可见，观众所怜悯和同情的东西，都已尘埃落定，包袱被放下了。悲剧结束之后，留在观众心灵中的东西不是怜悯和恐惧，而是摆脱了这种情感负荷之后的轻松。其实，随着悲剧带来震撼之后的心理惯性的同时，我们的心灵得到了澄清或净化，走出剧院，感到天更高了，云更淡了，这就是看了悲剧之后获得的轻松的标志。

艺术：从娱乐性到高级的审美实现

科学求真、道德求善、艺术求美。从娱乐到审美是艺术的本性，如果艺术没有达到一种审美的境界,那还是不是艺术呢?艺术要是不产生审美的价值就无从谈艺术。宗白华所说,"艺术就是'人类底一种创造的技能,创造出一种具体的客观的感觉中的对象,这个对象能引起我们精神界的快乐,并且有悠久的价值'",这是对一种纯艺术的定义。他还认为"艺术的目的并不是在实用,乃是在纯洁的精神的快乐"[5]。艺术所引起的精神的快乐,其实是从娱乐中得来的,也可以称之为娱乐功能。所谓艺术的娱乐性与娱乐的艺术、高级娱乐与低级娱乐、高级享受与低级享受,大致都是指在娱乐功能方面的差别。高级的艺术,给予我们的精神的快乐、审美的愉悦,属于高级的娱乐和高级的享受。而娱乐片、搞笑片、杂技表演、侦探小说、科幻片等大众娱乐形式,其中也有高级的,但在总体水准上,与经典性的喜(悲)剧片、音乐剧、芭蕾舞、获得奥斯卡奖的故事片、优秀小品等纯艺术相比,仍有娱乐的雅俗、高低之分。从审美享受的角度看,它们的区别,是美味佳肴与快餐的区别。

艺术的高级享受有赖于经典的作品。当西方文艺复兴时期的达·芬奇、米开朗基罗、拉斐尔等美术大师被世人所仰慕的时候,当欧洲的贵族坐在豪华包厢观看莎士比亚戏剧的时候,当柴可夫斯基的《天鹅湖》成为俄罗斯文化风尚的时候,当贝多芬的第九交响曲中《欢乐颂》唱响全世界的时候,当曹雪芹的《红楼梦》从开始仅被作者的好友传抄,到成为中国文化瑰宝的时候,当凡·高死后,他的绘画作品能以几千万美元拍卖的时候……这些经典性作品的问世并赢得世人的欣赏、珍视和瞩目,表明人类的艺术从一般的娱乐进入了高级的审美的境界。

当然,艺术经典毕竟是少数。大众娱乐是不可忽视的、需要探讨的问题。大众娱乐,不应该迁就和迎合观众的低级趣味,而需要提升他们的欣赏品味。赵本山是中国大众娱乐艺术的代表人物。"二人转"在东北很流行,沈阳城内"刘老根大舞台"办得很红火。"二人转"来自民间,为老百姓所喜闻乐见。但有些节目还只是停留在低水平上面,搞笑,制造噱头,笑得没有含金量,笑笑而已,笑不出眼泪来。滑稽有审美的滑稽和无聊的滑稽,卓别林就是审美的滑稽大师。同样是幽默,卓别林的表演就有内涵,他多演小人物和弱者,使你笑中带泪。他生动而又深刻地表现了市民阶层的苦难,表演要达到这种出神入化的境界,很不容易。这为中国大众娱乐艺术与正在生长中的喜剧艺术,无疑提供了宝贵经验。赵本山是在中国这个农业大国的土壤上出现的,是从铁岭农村走出来的农民艺术家。中国艺术需要赵本山,农民兄弟和大众喜欢赵本山。赵本山艺术的闪光点,是在立足于农民工大量涌进城市这一潮流,以地道的农民的身份与滞后的眼光,看中国大都市生活前沿的新事物,从二者之间极大的反差和矛盾冲突中吸取灵感,创作出了一批艺术视角独特、切入时弊的优秀作品。这些作品中出现的各种搞笑的场景和细节,大多是有深刻内涵的。赵本山喜剧艺术,很好地提升了大众娱乐的艺术品位。

寓教于乐

我们谈艺术的娱乐功能,一点也不否认和贬低艺术的社会功能,相反,恰恰是为了健全和强化艺术的功能效应,更好地发挥艺术的社会功能。早在公元前3世纪,古罗马喜剧家贺拉斯就提出了"寓教于乐"这句名言。原文是这样写的:"如果是一出毫无益处的戏剧,长老的'百人连'就会把它驱下舞台;如果这出戏毫无趣味,高傲的青年骑士便会掉头不顾。寓教于乐,既劝谕读者,又使他喜爱,才能符合众望。"[6]艺术先哲的这一稚童老叟都会点头认同的真理性论述,展示出穿透时空与历史尘埃的鲜活的光泽。

寓教于乐,首先是说艺术的娱乐性,这是艺术的基本功能特性。一件艺术品,能否具备娱乐功能,意味着艺术自身的系统是否健全,是否具有发生审美效应的艺术特质。前一段时期,人们忌讳谈艺术的娱乐性,认为娱乐会削弱艺术的作用,趣与乐是浅层次的东西,甚至被批评为"趣味至上""形式主义的东西"等。这种把艺术与娱乐、艺术与趣味的关系对立或割裂开来的看法,无疑是出于对艺术的简单化认识。离开艺术的娱乐性谈社会功能,只会导致对艺术的肢解,削弱艺术的功能效应,那种所谓"艺术的社会功能",便显得苍白无力。惟有寓教于乐,使艺术具有趣味,具有娱乐的特质,才能使人们喜爱。

如果说观众或读者"喜爱",是艺术"符合众望"的基本条件,那么使观众或读者获得"益处",则是使艺术"符合众望"的必要因素。其实二者是融为一体的。一出戏剧,一个影片,如果人们看了毫无益处,大概也不一定喜欢。寓教于乐,本意是说人们在艺术的乐趣和娱乐中得到教益。一出戏剧,一部影片,如果仅仅停留在逗趣搞笑的层面,趣乐之中缺乏蕴涵,那么这种趣乐则成了浅层次的东西。大凡优秀的经典的艺术作品,在对艺术形象的审美趣味中,必有丰富深刻的底蕴。比如华君武的漫画《误人青春》,台上的报告讲得又臭又长,滔滔不绝,台下听众帅小伙变成了美髯公,俏姑娘变成了老太婆。画面形象含蓄有趣,但趣而有味,画面形象具有深刻的讽刺意味,有力抨击了机关干部中的文牍主义。漫画曾被称为"文艺的轻骑兵",是说其社会功能,但它与其他讽刺艺术形式一样,如果没有趣味十足的形象,就达不到讽刺的效果。艺术品的审美趣味,是一个广义的概念。它不单单指讽刺画、谐谑画、小品、喜剧等讽刺艺术、喜剧艺术,也包括正剧、悲剧和抒情类等作品。"疏影横斜水清浅,暗香浮动月黄昏",活现中国文人的梅花情趣。元代画家倪瓒的《六君子图》,借枯木相映凸现高品位的逸趣。郑板桥画竹,则以"冗繁削尽留清瘦"之理趣,毕现其文人的人格精神。

艺术的社会功能效应,固然取决于艺术品的审美趣味,但也不等于具有审美趣味的艺术品,就具备很好的社会功能。因为艺术的社会功能,在很大程度上是情感的、精神的和灵魂的力量。这还取决于艺术家的主体精神,对所表现对象的体验与感悟、理解与认识,是否全身心地投入,或者是从灵魂里拖出来的形象,并达到一定的灵魂的深度?赋予审美趣味的艺术形象的创造,是艺术家的生命情感与心灵的浑然一体的审美创造。艺术家的良知与激情、思想与文化精神,决定着作品的社会功能的力度。因此,创作出具有较强的社会功能的艺术品,并不是一件容易的事。

我们提出艺术回到固有的位置,"最低的形式同时也就是最高的形式"。艺术要成为表现人类精神的最高形式,就包含有艺术的社会功能效应。一件作品,如果缺乏社会功能效应,就不属于成功的作品。当然,我们并不排斥那些偏重于形式创造,具有独特的趣味美的形式价值的艺术品,但这类作品属于少数。任何民族、任何时代的艺术,都会体现出一个民族的精神与一定的时代精神。美国好莱坞设立的奥斯卡影片奖,纵观70余年来的获奖影片,大多都切入现实生活,表现着一种时代精神,发挥了艺术的社会功能。比如,获2004年奥斯卡最佳影片提名奖的《奔腾年代》,表现了30年代美国经济大萧条时期,三个窘迫男人的命运因一匹名叫"硬饼干"的老赛马而出现转机。马身材矮小,腿也不灵便,被人当作残次品弃之,然而它不服输的天性与顽强斗志却没有因此而泯灭。三个新主人成功地唤醒了它的潜能,让它在比赛中大放异彩。影片通过生动有趣的故事、人与马之间的对话及幽默情境,着力揭示美国人不甘低落与崛起向上的精神。民族需要这种精神,人类需要这种精神。美国好莱坞电影处于西方电影艺术前沿,如果说奥斯卡奖影片是世界电影艺术的领潮儿,那么,它一点也不花哨,也毫无先锋的偏激,它是以一种时代精神与现实精神引领世界电影。

艺术家创造了人类精神的最高形式,这样的作品才有"悠久的价值",才称得上艺术经典。

艺术的社会功能,主要体现在艺术的陶冶、教育、认识等功能方面,而情感的陶冶、人格精神的感染、对历史的认识等潜移默化的过程,是自然而然地融汇在艺术的娱乐之中,包孕于艺术的审美趣味之中。娱乐或艺术欣赏是一个情感负荷释放的过程,情感释放在艺术的虚拟的情境中,获得乐趣。而在获得审美趣味中,也有了通向实际生活中情感的排放口,或者说,卸掉了实际生活里的情感包袱,这就获得教益。亚里士多德说,悲剧"借引起怜悯与恐惧来使这种情感得到陶冶"[7]。怜悯是由一个人遭受不应该遭受的厄运而引起的,恐惧是由这个这样遭受厄运的人与我们相似而引起的。也就是说,观众或读者在情感释放的过程里,而引起同情与悲伤、感染与感动,这样使自身的情感得以净化。而获得对历史的认识、思想的提升、精神的振奋、心胸的拓展等等,都是以情感作用为先导。这就是我们对"寓教于乐"的理解。

注释:

[1]罗宾·乔治·科林伍德:《艺术原理》(译者前言),王至元、陈华中 译,中国社会科学出版社,1987年,第1页。

[2]卡西尔:《人论》,甘阳 译,上海译文出版社,1986年,第87页。

[3]郭绍虞、罗根泽主编:《中国近代文论选》上,人民文学出版社,1981年,第157页。

[4]罗宾·乔治·科林伍德:《艺术原理》,王至元、陈华中 译,中国社会科学出版社,1987年,第100页。

[5]宗白华:《艺境》,北京大学出版社,1987年,第6页。

[6][7]亚里士多德、贺拉斯:《诗学·诗艺》,罗念生、杨周翰 译,人民文学出版社,1982年,第19页,第155页。

(原刊《东南大学学报》2010年第5期)

艺术学与美学的界限
——作为艺术原创的经验理论

一

艺术学作为整合各艺术门类的理论研究的学科,出现已经十多年,2011年2月由国务院学位委员会通过,"艺术学理论"成为与各门类艺术并列的一级学科。但,艺术学理论研究还很薄弱,仍处于与艺术美学的纠缠之中。有论者认为,艺术学作为一门学科是从美学中独立出来的。这一观点的前提显然是,艺术学原来包含在美学之中。有的论者索性称美学是"元艺术学",还打了一个比方,"美学好比艺术公司的董事长,他只能处理原则性的问题,不管具体问题,也不管执行,执行是总经理的事,艺术公司的总经理是什么呢?就是一般的艺术学,而门类艺术学,相当于部门的经理。"[1]最近又有论者提出"化解之道",就是从门类艺术完全可以直接上升到美学,而未必需要经过一般艺术学这个中介,这样一来建立一般艺术学缺乏生存的依据和稳定的根基。[2]于是,艺术学还是能回到美学里面去。一些艺术原理的教材,也沿袭了美学理路,比如张黔主编《艺术原理》明确说:"认为理解艺术的本质问题必须与美的本质联系起来,从美的本质衍生出艺术的本质。""关于美的本质,我们的基本观点是:美的本质的、可以自我确证的虚拟世界。"[3]艺术学是否在美学里面,只能依赖于美学而存在,或者以艺术美学代替艺术学?艺术学独立于美学存在的理论依据是什么,它与美学之间的区别和界限在哪里?只有弄清这些问题,艺术学才有成为独立学科的可能。

现代美学介入艺术之后,"艺术"成了美学研究的主要对象,论"美"就成为一种时尚。艺术品通过美的分析,一下子闪现出光彩,但美学的外延也随之扩大。长期以来,各个艺术门类的研究又各自为政,美学研究者包括门类艺术研究者、文艺学研究者,对美学的兴趣和热情,一度胜过对门类艺术本体的研究,艺术的综合性研究基本上被美学研究所代替,艺术学包含于美学当中,称之为艺术美学。1996年东南大学成立艺术学学科的时候,召开了一个学术研讨会,当时提出"美学要下来,艺术要上去"。这个比方是宽泛而模糊的,而模糊中可听出崇尚美学之音。

艺术学与美学之间的瓜葛,可以追溯到艺术学最早在德国出现之时。"艺术学"这个词,最早见于1906年玛克斯·德索(Max Dessoir)出版的《美学与一般艺术学》。书中提出:"美学研究一切艺术的种类所具有的最一般的艺术创作的规律,而艺术学则涉及具体的特殊的门类,比如音乐、诗歌、绘画等。"[4]这里"一般艺术学"指向门类艺术。而乌提兹(E. Utitz)则认为,"艺术科学(Allgemeine Kunstwissenschaft)和传统的美学不同的地方,是它主要是一门艺术的哲学,是关于艺术的价值和性质的科学。……由于美学并不能胜任全部艺术现象的研究,而个别的艺术规律又需要有一般的原理,因此,一种新的科学就应当插进来,它既具有美学的概括性,而又有个别的艺术作为它的材料。"[5] "Kunstwissenschaft"后来成了"艺术学"这一专门术语。乌提兹把"艺术科学"或"艺术学"定性为"艺术的哲学",并成了一些论者所认同的观点,也为我国当下一些论者所沿袭。可是,这一"新的科学",并没有离开美学。它作为对艺术的一般性原理研究,仍"具有美学的概括性"。如果离开艺术自身研究的方法而采用哲学的抽象方法,阐释艺术,这种"艺术学"自然成了带有美学性质的"艺术的哲学"。正如日本艺术评论家平山观月所说:"艺术学恐怕可以说是在以美学为基础的前提条件下建立的。即是说,因为艺术是以美为其本质的价值内容,是把人们的审美价值的创作作为独立使命的文化,所以艺术的研究首先就必须是以美学作为基础的。"[6]以此视点来看,要在艺术学与美学之间划定一条界线是不可能的,也就使一些论者自觉或不自觉地站在美学的立场上,否定对艺术本体的独立见解,乃至否定诞生不久的艺术学学科。譬如在1945年,法国美学界就把二战前成立的"艺术和艺术科学研究会",更名为"法国美学学会"。"'艺术科学'现在已包含在'美学'这个词之中了"[7],正是他们更名的理由。这自然也成了主张艺术学归属于美学的中国论者的一个根据。

如果给予一个新的学科或理论体系多一些探索的空间,并以这样的态度考察德国与西方关于艺术学的来由与发展,可能又是另一种理解。譬如对待乌提兹的论说,就会感到"由于美学并不能胜任全部艺术现象的研究"而提出一种"新的学科",才是理论的发现及其价值所在,至于他没有跳出美学而把它说成"艺术的哲学",可以视为一家之言。我们不能要求提出问题者又带来解决问题的完美结论,应该以他提出的问题启发自己的思路。事实上,德国一些学者不仅认为美学无法涵盖艺术中的所有问题,而且意识到美学与艺术学关系的复杂性,艺术具有超越美学的自身的特点。康拉德·费德勒(Konrad Fiedler)就曾说:"美的关系是感觉的形象和快不快乐的感情的关系,艺术的关系是可视的形象的构成的关系。美与艺术根本不同,故艺术绝不能以美作为目标。"[8]这一认知是深刻的,把美视为艺术的目标,大概正是把艺术学混同于美学的主要症结所在。

德索也主张"寻找一种将要超越审美问题的一般艺术学",因为"美学并没有包罗一切我们总称为艺术的那些人类创造活动的内容和目标",这一见解十分精到,只是他把一般艺术学称为具体门类艺术,不甚妥当。

舍斯塔科夫在德索看法的基础上，又从方法论的角度提出，美学是作为一门哲学学科而发展的，它运用了哲学知识体系中所制定的方式、方法和范畴；艺术学则是作为一门经验学科而发展的，它建立在分析和总结艺术的各种具体事实的基础上。[9]舍斯塔科夫以"哲学学科"与"经验学科"来区分美学与艺术学，显然在二者交叠不清中厘定了头绪。他把艺术学视为"经验学科"的观点，得到后来美国学者杜威提出"艺术即经验"的观点的印证。

美学与艺术学的混同，艺术美学代替艺术学理论的结果，不仅阻碍艺术学理论和学科的发展，同时也不利于美学自身的生长。杜威曾一针见血地指出："美学理论的构成所依赖的艺术作品的存在成了关于它们的理论的障碍。"[10]

二

艺术学不是从美学中分离出来的一个学科，也不是指各个具体的门类艺术，它是建立在分析和综合各个门类艺术实践的基础上，是关于各个门类艺术或类型艺术的相似的特点与相通的规律的研究的学科。艺术学与美学、哲学之间有一定的联系，但它在门类艺术与美学、哲学之间占有独立位置，不是包容在美学之中。

为什么不易把艺术学与美学区别开来？其原因主要在于，美学虽属哲学学科，又有不同于哲学方法的特殊性。换句话说，美学具有与艺术学相通的地方，突出表现在对艺术的"感性认识"方面。"美学之父"鲍姆嘉通把美学命名为"感性学"，也就是"感性认识的科学"[11]。称美学是哲学的抽象思辨，这是指从宏观方面自上而下的描述。而艺术学也需要借助于抽象思维，譬如关于艺术的本质与价值的研究、艺术与世界的关系研究、艺术接受或传播的研究等。从同为感性认识方面考察，艺术学与美学相融合的地方,主要表现在艺术欣赏过程中。把艺术欣赏理解为审美过程,或者说,运用审美理论来阐释艺术欣赏过程,已构成艺术鉴赏学的基础。美学的感性特点,诚然带有或凭借主观经验进行直观感受,由此上升到理性认识。然而,艺术学与美学之间研究的方向、目的、要求及其涉入的对象与侧重点,毕竟不一样。只要深入艺术形象创造之中,仔细比较、甄别艺术与美学的研究特点及界线,就不难发现和理出二者之间的差异。

艺术学作为经验学科,是指对艺术本身,即艺术创造过程及其经验的研究。杜威在《艺术即经验》中有过明确的界定:"'艺术的'主要指生产的行为,而'审美的'指知觉和欣赏行为。""艺术表示一个做或造的过程。对于美的艺术和对于技术的艺术,都是如此。"杜威可能指向具体门类的艺术,然而,作为整合各个门类艺术理论的艺术学,不会改变门类艺术的研究方向,只是在整个艺术或类型艺术的大范围内,探讨其艺术创造的共性特点与规律。杜威所列举的《牛津辞典》中引用说明的穆勒的一句话"艺术是一种在实施中对完善的追求"[12],应该说,是艺术学研究的指向所在。而"美学的目的是感性认识本身的完善(完善感性认识)。而这完善也就是美"[13]。一个指向艺术创造实践中的完善,即运用最佳的艺术手段与途径,创造出成功的形象和作品;一个指向感性认识本身的完善,即是对艺术家所创造的形象进行感受和理解,进入审美境界与认识;一个是迷恋于艺术创造的直觉经验的神秘之境,结合艺术家在形象创造中的各种具体事实与现象,探析和总结艺术经验和规律;一个是从对艺术形象的感知与分析中,感受和把握美。两种不同的目的与路向所划定的研究领域,岂不是艺术学与美学的分野?

艺术作品固然具有审美的特性,诉诸欣赏性的接受知觉,美学与艺术学在"感性认识"上相通,主要见诸艺术欣赏或鉴赏的层面。因此,在对艺术作品的价值判断中,包含有对审美价值的认同。但,在艺术与美的创造方面,美学代替不了艺术学。宗白华对二者曾做过区分:"美学是研究'美'的学问,艺术是创造'美'的技能。"他又进一步阐释:"艺术就是'人类底一种创造的技能,创造出一种具体的客观的感觉中的对象,这个对象能引起我们精神界的快乐,并且有悠久的价值'。"[14]只有当有了对艺术创造的形象的感觉,并"能引起我们精神界的快乐",才有了艺术美。艺术学与美学的思路是朝着两个相反的方向:艺术学继续深入艺术之内,探究感觉形象的成因与创造过程,研究"创造'美'的技能";美学则注重对创造出的艺术对象的感知和欣赏,依赖于哲学资源,印证自己的感性认识。因为美学是以研究美为目的,以对感觉形象引起精神的快与不快为基准,其情感与主观经验的联想和想象,属于二度艺术创造。换句话说,美学是依附于欣赏这二度艺术创造的次生艺术层面上。而艺术学则不是以美为研究目标,它要超越艺术欣赏的层面,直逼艺术本身,旨在研究艺术的原创,揭示和解密艺术创造过程。如果艺术学研究滞留在美的层面,势必会让美的研究遮蔽和代替艺术创构的本体性研究。因此说,美学家不能向前走的地方,艺术理论家可以抵达。对艺术原创性的研究,正是艺术学区别于美学的主要依据。

艺术原创性研究,是指切入艺术创造及构成的原本性研究。我们说艺术学是美学代替不了的,主要指在艺术原创这个层面。在艺术创造过程中,虽然涉及美的因素,但它包含在直觉经验之中,只是作为形象构成中美的元素而存在。艺术原创性是以初始与浑整、结实与饱满的形象创造为标识,艺术美仅是从形象中获得的一个概念。即是说,艺术原创性理论,尽管包含有审美因素,但美仅仅是作为不周延的宾词,包含于艺术之中。艺术形象一旦诞生,美就成了周延的主词,与艺术构成交叉关系。如下图:

艺术形象是怎么创造出来的? 首先是艺术体验与直觉创造力,再则是形象创造的技能与技巧。

艺术体验或直觉经验,具有鲜活的生命情感性质,同时也不排斥审

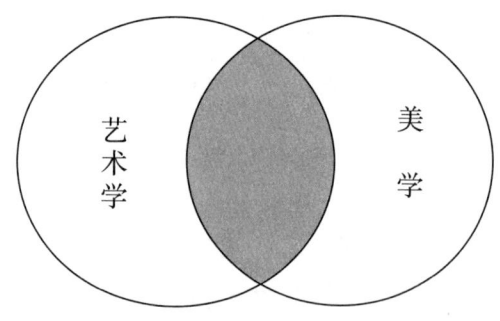

美因素的作用,形成艺术材料构成的可能。如果把这理解为经验所具有的审美性质,那么,它只是通过知性而进行取舍与加工改造,并不会削弱直觉冲动与灵感的发挥。因为艺术家仍然要靠直觉创造去获得独特饱满的感性形象,艺术家的情感和知觉驱动着想象力、奇幻力之鸟的飞翔。这种"在对质的关系的知觉中所使用的那种智力,成为创造性艺术作品的特征"[15]。直觉智慧一旦成为经验感悟的迸发与延伸,随之也融和或消解了经验的审美倾向。艺术家的直觉冲动与灵感,始源在于对生命的触摸、对灵魂的触摸。真实的生命经验,往往处于混沌或沉睡之中,艺术家的禀赋与创造力,首先表现于生命本真的追求,从触摸生命、触摸灵魂中获得灵感的状态,这种灵感往往是浑然一体的直觉表现。柏拉图的"迷狂"说,称"诗人是一种轻飘的长着羽翼的神明的东西,不得到灵感,不失去平常理智而陷入迷狂,就没有能力创造,就不能作诗或代神说话"[16]。中国古代有"凝神""畅神"说[17],如唐代画家,从吴道子借裴旻舞剑的猛厉之气,到张璪"箕坐鼓气,神机始发",都是借"气"进入"神"的体验境界。"气交冲漠,与神为徒……道精艺极,当得之于玄悟。"[18]这可以理解为"畅神"的体验境界。"玄悟",即是对灵感迸发的描述。"玄悟"与"迷狂"一样,都是不受理智牵累、出自灵魂深处的生命经验的聚敛与迸发的奇观。它以浑大本真的直觉形象,使灵魂自由飞翔起来,乃至对一个完整的生命世界的唤醒,尤其是现代艺术对生存体验的表现,显示了对审美经验的遮覆与超越。

艺术创造的技能与技巧理论,更是艺术学区别于美学的基本标志。"艺术"一词的前身是技艺。古拉丁语中的Ars,类似希腊语中的"技艺",指诸如木工、铁工、外科手术之类的技艺或专门形式的技能。最早的画工、乐师,也是指他们掌握了绘画、谱曲或奏乐的技艺或技能。从纯艺术的角度看,技能与技巧,是艺术家进行艺术创造的形式手段和方法。宗白华把艺术称为"人类底一种创造的技能",是"创造'美'的技能",是执意要把艺术与美学区分开来。即是说,作为艺术家必具的艺术技能与技巧问题,不属于美学范畴。比如绘画,素描、色彩、构图,中国画的笔墨,西洋画的光与透视,都是艺术基本功。中国南朝谢赫所说绘画六法[19]及其他种种"法""诀""谱""筌"之类,这些讲绘画技法的理论,并不等同于绘画美学的理论。再如,在表演艺术领域,狄德罗、斯坦尼斯拉夫斯基和梅兰芳三大表演体系,是因各自独特的表演方法而形成的艺术表演理论体系,属于经验的艺术理论。与艺术基本技能相比,艺术方法或表现手法,可以理解为艺术技能的升级,更能体现艺术家的创造能力。它固然因为切入艺术家的主体意识或美学风格,使艺术方法朝着某种审美特点倾斜,以至称谓某种风格流派,然而,艺术方法只是创造美的手段,风格流派是在有了艺术作品之后才形成的,更何况艺术方法不同于基本技能,它处于变化与发展之中,不断地突破与创新,使新的方法代替旧的方法,这就保证艺术方法与艺术表现手法的原创性,即构成艺术原创性理论。

对艺术技法的研究,美学是无能为力的。因为技法具有很强的专一技术性,它先于美而存在。艺术方法是在经验思维的想象的直觉创造中发挥作用,它不直接构成和产生美,而是包蕴和催助形象的诞生。比如蒙太奇,是电影摄制剪辑胶片时所用的组合方法,是电影技术的基础理论,当蒙太奇与现代艺术表现手法相融合,形成和加大视觉画面的内涵与内在节奏,同时也产生或形成了视觉形象的美感与节奏美。蒙太奇与种种艺术手法,仅是创造形象与美的手段,给予观众美的感觉、视觉冲击力或灵魂的震撼,是电影作品形象。蒙太奇叙事,已成了现代艺术的意识流手法的指称。艺术方法或表现手法,属于艺术学原创性理论的重要方面。在某些美学概论与门类艺术美学中,把艺术手法归咎于美学范畴,亦如鱼编织了网一样荒唐。

大艺术家进入艺术创造状态的神秘性与非凡的想象力,是魅力或美得以孕育与生成之理由。艺术传达的朦胧与逼真、不经意性,造成艺术原创的神秘光泽。艺术的智性形式被经验照亮,抑或智性的直觉点燃了经验。这种融技法与经验于一体的直觉智慧,不是以审美而是以发挥先知先觉的个体生命经验及其潜能为引力。这类他者的直觉想象往往是陌生的、电光石火般的或混沌朦胧的,与那些审美的经验符号相比,具有更大的包容性与艺术原创的力量。譬如,天才的演员在表演活动中具有独特的韵味与神秘特性,本雅明称之为"光晕"(Aura)[20]。这种"光晕"使表演显得本真而有神性,若即若离,不可接近。演员创造的艺术形象,存在于一次性表演的场景之中,每次对角色的体验和投入,都由一个完整的经验构成一次新的直觉创造,只有现场观众才有缘欣赏这短暂易逝的艺术。尽管电影作品能够通过拷贝在DVD家庭影院无数次播放,但天才演员的表演仍以原创的魅力,而具有瞬间即逝的不可复制性。如果从形象的不可复制性去参悟艺术,那么,其不可复制的原因,不仅仅是形象的独创性,更在于艺术家创造的是整体性的有机形象,或者称之为本真浑整的形象,是艺术家非凡的直觉感悟能力与与众不同的艺术表现力的整体性显现。

三

艺术原创性研究被艺术美学所遮蔽的原因,与长期以来艺术原理研究忽视和排斥直觉创造的经验思维有关,艺术创作以理智的经验代替直觉经验。本文所说"经验"指向有二:一是作为直觉经验的艺术,一是作为直觉领悟的艺术认识。创作者的经验,包括艺术技法、方法及创造能力,至于直觉体验和感受,也不同于被公认的审美的经验材料,"那些具有理智结论的经验的材料是一些记号和符号,它们没有自身的内在性质",个体直觉思维的经验,虽带有审美性,但它"是一个整体,其中带有它自身的个性化的性质以及自我满足"[21]。且不说"左"的文艺理论时期,直觉创造的经验思维尚属禁区,即使在改革开放以后,多数文艺学理论教材以艾布拉姆斯关于"世界、作家、作品、读者"四要素为理论框架,或者列为"本质论、作家论、作品论、读者(鉴赏)论",这种结构模式作为一般文学理论,无可非议,问题是在"作家论""作品论"中对经验思维的原创过程涉及尚少或论述不力。往往以一般的概括或被公认的审美经验的材料代替个别的、直觉思维的经验性描述,或者以二度艺术创造经验代替原创的艺术经验,致使艺术原理性研究仍停留在与美学相通的感性认识的层面。这也是导致文艺理论与创作实践相疏离的主要原因。杜威批评了艺术经验被当作是听音乐、看戏,阅读文学名著,建立在这种认识基础上的艺术理论,是一种空中楼阁。他认为艺术的意义,是"在拥有所经验到的对象时直接呈现自身"[22]。那种局限于观赏艺术名作的经验研究,是使艺术理论与美学搅在一起的主要原因。

艺术学原创性理论,是以各门类艺术的创作实践为基点,是通过深入艺术创造现场,直逼具体情境和细节,去感受和描述艺术创造的要领与奥秘。要从了解一幅画、一支乐曲、一场舞蹈、一出戏剧、一部电影……是怎样创作出来的做起,然后再做整合性研究。造型艺术、听觉艺术、表演艺术、语言艺术,各有其特点与差异,又有其共通性。比如艺术技法、艺术方法,艺术家的个性天赋与直觉创造的能力,艺术形象或人物角色的创造,都是艺术家在全身心投入体验中所深刻感悟甚至刻骨铭心的感觉对象的呈现。艺术学原创性理论具有应用性的特点,也由于艺术直觉体验与创造内部具有不可洞彻的特点,如何使鲜活的直觉经验达到艺术认知的完整深刻,增大了理论研究的难度。张岱年说:"中国哲学只重视生活上的实证,或内心之神秘的冥证,而不注重逻辑的论证,体验久久,忽有所悟,以前许多疑难涣然消释,日常的经验乃得到贯通,如此即是有所得。"[23]只有不停地体验,去感悟,去敲击并点燃经验,艺术家的与生命息息相关的经验,才会脱颖而出,久久被阻隔的直觉经验也会变得涣然消释,甚至连阴暗的部分也会被经验照亮。因为科学方法有自身不可逾越的理性界限,在抽象思辨所无力抵达的形象本体层,直觉感悟却能够深入和企及。感觉所具有的特殊私人性,决定了经验思维的个性化。科林伍德认为,思维、感觉、认识、经验,"既指思维活动又指我们所思维的东西,既指感觉活动又指我们所感觉的东西,既指认识活动又指我们所认识的东西,既指经验活动又指我们所经验的东西",并特别提醒,涉及"这两种东西之间的关系在所有这些不同场合并不是相同的"[24]。尤其是在艺术创造中,每个艺术家更有与众不同的艺术感觉经验与思维方式。艺术原创性研究,则要尊重和重视艺术家尤其是艺术天才和艺术大师的创作经验。艺术理论的一般概括与抽象,不仅建立在对形象创造的感性认识的基础上,而且包容诸家百川,提供个性化经验的理论空间。理论家、批评家对艺术家的直觉经验的切入,同样有自己所经验到的东西。乔治·布莱称为"批评意识对于创造意识的参与",斯达尔夫人的批评,被称为"是一种次生意识对于原生意识所经历过的感性经验的把握"[25]。理论家、批评家所经验到的东西,意味着深入艺术直觉创造过程中的模糊情境,对艺术创造的感性经验的感悟与把握,乃至对作品形象与艺术家主体意识之间的矛盾现象的破译。艺术创造的原理性建构,不排斥理论批评家对艺术经验的感悟或对艺术的真知灼见,这种带有经验思维的逼真感的认知范式,有利于对艺术整体的贯通与深度把握。

譬如,中国古代画家、诗人在艺术感悟或创作冲动中讲求"神遇"。庄子最早提出"以神遇而不以目视,官知止而神欲行",是说庖丁解牛时进入的一种"道"的境界。苏轼曾有"神与万物交"之说:"或曰:龙眠居士作《山庄图》,使后来入山者,信足而行,自得道路,如见所梦,如悟前世,见山中泉石草木,不问而知其名,遇山中渔樵隐逸,不名而识其人。此岂强记不忘者乎?曰:非也。画日者常疑饼,非忘日也;醉中不以鼻饮,梦中不以趾捉,天机之所合,不强而自记也。居士之在山也,不留于一物,故其神与万物交,其智与百工通。"[26]苏轼借"后来入山者"对龙眠居士李公麟的《山庄图》的体验,描述了"神遇"这一奇突而又属于心物感应的普遍现象。清代画家石涛在"搜尽奇峰打草稿"之说中,也强调"山川与予神遇而迹化也"[27]。"神遇"作为传统的艺术体验方式的概念,首先需要考察这一现象的发生,只有在感受并把握艺术家的感性经验的基础上,方能阐释其内涵。石涛称"一画""即可参天地之化育也","我有是一画,能贯山川之形神。此予五十年前未脱胎于山川也,亦非糟粕其山川而使山川自私也。山川使予代山川而言也,山川脱胎于予也,予脱胎于山川也"。石涛以对大地山川的虔诚,把山川视为心灵的依托,进入"山川脱胎于予也,予脱胎于山川也"的物我融一的境界,才会获得心物感应的艺术惊喜,即"神遇"。从苏轼、石涛的感性经验中,说明"神遇"是诗人、艺术家在亲近山水中物我之间发生的高级心理感应,也是在外物界寻回自我,是对我的内心及梦境的发现。这是妙不可言的瞬间体验,也可以理解为引起创作冲动或灵感的机缘。而获得"神遇"的条件,从创造主体方面看,至少有三点:一是对心灵载体的虔诚,在亲近山水中进入心灵深度体验;二是大心大智,石涛"一画"论,即是从大法上,张扬"自我立"、张扬"道"的主体精神;三是"神"行,潜入"道"的体验境界。"神遇",一般是指艺术直觉体验中心与物交会的一拍即合的原初默契。

艺术原创性研究,离不开对艺术家的感性经验的研究。中国古代的画论、诗论与小说、戏曲的评点之类,是进行艺术原创性研究的重要资源之一。古代艺术论大致分为"品""评""法'三类。"品"属于艺术欣赏,评点是鉴赏与论兼而有之,"法"及"诀""谱""筌"等,是指表现技法。古代论者大多是创作者,他们主要借助于经验,进行感悟式判断,寥寥数语,却切入艺术创造的实际与奥秘。诸如顾恺之的"以形传神",张璪的"外师造化、中得心源",戚蓼生评《红楼梦》"注彼而写此""一声也而两歌,一手也而二牍",金圣叹评《西厢记》"先觑定阿堵一处,已却于阿堵一处之四面",以及近代齐白石的"妙在似与不似之间"等等。这种仅揭示某种原则与方法的形象性语言,一语中的,深得艺术原理之精要,堪称原创性理论的经典。再如,刘熙载《艺概》中对叙事的理论描述:"叙事之学,须贯六经九流之旨;叙事之笔,须备五行四时之气。""叙事有寓理,有寓情,有寓气,有寓识。""叙事有主意,如传之有经也。""叙事有特叙,有类叙,有正叙,有带叙,有实叙,有借叙,有详叙,有约叙,有顺叙,有倒叙,有连叙,有截叙,有预叙,有补叙,有跨叙,有插叙,有原叙,有推叙,种种不同。惟能线索在手,则错综变化,惟吾所施。""叙事要有尺寸,有斤两,有剪裁,有位置,有精神。"[28]刘熙载在对《史记》等文类分析及有关叙事论的参照与争辩中,深入阐释了叙事的内涵,如最后一段涉入叙事的剪裁、简练与精神的问题。海明威曾作过"冰山"比喻,认为作者只应描写"冰山"露出水面的部分,而那八分之七的部分则隐于水下,"冰山在海里移动很是庄严宏伟,这是因为它只有八分之一露在水面上"[29]。这样才显出叙事文字的"斤两"。"用减"的艺术,表现为以实写虚、以少胜多,中西方几千年的艺术实践都证实了这个原理。刘熙载是最早研究叙事学的论者之一。古代艺术家、评点家尚无明确的美学意识,却进入了自觉的艺术状态,直观感悟到艺术创造之精要、之精妙。

中国古代艺术理论与评点,往往在形象的寓意或类比中显示其意,不讲求精确的结论。借助形象比喻,阐释艺术创造过程与种种现象,这种直观感悟的经验性描述,直接切入艺术原创性理论本体。以高超的形象创造为特征的艺术,具有不确定性,苛求精确的结论反而会伤其本义,运用直观领悟的形象方式,则会得到恰到好处的理论表述。"经验",没有达到理性的明澈,却以感性切入艺术的本性,以心灵的智慧(悟性)驾驭艺术之舟。探讨和建立与直觉思维的艺术相契合的"经验"理论方式,无疑是原创性理论研究的基础工程。

注释:

[1] 易中天:《破门而入——美学的问题与历史》,复旦大学出版社,2005年,第6页。

[2] 郭勇健:《重审艺术学与美学的关系问题——艺术学的尴尬处境及其化解之道》,《艺术百家》2009年第6期。

[3] 张黔主编:《艺术原理》,北京大学出版社,2008年,第9页。

[4] 转引自竹内敏雄编修:《美学事典》,日本弘文堂1974年增补版的"艺术学"词条。

[5] 李斯托威尔:《近代美学史评述》,蒋孔阳译,上海译文出版社,1980年,第103-104页。

[6] 平山观月:《书法艺术学》,喻建十译,四川人民出版社,2008年,第26页。

[7] 托马斯·门罗:《走向科学的美学》,石天曙、滕守尧译,中国文联出版公司,1986年,第218页。

[8] 费德勒:《论造型艺术作品的评价》,见马采:《艺术学与艺术史文集》,中山大学出版社,1997年,第3页。

[9] 金斯塔科夫:《美学史纲》,樊莘森等译,上海译文出版社,1986年,第3页。

[10][12][15][21][22] 杜威:《艺术即经验》,高建平译,商务印书馆,2005年,第3页,第49-50页,第54页,第40页,第83页。

[11][13] 鲍姆嘉滕:《美学》,简明、王旭晓译,文化艺术出版社,1987年,第13页,第18页。

[14] 宗白华:《艺境》,北京大学出版社,1987年,第5-6页。

[16] 柏拉图:《伊安篇》,见伍蠡甫主编:《西方文论选》上卷,上海译文出版社,1984年,第18-19页。

[17] 苏轼:《书晁补之所藏文与可画竹三首》中有"与可画竹时,见竹不见人。岂独不见人,嗒然遗其身。其身与竹化,无穷出清新。庄周世无有,谁知此凝神。"见《苏东坡集》前集卷十六。宗炳:《画山水序》有"澄怀观道,卧以游之"之事,以求"万趣融其神思""畅

神而已"。见沈子丞编:《历代论画名著汇编》,文物出版社,1982年。

[18]符载:《观张员外画松石序》,《江陵陆侍御宅燕集》,见《唐文粹》卷九十七。

[19]谢赫:《古画品录》有"绘画六法":一气韵生动,二骨法用笔,三应物象形,四随类赋彩,五经营位置,六传移模写。见沈子丞编:《历代论画名著汇编》,文物出版社,1982年。

[20]本雅明:《机械复制时代的艺术作品》,王才勇译,中国城市出版社,2002年,第124页。

[23]张岱年:《中国哲学大纲》,中国社会科学出版社,1982年,第8页。

[24]科林伍德:《艺术原理》,中国社会科学出版社,1987年,第164页。

[25]乔治·布莱:《批评意识》,百花洲文艺出版社,1993年,第8页。

[26]苏轼:《书李伯时山庄图后》,《苏东坡集》前集卷二三,商务印书馆,1934年。

[27]石涛:《苦瓜和尚画语录》,见沈子丞编:《历代论画名著汇编》,文物出版社,1982年,第369页。

[28]刘熙载:《艺概》,上海古籍出版社,1978年,第41-44页。

[29]王宁主编:《诺贝尔文学奖获奖作家谈创作》,北京大学出版社,1987年,第217页。

(原刊《江苏社会科学》2012年第4期)

艺术的本源与生态

艺术原创是个体的创造活动。一部原创的优秀作品,是充满活力与个性的创造主体的深度显示,它以呈现形象世界的趣味生态为基本标识。只有达成艺术形象存在的生态性,才有产生艺术美与魅力的可能。艺术魅力,首先是生态魅力,而原创提供了艺术生态的最大可能。艺术是一个生态系统,也是一个系统的整体,具体表现为艺术的本源性、形象的结实饱满以及艺术结构的生命张力和整体平衡。

魅力是艺术传媒与审美接受中出现的概念,我们为某一艺术形象所诱惑、所惊叹、所震撼、所折服、所陶醉,即是艺术的形象与趣味发生的魅力。而一部作品具备优良的艺术生态结构系统,是其味和魅力发生的首要条件,艺术魅力是形象系统的整体效应。

艺术魅力一旦被人们感受,可以理解为娱乐与审美的最高境界。

一、艺术本源:人类生命与灵魂的诉求

从马斯洛关于人的五个基本层次的需要理论看,艺术属于第五个层次"自我实现需要层次",即人的精神层面。人的"自我实现需要"的精神活动,是内在的、心理的、灵魂的活动,艺术属于满足人的精神需求的基

本层面。卡西尔说:"艺术可以包含并渗入人类经验的全部领域。在物理世界或道德世界中没有任何东西,没有任何自然事物或人的行动,就其本性和本质而言会被排斥在艺术领域之外,因为没有任何东西抵抗艺术的构成性和创造性过程。"[1]与宗教、科学、历史、哲学相比较,艺术家是在最低处歌唱。因为艺术以无所不包的感性的形象世界,不仅贴近世俗、亲近人类,给人们带来精神享受,而且人们从艺术中可以获得比宗教、哲学等领域更为丰富多样的精神需要。这就是艺术的特质与魅力所在。

人生在世,不光是生命的个体,还是有种种负荷的精神个体。尼采有灵魂三变说:"……灵魂苟视其力所能及,无不负也。如骆驼之行于沙漠,视其力所能及,无不负也。既而风高日黯,沙飞石走,昔日柔顺之骆驼,变为猛恶之狮子,尽弃其荷,而自为沙漠主,索其敌之大龙而战之。""狮子"能"破坏旧价值(道德)而创作新价值","然使人有创作之自由者,非彼之力欤",故"狮之变而为赤子","赤子若狂也,若忘也,万事之源泉也,游戏之状态也,自转之轮也,第一之运动也,神圣之自尊也。"[2]"骆驼"标示人生在负重与艰难跋涉中的灵魂痛苦,"狮子"标示人的反抗与创造精神,"赤子"标示创造者的真诚、激情与超脱的自由心灵。从艺术本源考察,骆驼式痛苦、狮子式奋起,只是艺术之起因,如秋风起于青萍之末。而赤子之心,才是打开通往艺术之门的钥匙。叔本华称:"天才者不失其赤子之心也。""凡赤子皆天才也。"[3]骆驼—狮子—赤子,可以理解为从感受者的灵魂变为创造者的灵魂的实现。艺术天才即赤子若狂若妄的状态,颇近于激发灵感的艺术状态,艺术天才的灵魂,皆赤子式灵魂也。尼采的灵魂三变,即骆驼、狮子、赤子,也可理解为人的灵魂的三个向度,由此展示了人的灵魂的脆弱与强大、痛苦与超脱,由此生命和灵魂作为艺术本源,提供了形象创造中灌输生气的可能性。

真正的艺术形象的创造,是纯粹的、本源的。艺术形象的物性,只有被生命精神和灵魂照亮,才能变得充盈起来。生命和灵魂作为艺术本源,概言之,可分为两种:一种是人性源头守护说,一种是入世的"孤愤—发愤"说与"酒神—日神"说。

人性源头守护说

荷尔德林说:"美,人性的美,神性的美,她的第一个孩子是艺术。"即是说,"在艺术中,神性的人青春重返,再获生命"。然而,这一理想主义的艺术的实现,并不是一件容易的事,尽管荷尔德林举出希腊艺术为例。然而,把"人性的美,神性的美",视为艺术之母,却是独到精当的。荷尔德林说:

> 从摇篮时代起就不要去干扰人吧!不要把人从他本质的紧密的蓓蕾中驱赶出来吧!不要把他从童年的小屋里驱赶出来吧……让人知道得晚一些,在他之外还存在一些其他的东西,其他的人。因为只有这样,他才会成人。人一旦成为人,也就是神。而他一旦成了神,他就是美的。[4]

荷尔德林认为,人性、人的本质之美,寓于摇篮时期的蓓蕾之中、童年的小屋里,他呼吁不要去干扰,让人性的美好蓓蕾自然生长。只有保持人的天性,他才会成为人,才会有神性的美。这种不入俗流的乌托邦主张,其本意在保持人的本真与纯粹的本质,具有守护艺术本源的纯洁性的重要意义。因此,它成了很多诗人、艺术家信奉的艺术准则。

中国明代李贽曾提出"童心"说[5],并且有比较完整的论述:

> 夫童心者,真心也,若以童心为不可,是以真心为不可也。夫童心者,绝假纯真,最初一念之本心也。若失却童心,便失却真心;失却真心,便失却真人。人而非真,全不复有初矣。

> 童子者,人之初也;童心者,心之初也。夫心之初,曷可失也,然童心胡然而遽失也?

童心即真心,李贽这么解释,显然更具有艺术创作的普遍意义。然而,真心又不等于童心,只是本于童心,即"心之初"。李贽主张"童心",不是回到人之初的童子时代,而是不忘并保持心之初的本真,即荷尔德林崇尚的"人性的美,神性的美"。这就是"最初一念之本心"对于人的一生的价值。人一旦失去"最初一念之本心",就毫无"真心""真人"可言。尼采所说"赤子之心",也是根于"最初一念之本心"。李贽打出"童心"说的旗帜,意在从人性的源头上,"绝假纯真",守护人的"最初一念之本心"。这与荷尔德林呼唤"不要把人从他本质的紧密的蓓蕾中驱赶出来"相一致。然而,以异端自居的思想家、文学家李贽,又不同于诗人荷尔德林,他的"童心"说,是在现实的反抗封建礼教与批判"文以载道"的传统文学观中提出来的,是在对假人假言假文为什么盛行,而真的作品反而湮灭无闻的追问中立起来的。"天下之至文,未有不出于童心焉者也","童心"说由此闪现艺术本源的理论光芒。

历代不少哲学家、艺术家提倡皈依人的天性、本真。"真心""本心"亦列入诸种教义,中国佛禅有"心源"之说。尤其是进入现代工业文明社会之后,人的异化不可避免,这也更加显示这些观点的重要意义。本文由此提出守护说。这一说乍看似乎有乌托邦主义之嫌,而对于艺术来说,却是灵感之源,即使这一源头在上苍,也是必要的,也要仰天而望。守护本义是虔诚的,艺术有责任守护人类精神的那一片净土,即人本有的精神家园,也有力量唤醒人们瞻顾那曾经拥有或失去的美好的东西——人性的美。

"孤愤—发愤"说与"酒神—日神"说

此两种观点虽有很大区别,但是,以艺术起于感性为纽带而可归为一体。

正如尼采所比喻,人的灵魂首先是无所不负的沙漠骆驼,作家、艺术家当然是愤然而起的狮子,并具备赤子之心。而引起天才的创造冲动欲望的,还在骆驼式的痛苦,与从痛苦中奋起的亢奋。这从中国古典作家的经验中足以得到论证。司马迁称:"《诗》三百篇,大抵贤圣发愤之所为作也。此人皆意有所郁结,不得通其道也,故述往事,思来者。"[6]这也是受尽酷刑的太史公在谈创作《史记》的切身体会。李贽在《忠义水浒传序》中赞同司马迁的观点,认为"《水浒传》者,发愤之所作也"[7]。清代二知道人在评点《红楼梦》中则提出"孤愤"说:

蒲聊斋之孤愤,假鬼狐以发之;施耐庵之孤愤,假盗贼以发之;曹雪芹之孤愤,假儿女以发之:同是一把酸辛泪也。[8]

孤愤与发愤两词相通,对于创造者的灵魂,又有先后之别。孤愤,不单单贴近骆驼式痛苦,同时结郁甚深,独具个体性与文人的情怀。可以从引发灵感发生的创作状态去理解孤愤,而一旦郁结勃发,即发愤也。所谓夺他人之酒杯,浇自己之垒块,诉心中之不平,感数奇于千载,正是对发愤而为之的描述。自己胸中有如许无状可怪之物,有许多欲语而不能语之事,蓄积已久,势不能遏,一旦有了时机,就一吐为快。《老残游记》作者刘鹗称为哭:"《离骚》为屈大夫之哭泣,《庄子》为蒙叟之哭泣,《史记》为太史公之哭泣,《草堂诗集》为杜工部之哭泣;李后主以词哭,八大山人以书哭;王实甫寄哭泣于《西厢》,曹雪芹寄哭泣于《红楼梦》。王子言曰'别恨离愁,满肺腑难淘泄。除纸笔代喉舌,我千种相思向谁说?'曹子言曰:'满纸荒唐言,一把辛酸泪;都云作者痴,谁解其中意(味)?'名其茶曰'千芳(红)一窟',名其酒'万艳同杯'者;千芳(红)一窟,万艳同悲也。"[9]刘鹗疏忽了一个主题词,"窟",谐音"哭",应该是"千红一哭,万艳同悲"。

发愤也好,哭也好,都是因为痛苦而发。所谓喷玉吐珠,召回云汉,是说天才的创造者把痛苦磨砺或孕育成了珍珠的本领。哭,诚然会要发狂大叫,流涕恸哭,但一旦进入形象创造,这种狂放的悲痛,则是立于艺术创造过程之上的标志性符号。发愤、哭,固然属于情感的范畴,但同样可以说,心在哭泣,灵魂在哭泣。作家、艺术家的主观情感,一旦渗透到作品形象之中,势必会变得隐蔽起来,因此,姑且称之为发自内心的声音、灵魂的声音,更为贴切,也更为切入艺术本源,这样也可以避免创造的心灵与真实情感之间的纠缠。

尼采认为"艺术的持续发展是同日神和酒神的二元性密切相关的"[10],他甚至把酒神冲动与日神冲动看成为艺术的根源。

> 为了艺术得以存在,为了任何一种审美行为或审美直观得以存在,一种心理前提不可或缺:醉。醉须首先提高整个机体的敏感性,在这之前不会有艺术。[11]

尼采将日神与酒神都列为"醉的类别","日神的醉首先使眼睛激动,于是眼睛获得了幻觉能力。画家、雕塑家、史诗诗人是卓越的(par excellence)幻想家。在酒神状态中,却是整个情绪系统激动亢奋,于是情绪系统一下子调动了它的全部表现手段和扮演、模仿、变容、变化的能力,所有各种表情和做戏本领一齐动员"。日神是光明之神,支配着内心幻想世界的美丽外观。日神冲动借助于视觉的幻觉能力,以获得梦的形象世界为满足,凸显外观的全部喜悦、智慧及其美丽。酒神状态,是"整个情绪系统激动亢奋",是"情绪的总激发和总释放"。酒神冲动是通过音乐和悲剧的陶醉,是痛苦与狂喜交加的癫狂状态,可以理解为艺术体验的巅峰状态,是具有形而上的悲剧性深度的艺术状态。尼采在《悲剧的诞生》中提出"日神的梦艺术家"和"酒神的醉艺术家"。[12]"梦"和"醉"都是本能性的、非理性的。"梦"是借外观的幻觉自我肯定的冲动,"醉"是借自我否定而复归世界本体的冲动。二者对立而又相互平衡,日神对酒神的放纵无度起着抑制作用。中国有"李白斗酒诗百篇"之说,李白之狂放不羁,从"醉"意中得诗。深受西方象征派诗人波德莱尔影响的李金发,更称其诗"是个人陶醉后引吭高歌"。吴道子借裴将军舞剑,挥毫作画,飒然风起,为天下之壮观,亦通于酒神冲动,也带有日神因素。

中国艺术讲究一个"情"字,"发愤""哭泣",没有达到酒神"醉"的极致,正是受到中国文化的制约,"满纸荒唐言,一把辛酸泪"。而中国书画,颇得日神精神。中国书画运笔用墨洒脱自如,呈现着幻觉智慧的美丽世界。苏东坡称吴道子画佛,"梦中神受","梦中化作飞空仙,觉来落笔不经意"。这种梦中得画,可以理解为"日神的艺术家"对幻觉能力的无意识发挥。

尼采的酒神冲动与弗洛伊德的"力必多"转移说有相通之处。弗洛伊德认为:"艺术创作本身就是艺术家的'白日梦',是他们不能满足的欲望的转移和升华。"[13]弗洛伊德的观点,切入艺术与生命本能的关系。性与生命意识,是艺术表现的重要方面,本文没有把生命本能当成艺术本源,是因为灵与肉是不可分的对立统一体,没有生命意识的精神,势必变得空洞,也不会有痛苦。尼采称酒神"醉的本质是力的提高和充溢之感"[14],并且确认其"醉"与日神之醉一样,是一切审美行为的心理前提,是最基本的审美情绪。"艺术是生命的最高使命和生命本来的形而上活动。"[15]弗洛伊德也没有离开"自我""超我"谈"本我",他的"白日梦"说,其艺术价值主要在于发掘和发挥了无意识、潜意识的作用,使艺术家、作家的形象创造在意识、前意识和潜意识的无限心理领域中自由翱翔,提供了生命精神的形而上的艺术实现的可能。

二、艺术生态的形象与结构的特征

　　艺术家、作家能否拥有并深入艺术本源,直接决定其所创造的形象的生命质量与形象世界的生态性。正如海德格尔对凡·高的画《农妇的鞋》所作的描述:首先,它表现了鞋的物性。农妇穿着鞋站着走着,是作为工具而发挥作用,鞋以质料—形式结构而成为纯然之物,农妇"在劳作时对它们想得越少,看得越少,对它们的意识越模糊,它们的存在,也就越真"。再则,纯然之物是自我包容的,这即是艺术形象的特质。艺术家的才华和本领就在于将形而下的物艺术转化成形而上的精神的形象。"从农鞋磨损的内部那黑洞洞的敞口中,劳动者艰辛的步履显现出来。这硬邦邦沉甸甸的破旧农鞋里,聚集着她在寒风料峭中迈动在一望无际的永远单调的田垄上步履的坚韧和滞缓。鞋皮上粘着湿润而肥沃的泥土。夜幕降临,这双鞋底在田野小径上踽踽而行。在这农鞋里,回响着大地无声的召唤,成熟谷物宁静馈赠及其在冬野的休闲荒漠中的无法阐释的冬冥。这器具聚集着对面包稳固性的无怨无艾的焦虑,以及那战胜了贫困的无言的喜悦,隐含着分娩时阵痛的哆嗦和死亡逼近的战栗。这器具归属大地,并在农妇的世界得到保存。正是在这种保存的归属关系中,器具才得以存在于自身之中,保持着原样。"[16]海德格尔借凡·高所画农妇的鞋,旨在阐释"这一存在者从它无蔽的存在中凸显出来"。本文借海德格尔的本真的存在的思想,描述艺术形象的生态特征。

　　艺术原创形象是以始初与鲜活、结实与饱满为基本特征的。

　　生态的艺术形象依仗于自身的独立性,特别指向不受任何外来的干扰,把表现对象作为纯然之物的真的存在。那种先入为主,一开始就把对象视为任我支配的奴隶,势必失去形象的自然生命力。过去文艺"工具论",搞"主题先行",使艺术形象失去了自主性,同时也失去了物的本真性。作家、艺术家把创造的艺术形象当作独立生命体,首先还是要把所创造的形象的物质载体,视为有生命的个体,并且尊重这种生命个体。只有尊重艺术,尊重艺术表现对象,才不会随意去支配它、扭曲它,才有使它保持真的存在的可能。所谓始初与鲜活,就是形象的本真存在所表现出来的那种不曾被人碰过的毛茸茸、活脱脱的形象体。

物一旦融入自我而进入作品,就灵动起来,成了存在者的存在。物作为表现对象包容自我这一艺术化的过程,同样要尊重所创造的形象,顺其自然,不能把主观感情强加给形象,甚至肢解和扭曲形象。正如曹雪芹在《红楼梦》开篇第一回中特别强调,"只取其事体情理","至若离合悲欢,兴衰际遇,则又追踪蹑迹,不敢稍加穿凿,徒为供人之目,而反失其真传者"。在叙事艺术中,人物形象在故事情节、戏剧冲突与细节、场景中生长丰满起来。这一艺术过程有着一定的长度,不是简单化的,而是错综复杂的,任何走捷径而省略了某一过程或环节,等于破坏了艺术结构的生态平衡,受到影响或损害的是人物形象。明人李日华在《六研斋笔记》中说:"境地愈稳,生趣愈流。"人物形象的结实和饱满,是一个自然成熟的艺术过程,是在对形象有序的多角度、多侧面的描绘中生动丰满起来的。《红楼梦》在复杂庞大的情节结构中创造的众多人物,个个栩栩如生,堪称"圆的人物"(福斯特语)。"圆的人物",即是结实饱满的形象指称。上述对农妇被磨损了鞋的内部那黑洞洞的敞口的描述,则显现了农妇的世界。鞋里"回响着大地无声的召唤",鞋里"聚集着……无怨无艾的焦虑","战胜了贫困的无言的喜悦",并"隐含着分娩时阵痛的哆嗦和死亡逼近的战栗"。这足以表现出画面形象的充盈。

形象根于作品结构之中,艺术整体结构的多维深度的自然和谐,是形象发生魅力的深厚基础。艺术生态处于一个动态的平衡之中。每一种艺术形象都要有扎实的铺垫与刻画,往往是在错综复杂的人物纠葛中成长、发展和成熟起来的。这即为艺术过程,任何艺术形象,包括短制单一的形象,都不能绕过这一艺术过程。譬如希腊雕塑《维纳斯》,她端庄的体态与微微扭转而站立的姿势,脸部的典雅美,我们从中看到的,不单是她脸部的美的笑容,甚至还感觉到她微微扭转中腰际也发出微笑。罗丹称之为"古代神品中的神品"。这种独有的魅力,是形象的结实饱满所致,而形象的神韵,却是由质料与线条的感性效果中产生的。应该说,从质料与线条到维纳斯的典雅之神韵,十分遥远,艺术家运用神工妙斧,进行许多铺垫、链接与整合,才使女神形象呼之欲出。所谓她的腰际发出微笑,正是动态平衡的艺术效果。没有相对的稳定与平衡,各种艺术环节上的资源和潜能,就没有机会得到利用和发掘,这样艺术形象也会因为某个侧面的缺失而丰满不起来。

艺术生态是艺术创造过程中呈现的一种气象或气息,它既是艺术家创造出来并始终把握住的艺术境界,又维系和催动着艺术家的直觉想象与整个作品形象创构的运作。考察《红楼梦》这部鸿篇巨制的艺术生态特征,可谓虚中写实,真中见幻,曹雪芹即是在这虚实、真幻的叙事氛围中,展示驾驭纷繁复杂系统结构而游刃有余的大气和天才。自开篇第一回大荒山上女娲炼石补天遗落下来的一块无用的石头说起,经过"枉入红尘若许年",化为通灵宝玉在尘世走了一遭,最后宝玉又被僧道携回青埂峰下。曹雪芹这一灵感来源,如此虚幻的"石头记"结构寓意,冠结并浸润全书的整个故事结构,这可理解为《红楼梦》整体结构的生态之源。而在现实人物故事的具体描写中,曹雪芹又严格依照事体情理,追踪蹑迹,通过深入揭示贾宝玉和大观园女儿们各自的性格、命运及其相互关系,展开庞大复杂的情节结构网,获取情节发展的内在依据。整部小说一树千枝,一源万派,路转峰回,山断云连,迷离烟灼,纵横隐现,凸显了情节结构系统的自我调节与完善,不断取得艺术生态平衡。譬如,《红楼梦》第二十九回中,林黛玉病了,宝玉来探望,黛玉心头笼罩着金玉良缘的阴影,不由流露出来,惹出贾宝玉砸玉之事。这个细节,不仅对宝黛爱情的发展起到推动轴心的作用,同时吓着两院丫头,惊动了贾府老祖宗及凤姐、宝钗等,既表明这块玉是贾宝玉的命根子,又凸显宝玉在贾母心目中的位置,还隐现宝、黛、钗之间的爱情角逐之跌宕起伏。宝、黛之间口角而砸玉,牵动诸多人物关系与纠葛的波澜,亦可成为艺术结构系统的信息反馈。这一反馈调节机制,发生了推动与抑制的双向作用,而达到新的生态平衡。艺术生态的自我调节能力,在艺术叙事的过程中是由多种方式得以体现。曹雪芹的好友脂砚斋有一则眉批:"事则实事,然亦叙得有间架,有曲折,有顺逆,有映带,有隐有现,有正有闰,以至草蛇灰线,空谷传声,一击两鸣,明修栈道,暗度陈仓,云龙雾雨,两山对峙,烘云托月,背面传粉,千皴万染诸奇。"[17]这段脂批,十分准确地描述了曹雪芹以天才的变化多端的叙事方式,创造了庞大复杂的情节结构的独特富丽、巧夺天工的生态系统。所谓艺术生态的自我调节能力,即是艺术叙事在对情节结构整体的驾驭中而不露痕迹的鬼斧神工。"佳园结构类天成",只有形成作品结构的艺术生态系统,才会有艺术形象的结实与饱满。

艺术魅力是作品各种复杂功能体系所产生的整体效应。而艺术生态结构为表现复杂饱满的形象与艺术直觉的创造力,提供最大的空间。譬如,毕加索的《牛头》,看起来很简单,但你却说不清楚它的意义指向,只觉得简洁而有意味。毕加索的创作灵感,源于自行车龙头和坐垫,把二者拼合用青铜塑成牛头。这种奇思妙想式的创构,无疑是生态性的,成了充满张力的艺术形式,一个有意味的形式符号,象征性的生命形式符号,由你去想象。因此说,艺术生态结构系统是开放式的,乃至不确定性的,神龙式的若隐若现,不是清晰透明的。中国艺术创构讲究浑然一体,"返虚入浑"(司空图语),"大浑而为一"(刘安语)。"大浑"本身就显现艺术生态特征,具有最大的包容性,甚至包含着神秘性。大作品往往都带有些神秘性,因为"我们从来只见事物的一面,另一面是沉浸在可怕的神秘的黑夜里"[18]。艺术生态结构,当然应该包容着这种神秘,反言之,荡溢着这种神秘迷离的氛围的艺术结构,才是生态的。艺术的生态魅力,是以包容性与生成性为特征的模糊美。

三、艺术生命形态：趣味与味质

好作品与好酒一样,总是以味显现其质地和品质,"味"是鉴别一篇作品高低优劣的直觉印象。印度古典文艺理论家檀丁在《诗镜》中曾以"蜜蜂得到花蜜而醉"来阐释"味",强调"味"的感性特征。"味"作为一种属性,是艺术品的品质与成色,伴随着艺术品的诞生而出现,犹如花粉的色泽和芬芳,在未被蜜蜂发现之前,就已经存在。在艺术作品中,味与趣是分不开的,艺术形象和作品的生命力,总是以独有的趣味呈现出来。譬如,潘天寿画的《鸡雏图》,黑白两只小鸡,闲立或打盹,妙合天趣、自是一乐,真正给人以"手无缚鸡之力"的感觉。

味,是一个宽泛的模糊性概念。一篇作品的味道,首先是由形象引起的直觉感受,但其深味,不单是耳目感官的快适,更有耐人寻味的感知,所谓"味外之旨",即是不落言筌的形上之至味。德里达将阅读比作揭开一幅油画下面掩盖的另一幅更可贵的画。[19]这种言外之深意或"另一幅更可贵的画",能够产生艺术语境的效果。犹如好酒是由陈年老窖酿出来的,酒窖之酵母,是味中之味。而艺术之味,是靠艺术家、作家的形象体验来酿造的。审美意象是一种情感的精神的形象。好的艺术品得力于生意盎然、趣味横生的形象与意境的创造,于独特的趣味表象之中包裹着味之深意或"味外之旨","味外之旨"即是上乘的形上境界。这种味,可称为味质,而味质是相对于趣味而言,可理解为趣味的内涵。如果画图示意,可简括如下图(见下页)。

梁启超在《小说与群治之关系》中,认同小说"以其浅而易解故,以其乐而多趣故"[20],把"趣"视为俗文学才有,是一种传统的偏见。趣味,

并非只是浅层次的娱乐。罗丹有一段话,十分重要:

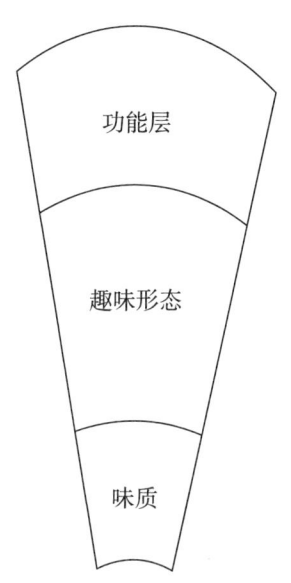

> 艺术,也是趣味。艺术家一切的制作,都是他们内心的反映,是对于房屋、家具……人类灵魂的微笑,是渗入一切供人使用的物品中的感情和思想的魔力。但是我们这个时代能有几个人,感觉到住房与家具应合乎趣味的需要呢?[21]

罗丹把趣味与"灵魂的微笑"联系起来,视为艺术的必然表现,这一观点非常深刻。罗丹所感叹的他那个时代没有几个人能把趣味摆到应有的艺术位置,仍然切入今天的创作实际。究其原因,这固然有艺术表现趣味的难度,更重要的,还在于艺术观念尚未得到根本转变。为什么梁启超抑低小说"乐而多趣",其旨在强调"熏""浸""刺""提"的载道功能,似乎"趣"有碍于功能表现。如此把趣与道对立或分割开来,把趣归入浅层次娱乐,这种观念,恰恰掩盖并阻碍了人们对艺术的认识。从右图中可看出,趣味是艺术生命的表现形态,而功能是作品和艺术形象所产生的审美效应。如果作家、艺术家在创作中让理性挤压了形象的趣味形态,甚至无视于艺术的趣味表现,这样的形象创造势必因阉割了趣味形态而显得扁平或不健全。趣味形态,是艺术形象的生态性的凸显。只有尽力发掘和刻画作品形象的趣味形态,才能彰显形象的生命光彩与结实饱满的特质,才能引起艺术魅力效应与功能效应。

趣,是一种生气和灵机,也是黑格尔所说"心灵中起灌注生气作用"[22]。自古诗文之道有理、事、情、景四字,但理有理趣,事有事趣,情有情趣,景有景趣,这是从使诗文增色的修辞层面上而言。从艺术形象创造的生命元素与生态元素方面考察,明代袁宏道的"真趣"论,值得重视。袁宏道继李贽之后,提出文学要"独抒性灵"。他说:"真人真作,故作真声","任性而发,尚能通于人之喜怒哀乐,嗜好情欲","世人所难得者唯趣,趣如山上之色,水中之味,花中之光,女中之态,虽善说者不能下语,唯会心者知之"。[23]趣,是人的天性、灵性的体现。只有"任性而发",才能调动起性灵之趣,并使之以美丽展示。李贽在提出"童心"说时,也有过"天下文章当以趣为第一"[24]之语。袁宏道将"趣"视为"童心""真心""真情"的标识,他对"趣"之妙处的欣赏和描述,是对高级的审美形态的肯定。袁宏道所论"趣"的核心价值,在于追寻了"趣"的发生的源头,从返归自然、返归人的本真方面,对"趣"作了深入论述:从趣的表现形态看,趣美出于自然,惟自然,才有深趣;从趣的形式的成因看,趣,依附着人的本性之真,只有发自人的天性、"性灵"之趣,自由绽放之趣,才会带着生命本色烂漫伸展。

趣,有俗趣与雅趣之分。"雅趣"是指带有文化意义上的"趣"。文人视野中的野趣,可谓雅趣的变奏。古人所说"生趣""意趣""天趣""逸趣""情趣""形趣""真趣""机趣"等,各有审美价值取向。譬如,南宋"米家山水"的"墨戏",是借线条流转与墨色浓淡来写意显趣,以墨趣表达意趣。法常的三联轴《观音、猿、鹤图》,尤其是猿,很有生趣。苏东坡题《惠崇春江晚景》"竹外桃花三两枝,春江水暖鸭先知",则是一派形趣与逸趣的场面。周邦彦词句"叶上初阳干宿雨,水面清圆,一一风荷举",是真趣,亦是天趣也。

《红楼梦》小说中描写大观园女儿们斗俏取笑的形式,表现为雅谑。雅谑,也是谐谑,"更多的是愉快和机智的放肆"[25]。这恰到好处地展现了女孩子的天真烂漫和灵秀之气,而每位女子都有自身的方式,即使透过笑的细节,都能把每个人的个性区别得十分鲜明。曹雪芹对大观园少女们的天性灵趣的尊重和发掘,无疑增强了她们最后被毁灭的悲剧价值。

即使表现同一个人的笑,也不尽相同。蒲松龄的短篇小说《婴宁》,全篇有26处写婴宁的笑,有遇面捻花含笑,有倚树孜孜憨笑,有初见微笑,有户外嗤嗤笑声,有客前忍笑,有叱叱咤咤,放纵大笑,还有与王生相见时,她且行且笑,边说边笑,乃至"笑极不能俯仰"。种种笑姿,发乎情性,出乎自然,是这位少女在不同场合里的真实情态。小说中这样写道,她"善笑,禁之亦不可止。然笑处嫣然,狂而不损其媚,人皆乐之"。显然是对婴宁纯真灿烂的笑的美的认同。笑,虽为形趣,却耐人品味。按照封建社会中"淑女"标准要求"笑不露齿",而蒲松龄写婴宁无拘无束的笑,正是在远离世俗、冲破封建礼教束缚妇女的桎梏中而闪现心灵的光辉。

幽默也产生趣味效果。西方的幽默更多地借助于姿势与动作的夸张而造成这种效果。谐谑是滑稽的一种,在简单的谐谑中,却很少有纯粹滑稽的东西,更多的是愉快和机智的放肆。"对谐谑来说,什么都是愚蠢的、可笑的,但是只有它自己不可笑也并不愚蠢。幽默却是自我嘲笑。""幽默,对自己和其他人的嘲笑,通过滑稽戏和谐谑而表现,一个人在幽默中允许自己打诨说笑,因为他认为自己是可笑的,也想描摹自己的可笑之处;他的谐谑大部分都是挖苦揶揄,因为感到了侮辱……"[26]车尔尼雪夫斯基并以莎士比亚笔下的哈姆雷特为例,认为他的装疯卖傻,说出打诨式的可笑又粗野的谐谑,是智者哲人对人类弱点与愚蠢的嘲弄,他的笑,是对自己以及对人们的同情的微笑。这一分析是深刻的,阐明在优秀作品的幽默和谐谑中,具有深刻的内涵或弦外之音。中国式的幽默,就像赵本山的农民的诙谐,大都是语言上的幽默,借助于汉语修辞效果,如谐音、双关语、反语等,用暗示的手法,在机智、含蓄、轻松的情境中造成一种逗人发笑的趣味。幽默情境可分为悬念、渲染、反转、突变四个环节。幽默可以同时借助一些道具,比如卓别林的拐棍和帽子。中国的喜剧片小品,更多的是借助夸张、反转、突变,造成一种幽默情境。

趣味作为艺术生命形态的表现,离不开艺术形象创造的真、新、蕴而闪现光彩。如果说谐谑与幽默的生命在于真诚,分量或质量在于蕴含,那么,审美诱惑还在于新奇。任何一种趣的形式,都要求独创,失去新鲜与个性的东西,味同嚼蜡,就谈不上审美趣味。

趣味,主要通过形象和情境表现出来,它是形象的生命形态的完备体现,是高级的感性形象的层面。如果这一层面表现薄弱,势必就会削弱艺术形象的生命力,影响形象的艺术传导功能。因为功能层的作用,依赖于魅力效应,是通过艺术形象的审美诱惑自然产生的。

注释:

[1] 卡西尔:《人论》,上海译文出版社,1985年,第201页。

[2] 尼采:《察拉图斯德拉》,转引自王国维:《叔本华与尼采》,《王国维文学美学论著集》,北岳文艺出版社,1987年,第63页。

[3] 叔本华:《意志及观念之世界》,转引自王国维:《叔本华与尼采》,《王国维文学美学论著集》,北岳文艺出版社,1987年,第63-64页。

[4] 荷尔德林:《论美与神性》,《人类困境中的审美精神——哲人、诗人论美文选》,知识出版社,1994年,第89页。

[5] 李贽:《童心说》,《中国历代文论选》第三册,上海古籍出版社,1982年,第117-118页。

[6] 司马迁:《史记·太史公序》。

[7] 李贽:《忠义水浒传序》。

[8] 二知道人:《〈红楼梦〉说梦》,《古典文学研究资料汇编·红楼梦卷》第一册,中华书局,1980年,第83页。

[9] 刘鹗:《老残游记》自序。

[10][12][15] 尼采:《悲剧的诞生》,三联书店,1987年,第2页,第7页。

[11][14] 尼采:《偶像的黄昏》,《悲剧的诞生》,三联书店,1987年,第319页。

[13] 弗洛伊德:《创作家与白日梦》,见《文艺理论研究》1981年第3期。

[16] 海德格尔:《艺术作品的本源》,M.李普曼编:《当代美学》,光明日报出版社,1986年,第392页。

[17]《脂砚斋重评石头记》(甲戌本),上海人民出版社影印本,1975年,第七页。

[18] 转引自《罗丹艺术论》,人民美术出版社,1978年,第99页。

[19]J. Derrida.Writing and Difference. Univ of Chicago Press,1978,p65.

[20]梁启超:《小说与群治之关系》,《中国历代文论选》上,人民文学出版社,1981年,第157页。

[21]罗丹:《罗丹艺术论》,人民美术出版社,1978年,第10页。

[22]黑格尔:《美学》第一卷,商务印书馆,1984年,第37页。

[23]袁宏道:《袁中郎全集》卷三《叙小修诗》,《叙陈正甫〈会心集〉》。

[24]李贽:《容与堂本〈水浒传〉回评》。

[25][26]车尔尼雪夫斯基:《车尔尼雪夫斯基论文学》中卷,上海译文出版社,1979年,第93页。

(原刊《艺术百家》2014年第1期)

艺术创造的心灵：想象力与理解力

　　艺术原创力，突出表现为艺术想象力。艺术家的天才，或与一般人的区别，就在于具备非凡的想象力。想象力作为一种创造性的认识能力，是一种强大的创造力量。想象力属于特有的心灵能力。一首好诗，一幅好画，一部优秀的叙事作品，都显现出作家、艺术家心灵的创造能力。

　　那些赋予艺术家独特高贵的东西只能是心灵。艺术创造的心灵，可以视为人的高级的智性的特殊心理活动能力。它是自由的，直觉经验的，大胆想象的，又离不开情感、悟性、理解等因素。亚里士多德在论及心灵时说："想象不同于感觉和判断。想象里蕴蓄着感觉，而判断里又蕴蓄着想象。"[1]康德则称"构成天才的各种心灵的能力，是想象力和理解力"[2]。先哲们对心灵的观察，提出了洞开艺术创造的神秘之门的钥匙。本文为走进艺术创造过程的黑洞，作进一步窥探。

一、从感受者的人到创造者的心灵

　　思维具有公众性，而感觉具有私人性，艺术创造首先依赖于感觉，然后在感觉经验的基础上，进行想象。艺术的感觉和想象，属于创造的心灵的范畴。一般感受者的人代替不了创造者的心灵。

康德提出过"真实的感受物"与"想象的感受物"。"真实的感受物",如同我们到海边实地去看大海。它还停留在一般人生活当中的感受物,属于初级功能等级的思维过程。"想象的感受物",如同梦见的大海,比肉眼看到的大海奇妙、虚幻。想象是复杂高级的形象思维,更切入艺术创造。艺术想象不受生活真实的局限,就像在梦中天马行空地去创造形象。

只有具备创造者的心灵,才有获得"想象的感受物"的可能。

艺术感性或直觉,作为艺术家进行创作活动的主要方式,大致有两层含义:一是对对象世界的艺术感知。艺术家作为社会的存在,作为感受者的人,观察、体验和感知各种生活现象和生命现象,获得对社会人生或自身生命的真实感受,从而引起创作的欲望。二是建构艺术世界的感性方式。如果说艺术家在感知现实生活或生命活动中可以借助于逻辑思维,那么,进入创作时则要依靠敏锐的艺术感觉和想象的能力,想象也是以感觉经验为基点。艺术创造是感觉和想象达到高度活跃的高级心理活动。

艺术家的感性方式离不开创造的心灵的机制。艺术形象是物质的客观属性与心灵世界的对应使人类情感得以物质化了地感性展现出来。歌德在论述"莎士比亚作为一般的诗"时说:"不容易找到一个跟他一样感受着世界的人,不容易找到一个说出他内心的感觉,并且比他更高度地引导读者意识到世界的人。"[3]莎士比亚的这种"感受",当然不是一般人的感受,而是天才的创造者的心灵的感应能力;莎士比亚的这种"感觉",是同人的本质和自然界的本质全部丰富性相适应的人的感觉。这是文艺复兴时期作为人文主义者的艺术大师,对现实世界深刻的"感受",这不仅是拥有精神的宽度和厚度的"感觉",而且是带有精神导向的先知先觉。

然而,一般人的感受或感觉,往往只是粗糙的、表层的、片面的,且精神空间也比较窄小稀薄,不能进入审美创造的疆域,因为美的创造活动是心灵世界的物化的反映。只有对感受的东西进行深刻的理解和认识,有精神与"灵魂"的参与,即进入灌输生气的那种心灵,才能将一般感受导向审美的感受。这就要求艺术家具备创造的主体意识,这是创作的必要条件。一方面,艺术家要不断充实丰富自身的思想、情感、意志、人性、良知、人格、气质、个性、兴趣等精神主体。另一方面,艺术家的主体意识又代替不了对现实生活的感受与生命体验。只有在对纷纭复杂的生活现象进行深入的洞察和思考中,发挥创造主体意识的作用,只有在把握和达成创造主体与表现对象的默契中,才有获得心灵创造的可能。

叶芝说:"一位小说家可能会描绘自己的偶然经历,即那些支离破碎的经历,但他决不能仅仅就这样。他与其说是一个人,毋宁说是一类人,与其说是一类人,毋宁说是一种激情。他就是李尔、罗密欧、俄狄浦斯、提瑞西阿斯,他超出了剧本之外,甚至于他热恋的女人也就是罗萨琳、克莉奥帕特拉,而绝不会是黑夫人,他是自身经历的幻觉场景的一部分。我们敬重他,是因为大自然变得明白易懂了,而且如此一来,就成了我们的创造力的一部分。"[4]只有完成这"四级跳"(一个人——一类人—作品主人公—剧本之外),才会具备艺术创造力与创造者的心灵,成为真正的艺术家。

艺术是一种心灵的精神的冒险。艾略特曾把艺术的精神比喻为"白金","它可以一部分或者整个地影响于诗人本身的经验",他说:"一个艺术家越完善,他本身作为感受者的人和作为创造者的心灵越是完全分离,心灵越是能把热情(材料)加以融会、消化和转化。"[5]艾略特强调"创造者的心灵"与"感受者的人"的"完全分离",建立在两者之间紧密联系的基点上,宛如卫星发射上天时的分体。这不仅是艺术家与普通人之间的区别,也是艺术大家与一般艺人之间的区别。从"感受者的人"到"创造者的心灵"的艺术实现,标举迈入艺术创造的神秘之门。创造者的心灵,拥有白金似的媒介物,把朴素的生活(生命)感受,把原始的、粗糙的、现象的东西,"加以融会、消化和转化",从而酿成有审美价值的艺术形象。

只有表现出心灵对表现对象及其现实世界的反射与融合的艺术家,方能展开想象的翅膀,催动美的意象的诞生。

罗曼·罗兰在谈到长篇巨著《约翰·克利斯朵夫》的创作时说:"他的心灵的触觉感到了那遥远的往日的震动,那时涌现了克利斯朵夫自己,那是人,而不是作品。"他甚至声称克利斯朵夫是"我的灵魂放大以后临摹而成的故事"[6]。可以说,罗曼·罗兰说出了"创造者的心灵"的要义。作家笔下约翰·克利斯朵夫这一人物形象,显示着自身的主体质量。艺术家只有具备丰盈自足的创造的心灵,才能表现出非凡的创造力,展示表现对象与人物形象的思想和灵魂深度。

艺术形象和作品的灵魂,依赖于创造的心灵对形象的作用,即灌注生气的作用。就是要把感觉、想象、情感、理解等心灵诸能力推向符合目的性,这既是自给自足的自由创造活动,又是能加强心灵诸能力的活动。

二、创作过程中的直觉支柱系统:想象力

德谟克利特说:"有两种形式的认识:真理性的认识和暗昧的认识。属于后者的是视觉、听觉、嗅觉、味觉和触觉。但真理性的认识和这根本不同。"[7]暗昧性的认识就是形象认识,没有逻辑判断。艺术创造就是靠形象的认识,靠直接把握世界的能力,即想象力。从某种程度来说,创造就是想象。想象对于自然科学也很重要:想象发现了万有引力,想象发现了原子裂变,发现了相对论等。没有想象就没有科学发明。而艺术,完全是想象的。艺术家的才华,集中在想象力,具备与常人不一样的奇特丰富的想象力。

唯有想象的艺术,才有审美价值。蜡像虽在模仿自然中能够达到完美的境界,但不能给我们一点点美的冲击力,原因就在它让想象力毫无施展的余地。雕塑只拥有纯粹的形式而缺乏颜色,绘画拥有颜色而形式属

纯粹假象,二者都要求观赏者想象力的参与。

即使应用艺术,也离不开想象力。有人认为制作没有想象,但没有想象的制作是平庸的。设计也是一种创造。比如柯达胶卷的广告设计,在美国加州的一条公路的广告牌上:树立一个很大的金黄的玉米,把打扫卫生的工人画得很矮,把玉米表现得很粗大,玉米的金黄色都流到了地面,目的是突出柯达胶卷的色彩。只有靠想象才有这样的创意。再如亨利·摩尔的《核能》纪念碑,更具有奇特的想象力。核能爆炸的时候像一朵蘑菇云,但艺术家把它做得像个人头,人头又画得像骷髅,骷髅就很有象征的意味,把核能战争对人类的摧毁性深刻地揭示了出来。艺术形象就在似与不似之间,这堪称伟大的想象。这件作品是应用艺术,又是纯粹艺术。

感觉是真实的,想象是虚幻的,但艺术想象也离不开感觉,因为艺术通过想象创造的形象,应该具有艺术的真实性。艺术想象不受真实的感受物的限制,但即使梦中见物,是一种梦境和幻象,也会有真的情理和活的灵魂所在。这正是艺术想象所拥有的伟大创造力的原因所在。

想象与感觉是分不开的。朱光潜称形象的直觉,形象是直觉的表现对象。想象是心之物的活动,刘勰《文心雕龙·神思》中就提出"神与物游","神"就是想象,"物"就是表象,揭示了艺术想象总是伴随"物"的表象而进行的。艺术表象是想象的物,犹如梦中之物。进入艺术创造过程,即进入非现实的、神奇的"神与物游"的境界,这也是虚构的"物"的世界。想象的直觉直接诉诸"物"的感觉形象。波德莱尔所说"想象是各种官能的皇后",至少有两层意思:一是想象与五官紧密联系在一起;二是各种官能凭借想象而起飞。克罗齐美学的关键词,大致是直觉、个体、想象。直觉是个体的一种心灵活动。艺术直觉能把心灵中复杂的状态全部表现出来。这为艺术的想象提供了一种可能性,因为艺术表象(形象)是直觉表现,只有借助艺术想象才能实现。

艺术想象,不可拘泥于对现实世界的直觉印象的模拟,真实的感觉经验只是一个支撑点,想象和幻想可以从这一基点上展翅飞翔。艺术家浪漫而特别发达的想象力,表现为对虚构世界的感觉与幻想。天上人间上下求索,"观古今于须臾,抚四海于一瞬"[8],在浩瀚无垠的宇宙时空中自由翱翔,不断显现心灵创造的惊人奇迹。

一个心灵健全充实的艺术家,总是显示出艺术直觉想象的超验的气度。艺术家对现实感受或生命体验的种种信息,心灵受直觉印象或经验的震颤而引起创作的冲动,而艺术想象则是一匹摆脱任何羁绊的行空天马。马尔克斯在回答记者关于"写作愿望"的问题时说:"是一种形象。起初,常常遇到这样的形象,它似乎与作品的故事毫不相干。所谓形象,首先是一个有生命的细胞。这细胞有时会莫名其妙地繁殖起来。它虽然微不足道,但它可以阻碍一种事物的生长,也可以变成某种惊人的故事。"[9]这个经验事实,可以说明三点:开始引起创作欲望的真实"形象","似乎与作品的故事毫不相干";作家以艺术直觉发现和捕捉的"形象",包含着某种新颖的意识或思想的萌芽,是一个有生命的、可以繁殖的细胞;这种在想象中改变和生长的"形象",才有变成某种惊人的故事。可见,心灵的创造始终伴随着想象,摆脱感觉的真实印象而升空飞翔。

另一方面,艺术想象的虚幻性,也离不开感觉的真实性,二者是融为一体的。因而,艺术家需要留心和观察大自然和社会生活中各种形象乃至微妙的形态特征,以引发心灵的感应。直觉想象凌驾于"五官"之上,并疏通"五官"使它们走向横向联合,即组成联觉,去拥抱绚丽多彩的世界。

艺术家进入自由奇特的想象世界,也不是像有人形容的犹如进入虚幻的梦境。不管艺术家如何天马行空、经天纬地,也不管如何疯子般迷狂,其感觉和想象总是与人的外在世界和内在世界相联系着。艺术形象的创造,是艺术家在记忆经验的基础上,改造或重新创造形象的过程,是对粗糙的、片面的、纷繁杂陈的材料和印象,进行综合和凝练,升华和拓展为艺术的精妙的、深厚的感性形象的过程。苏珊·朗格说："只要人们把直觉当作远离任何客观联系的东西,那么,无论是它的变化还是它与理性、想象或任何其他非物质(Non-animalian)的精神现象之间的关系,就都无法研究了。"[10]

一首诗,一幅画,一支乐曲,作为艺术家的特有的记忆经验的想象的世界,都显现创造的心灵对直觉的激发和制约。

心灵的幻觉。艺术家总是以创造的心灵去感悟和拥抱世界,通过高度兴奋和活跃的内在感官幻想力的滑行,抛出奇突邈远的弧,创造出独特奇妙的形象世界。比如,武昌蛇山的古迹黄鹤楼,乍看极平常,可是在唐代诗人崔颢的笔下则有神奇韵致:"昔人已乘黄鹤去,此地空余黄鹤楼。黄鹤一去不复返,白云千载空悠悠。"虽寥寥数语,却也可以看出诗人的艺术触觉伸向了古今寥廓的时空,最终又回到现实的地面,直接诉诸读者丰富的感受。

心灵的内在逻辑。靠什么联系艺术幻觉的形象世界?显然不是靠艺术家的理念或所谓意图,强加给直觉形象,而是靠对形象世界展开的内有的情感逻辑、心理逻辑或性格逻辑的把握,显现其艺术真实感。艺术创造的基本幻象的全部联系就表现为这种活的联系,是一种完整"经验"的历史。当形象一旦成为有机生命体而艺术显现,所有意义就蕴含在这个形象世界之中,并且时时都可能有新的发现,叙事艺术尤其是这样。以至托尔斯泰谈到《安娜·卡列尼娜》时称,那些男女主人公有时就常常闹出一些违反我本意的把戏来:他们做了在实际生活中常有的事和应该做的事,而不是做了我们希望他们做的事。马尔克斯在创作《百年孤独》中不得不将文中自己喜欢的上校杀掉,他写完这一章时,浑身颤抖着上楼,在床上哭了整整两个小时。这一事实表明,艺术想象中热中有冷,放中有收。大师们都是尊重笔下人物自身的性格逻辑,对笔下的人物该残忍的时候要残忍,该温柔的时候要温柔。作品中的人物形象是不以作者的意志为转移的,艺术家在创作中必须保持克制的状态,不能让主观感情影响了笔下人物的性格发展与命运。艺术想象力,同样表现在将每种人与事物在生活中的全部丰满性,连同最细致的特征一起复制出来的本领。

三、理解力包含于艺术想象之中

艺术创造的伟大力量,就是神奇的想象的力量。它最终是以独特的审美意象,展示其深刻的思想与文化底蕴,点亮人类的生命的精神的灯火,乃至昭示人类社会前进的方向。艺术家的深邃的思想和敏锐的洞察力,即主体意识,直接影响着艺术形象和作品的审美价值。

创造者的心灵能力,包括情感、悟性、理解等,这些理性因素与形象思维活动有机联系着,因为艺术家的各种心理能力在任何时候都是作为一个整体活动着。很多艺术家对感觉经验与生活素材,往往要经过抽象思维的思考与琢磨之后,才进入创作。然而,一旦进入艺术创造过程,就进入想象的直觉思维。这个时候,艺术家的情感、悟性、理解,仍伴随着想象力的艺术创造。情感、悟性、理解,属于美感经验的范畴,不直接表现为抽象的、逻辑的思维,它们作为创造的心灵能力,本文综合冠之为理解力。

理解力与想象力构成艺术创造力的一体两面。

艺术感觉和想象,不可避免地受到理解力的测试。艺术家应该具备心灵投射而显现审美意象的能力——伴随着艺术感觉和想象中的一种理解力。

依照巴甫洛夫语言信号系统的学说,第一信号系统是形象的系统,感觉和知觉的系统,并且富有激情和幻想的能力,称之为"艺术型";第二信号系统在机体中完成最高的职能,悄悄地抑制和影响第一信号系统,称之为"思想型"。虽然形象思维依靠第一信号系统,抽象思维依靠第二信号系统,但第二信号系统在两种思维中都起最高的调节作用。如果没有对复杂的事物和现象的理解能力,一切想象和幻想都只能停留在蒙昧的人类童年时期。愈是艺术天才的心灵,愈是表现出深邃的思想和丰富的智慧对感性形象的投射和渗透。犹如盐溶于水,赋予感觉和想象以情感和精神的力度。

据苏联《在作家的实验里》一书报道,丘特切夫的抒情诗《人们的眼泪》是在诗人秋雨淋湿的情景中写成的。阿克萨科夫介绍说,在这里,这样一种真正的诗歌的创作过程几乎是直观的,当流淌在诗人身上的稠密的秋雨的外部感受透过他的心灵化为眼泪的感受,具体化为有多少词汇就有多少音乐的音响时,在我们身上就会再现出多雨的秋天的印象和哭泣的人们的痛苦的形象。秋雨,衬托着哭泣的人们的痛苦的形象,透过诗人的心灵化为眼泪的诗歌意象,颇能看出诗人的心灵的创造中情感因素的作用。检验艺术家的想象力是否充盈,不单单在其艺术直觉是否发达,同时要看是否具备敏锐的理解力。

刘勰《文心雕龙》中的"神思"篇,是一篇"想象论",而将"神思"并举,"思"正是想象中所不可缺的,"思"对于想象力("神")的发挥起着推手的作用。"文之思也,其神远矣。故寂然凝虑,思接千载;悄焉动容,视通万里;吟咏之间,吐纳珠玉之声;眉睫之前,卷舒风云之色;其思理之致乎。故思理为妙,神与物游。神居胸臆,而志气统其关键。""神用象通,情变所孕。物以貌求,心以理应。"[11]"神"中有"情"有"思","思""情"融于"神",这里的"思""思理""情""心以理应",整体上可以理解为理解力。刘勰的"神思"观点,有力印证了艺术想象的主体性特点,即艺术家主体意识对"物"(表象)的反射和渗透,艺术形象世界仿佛是通过心灵的多棱镜对现实世界折射出来的。

创造者的心灵的理解力,属于审美经验范畴,是对表现对象的直观性把握的能力。

这种艺术理解力,把心灵的诸能力推向一种符合目的的自由活动。

艺术创造的心灵:想象力与理解力

它驱动且并不束缚艺术家创作的直觉想象活动,加大艺术创造的强度。

首先,艺术家的创作冲动。无论是外物刺激生发的冲动,还是主体内在激情的骚动而引起的冲动,都是引发艺术想象的创造活动,具有一定的指向性和选择性。艺术家的创作冲动,一开始也许萌发于某种感觉或直观经验,但真正进入创作时还是要作一番斟酌和思索,然后借助于想象进入艺术创造过程。叶芝甚至称"想象会产生创作冲动",因为他总是带着"虔诚的信仰和痛苦的切身感受"进入创作。心灵受痛苦的美丽折磨而非写不可,从而引起艺术的冲动和想象。诗人、音乐家、舞蹈家,当其某种情绪触发会突然启开才思之泉进入艺术境界,这种触发不是浮躁的情绪,而是心灵的一种悟性和闪光。

激情信仰与痛苦的审美感受,本身就包含着意志和情感的理解力。我国《红楼梦》《聊斋志异》等古典名著,都是作家"发愤"而为之。这种孤独悲愤的感情使艺术想象蕴含着朦胧的思想胚胎和价值取向。现代生命体验的作品,则出于艺术家生命自身的骚动和情绪力量。萨特曾这样描述:"为什么偏偏要写作,要通过写作来达到逃避和征服的目的呢?这是因为作者的各种意图背后还隐藏着一个更深的、更直接的、为大家共有的选择。""艺术创作的主要动机之一,当然在于我们需要感到自己对于世界而言是本质的。"[12]这种把自我视为创造物的"本质",把自我精神的统一性赋予事物的多样性,使想象充满自我精神的张力与目的性。

再则,艺术创造过程中直觉想象的内涵或意蕴。艺术家上天入地,突发奇思异想,"笼天地于形内,挫万物于笔端"[13],正是要依靠敏锐而深邃的理解力,把握和开拓自己的直觉想象,建构独特的艺术世界。

艺术家创作冲动触发起的联想和幻想,常常远离感受经验和原初形象,其心灵的想象力与理解力是同步进行的。如果说创作冲动的目的性还是朦胧的、简单的,那么,由此导向作品的酝酿和构思,其创作目的也必然随之清晰和深化,并酿成丰厚的复杂多义的朦胧。艺术家在创作中常常改变初衷,正是因为理解力对想象力诱导而发生的特有现象。艺术家对表现对象的理解程度,虽然与作品形象的思想深度不同等,但确实密切相关。只有理解了的东西才更深刻地感觉它,只有经过艺术家的深切感受和理解的形象,才能使作品达到理想的艺术深度。

艺术想象,不仅要靠理解力增强感觉的锐性和力度,深入表现对象内部,对其生命精神与固有内涵进行洞幽烛微,同时驱使直觉想象不断向广阔的精神空间拓进和延伸。经典的艺术形象,总是在艺术家的心灵世界与宇宙世界的感应、契合中,达到深刻的意会,从而加大对表现对象的直观性把握的力度。

第三,理解力同样导致形象整体的艺术张力结构。艺术家需要将散金碎玉般的想象表象,组合成有机的艺术整体。尤其是叙事性作品,如小说、戏剧、舞剧、电影、电视等,都是通过人物故事的创构,造成作品的整体意蕴。心灵的创造,包括艺术家对作品主体结构的理解和情感倾注。正如《红楼梦十二支曲·红楼梦引子》所言:"奈何天,伤怀日,寂寥时,试遣愚衷。因此上演出这怀金悼玉的《红楼梦》。"清人成之称这"二十七字,为作者自述著书本旨之意"。[14]所谓"本旨之意",是指曹雪芹主体构思的意向,这亦可称为理解力,维系以贾宝玉为基本线索,连接林黛玉、薛宝钗、王熙凤等"金陵十二钗"的多层面的主体结构。高明的作家不是把"本旨之意"抽象地提取出来硬塞给读者,而是只作为构建艺术大厦的表象系列内含的基本意向或艺术结构本身的一种意向、意味。它仅仅表现了总体性、概略性、指向性的特点,虽然维系或笼罩着形象系列的整体,却不能囊括其含义。作品的思想意义,则要通过认识艺术形象本身去获得。

艺术构建付诸语言形象,是创作过程中最富于创造性的阶段,这种以想象力为主导的艺术直觉活动,是不以艺术家主观的意识或意志为转移的不自觉的过程,但又是渗透着艺术家的情感和悟性的高级心理活动。心灵的理解力将想象力提升到形而上的精神历险。伴随着艺术的虚构和想象的理解,可以称为虚幻情势的理解。

四、艺术直觉创造的目的性与无目的性

艺术想象活动的基本特点,表现在艺术家对感觉经验印象的内视(内听)的艺术形象实现上,并且具有直观把握的丰富性和完整性的特点,直觉想象和幻想常常深入到理智尚未涉及的范围,即使被深刻感受和理解了的东西,也并非清晰,往往是"只能意会而不可言传"的朦胧状态。然而,这丝毫也没有淡化或削弱形象的内涵和作品的理性力量。这就是形象大于思想,伟大艺术家所感觉和想象的世界,要比被认识到的丰富深刻得多,因为创造的心灵就像一只贮藏器,捕捉和储藏无数被理解了的与尚未被理解的生动形象,直接熔铸入作品。不少经典作品中的形象向我们显现了尚未被艺术家感知的直觉想象的深层意义,这种作品的客观意蕴超越艺术家主体意识的奇妙现象,正表明艺术直觉创造的自觉性与不自觉性、目的性与无目的性。

卢卡契说:"创造者对现实关系的把握,不是有意识的把握,而是自动地和本能地把握。""剥夺创造中的无意识活动就等于完全取消创造"。[15]艺术家非凡的灵气和富有的想象力,更多地表现了直觉方面的禀赋和才能,从直觉把握的形象中得以最大限度地施展和发挥。曹雪芹、巴尔扎克等现实主义作家的作品,表现了超越作家主体意识的极其丰富复杂的意蕴。正是因为他们用整个心灵去感受和理解对象世界,其艺术直觉创造又是浑然一体的,势必超出自身的认知能力,并且灵感来临时,形象迭出,具有模糊的艺术不确定性。模糊就是丰富。

在艺术创造和想象中,不可忽视潜意识或无意识的存在与作用。弗洛伊德称其占据三分之一的"无我",隐藏于冰山下面。艺术创造要使冰山上面与冰山下面都得以整体表现,要把人和事物的正面、反面、侧面全

部的丰满性都显现出来。

张璪画松石图时，称"与神为徒"，完全服从于迷狂的想象，这样的灵感和想象，无疑带有无目的性。艺术形象和作品的诞生，犹如小孩落地，一种因子自然而然地到了孩子身上，这不是有意而为之，而是卢卡契讲的"自动的、本能的"。石涛说，"老夫眼窄何由放，出没无踪点浪花"，与郑板桥那句"画到神情飘没处，更无真相有真魂"，是一个意思。他"点"了几朵"浪花"，不是形下物的，而是形上精神的。一个天才的笔向来是比他本人要伟大的，他要远远扩张到他暂时的目的以外去。

艺术家在审美创造中的理解和情感，与感觉和想象不断达成协同或默契，融成一体，从而表现了艺术直觉的无意识态势。阿恩海姆说："无意识的推理往往能够解决意识苦心思考而不能解决的问题……然而如果没有意识和理性预先进行的那一番苦心煎熬，无意识推理就无法达到自由的相互作用。"荣格也说："只有在意识最大限度地完成了自身的任务的情况下，无意识才能达到令人十分满意的作用。"[16]这即是无意识而有意识，无目的而有目的性。

在艺术想象的时候，仿佛没有什么明确的目的，而无目的中包含着目的。禅宗的"拈花微笑"，无目的，通过"拈花微笑"来传递他的信息，是大目的而不是小目的。王朝闻曾写过《拈花微笑对艺术创作的启示》，他说，艺术创造在想象的时候就像"拈花微笑"一样，不要给出什么目的性，不要刻意地去表现什么。不确定性或模糊思维，对艺术创造很重要。高明的艺术大师们的直觉形象创造，如同伸向大海的钓钩一样，不确定性，未完成时，给读者留下联想和想象的空间。

从自觉的意识到不自觉的无意识，内含着一个转化的过程，即"主观的、感知的"变成"自动的、本能的"，这也是艺术家的主体意识对直觉和想象的潜移默化的渗透和浸润。克罗齐称"艺术的直觉是强度较大的直觉"，"能够把心灵中复杂状态尽量表现出来"[17]，这样的艺术直觉想象，却表现了没有明确目的却又符合目的性的特点。艺术家无意识的直觉形象创造却构建了有意识的、有底蕴的艺术世界。

艺术家获得最佳的心态,沉入创作境界,即表现为心理活动的兴奋和扩张——将内在精神转化为物质形式的一种潜意识的创造活动。艺术家的想象力与理解力扭在一起,犹如两条激流一起经过峡谷,彼此排斥又喧嚣着一道前进。当流入较宽的江面后,各自扩张和舒缓,并且彼此融合成一股力量,带着一片和谐声奔流而去。这也是直觉创造中各种心理能力达到高度活跃时相互协调、配合默契的良好心理机制。斯洛说:"创作能力在它发挥到极致时,是有意识和无意识兼而有之……麇集于脑海(即无意识的"深渊")中的意象所经历的形变是无意识的,而对这些意象的控制是有意识的。"[18]这颇准确地描述了艺术直觉创造过程中想象力得力于理解力,而自由充分地发挥到极致。艺术家想象的意象的形变和生成是瓜熟蒂落式的,无意识中孕生了大意识、大思想。而所谓"对这些意象的控制是有意识的",即凭借理解力,艺术意象不会受到作者主观意图的干扰。

现代艺术表现对象的本质特征,蕴含在艺术直觉的形式之中,具有抽象性。带有抽象的直觉想象,不拘泥于真实物象,全凭意象化、隐喻、象征、神话、抽象等手法,营构心灵之象。因而它不是形式主义的表现,而是具有内在精神和主体质量的艺术表现的心灵形式。康定斯基说:"一件艺术品的形式由不可抗拒的内在力量所决定,这是艺术中唯一不变的法则。"[19]艺术作品中的形象,看上去是直觉的、具体的、非理性的,细琢磨又是虚幻的、抽象的。卡夫卡的《变形记》中的梯尔,契诃夫小说中的"变色龙""套中人",《西游记》中的孙悟空、猪八戒、唐僧,鲁迅小说中的"狂人"、阿Q等,其意义和内涵都显示了人物形象对自身的超越。如引起争论的阿Q形象的"共名"说,假如从直觉形象(形式)的抽象化的艺术理论出发,就容易理解了。

抽象的直觉形式,是由艺术想象带有主观性而致,属于经验形式、生命形式。不同的心理需求必然与不同的物质形式相对应,经过抽象化的想象而显示出来。犹如画家用线条和色彩组成的抽象的形象,凡·高说:"我总是希望在色彩上作出一种发现,以两种补色的结合,它的混合和它们的对置,类似色调的神秘的振动来表现两个情人的爱,用在暗的背景上涂上具有明亮的光辉的色调来表现头脑的思想,用金星表现希望,用日落的光辉表现一个灵魂的希望。"[20]可见,每一种色彩的线条或自然景物的色彩的组合,都是对主观经验世界或生命灵魂作出符号性呈现的艺术表现。

注释:

[1] 亚里士多德:《心灵论》,《西方文论选》上卷,上海译文出版社,1984年,第560-561页。

[2] 康德:《判断力批判》,《西方文论选》上卷,上海译文出版社,1984年,第565页。

[3] 歌德:《说不尽的莎士比亚》,《歌德全集》第37卷。

[4] 叶芝:《创作的原则与态度》,《诺贝尔文学奖获奖作家谈创作》,北京大学出版社,1987年,第32-33页。

[5] 艾略特:《传统与个人才能》,《诺贝尔文学奖获奖作家谈创作》,北京大学出版社,1987年,第146页。

[6] 罗曼·罗兰:《谈〈约翰·克利斯朵夫〉的创作》,《诺贝尔文学奖获奖作家谈创作》,北京大学出版社,1987年,第12页。

[7] 德谟克利特:《著作残篇》,《西方文论选》上卷,上海译文出版社,1984年,第560页。

[8] 陆机:《文赋》,郭绍虞主编:《中国历代文论选》第一册,上海古籍出版社,1981年,第170-171页。

[9] 马尔克斯:《文学作品的形象》,《诺贝尔文学奖获奖作家谈创作》,北京大学出版社,1987年,第508页。

[10] 苏珊·朗格:《情感与形式》,中国社会科学出版社,1986年,第437页。

[11] 刘勰著,范文澜注:《文心雕龙注》,人民文学出版社,1978年,第493-494页。

[12] 萨特:《为什么写作?》,《诺贝尔文学奖获奖作家谈创作》,北京大学出版社,1987年,第303页。

[13] 成之:《小说丛话(节录)》,《古典文学研究资料汇编·红楼梦卷》,中华书局,1980年,第602页。

[14] 卢卡契:《巴尔扎克和法国现实主义》,《卢卡契文学论文集》第2卷,中国社会科学出版社,1980年。

[15][16] 转引自维戈茨基:《艺术心理学》,百花文艺出版社,2010年,第288-289页。

[17] 克罗齐:《美学原理》,外国文学出版社,1983年,第20页。

[18][20] 转引自韦勒克·沃伦:《文学理论》,北京三联书店,1986年,第86页。

[19] 康定斯基:《论艺术的精神》,中国社会科学出版社,1987年,第12页。

[21] 凡·高:《凡·高论画》,《世界美术》,1979年第1期。

(原刊《艺术百家》2017年第2期)

艺术传达：形式、形象、境界

艺术的形象性、经验符号与表现力

艺术最基本的特征就是形象性，也是艺术存在的基本方式。所谓形象，就是被人们直观感受到的。艺术传达，就是靠形象的方式传达。一幅画，一首乐曲，一个舞蹈，一场戏剧，一部电影，都是形象诉诸人们的视觉和听觉，具体地说，首先是艺术形象引起人们对作品的兴趣，并且也是通过艺术形象感染人们。

艺术形象包括人物形象和非人物形象，艺术形象的整体构成艺术品。

艺术的形象性，是泛指艺术存在的方式的概念。而通常所说的形式、形象，是指艺术创造与表达的手段。它们一旦成为艺术创造的物质形式和语言形式，就赋有一定的意味和含义。阿恩海姆称艺术"'表达'出来的东西必须能够产生某种'经验'"[①]。简单的作品，比如雕塑、绘画，一件作品往往就是一个形象。比如《维纳斯》《蒙娜丽莎》，已成了典雅美的化身。更多的门类的作品，尤其是小说、电影、电视、戏剧等叙事性作品，故事通常是由形象系列构成。当然，作家、艺术家倾力于主要人物形象的创造上,主要人物形象凝聚着一部作品的审美倾向。叙事性作品的人物形象,得力于内心感悟、情感经验、新鲜思想的表达,作家、艺术家总是通过人物形象传递情感经验和艺术追求。

如果说创作者有两道感情流,一道是由经验材料引起感悟的激情(创作冲动),另一道是激情消解于形象创造之中,犹如汹涌澎湃的浪头,化解成了涓涓溪流。这自然不是感情消退而是得到了控制,进入到自由想象的直觉巅峰状态。当然,不同艺术家在艺术创造中的情感,仍有冷热之分,而表现为不同的艺术风格。比如徐渭的《墨葡萄图》《蕉石牡丹图》,用泼墨大写意直抒愤世嫉俗的内心愤懑。而朱耷沉入痛苦已达冰点,他自然不会像徐渭落拓不羁,《荷石水禽图》中凸显禽鸟眼珠之白骨,冷漠凄楚之至。这种把情感冷却后所创造的形象,更有内涵力与艺术震撼力。艺术形象总是渗透着艺术家的情感和主体意识。

艺术的传达是一个复杂的形象符号系统。卡西尔关于形式符号、语言符号、语言哲学方面诸多著作,苏珊·朗格的《情感与形式》[②]都涉入艺术媒介传达方面的论述。庄子说:"得鱼而忘筌",这颇同于现代媒介的符号说。"筌"就是符号,是捕鱼的网,渔人撒网的目的不就是捕鱼吗?捕到鱼后,网就没什么作用了。因此说"筌"指语言符号,只是一种手段,"鱼"指"得意",才是目的。艺术形象创造也是这样,形象(形式)只是给欣赏者提供审美接受的媒介,欣赏者通过作品传达的符号媒介,激活了自身的经验,领悟到了作品的意思,甚至超过了创作者的预期,体验到更多的东西,获得了精神上的快乐。一旦得到了"鱼",形象符号就可以忽略掉了。但是形象符号又不能不要,如果没有创造出恰到好处的形象符号来激起欣赏者的经验想象,得不到精神上的快乐,即得不到"鱼",这就等于艺术创造是不成功的。

艺术传达要求形象凝练、简洁而富有内涵,这也是形象作为媒介符号的功能特质所决定的。阿恩海姆对"形"的阐释中,首先提出"简化原则""节省律"。他引用贝尔特的话,把艺术简化解释为"在洞察本质的基础上所掌握的最聪明的组织手段"③,他说:"当某件艺术品被誉为具有简化性时,人们总是指这件作品把丰富的意义和多样化的形式组织在一个统一的结构中。"④因而,他又对艺术形象表现,强调"把'内在的'东西与'外在的'东西联系起来","表现性就存在于结构之中"。⑤形象表达的简化,旨在加大形象内涵的力度,给读者、观众提供更大更深入的想象的空间。

再则,形象符号应该具有刺激作用,调动起读者、观众自身的经验进行想象。作品形象属于"不完全的形",需要借助于人们的补充和想象,才有"完形",才能获得艺术"整体"。这颇类似于中国古代的"以实写虚""无中生有"。神龙见首不见尾,古人作诗作画讲究虚实互用,计白当黑,"诗如神龙,见其首不见其尾,或云中露一爪一鳞而已"⑥。画龙的比喻,颇能帮助我们理解艺术表达中的"形"。诗人、艺术家的本领,就在于创造出简洁又富有刺激力的"不完全的形"。读者、观众见其"龙头"或"云中露一爪一鳞",就会感到云中神龙("完形")毕现。现代格式塔心理学认为,所谓形,是由知觉活动组织成的经验中的整体,也是知觉活动的经验的一种组织、一种结构。一种简洁合宜的"形",总给人一种舒服的感觉,同时又会造成一种对"完形"追求的视知觉经验的惯性。⑦中国传统"用减法"的艺术表达理论,因切入现代审美心理而具有不衰的实用意义。

关于语言形象表达,海明威做过一个精辟的比喻。他把作品的语言形象比为漂浮在水面的冰山,用语言形象表达出来的只是八分之一,八分之七是在水面以下的。作家省略了人们常见的熟悉的东西,只会使冰山深厚起来。他说,删去八分之七取得的效果,比八分之八的全部表现还要深厚。⑧冰山在海里移动很庄严宏伟,如果都露了出来,就不那么庄严宏伟了。海明威对叙事文学的"冰山理论",与中国"用减法"的观点相一致,独得艺术传达之要领。

艺术形象的表现力,是作品形象的整体效果。探究具体形象创造过程,作家、艺术家是在把握作品整体结构的基础上,对形象及其每一个细节所做精到深入的描绘,并运用种种艺术手段,凸显其主要精神形象。比如中国画的"掩映法":"山欲高,尽出之则不高,烟霞锁其腰,则高矣。水欲远,尽出之则不远,掩映断其派,则远矣。"⑨"烟霞锁其腰""掩映断其派",这是中国山水画惯用的技法,不仅"山高""水远",而且有了树木、烟霞,使画面烟灼迷茫,显现山水画的灵境之美。从布局结构的整体看,藏与露是不同景物之间的对比和互用的效果。只有掩映得法,藏露精巧,才会显示出高超的形象表现力。

形象只是艺术传达的手段,目的在传递经验,表现形象内外的意义。在艺术创造中,照常理用最经济的表现手段,达到艺术非凡的最大目的,这是艺术家梦寐以求的。然而手段与目的之间是充满张力的矛盾,形象(形式)往往成为艺术家、作家追求艺术大目的表达的一种障碍。自古以来,就有"言不尽意""象不尽意"(庄子)、"常恨言语浅,不如人意深"(刘禹锡)、"纸上得来终觉浅"(陆游)之说。至于严羽称"不涉理路,不落言筌,上也",意在提倡"禅道妙悟",并认为"禅道妙悟"是"透彻之悟"⑩。慧能禅宗的悟道是"不立文字",避免了语言文字带来的限制和束缚,是对庄子的"言不尽意,得意忘言"的发展,它与一千多年后海德格尔的"诗意语言"相契合,都是以对人的真实本体的把握为出发点。这是一种不可言说的领悟,然而艺术不可言说毕竟又要言说,不可表达却又要表达,只是要有形象表达的难度的艺术自觉。如果艺术传达类似于"拈花微笑",即可维护艺术直觉形象的不确定性、多义性、混沌性,乃至使读者、观众能够获得某种生命精神的神秘体验。当然,那种天马行空、模糊不清的形象(形式),与形式主义的空壳一样缺乏审美价值。

艺术形象的构成：物质形式的表情性与象征性

形式概念，分广义和狭义，广义的形式是相对于内容而言，这里讲的是狭义的形式。广义的形式是由形象构成的，狭义的形式是构成形象的要素，或者说是用来创构形象与美及其艺术意境的物质形式结构。

各个门类艺术的形象，总是由特定的物质材料构成。比如雕塑用的石膏、青铜，建筑用的石头钢筋混凝土，绘画用的颜料和笔，摄影用的镜头与光，书法用的是笔墨宣纸，音乐就是人的声音和乐器的声音，舞蹈依靠人体和动作，诸如此类构成不同艺术门类的感性形式。

特定的物质材料构成具有独特美的感性形式。比如雕塑的外廓、体面、凹凸；建筑的内面、布局、空间、装饰；绘画的线条、色彩、光；工艺美术的造型、纹样、色彩；书法的点、划、布白、间架、分行；音乐的旋律、节奏、节拍、和声；舞蹈的步子、动作、节奏、表情、构图、造型；戏剧的唱腔、念白、姿势、脸谱、服饰、道具、布景、灯光、唱、坐、念、打。这是不同艺术门类构成的主要物质形式。没有它们，就不会创造出各自的艺术形象。

当然，由感性形式构成艺术形象，还要求遵循一定的规律。如色彩学的规律、声学的规律、力学的规律等等。比如线条的黄金分割定律被认为是最美的，古代的毕达哥拉斯拿着一根木棒逢人就征求意见，要按照最美的比例把木棒分成两截，但不要等分。经过实践得出木棒较长部分与整体的比值，等于较短部分与较长部分的比值，其比例均为约 0.618。这个比例被定为最美比例的黄金分割定律。我们日常生活中的许多物体，画框、门框、书本都是按照黄金分割定律来的。当然现代装饰追求新异奇特，黄金律是一种古典美。科学家们考察大自然中的事物，发现不少植物、动物、矿物的结构往往与黄金律相暗合。达·芬奇发现人体的比例符合数学的某些法则，才能形成美的形体，如耳朵和鼻子的长度相等，两眼之间的距离等于一个眼睛的长度。这为舞蹈学院挑选舞蹈演员,提供了参照。

色、线、形、声在时间和空间上排列组合,都有一定的规律。黑格尔在《美学》中提到整齐律、平衡对称、变化统一、整体和谐等规律,这都是创造美的规律。大自然中的事物都是阴阳对称,人的五官也是平衡对称的。振动的频率的比例关系失衡,表现出来就是刺耳的噪音。劳动号子抑扬顿挫,因而听得入耳。早晨的鸟叫也是和谐悦耳,给人一种美感。和谐与刺耳,就是有无音律的问题。和声是音乐的要素之一,能造成乐曲的和谐效果。贝多芬的《欢乐颂》唱响全球,曲谱并不复杂,但对和声处理特别好。中国有一句俗话,"增之一分则太长,减之一分则太短",这就是讲究比例适宜,整体达到和谐统一。色彩学的规律也一样,《红楼梦》描写宝玉眼中的薛宝钗"唇不点而红,眉不画而翠",苏东坡形容杭州西湖"若把西湖比西子,淡妆浓抹总相宜",宋玉说"著粉则太白,施朱则太赤",等等,这都关涉到色彩美中度的问题,色彩的轻重、浓淡,只有调配得当,才能取得对比的自然效果。圆是平衡对称中最富有动感的。为什么芭蕾舞女演员一只脚尖着地竟然不倒呢?它有个支撑点在转。三角形(△)太呆板、凝滞,倒三角(▽)悬险、滞涩,只有圆(○)比较富于动感,流转又平稳。戏曲舞蹈是画圆圈的艺术。中国舞蹈先驱吴晓邦提出了现代舞蹈的艺术构图:对称的平衡方法和矛盾论运动。对称的平衡方法是圆,圆被理解为支撑舞蹈的一个规律。音乐也遵循力学的规律,有人描述贝多芬的交响曲是一幢世界上最宏大的建筑。有"音乐是流动的建筑,建筑是凝固的音乐"之说。

物质形式美是以数学、物理规律为依据,一切颜色(不同的光谱)、线形(曲直、粗细)、声音(高低、强弱)及种种物质形式规律,都可归结为物理与数学的关系,都可以用精确的数学原理加以研究和说明。

一、物质形式的表情性

形式美首先是声音、色彩、线条和形体本身的属性,是感性材料的抽象统一的外在美,这种形式美具有表情性。比如色彩,人工调配的颜色现在有13 000多种。只要不是盲人,一来到世界上就看到五颜六色的东西,色彩感是最普及的感觉。色彩有温度感,绿、青、蓝,属于冷色调;红、黄、橙,属于暖色调。冷色和暖色在绘画中是很重要的因素。语言文学中的描写也很讲究色彩感。色彩的冷色与暖色,正切入人的悲喜忧愁的感情色调的表现。比如林黛玉住的潇湘馆就是冷色调,潇湘馆的竹子"凤尾森森,龙吟细细""竿竿青欲滴,个个绿生凉",窗外竹影映照纱窗,满屋内茵茵翠人,这是林黛玉悲凉心境的投影。李清照的"梧桐更兼细雨,到黄昏点点滴滴",这是愁思。色彩的重量感,深暗的颜色如褐色沉重,黑夜,阴雨天,电影画面上,"黑云压城城欲摧";而在欢快的时候是春暖花开,漫山遍野的映山红。

谈谈线条的表情性。直线表现感情明快奔放,曲线表现感情含蓄缠绵或忧郁悲哀。阿恩海姆把悲哀喻为垂柳的形状。舞蹈学院在考试的时候出一道题,叫爱情失恋以后。有个女考生就模仿垂柳的动作,应试舞蹈成功了。因为垂柳的行动方向传递了一种被动下垂的表现性,与悲哀的心理相契合。女舞蹈演员运用自身的形体动作进行模仿垂柳的表演,动作缓慢,幅度小,方向不定,身体重心下沉,作曲线式流动性造型。

二、物质形式的象征性

先谈色彩的象征性:白色象征纯洁;黄色表现稚嫩,又表示轻浮,而成为皇帝的龙袍,则象征至高无上;蓝色象征自由的元素;红色活跃,表现豪爽、刚烈,红色又象征革命,红色经典即革命经典。比如色彩在印象派画家的感觉里激起谜样的东西,甚至会产生音乐的效果,他们就是运用色彩本身的性质,内在的、神秘的、谜样的力量。高更谈到给所画的坎纳肯女子裸体的卧像赋色时,说:"……我想到坎纳肯的精神和性格,而这又暗示给我一种赋色的方式,这色须阴、悲哀和可怕,触动着人们像丧钟的声响。在卧床上的黄色布获得一种特殊的性格,它暗示着夜里的人为的光亮的联想,而由此代替了一盏灯……黄色也构成两种颜色中间的过渡,因而完成着画幅的音乐的合奏。"⑪作品中以黄色"暗示"坎纳肯女子的性格和精神状态,"暗示"夜里的光亮,由此代替了一盏灯,并作为过渡色取得画面音乐节奏的效果。印象派正是调动和赋予色彩最大的暗示能,直逼人的内心,显现出"谜样"的艺术表现力。

再谈线条的象征性。粗而短的线条——笨拙,细而长的线条——秀丽,曲线圆形——柔美,直线方块——端庄刚硬。威廉·荷加斯《美的分析》中说,最美的线是蛇形线,是波浪形的线。罗马女神《维纳斯》,人体线条显现为S形,S形成了美女的象征。人体美在不同的历史时期、不同的民族有不同的美学追求,魏晋以清瘦为美,唐代以丰满为美,现代以瘦为美。太湖石"瘦、皱、漏、透",因而极具观赏价值。南宋马远画长江万顷《水图》,均以线条构图,线条圆转,或放或收,笔墨的粗细、轻重、虚实,各尽其宜,波浪用战笔,逆流用断线,尽水之变,凸显其活水,性与水会。这幅画水的线条达到情性与水性合二为一,因而造成了超越水域、虚静自足的境界。阿恩海姆把悲哀喻为垂柳的形状,以景寓情,也是以弯曲低垂的线条象征悲哀。

最后谈谈声音的意味。声音的感觉也是一种最原始的感觉,原始人开始不会说话,但是他们有声音,"猿啼三声泪沾裳",活现古老的三峡丛林。声音有音质美,表现为音色美,高、中、浑厚、昂扬、嘹亮。钢琴的音域宽广,小号、萨克斯音域低沉、音色柔美。萨克斯《回家》,其声音低沉、柔美。真正的声音是用生命在歌唱。像杰克逊的歌,把生命情感的力量自然融于音乐节奏之中。李娜的歌,唱到西部,唱到内蒙古草原(《克鲁伦河》),在寻找生命的家园,最后她自己出家了。这样的歌星很少。

要使色彩、线条、声音、光生命化、精神化,必须克服它们的物质性。艺术家在对色、形、声、光的组合创造中,将生命情感和精神的因素融入其中,那种由视听觉唤起的"同时对比"发挥了奇异的作用,以致色、形、声、光以另一种方式沟通心灵,实现艺术的超越,这样的作品形象就从其简单组合里获得丰富神秘的寓意。

艺术境界

艺术境界是由形象构成的整体。

艺术作品有两种,一种是单一的形象,一种是由形象系列构成。前者大多出现为造型艺术。比如像希腊罗马雕塑《维纳斯》《掷铁饼者》之类,古代工艺《兽形壶》,西方现代毕加索的《牛头》,绘画如南宋佚名的《出水芙蓉图》。多数作品还是由几个形象与系列形象构成。单一的形象自成境界,且有"因小见大"的创造奇迹。《出水芙蓉图》中一朵捧出,花大如真,神韵独具,构成圆满自足、诗意空灵的超然之境。毕加索的《牛头》即是一个象征的境界。罗丹雕塑《思想者》可谓突破雕塑的局限而创造了表现内心的境界。更多的是系列形象构成的境界,最早战国楚墓帛画《龙凤人物图》,巫女、凤尾、龙头,构成为死者祈福的"灵凤斗恶奴,善者何矫健"的境界。北宋张择端的长卷《清明上河图》,表现汴京沿河两岸和城内街道、桥梁、树木、城墙和商旅等各色人物,构图繁复,气象宏伟,被称为一幅内容丰富、生意盎然的社会风俗画。

所谓境界,是艺术家的生命情感经验通过心灵的映射和创造的形象所构成的。对于境界,中国古代称为意境。唐代王昌龄说:"诗有三境:一曰物境,二曰情境,三曰意境",称意境"亦张于意而思之于心,则得其真矣",也是"搜求于象,心入于境,神会于物,因心而得"[⑫],即是说,诗人、艺术家由心与物(象)之间自然交构融合而生成意境。"心""搜求于象""神会于物",首先生成形象,意境即蕴含于形象与形象系列之中。

意境的构成,可分为两种:一种是意化,大多见诸写实的作品;一种是虚化,虚实互用。

中国写意画,如徐渭的《墨葡萄图》,忿忿不平尽落笔端,意化为落拓不羁的葡萄。这种意化的形象看似有力度,但也因为抒情表意比较直接而累及意境构成的深度。艺术家在艺术创造的意化过程中,只有在克服表现形象(形式)的物质性中加大与直观(直觉)之间的距离,才能有美的丰富意蕴。《出水芙蓉图》即达到了这一境地,可称为神品。优秀的西方写实画,颇与《出水芙蓉图》相通,如法国卢梭的油画《枫丹白露之夕》,完全是运用色彩和光的表现力,使整个画面充满音乐节奏感,色彩与光变得完全精神化,显示出一片抒情诗般的心灵境界,一片充满了生命力的平静的圆满之境。

虚化境界以空灵见长,所谓"象外之象,景外之景""计白当黑"。马远的《寒江独钓图》就是点实转虚,一个老翁在茫茫无边的天际之间,表现了古代文人遗世独立的精神境界,一个"寒"字,意境全出。华喦《天山积雪图》也是虚化之境。凡是带有禅道精神的多属虚化。道士穿着大红袍走在雪山下,红色与白色都具有象征性,正是禅道精神构成境界层深,并充满神秘感。古人把画分为逸品、妙品、神品,都是指境界而言,神品为最上,妙品第二。

中国画的空间意识,不同于西方艺术对宇宙空间的穷尽,而是留白,甚至留下大片空白,产生以虚写实、有无相生的艺术效果。这得之于道禅哲学思想的支撑。老庄所说的"大音希声""大象无形""无状之状,无物之象",与慧能禅宗的"拈花微笑"相一致,建构了"无中生有"的理想境界——那是经验世界中不可言说的幽昧深远、诡秘微妙的境界,是一种最先的与永恒的超验的存在,是抵达精神自由的形而上的境界。

宋代僧人法常画有一幅三连轴《猿·鹤·观音》（水墨画）。猿图居中，一侧是仁慈的白衣观音，一侧是高蹈的具有文化象征意义的白鹤。猿在树枝上对着你看，那种滴溜溜的眼睛，穿透时空，直逼人的灵魂，令人震颤。猿的眼睛是人类之初的那种眼睛，人类进化、社会发展了几千年，而猿的眼睛仍是那么锋芒毕露。它看到你的心底，你是人，还是人吗？这永远引起人类的自省和反思。这种艺术境界是大境界，是精神的、审美的形而上的境界。

中国艺术讲究意境，西方艺术也讲究境界。西方油画，比如米勒的《拾穗者》《晚钟》，是写实的，却很有境界。《拾穗者》画面，晴朗的天空，金黄的麦地，色调柔和简洁。现代艺术流向是简洁，但简洁中见丰富。我写过一首诗《读米勒油画〈拾穗者〉》："金黄已被打包运走 / 农妇仍守在地里 / 微风中寻觅她们遗落的歌 // 农妇直起腰来 / 抬头看什么呢？ / 天空布满刺目的阳光 / 被损伤的脑袋又垂了下来 / 谁不虔诚地躬身大地 / 幸福地领取每一粒赐予 / 背负一片苍茫。"太阳是一种象征。加缪说太阳是一种理性，对人造成了损伤和伤害。这就是拙诗《拾穗者》所说"天空布满刺目的阳光 / 被损伤的脑袋又垂了下来"的境界。《晚钟》表现寺庙钟声响了，劳动立刻停下来，一家人肃然起敬，进行祈祷，画面突出暮色，这阴沉的色调映衬出生活的艰辛和淡淡的凄楚，如果有太阳，就没有这个味道。

关于艺术境界的结构，可以借用古人的一首诗，做一描述。宗白华把意境分为"从直观感相的摹写，活跃生命的传达，到最高灵境的启示"[13]三个层次，这里将"直观感相的摹写"与"活跃生命的传达"合为一体，称为生命表象。

初境，是生命表象层次。生命表象，即直观的形象，虽然带有物象的特征，却应该是被艺术家的心灵透视过的、引起艺术兴趣而赋予生命趣味的形象。如果形象很死板，没有鲜活的生命感，就称不上艺术表象。

再一境,是经验意象层面。所谓经验意象,是切入艺术家的内心经验或被深入体验了的形象。比如王维的诗句"大漠孤烟直,长河落日圆",其"孤烟直""落日圆",就是经验意象。有人说这么写是违反科学的,然而如果按照科学规律来验证艺术,就不是艺术了。"孤烟直""落日圆",是诗人对那空旷无边的大漠长河的经验意象,是对"一个经验"的感悟和发现。这种对内心经验意象的发现,因精到奇妙、不可复制而成为千古佳句。意象的模糊性,使境界显得富有意味性和朦胧美。

最高灵境,是精神境界与形而上的审美层次。中国古代艺术的境界讲究"格",即映射着人格的高尚格调。现代艺术称为情怀,有大情怀才有大境界。六朝以后,艺术的理想境界是"澄怀观道"(宗炳语),将"鸟鸣珠箔,群花自落"视为境界层深,这是禅宗精神境界的圆成。宗白华认为西方艺术的象征主义、表现主义、后期印象派,旨趣在最高灵境,即是指现代画家对色彩、线条与光的音乐感的超越,而突入形上的生命精神的境界。

最高灵境依赖于形象创造过程中的意化与虚化的环节,克服形象的物质性的艺术实现。所谓经验意象,宛如内心的飞鸟,灵动而不滞碍,浑身羽毛都富有弹性,而当你盯住它时,它一振翅,倏忽之间又不见踪影。所谓经验意象,又如伸向大海的钓钩,是一个未完成的动作,具有可意会性,却又有不可穷尽的无限空间,由经验意象创构的境界,具有超越文本的意义。最高灵境是由形下的物变为形上的精神符号营构而成,具有隐喻或象征的意味,显现着超越文本的审美的独特魅力。当然,这需要依靠读者、观众的补充想象才能取得效果。

经典作品的艺术境界,会给读者、观众丰富无穷的体味,这里也可分为三个层次:

第一境:"昨夜西风凋碧树,独上高楼,望尽天涯路。"(晏殊《蝶恋花》)

第二境:"衣带渐宽终不悔,为伊消得人憔悴。"(柳永《蝶恋花》)

第三境:"众里寻他千百度,蓦然回首,那人却在灯火阑珊处。"(辛弃疾《青玉案》)

这三境与艺术家创构的三境大体对应。进入第一境,尚未跨入艺术门槛,但只要不望而止步,被艺术表象所吸引,产生内心的某种感应,进入对意象的经验性理解,并且反复揣摩和玩味,欲罢不能,这标示潜入了第二境。第二境与第三境之间只有一步之遥,只要调动起自身的经验和智能,善于在内心的共振点上展开想象式探寻,就会出现"那人却在灯火阑珊处"的惊喜,即潜入作品最深层的审美境界。

注释:

[1]庄子:《外物》,陈鼓应《庄子今注今译》,中华书局,1985年,第701页。

[2][3][美]阿恩海姆:《艺术与视知觉》,滕守尧 译,中国社会科学出版社,1985年,第67页。

[4][美]阿恩海姆:《艺术与视知觉》,滕守尧 译,中国社会科学出版社,1985年,第609页。

[5][美]阿恩海姆:《艺术与视知觉》,滕守尧 译,中国社会科学出版社,1985年,第609页,第614页。

[6]赵执信:《谈龙录》,人民文学出版社,1981年,第5页。

[7]滕守尧:《审美心理描述》,中国社会科学出版社,1985年,第98-105页。

[8][美]海明威:《午夜之死》。

[9]郭熙:《林泉高致》,见沈子丞编《历代名画论著汇编》,上海世界书局,1943年。

[10]王大鹏等:《中国历代诗话选》(二),岳麓书社,1985年,第808-809页。

[11]瓦尔特·赫斯:《欧洲现代画派画论选》,宗白华 译,人民美术出版社,1983年,第43页。

[12]王大鹏等:《中国历代诗话选》(一),岳麓书社,1985年,第38-39页。

[13]宗白华:《艺境》,北京大学出版社,1987年,第155页。

艺术分类与门类艺术、边缘艺术

一、艺术种类的发生与演变

艺术种类是社会历史发展的产物,并伴随着社会历史的发展而变化。艺术由低级向高级的发展过程,也是艺术种类不断多样化的过程。随着人类分工越来越细、越来越专业化,艺术种类才逐渐成熟,有了各自独立的艺术门类。

最古老的原始艺术分为歌舞艺术与石刻、工艺两大类。

原始人还没有语言的时候,先有了舞蹈。舞蹈在原始社会中具有普遍性,是一种原始部落的舞蹈。果实成熟的时候要跳舞,打猎有了收获要跳舞,打仗成功了要跳舞。还有男女选择配偶的两性的舞蹈。原始舞蹈是一种原始图腾,是一种狂热的巫术仪礼活动。据《尚书·舜典》里记载:"击石拊石,百兽率舞",用石头敲击出节奏,在月光下就舞蹈起来了。现在在少数民族中还能看到,比如云南西盟阿瓦族的篝火节,小伙子们赤膊敲鼓,大家就踩着鼓点围成一圈舞蹈。这证明舞蹈很古老,舞蹈必需最起码的节奏。普列汉诺夫在考察原始舞蹈时,有这样的描述:"这个原始部落特别喜欢音乐中的节奏,而且节奏愈强烈的调子,他们愈喜欢。在跳舞的时候,巴苏陀人用手和脚打拍子,而且为了加强这样发出的声音,在身上挂着一些特殊的铃铛。"达尔文说:"这种纵使不是欣赏至少也是觉察拍子和节奏的音乐性的能力,看来是一切动物所特有的,而且毫无疑问,这决定了它们神经系统的一般生理本性。"节奏感①,无疑是人类心理和生理本能的基本特征之一。

节奏本是音乐的主要元素,而舞蹈离不开音乐节奏,这表明舞蹈和音乐是同一源头——在原始图腾里。

音乐最早是对鸟鸣的模仿。据我国《吕氏春秋·古乐篇》中记载:昔黄帝令伶伦作律。"伶伦……听凤凰之鸣,以制十二律"。古罗马哲学家卢克莱修说:"在人们能够做出和谐的歌曲来娱悦自己的耳朵以前很久,他们就已学会了用嘴来模仿鸟儿嘹亮的鸣声。而西风在芦苇丛中的啸叫,第一次教会牧人去吹芦管做成的牧笛。"②音乐是人类初始为了"娱悦自己的耳朵",伴随着舞蹈而诞生的。

音乐最初是集诗、歌、舞三位一体出现的,当时是以唱为主,以舞伴唱,后来有了歌词,歌词就是诗。中国最早的一部诗集是《诗经》,《诗经》分为"风""雅""颂"。"风"就是民间音乐歌词,"雅"是宫廷里的音乐歌词。到了南朝乐府里的长短句,歌词就更为成熟一点,从长短句可见当时音乐已发展到了什么程度。古代诗、歌不像现代分开,诗词都是能唱的,有些诗词,如张若虚的《春江花月夜》,就是为宫廷歌舞写的词,乐府旧题为《清商曲辞·吴声歌曲》。《春江花月夜》的曲子保留了下来,现在在舞曲方面虽然有所革新,但基本的东西没有变,仍保持诗、歌、舞"三位一体"的古典风格。而从文学方面看,《春江花月夜》具有独立的诗歌价值。诗借景抒情,充满想象力,十分细腻而深入地抒写了相思离别之情,调子委婉忧伤,诗的意境很美。王维的《阳关三叠》、苏轼的《水调歌头·明月几时有》等诗词,现在也在传唱。

音乐、舞蹈、诗歌到了唐代已经很成熟,从唐代开始划分音乐、舞蹈、文学。唐代有一个大型舞蹈《霓裳羽衣舞》,是唐玄宗作曲,代表了唐朝歌舞最高水平,至今仍被公认为中国音乐舞蹈史上的一颗明珠。至于唐诗,已经成为汉语诗歌的一座顶峰。古诗的韵律从哪儿来的?它就是为了唱而作的,虽然格律要求那样严格,特别是律诗,每一个字都要平仄对仗,但是你竟然看不出"做"的痕迹,达到了出神入化的境界。

壁画、石刻是最古老的艺术。西方绘画、雕塑,最早可追溯到旧石器时代的洞穴壁画、石刻。在维也纳艺术博物馆有一件叫《奥林多夫的裸女》,出于旧石器时代晚期,在奥林多夫洞穴内发现。虽然没有刻出脸部,却凸显生育女性的特征,以肥胖、成熟而有力的夸张形态,显示了宏伟的纪念碑式的气度,说明原始部落对旺盛的生育力的祈求。在中国新石器时代就有了陶瓷工艺,彩陶画是最早的绘画。新石器时代的象形陶器《兽形壶》和陶人头等,则是早期的雕塑。新石器时代彩绘陶画《鱼纹》,看似几何图纹装饰,实则折射出人类童年时代的一种祈求的纯真心理,李泽厚称之为"是美作为'有意味的形式'的原始形成过程"[③],已具绘画艺术形式的表现力,可以理解为绘画雏形。敦煌壁画如《飞天》已经是比较成熟的绘画。随着佛教文化的兴起和发展,石窟雕塑如敦煌石窟雕塑,称得上是比较成熟的雕塑艺术。

从最早的石器工具发展演变为石器工艺,从后来日用品发展演变为实用工艺。中国石器工艺发展到殷商时期有了青铜器工艺。石器工艺、青铜工艺、陶艺等都是雕刻、雕塑艺术,大多讲究实用价值。东汉的《青铜奔马》,又称《马踏飞燕》,奔马的三足腾空,一足踏在飞燕的翅膀上,这一艺术造型充满奇特的想象力,凸显骏马的奔腾气势与腾云驾雾似的轻盈身姿。《飞天》属于佛教艺术,中国雕塑艺术正是在佛教石窟艺术中得到长足的发展。中国陶艺是比较典型的实用工艺品,开始是土陶,到了唐代就有了"唐三彩",到了宋代出现五大名窑。青花瓷器是我国古代流行时间最长、产量最大的一种瓷器。它始于唐,成熟于元,到明清更盛。青花瓷器独具品味,纹饰清澈明丽,幽雅宁静,永不褪色,颇有观赏价值。宋元明清陶瓷艺术的发展,无疑与中国山水画、花鸟画繁荣发展的艺术成就有关。

音乐、舞蹈、美术是最古老的艺术。

建筑艺术出现较晚,但在建筑艺术中包含雕塑、壁画、装饰等。建筑艺术的源头是神庙、庙宇,古希腊罗马的雕塑并不是独立的,大都是在雅典卫城的罗马皇宫、神庙里面,作为建筑艺术的一部分。《命运三女神》是帕特农神庙东山墙上的大理石浮雕。《拉奥孔》群雕是16世纪初意大利人在罗马皇宫的地基上发掘出来的。古典建筑基本上都有壁画或浮雕,米开朗基罗的绘画,大都是教堂的穹顶画和壁画。

戏剧与音乐没有直接关联,是后来才有的。在西方,话剧比较古老,古希腊时期就有了。中国戏曲从南宋开始,发展到元杂剧变得成熟起来,再到明清传奇,内容更加丰富复杂。昆曲形式高雅优美,被称为"国粹"的京剧,就是在昆曲的基础上发展而来。电影起源于19世纪末,随着电气、光学、声学、化学工业的发展,在照相业基础上产生了电影,电影也叫"活动的照相"。中国在20世纪20年代开始是无声电影,声音进入电影领域之后就不一样了。声音包括语言、音乐和音响,电影也因此从"哑剧"变得生动起来。接下来是色彩进入电影变成彩色电影,这是三四十年代以后的事情。从黑白到彩色,从普通银幕到宽银幕,从单声道到多声道,一直发展到电视。

二、艺术种类的划分及基本特征

通常来说,艺术种类有美术、音乐、舞蹈、戏剧、戏曲、电影、电视、书法、摄影等。本章按照现代门类艺术的概念界定,对主要艺术门类作一简述。

美术包括绘画、雕塑、工艺美术和建筑艺术。其主要特点:直观性,造型的瞬间性,静止性,存在的空间性。

A.绘画是运用线条、色彩和光,在平面描绘和创造各种可见的形象,能够取得多层次、多方位的立体效果。绘画艺术创造具有高超的特殊表现力。B.雕塑是运用石膏、石头、金属等硬质材料,在三维空间中塑造可以看到、触摸到的形象。雕塑分为圆雕和浮雕两种形式,如《维纳斯》《思想者》之类的人物雕像,都属于圆雕,北京人民英雄纪念碑上的群像就是浮雕。C.工艺美术运用色彩和纹络,使用物质材料更加丰富多样,如牙雕、玉雕、陶瓷雕刻、挂毯、刺绣、雕漆挂屏等,造型的方式也多种多样,同样包括雕与塑,不同的是,雕塑艺术形象偏向高雅,大都具有纪念意义,雕或塑的工艺品,主要依赖于物质材料质地自身表现出特定的观赏价值与实用价值。D.建筑艺术是实用性的物质产品或实用艺术。其形象是由建筑物的体积布局、比例关系、空间结构形式来决定和构成,包括雕塑、壁画、木刻、顶雕、廊雕、柱雕等。江南园林建筑的亭台楼阁、水榭回廊,花木掩映,曲径通幽,可谓"佳园结构类天成"。

音乐是以声音为表现手段的艺术,是声音艺术,由有组织的乐音构成和创造形象。音乐是有规律的和谐的音响,包括旋律、节奏、调式、调性、和声、复调、曲式等,主要是节奏、旋律、和声三大要素。音乐有了节奏与和声就形成了旋律。旋律是按照一定的曲式结构进行的,是最具表现力的要素,音乐形象主要由旋律构成。作曲家寻找一首曲子的灵感时,主要是寻找旋律,找到一种新的感觉、新的旋律,曲子就出来了。在所有艺术门类之中,音乐的表现力是最强的,并有一种可以感觉而不可言传的特点。所谓"音乐感的耳朵",既指对声音的生理反应,如因为声音的和谐悦耳而产生快感,但主要还是心理因素,通过音乐形象,能够灵敏地感受和体验到作品所表现的生命情感和灵魂深处的东西。经典的乐曲能够诉诸听觉一种真切感、模糊性与触及灵魂的深度。音乐可称为听觉的诗。

音乐分为歌唱和演奏,即声乐和器乐。器乐是依照曲谱进行演奏,有独奏和合奏。阿炳的《二泉映月》,是中国传统的二胡独奏。贝多芬的《命运交响曲》、柴可夫斯基的《天鹅湖》等都是合奏。声乐是唱歌,现在至少有三种唱法:美声唱法、民族唱法、通俗唱法。还有一种原生态音乐,它不单是民族音乐的源头,也是整个现代音乐保持中国民族特色的古老资源。

舞蹈是"以手势说话的艺术",舞蹈演员的形体动作有着特殊的表现力。一个舞蹈,总是有节奏、有组织地变换不同的动作姿态,构成舞蹈的形象和意境。舞蹈成为一门独立的艺术,主要因为它依靠演员的形体动作的表现,运用动作、手势和表情,表现人物的情绪和内心状态。舞蹈作为人体运动与人的丰富情感、情绪的表现,虽然离不开音乐节奏和音乐运动,但其动作性、动作的程式化、韵律感和造型性等,展示着舞蹈艺术自身独有的形式美与视觉价值。

戏剧、电影与绘画、雕塑、音乐、舞蹈相比,显得丰富复杂。它是由演员扮演角色,运用多种艺术种类的手段,在舞台和银幕上表现故事情节的艺术。戏剧与电影合称为叙事艺术。电影不仅与戏剧一样,综合文学、美术、音乐等种类的艺术因素,而且还是综合戏剧、摄影等种类的艺术表现手段,并把艺术表现与机械物理、光学、化学等科技手段相结合而成的综合艺术。

剧本、导演、演员是构成戏剧、电影的三要素。

戏剧与电影的文学剧本,都讲究叙事的故事性和人物的性格特征,在演员表演中都具有动作(行动)和对白(对话)的特点。把内在的东西变成外在的东西,把内在的一些心理活动,一些情感的、精神的东西转化到外在的动作、表情和对话上来,这是戏剧、电影演员的基本功力。有区别的是,戏剧,顾名思义,更讲究人物故事的戏剧性与戏剧冲突。戏剧的剧场性,受到"三一律"的限制。电影则以画面创造,有比较自由的艺术表现空间,或者说具有可变性:可变化的距离、可变化的角度和可变化的蒙太奇。电影镜头的组接,通过视点的变化,从不同的视点得到的印象去了解和掌握对象,以显示演员的表现力。电影汲取绘画和摄影艺术中的"画面""色彩""构图""透视""焦距"等,有近景、有远景、有中景,有特写、俯拍、仰拍、推、拉、摇、移、升降等,比较自由地、最大限度地发挥了视觉形象创造的艺术潜力。蒙太奇本是法国建筑学的一个术语,借用到电影就是构成和装配的意思,表示镜头的组接。美国电影大师格里菲斯最早进行电影镜头组接,把蒙太奇搞得比较成熟的是苏联的爱森斯坦,蒙太奇是建构电影艺术空间的特有方式。

电影以画面的逼真性,从诞生的那一天起就有着新奇的魅力。人们为什么要看电影?就在于人物行动、火车奔驰、战马驰骋等画面表现得非常逼真,就在于广大青年的追求、向往和幻想,从电影故事里看到了寄托。

对于艺术门类的划分,可以从感知方式、存在方式、物质形式、展示形态、艺术品质等角度考察,不难看到各个艺术门类具有多种艺术特性及称谓。

分类依据 主要门类	感知方式	存在方式	物质形式	展示形态	艺术品质
绘画　雕塑	视觉艺术	空间艺术	造型艺术	静态艺术	美的艺术
工艺　建筑	视觉艺术	空间艺术	造型艺术	静态艺术	实用艺术
音乐	听觉艺术	时间艺术	音响艺术	动态艺术	美的艺术
舞蹈	综合艺术	时空艺术	人体艺术	动态艺术	美的艺术
戏剧电影	综合艺术	时空艺术	表演艺术	动态艺术	美的艺术

只要把各门艺术看成一个整体,这样对每个艺术门类的艺术特征就比较容易把握。各种艺术种类在感知方式、形象存在方式、物质形式、展示形态等都各具特点,但它们之间又是相互关联、不可分割的。艺术感知

的方式,取决于艺术物质形态,又决定了艺术形象的存在方式;而艺术形象的存在方式,又决定了艺术形象的展示形态。美的艺术与实用艺术,只是指艺术品质的高低或审美功能的大小。

绘画、雕塑、工艺、建筑作为视觉艺术,都是具有一定物质形体的,为我们所直观感知,是由一定的物质材料在平面或三维空间创造出来的,故称之为造型艺术。这种艺术造型是静态的,故又称为静态艺术。这种造型的静态的视觉形象又存在于一定的空间之中,故又称为空间艺术。简言之,绘画、雕塑、工艺、建筑艺术,是视觉的、空间的、造型的、静态的艺术。

优秀的美术作品并不囿于表现直接看见的实在形象与形的外在美,而是力求突破实在的形的局限,以有形表现无形,着力表现不为视觉感官所见的心理情感内容,乃至精神的、灵魂的东西,形而上的哲学的审美境界。这就是美的艺术与实用艺术的界限。

音乐诉诸人们的听觉,作为听觉艺术形象,是由歌唱与乐器演奏诉诸我们的听觉,因此又称为音响艺术。音乐是音的运动,需要在时间之中展开和完成,因此音乐又称为动态艺术、时间艺术。渡边护称音"连续不断地出现,在这些音之间产生出某种紧张关系,在这里才会形成节奏"[④]。

音乐作为时间艺术,表现了结构上的机动性、灵活性和富于变化的特点。音响运动中任何一种形式要素最细微的变化,都会表现出某种情感状态的色调,同时音乐形象通常呈现的模糊性,更能切入人的情感、精神的形态。人们听觉能够敏锐地感受时间过程,能够感受和体验到声音的每一瞬间,因而能够深入到音乐的情感体验和想象,获得美感,引起共振,乃至使音乐成为灵魂的最高表现形式。

听,必然是时间的;看,必然是空间的。舞蹈虽然是视觉的人的形体艺术,有展示形体美且寓意丰富的舞姿造型,但更多的是在运行过程中,它又离不开音乐节奏,需要在时间中展开和完成,所以舞蹈又是综合的、动态的艺术。舞蹈又被称为"从台座上走下来的活的雕像""流动的雕像",舞蹈在演员动作的连贯运行过程中不停地向空间延伸,因此又称之为时空艺术。

舞蹈作为时间艺术,运用动作、手势和舞姿的连贯性,能够直接、具体地表现出角色的情绪和心理状态;舞蹈作为空间艺术,能够完美地展示人物内心世界的舞蹈造型。舞蹈形式美的魅力,就在于千变万化、富有节奏感的人的形体动作所展示出的韵律美,当然,这不单单是人体动作与音乐节奏相契合,而且是融心理情感与动作姿势于一体的韵律美。

戏剧、电影是既为我们视觉又为听觉所直观感知的综合艺术。戏剧艺术的造型,电影艺术的画面感;戏剧唱腔,电影插曲,电影、戏剧的音乐伴奏;戏剧走场、打斗和舞蹈,电影演员的形体、动作、表情等,戏剧、电影运用绘画、雕塑、音乐、舞蹈等多种艺术手段,主要是体现在演员表演之中,是为创造角色、展示人物内心和个性服务的,因此称之为表演艺术。戏剧、电影作为叙事艺术,演员表演总是处于行动之中,因而又是动态艺术。演员表演既处于行动时间之中,又拥有舞台空间与银幕的广阔空间,因此戏剧、电影又是时空艺术。

戏剧、电影作为表演艺术的时空性、视听性,即对于观众来说,兼视与听、时间与空间、动与静于一体。演员表演及美术设计,在叙事的时间长度中呈现出一系列的形象画面,给观众造成强烈的视觉效果;同时演员扮演角色的台词、对话或唱腔及音乐伴奏的连续性,观众又通过听觉来接受。经典的舞台叙事、银屏叙事,总是以引人入胜的剧情冲突和独特的角色创造而取得艺术感染力,而演员成功地创造角色,展示人物的情感和内心世界,都是通过审美接受的视听觉效果取得的。

从审美功能看,绘画、雕塑、音乐、舞蹈、戏剧、电影都是美的艺术,工艺、建筑属于实用艺术。

三、各门类艺术的关联与创新

艺术现象是复杂多样的。艺术分类是相对的,不同的艺术种类之间相互关联又相互渗透,这也为艺术创新提供了可能。我们不能认同"文类消失"的观点,艺术种类的多样化,是社会文明进步的产物。一种艺术的创新,或一种新的艺术品种的出现,可能有对传统形式的解构,或者有旧的形式消失,但这并非是艺术种类的消失。比如京剧传统有些程式不太符合现代人的欣赏习惯,就会发生变革和创新。有论者研究"革命样板戏"的音乐、唱腔,认为它是对京剧传统形式的革新。比如《智取威虎山》中杨子荣打虎上山的唱腔(二黄导板)紧拉慢唱,既有阳刚之美,又抒情动人。艺术更新虽然允许一些非驴非马的新品种的存在,但作为某一艺术种类,不应该改变自身的基本特征。比如绘画,康定斯基把绘画的"形"发展成了五线谱,称是"心中的音乐""灵魂的声音""生命的音符"。如果绘画走向音乐,就失去绘画自身的特质,绘画首先是视觉的审美。西方现代绘画走到了极端,又回到"形"上来,马蒂斯的作品就是有力的说明。艺术种类不会消失,只会发展和增多。我们要有文类意识,不能因为艺术创新而导致艺术种类消失。

现代艺术门类仍然在相互吸取中不断发展。比如,中国诗歌、音乐、舞蹈最早是一体的,三者分开各立门户之后,仍应该敞开大门,在相互吸取中谋求新的发展。中国还有诗、书、画一体的传统,诗虽属于文学,但绘画、音乐、舞蹈等与诗有着不可分割的因缘。这里以绘画为例,一些画家经常从诗歌里汲取灵感,而创造出经典之作。古希腊西蒙尼德斯最早提出:"画是一种无声的诗,而诗则是一种有声的画。"⑤苏东坡在论王维的画时,称"观摩诘之诗,诗中有画;观摩诘之画,画中有诗"⑥,是说王维画中有诗的意境。"画取诗境",不仅为古代画家所用,在现代画家中也累见不鲜。如徐悲鸿的《风雨鸡鸣》,画的是一只公鸡站在岩石上引吭高歌。《诗经》中有一首诗叫《风雨》,其中有"风雨如晦,鸡鸣不已"之句,徐悲鸿这幅图与《骏马图》都是在1937年画的,正值抗日战争时期,所以他画一只公鸡在峭岩上引吭高歌,意在"风雨如晦"的年代里发出内心的呼喊。罗丹甚至称"雕塑家一步步跟随诗人"。他那"丑得如此精美"的杰作《老妓女》,灵感就是来自维龙的诗《美丽的欧米哀尔》。"现实将要告终,肉体受着垂死的苦痛,但是梦与欲望永远不灭。"⑦罗丹借诗之力,突破雕塑形象表现的局限,显现出人物的内心和灵魂的深度。《老妓女》因此而成为雕塑艺术不朽的丰碑。

还值得一提的是,中国书画同源。中国书法与绘画都是线条艺术,寻其源头,古代的篆体汉字是象形会意文字。最早仓颉造字,视鸟兽之纹,近取诸身,远取诸物,是由形到线的抽象过程。

艺术种类之间有亲疏之分,比如舞蹈与音乐有着不可分割的姻缘关系。"舞者,乐之容也",所谓跳舞就是"跳音乐"。再则,舞蹈与绘画也紧密相连。"舞蹈是运动的图画",舞蹈需要构图、造型,无疑提供了吸取绘画的象征性与意境的可能。

其实节奏和韵律,并非听觉艺术的音乐所独有,从经典的绘画、雕塑等视觉形象中同样可以感受到节奏感和韵律感,音乐与绘画在意境上也有相通之处。罗丹称"米开朗基罗创造的力量在他生动的人体肌肉中发出吼声"⑧,人体力量的"吼声"里就有跌宕的节奏感。整个地球上有机界和无机界都有节奏,有生命就有节奏,生命在于节奏。绘画、雕塑、建筑等虽属静态的视觉艺术,但艺术大师擅于把捕捉到的生命节奏和韵律定格在一瞬间,比如希腊米隆的雕塑《掷铁饼者》,凸显运动员在剧烈运动中的动态,在那凸起的肌肉和旋转的动作中充溢着青春的节奏、韵律,换言之,这座雕塑的人体(铁饼运动员)的伟大力量,是通过人体肌肉和动作的节奏韵律表现出来的。或许艺术大师们从音乐中获得了灵感,深刻感应到了音乐的节奏、韵律,使静态的线条、色泽充溢着乐感。罗丹之所以称维纳斯像为"神品",不仅在于她耐看,还在于他从维纳斯像看到了美妙的色与光的交响。他举起灯来,从高处照耀这座雕像,对葛赛尔说:"你瞧照在乳房上的强烈的光,肌肉上的有力的暗影,你瞧这些金光,像云雾一般的,在神圣的身躯最细部分上颤动的微光;这些明暗交接线,处理得如此精微,好像要融化在空气中。你觉得怎样?这难道不是黑与白的卓绝的交响曲吗?"⑨罗丹举灯照耀下说的这段话,乍看似乎不合情理,细琢磨维纳斯像的线条如此巧妙起伏,光影明晦,配合如此相宜,岂不正是个中线条的节奏美与光影的韵律感,给予我们柔情的震颤和沉醉的神往?

建筑艺术与音乐的关系也很密切。音乐是"流动的建筑",建筑是"凝固的音乐"。如果把贝多芬的交响曲的曲式画出来,就是一座宏伟的建筑。而经典的建筑艺术的节奏感,体现在廊柱、顶檐等细部之中。像赖特的《流水别墅》,除了别墅倚坡傍水的柱石框架布局高低起伏的节奏感,同时,山泉清清穿过流水别墅,使别墅框架的节奏也随着流动起来。

现代话剧为了冲破"三一律"的束缚,吸取了电影技法,采取"多场次,大跳动"的结构形式,采用蒙太奇的手法,让场面随时化入化出,以增强话剧的活力。同样,电影吸取西方话剧的特长,如戏剧冲突、人物对话等等。电影集视与听、时与空、动与静于一身,它将语言文学的叙事方式,以及刻画人物、结构等手法,转化为视觉画面和听觉语言。电影还运用绘画艺术的色彩、构图、透视等技法,运用音乐的节奏和旋律,增强电影画面的感染力与视觉冲击力。因而有人称电影是"运动的绘画"。张艺谋作品《英雄》等唯美主义的大场面,主要是借助于色彩与构图造成一种视觉效果。摇动电影镜头确立视点与画家确立视点一样重要,关键在电影艺术家善于把绘画的构图、色彩、透视、近景、中景、远景自然融化到电影摄影中来。电影是一门年轻的艺术,这为它吸取多种艺术形式的长处,增强自身表现力,更大地开拓艺术时空提供了便利。

不同艺术种类之间相互吸取,大致表现为两种方式:一种是吸取其他艺术样式的某些长处,用来丰富和发展自己;另一种是把两种或几种艺术成分结合在一起,创造一种新的独立的艺术品种,姑且称为边缘艺术。比如,从我国的第一部水墨动画片《小蝌蚪找妈妈》,到MTV电视音乐,就属于这类新品种。前者是以中国水墨画的技法制作电影,后者是音乐进入电视画面,是音乐与绘画、电视等多种艺术因素相融合的产物。前者使中国水墨画动起来,成为叙事艺术;后者是用虚拟的方式,把听觉形象转化为视觉形象,利用电视画面造成情境或意境来增强音乐的形象性的效果。当然,经典的音乐歌曲的境界,是难以用画面来表达的。因为声音长于表情而短于叙事状物,绘画长于象形赋彩而短于表现声音,音乐的长处恰好是绘画的短处,这就造成了MTV电视音乐的艺术难度。

真正伟大的音乐作品是不可模拟的,只能倾听。你听到一首好的曲子,深入你的心灵深处,甚至说是灵魂的音乐。梅斯特·艾克哈特说:"听可给人带来更多的东西,哪怕就是处于看这一具体行为之中时。因此在永恒的生命当中,我们是从听的能力而非看的能力那里获得了更多的赐福。因为听这个永恒世界的能力是内在于我的,看的能力却是外在于我的;这是由于在听时我是恬静的,而在看时我则是活跃的。"[10]本来人的感官功能主要是听和看,但我们大量的时间是靠眼睛去看,我们的目光已经变得很庸俗迟钝。听,可以把滞留于外在世界的目光,拉回到一直处于沉寂状态的心理现实。一个人存在于这个世界上,你可以庸俗地活着,但艺术不可庸俗。音乐是纯洁的表现力很强的艺术形式,它诉诸人的听觉,"听"是我们的福气。

注释:

[1]普列汉诺夫:《论艺术》,三联书店,1973年,第34-35页。

［2］卢克莱修:《物性论》,转引克列姆辽夫、吴钧燮 译:《音乐美学问题》,音乐出版社,1954年,第10页。

［3］李泽厚:《美的历程》,文物出版社,1982年,第16页。

［4］渡边护:《音乐美的构成》,人民音乐出版社,1996年,第123页。

［5］转引自莱辛:《拉奥孔》,朱光潜 译,人民文学出版社,1979年,第2页。

［6］《东坡题跋》卷五,《书摩诘〈蓝田烟雨图〉》。

［7］罗丹:《罗丹艺术论》,沈宝基 译,广西师范大学出版社,2002年,第27页,第30页。

［8］罗丹:《罗丹艺术论》,沈宝基 译,广西师范大学出版社,2002年,第121页。

［9］罗丹:《罗丹艺术论》,沈宝基 译,广西师范大学出版社,2002年,第44页。

［10］转引自 D. M. Levin. The Listening Self. Routledge, 1989: 32.

中国艺术"以丑为美"理论的形成及实践

以前艺术美学在涉入"化丑为美"的理论描述时,总是以19世纪法国雕塑大师罗丹的作品《老妓》的问世及其相关艺术论述而得以肯定。这大致是从考察西方艺术史中获得的结论。如果同时也考察中国艺术史,就会发现绘画中"丑石"的出现——从11世纪北宋苏东坡的《枯木怪石图》到18世纪清代画家郑板桥的《柱石图》及六分半书,都是化丑为美的艺术个案。并且,郑板桥和清末刘熙载对石丑之美有着明确的理论界定和阐述。

先看《板桥题画·石》中有关论述:

> 米元章论石,曰瘦,曰绉,曰漏,曰透,可谓尽石之妙矣。东坡又曰:"石文而丑。"一"丑"字则石之千态万状,皆从此出。彼元章但知好之为好,而不知陋劣之中有至好也。东坡胸次,其造化之炉冶乎!燮画此石,丑石也。丑而雄,丑而秀。[1]

清末刘熙载在《艺概》中则明确阐释这个重要的美学命题：

> 怪石以丑为美，丑到极处，便是美到极处，一丑字中丘壑未易尽言。[2]

一

据宋人罗大经的《鹤林玉露》记载，东坡赞文与可梅竹石云："梅寒而秀，竹瘦而寿，石丑而文，是为三益之友。"[3]文同画石，似尚未见其丑，但"石丑而文"，却是苏东坡的重要发现。其实"石丑而文"，缘起于怪石。他在散文《怪石供》[4]中曾有这方面的表露。《禹贡》中称"青州有沿松怪石。"解者曰：怪石，石似玉者。苏东坡对这种解释颇有非议，他说："凡物之丑好，生于相形，吾未知其果安在也。使世间石皆若此，则今之凡石覆为怪矣。""石似玉者"，即沿袭了美石的解释。然而，怪石有奇特之处。齐安江的孩子从江中捡得的"美石"，"大者兼寸，小者如枣、栗、菱、芡，其一如虎豹，首有口、鼻、眼处，以为群石之长。"恰是以怪石之奇而不同凡响。倘若从"石丑而文"审视"其文如人指上螺"，则是丑中见美的效果。苏东坡偏爱怪石，正是建立在对相形丑的价值认识的基点上，尽管尚未形成他的自觉的美学意识。苏东坡将"石丑而文"与"梅寒而秀，竹瘦而寿"相提并论，并称为"三益之友"，显然以"丑"为"好"，即丑石之"文"与"秀""寿"一样，都是指其质地之优，成了价值的标示。苏东坡从"石丑"与"梅寒""竹瘦"的比较中，确定了"石丑而文"的价值地位。

应该说，打破"美石"观念，提供了更大的艺术创造空间的可能性。过去的绘画总是以瘦、绉（皱）、漏、透，为"尽石之妙"。借玲珑剔透之石，大多是表达闲情逸趣，虽也有抒发愁怨，但往往成了打磨的情感。而怪石属于原生态，"石丑而文"更切入怪石的自然本性。苏东坡在《怪石供》

中最后说:"在禅师道眼中世间混沦空洞,了无一物,虽夜光尺璧与瓦砾等,而况此石",言外之意是对传统的"美石"观念及美好愿望的颠覆。从艺术表现的角度考察,"石丑而文",意味着对人的心理丑或内心真实的发现,直接切入对人的内陆的体验。换言之,人的内心痛苦需要借助于相应的外形或符号载体得以表现,这对于视觉形象的绘画来说,尤其重要。苏东坡对相形丑的价值认识,就是指向自身的痛苦体验与付诸"形"的可能。

中国文学具有"发愤"、抒写"心中块垒"的传统,苏东坡是大诗人、大散文家,他正是凭借诗词、散文创作的情感冲动,潜心于绘画表现。米芾称他画竹自地至顶直上,不分节,理由是竹子不是一节节地生出来的,这说明他作画是着力于倾吐情感,不求形似。苏东坡与黄庭坚、米芾曾提倡过"士夫画",他认为"论画以形似,见与儿童邻";"诗画本一律,天工与清新"[5]。他还提出"文以达吾心,画以适吾意而已"[6]。苏东坡主张士大夫作画应"适吾意",重在从抒发情怀方面立意,在不受"形"的束缚中追求新意与自然天成。这就将绘画从对"形"的刻意描绘中转变为寄托情感与内心表现上来,致使士夫画区别于"以形为工"之作。

就从现存苏东坡手迹的两幅画石作品来看,属"丑石"形象。罗大经《鹤林玉露》记载:"东坡谪儋耳,道经南安。于一寺壁间作丛竹丑石,甚奇。韩平原当国,剗下本军取之,守臣亲监临,以纸糊壁,全堵脱而龛之以献。平原大喜,置之阅古堂中。"[7]这幅竹石图,是否《潇湘竹石图》,还有待考证,但说明苏东坡画"丑石"名声大作。相比较而言,《枯木怪石图》中"丑石"更具有艺术表现力,堪称"石丑而文"的杰作。此图又称《木石图》,本无款印,据卷后刘良佐、米芾题诗定为苏轼手迹。苏东坡曾有题画诗云:

空肠得酒芒角出,肝肺槎牙生竹石,
森然欲作不可回,吐向君家雪色壁。[8]

虽然并没有足够史料证实这是作者对《枯木怪石图》的自题诗,却也切入这幅画的创作过程。

苏东坡在政治斗争中遭受不幸,饱尝宦途沉浮、人生飘蓬之苦,内有忧思感愤之郁结而形于外,所谓"肝肺槎牙""芒角出""森然"之类,便是"醉时吐出胸中墨"之郁结孕动赋形的过程,"枯木怪石"是作者内心痛苦的形象。画面一丑石盘踞,一枯木虬屈,都是圆笔,信手而作,构成怪怪奇奇无端之境。黄庭坚曾有《题子瞻枯木》曰:"折冲儒墨阵堂堂,书入颜扬鸿雁行;胸中原自有丘壑,故作老木蟠风霜。"[9]黄山谷主要是从画艺方面说《枯木怪石图》,对苏东坡的创作心境或痛苦体验,似还隔了一层。米芾在《画史》中的评论,则深中肯綮。他说:"子瞻作枯木,枝干虬屈无端,石皴硬,亦怪怪奇奇无端,如其胸中盘郁也。"在这幅画中,苏东坡画石不是因物造形,而是着眼于抒写胸臆,于怪石丑文盘绕、古木屈曲盘折的笔意之中,凝聚并盘旋着一团耿耿不平之气。所谓"石皴硬,亦怪怪奇奇无端","枝干虬屈无端",乍看米芾是说怪石枯木之形,实际上指向内心痛苦,以"怪怪奇奇无端"揭示出无形的"胸中盘郁",如此使心中郁积之深的特点及其不可测的微妙感和盘托出。

中国画写意,旨趣大都是在创造意境。苏东坡的《潇湘竹石图》也不例外,正如邓拓所欣赏:"一片土坡,两块石头,几丛疏竹,左右烟水云山,渺无涯际……景色苍茫,令人心旷神怡,徘徊凝视,不忍离去。"[10]邓拓留恋于《潇湘竹石图》的苍茫意境。而《枯木怪石图》则着力于向内心突入,直接为心中块垒塑形。人类内心的苦闷、忧郁和悲愤是无形的,不可言状的。然而,苏东坡对"石丑而文"的发现,也是对心中积郁的发现。正如他所说物之"虽无常形而有常理",石之怪诞嶙峋,纹络丑陋,可谓"得其理"矣[11],这也不能不理解为苏东坡对长期痛苦体验的深度揣摩的结果。《枯木怪石图》以对心中块垒(胸中盘郁)的具象呈现,无疑加大了心物交融的艺术力度,使"形"有了直接表现力与质的可感性。当然,在整体布局结构上,仍有一种意境感。正如黄庭坚所说:"枯槎、寿木、丛筱、断山,笔力跌宕于风烟无人之境。"[12]这种荒空之境,与其说是对内心痛苦与不屈精神之由敛而放、清气逼人的渲染,不如说是"胸中盘郁"之形的自然延伸而造成的一种氛围。

士夫画也属于文人写意画。自中唐以来绘画写实技巧臻于成熟之后,人们并不满足于工笔传色的精制品,而要求绘画有更高的艺术境界。郭若虚在《图画见闻志》中甚至把画工及职业画家之作说成"虽曰画而非画"。"世之工人,或能曲尽其形;而至于理,非高人逸士不能辨。"[13]苏东坡强调只有具备高度文化、品格修养的"高人逸士",才能实现这一绘画艺术的突破。

宋代是文人画发展的重要时期。苏东坡的《枯木怪石图》,正是在文人写意画的背景下而进行的卓有成效的探索。"文以达吾心",即在诗歌、散文、小说等语言艺术中不难做到,而"画以适吾意",这对于视觉艺术表现来说,显然存有较大难度。苏东坡对"石丑而文"的独特发现和创造,却是对视觉艺术表现的重要突破。他虽未尚有以丑为美的理论自觉,却具有以丑石为美的创造自觉,有其诗为证:"东坡虽是湖州派,竹石风流各一时。"[14]苏东坡虽自称学文同,但此图与文同的竹石相比,逸笔草草,迥然不同。所谓"恢诡谲怪,滑稽于秋毫之颖……取诸造化之炉锤,尽用文章之斧斤"[15],是说苏东坡在表现丑中,将艺术技巧发挥到了极致。他如此以稍带有变形的丑石枯木的创造,突破了"难"与"险",获得"胸中盘郁"及主体精神力量的艺术实现,其艺术价值和美学价值不可忽视。当时,苏东坡画丑石曾名声大作,求画者因新奇而来。除了《鹤林玉露》记载韩平原派人去寺壁取之,费衮《梁溪漫志》亦有记载:(苏东坡)"所作枯木竹石,万金争售"。《枯木怪石图》可以理解为"怪石以丑为美"的成熟的艺术个案。

郑板桥称"东坡又曰'石文而丑'",与罗大经《鹤林玉露》记载东坡云"石丑而文",有不同之处。郑板桥所说"石文而丑",是从以前画石以"瘦""绉""漏""透"而"尽石之妙"的反面立论,获得"一丑字则石之千态万状,皆从此出"的新的资源。笔者查阅典籍所得苏东坡语"石丑而文",指向怪石。刘熙载所说"怪石以丑为美",显然是用了苏东坡的观点。郑板桥对"石文而丑"的广义理解,付诸他的创作实践,《柱石图》可视为其代表作。郑板桥画"丑石",体现了与画竹一样的风格,他称"石大人""石先生",有"骨气",并以做"顽然一块石"而感到自慰。柱石构图择取欹斜侧块,以白描手法稍作横皴,以见层次。其尽水墨笔法之妙,达到"所谓一块元气结而石成矣"。如此勾画出的"丑石",即巨石遒劲屹立,有偏侧凌空之势,这就是郑板桥所追求的"丑而雄,丑而秀"的画境。画幅上左侧有长题曰:"世人作柱石,皆居中正面,窃独以为不然。国之柱石,如公孤保傅,虽位及人臣,无居正当阳之理。今特作为偏侧之势,且系以诗曰:一卷柱石欲擎天,体自尊崇势自偏,却似武乡侯气象,侧身谨慎几多年。"[16]从题诗暗示的"柱石"的寓意——丞相诸葛亮侧身尽擎天之力辅助朝政之意,也寄托有郑板桥为官的本衷,便执意赋予这一"丑石"的雄秀之美。

苏东坡的《枯木怪石图》,从怪石着眼,表现其丑,表现"石丑而文"。郑板桥的《柱石图》,从"石文而丑"着笔,表现丑之巨石。前者切入内心痛苦,表现心中块垒,进入了陌生的视觉空间;后者仍趋向品格、精神的外形,仍属于传统的写意风格。

从理论上考察,郑板桥有了自觉的美学意识。他主张"天道""全性",认为善恶无所不容才是"天道",物亦各有本性,尊重并顺应物性才是"全性"。在他画竹画兰的作品中,往往会以荆棘作陪衬。其《画芝兰棘刺图寄蔡太史》诗曰:

> 写得芝兰满幅春,傍添几笔乱荆榛。
> 世间美恶俱容纳,想见温馨澹远人。[17]

郑板桥绘画正视现实,不回避现实丑。这首题诗从赞扬蔡太史能够容纳小人的度量中,明确提出"美恶俱容"的观点。"几笔乱荆榛",成了"芝兰满幅春"的不可分割的有机整体。郑板桥在不少题画诗中亦有这类诗句,如"莫漫锄荆棘,由他与竹高。《西铭》原有说,万物总同胞。"[18](《题南园丛竹图留别郭质亭》)"不容荆棘不成兰,外道天魔冷眼看……"[19](《为侣松上人画荆棘兰花》)他在题画《丛兰棘刺图》中把这一观点阐述得更为充分:

> 东坡画兰,长带荆棘,见君子能容小人也。吾谓荆棘不当尽以小人目之,如国之爪牙,王之虎臣,自不可废。兰在深山,已无尘嚣之扰,而鼠将食之,鹿将豤之,豕将拱之,熊、虎、豺、麇、兔、狐之属将啮之,又有樵人将拔之割之。若得荆棘为之护撼,其害斯远矣。……予画此幅,山上山下皆兰棘相参,画兰得十之六,棘亦居十之四。画毕而叹,盖不胜幽并十六州之痛,南北宋之悲耳!以无荆棘故也。[20]

南京博物院藏郑燮《荆棘丛兰图卷》墨迹,亦有题曰:

> 满幅皆君子,其后以荆棘终之,何也?盖君子能容纳小人,无小人亦不能成君子。故棘中之兰,其花更硕茂矣。

"兰"与"荆棘"相依存,如果单单从自然现象看,还缺乏合理性,郑板桥在题画中着眼于它们的思想寓意,提出"美恶俱容"的看法,则是有说服力的。这与一百年后雨果所说,"感觉到丑就在美的身边,畸形靠近着优美,粗俗藏在崇高的背后,恶与善并存,黑暗与光明相共"[21],也有遥相呼应之意。郑板桥虽然没有从艺术范畴中论述丑与美,但我们从画面形象"兰"与"荆棘"的对比效果中,从美恶共生的自然现象、社会现象中,不难看出艺术中丑与美之间相互作用、相互转化的关系。所谓"兰棘相参""棘中之兰,其花更硕茂矣",即是说棘对兰、丑对美的衬托作用,美离不开与丑的对比,即丑对美的烘托效果。

现实的丑,一旦进入艺术领域就成为审美对象。如果说"兰棘相参",其丑的存在是作为美的陪衬而成为美的组成部分,那么"石丑而文"或"石文而丑",其丑的存在因富有个性而本身成了美的变异。米元章论石,以"瘦""绉""漏""透"为妙,这属于玲珑剔透之优美,郑板桥称之为"好之为好"。郑板桥倡导"脱古维新特立",甚至倍加赞赏,"近日禹鸿胪画竹,颇能乱,甚妙。乱之一字,甚当体任,甚当体任!"[22]这种敢于打破既有的艺术秩序,追求创新的艺术精神,总是以特有的震撼力和鲜活性,体现于艺术创造的实践与理论之中,从而不断开拓新的艺术视阈。郑板桥的"丑石"理论,主要包括:一、新的视觉空间的洞开。"一'丑'字则石之千态万状,皆从此出。"从艺术创造资源的发现方面,肯定了"石文而丑"的美学价值。二、他对"丑石"的理论兴趣的基本点,在于"陋劣之中有至好",这不仅是对"美石"理论的颠覆,而且意味着"以丑为美"的理论的诞生。三、他在《柱石图》等"丑石"画中所体现出的"丑而雄,丑而秀",实际上是从美学风格上描述了"以丑为美"的可能性。

真正从美学上提出这一观点的,是清末刘熙载。他的《艺概》成书于同治十二年(1873年),早于罗丹晚年口授而成的《罗丹艺术论》。刘熙载从苏东坡的"怪石丑"出发,进行"以丑为美"的理论描述。所谓"丑到极处,便是美到极处,一丑字中丘壑未易尽言",深刻揭示了"丑"的艺术表现力,"丑"所蕴含的美的最大可能性及其复杂微妙的神秘意味,同时还表明"丑"的美学已经深入书法等其他艺术门类。刘熙载是在《书概》中阐述这一美学观,"俗书非务为妍美,则故托丑拙。美丑不同,其为为人之见一也。"譬如郑板桥的"六分半书",从"故托丑拙"中追求"意之所之,随笔挥洒"[23]的自由变化的风格,一反中国书法"务为妍美"的传统,化巧为拙,以拙藏美。当人们看腻了整饬、圆润、光洁之后,参差、古拙、粗犷,就更会引起人们的审美兴趣。可见,"以丑为美"具有比"以美为美"更丰富的资源与艺术表现力,因而,也更能发掘和张扬艺术个性。郑板桥的拙书艺术比其丑石画更具有成就,也更具有论据的说服力。"以丑为美",不仅见诸绘画、书法,而且也表现在工艺美术、戏曲脸谱等艺术门类中,并具有较强的形式感。刘熙载正是从对"丑石"美学的拓展中,概括了"以丑为美"这一具有普遍的艺术创作规律的理论。

总之,与1885年问世的罗丹雕塑《老妓》相比,郑板桥的《柱石图》(1777年)及"陋劣之中有至好"的论说早出一百多年,而苏轼《枯木怪石图》则早出八百多年。刘熙载的"以丑为美"也比罗丹"化丑为美"的"点金术"早提出二三十年。

二

探究"以丑为美"的思想源头,当追溯到庄子美学。庄子认为"厉与西施,恢恑憰怪,道通为一"[24]。丑与美,不但相对存在,而且能够融通为一体。《庄子》一书中常常"以谬悠之说,荒唐之言,无端崖之辞,时恣纵而不傥","其辞虽参差,而諔诡可观"[25]。在谬悠、荒唐之中折射出奇倔之光,于諔诡谲怪之中包裹着内质之美。庄子在《德充符》《齐物论》等篇什中,讲了许多形相怪丑的人物故事,都说明了一个道理:在形体上残缺丑陋的人,却具有内在的精神美和人格魅力。庄子认为"德有所长,而形有所忘"[26],人们被形丑的人物在人格精神方面的美所吸引和感动,而忘掉了他们在形体上的丑。换言之,人物内在的精神美和人格魅力,抑制或遮掩了外在的丑。庄子初步揭示出"化丑为美"的心理根据。《庄子·养生主》中强调："人之貌有与也"，"以是知其天也，非人也。"意思是说，人的形貌是天赋予的，所以知道是天生的，而不是人为的。清人王先谦在文后注曰："形残而神全"[27]。这句注解，画龙点睛地概括了庄子的美学思想，在道法自然中带有形上的神秘意味。

庄子以及后来禅宗的这一美学思想，对中国"以丑为美"的艺术的发展产生了很大影响。刘熙载所说，"庄子寓真于诞，寓实于玄，于此见寓言之妙"[28]，同样体现于庄子以后的汉、晋等时期的神话、寓言故事、杂说、志怪和演义之中。这些作品，大多述说怪诞之事，旨趣于神异鬼怪的创造，不少还带有滑稽玩世之风。譬如《述异记》中称盘古死后，"头为四岳，目为日月，脂膏为江海，毛发为草木"[29]；《山海经》中说，"刑天与帝争神，帝断其首……乃以乳为目，以脐为口，操干戚以舞"[30]。如此把人物夸张或变异为畸形、怪诞、滑稽之类，这可以理解为"以丑为美"的方式。读者从被人格化了的自然现象与英雄善志不死的怪诞形象中，直接感受其真实生命之灵。艺术表现"形残"（"丑"），以给人的奇异感与神秘性，更能取得"神全"的效果。而这种艺术形象的"神全"，属于艺术创造的高级的形上的美。

禅宗信徒、五代人物画家贯休又号"禅月大师"。他的名作《十六罗汉图》，人物骨相奇突古怪，有庞眉大目者，朵颐隆鼻者，倚松石者，坐山水者……在其怪异丑陋的形相中，却有一种内刚、骨骼不凡的精神力量。有论者称"贯休的人物怪骇突兀，宛如战斗时神经紧张的一种变型"[31]。在贯休稍后的另一位禅宗思想的信奉者画家石恪，所画人物也具有丑怪的特点。李鹰评论说："恪性不羁，滑稽玩世，故画笔豪放，出入绳墨之外而不失其奇。所作形相或丑怪奇倔以示变。"[32]石恪以大胆进行艺术新变，而创造了丑怪奇倔的人物形象，其形象寓意带有滑稽玩世的审美特征。顾恺之所说伏羲神农"有奇骨而兼美好，神属光芒"[33]，可以帮助我们理解禅宗画家笔下的人物。明清以来绘画与戏曲中的钟馗、小说《西游记》《聊斋志异》中的猴王、狐鬼等形象,这些形象,或形丑精神美,或变形丑为形美,外形的丑或丑的变体(美),都凸现了"有奇骨而兼美好"。如果考察中国文学史,同样可以找到"谬悠之说,荒唐之言,无端崖之辞"。譬如,《红楼梦》的故事缘起于"大荒山无稽崖"——女娲氏炼石补天剩下的"一块未用"的石头,"无才可去补苍天,枉入红尘若许年",故原名《石头记》。作者自称"满纸荒唐言,一把辛酸泪"!"假作真时真亦假,无为有处有还无"。可见曹雪芹的创作思想与老庄一脉相承,于谬悠荒唐之中,演示了人世间可观可泣的大悲剧。

庄子对生命个体的感性的注意与庄禅直观思维的方式,直接影响了古代艺术家的主体意识与艺术体验,因而对中国艺术"以丑为美"的形成起有重要作用。古代艺术创造的体验,突出表现为"天人合一"、物我同一的特点。艺术家由感物到超物的体验过程,也就是进入微妙的心物对应的同构过程,由心物感应与交融而达到物我一体。《庄子·齐物论》曰:"昔者,庄周梦为胡蝶,栩栩然胡蝶也,自喻适志与!不知周也。俄然觉,则蘧蘧周也。不知周之梦为胡蝶与,胡蝶之梦为周与?周与胡蝶,则必有分矣。此之谓'物化'。"这种"庄周梦蝶"式的"物化"境界,就是物我之间高度融一而获得快意、失去物我界限的境界。这正是中国艺术家独特的体验与艺术体验的最高境界。苏东坡对庄子"物化"思想,颇有感受和理解。有评诗云:"与可画竹时,见竹不见人。岂独不见人,嗒然遗其身。其身与竹化,无穷出清新。庄周世无有,谁知此凝神。"[34]"竹化",即是对"物化"思想的具体发挥。画家以对实在的物与世俗的我的双重超越,达到对物我同一的艺术体验的实现,即"凝神"境界。苏东坡称文与可画竹进入"竹化"境界,未免过誉,而他对"石丑而文"的体验深度,颇通于"凝神"即"竹化"境界。苏东坡是兼取儒道思想的艺术大家。《枯木怪石图》,释放了一直纠缠着他并隐藏很深的"胸中盘郁",达成超然于世的

"风烟无人之境",这一使心灵获得慰藉的艺术瞬间,却是超脱世俗又没有脱离现实世界的寂寥苍凉之境。

苏东坡说吴道子画佛"本神授","梦中化作飞空仙,觉来落笔不经意,神妙独到秋毫颠"[35]。郭若虚亦称贯休画水墨罗汉像是"入定观汉真容后写之","或曰梦中所睹,觉后图之,谓之应梦罗汉"[36]。这里"梦"都与庄禅联系着,"梦"是借助庄禅的超脱思想而得以提升的神秘体验境界,是直觉自由、世相澄明的境界。所谓"觉来落笔不经意",实际上是指画家在艺术等待中艺术奇迹如期而至。梦中等待处于不自觉的艺术状态,却也提供了浑然天成的机缘,一旦从中获得灵感之源,神妙独到的形象自然会在不经意之中落于毫端。

贯休所画"应梦罗汉",虽属水墨写意,却也凸现"入定"或"梦中所睹"罗汉"真容"——罗汉那种奇突丑怪的骨相,这是撕去了人世间的一切伪装或做作的本相,看破红尘而又能抗御一切的神态。后蜀欧阳炯《禅月大师应梦罗汉歌》曰:"怪石安拂嵌复枯,真僧列坐连跏趺。形如瘦鹤精神健,顶似伏犀头骨粗。倚松根,傍岩缝,曲录腰身长欲动。""不知夏腊几多年,一手搘颐偏袒肩。口开或若共人语,身定复疑初坐禅。""天教水墨画罗汉,魁岸古容生笔头。""高握节腕当空掷,窸窣毫端任狂逸。逡巡便是两三躯,不似画工虚费日。"[37]这首歌将贯休所画的罗汉形象,描绘得栩栩如生。从罗汉的形貌到所坐背景,形神兼备,虚实相生。尤其是深目、高鼻、大口,表现了魁岸古容的怪异特征。"口开或若共人语,身定复疑初坐禅。"表明对人物的微妙神态的捕捉,可谓传神之至。这当得力于贯休神志亢奋、灵感来临的"凝神"境界。他在创作时那种狂逸姿态,画笔宛如在空中挥舞,瞬息之间,便有两三个罗汉形象出现于笔端。而从画面上看,用笔遒劲有力,色彩灰蓝,展现在我们面前的似乎不是罗汉而是恶鬼。这类似于恶鬼那种奇突丑怪的形相,《宣和画谱》称"疑其托是以神之,殆立意绝俗耳",有一定的道理。贯休笔下的罗汉形象,并非梦中臆造,而大致出于"立意绝俗",参照西域佛像的特征而加以大胆夸张创造出来。乍看丑怪,像恶鬼,实属正视现世与人间不平的精神画像。奇倔之中,准确地刻画了这个常驻人间、济度众生的大阿罗汉。

"形残而神全",神生于无形,又成于有形,借有形表现无形。中国艺术的"有无相生"、虚实相成,提供了"以丑为美"的创造空间的可能。《淮南子》中提出:"画西施之面,美而不可说;规孟贲之目,大而不可畏,君形者亡焉。"[38]是说画西施、孟贲(历史真实人物),不是着眼于形,而是要写神,要表现人物内在的精神气质。所谓"美而不可说",是指西施特有的风韵气质的不可亵渎的美;所谓"大而不可畏",是指孟贲那双勇猛无畏而并不可怕的大眼睛——这才显示出勇士的可爱。如此画出美人、勇士的个性气质,又离不开写形,有形之中见无形,诉诸欣赏者的感觉与想象。"古人所谓'画鬼怪易,画人物难'。世间惟最平实而为万目所共见者,为最难得其神似也。"[39]犹如画西施之美、孟贲之勇,达到准确传神,即是一种艺术难度。中国"以丑为美"的变形艺术,更离不开写神。"天教水墨画罗汉,魁岸古容生笔头。"贯休正是抓住对罗汉的深目、高鼻、大口的描绘,才活现其"魁岸古容"。《世说新语》讲述:"顾长康画人,或数年不点目睛。人问其故,顾曰:'四体妍媸,本无关于妙处。传神写照,正在阿堵中。'"[40]顾恺之所言"点目睛"神来之笔,同样可以理解为"以丑为美"的艺术要义。

古代艺术的许多人物形象,其美和丑总是与善和恶联系在一起,反映了儒家文化和佛教文化。钟馗是我国民间广为流传的神话人物,历代绘画或戏曲里钟馗打鬼、嫁妹的故事,其钟馗都是丑鬼形象。据说开元年间唐玄宗,"讲武骊山,还宫店作,将逾月。忽一夕梦二鬼,一大一小。其小者衣绛犊鼻,屦一足,跣一足,窃太真紫香囊及上玉笛,绕殿而奔。其大者戴帽,衣蓝裳,袒一臂,鞹双足,捉其小者,刳目而啖之。上问大者曰:尔何人也? 奏曰:臣钟馗氏,即武举不捷之士也,誓与陛下除天下之妖孽。梦觉,痁若顿瘳,而体益壮。乃召画工吴道子,告之以梦,曰:试为朕如梦图之。道子奉旨,恍若有睹,立笔图以进。上大悦,劳之百金,批告天下。"[41]沈括记载的这一传说,体现了善恶相生、惩恶扬善的儒佛思想。历代画家大致是根据这一传说而进行创作,并着力刻画钟馗捉鬼时,"衣蓝裳,袒一臂,鞹双足""刳目而啖之"的大鬼形貌特征。这位颇为中国老百姓崇敬的钟馗,至明清,日渐成了威严正气、驱魔避邪的形象符号。明代画家戴进的《钟馗夜游图》,钟馗身着官样衣靴,坐在乘舆上威逼六个小鬼快走。画面通过对六个面目狰狞的小鬼顺从钟馗那副殷勤恭敬、诚惶诚恐的神态的描绘,有力烘托出钟馗的正义威严,使大鬼与小鬼、善与恶之间显得泾渭分明。清代画家高其佩的《钟馗图》,以指画的特长,不仅着意渲染钟馗的胡须,而且画出胡须的锋芒,黑色的帽靴与之相映,使这位降鬼驱邪的神灵的威严带有几分神秘色彩,守护在人间。这幅画落款于雍正戊申年(1728年)端午节,据说每年端午节,高其佩都要画钟馗,以表达他对人世间的不平。画家的发愤之情,凝聚成钟馗嫉恶如仇的性格特征。因而在观者眼里,从钟馗之丑中发出神圣的精神的光芒。

钟馗一类人物的传说,因集体记忆和既定的情感经验而成了人们熟悉的优美形象。

在传统戏曲中,丑对于观众欣赏则起有诱发作用。中国戏曲最早以乐舞谐戏为主,古代俳优多为不到三尺的侏儒,畸形怪诞之人,令人发笑。这显然通于庄子寓言故事中的畸形怪丑人物,并且,庄子的"寓真于诞,寓实于玄",也体现于戏曲的叙事与对白之中。在唐代参军戏中两个俳优,一名苍鹘一名参军,一机智一痴愚,问答之间,笑料迭出。至宋杂剧,副净色发乔,副末色打诨,发乔者作愚谬之态,以供嘲讽,而打诨者,则充分发挥以制造出一个笑柄。后来,当正派人物扮为丑角时,即"好人"丑扮,是在加大诞与真、谐与庄的矛盾和张力中,制造审美效果。譬如《升官记》中主角徐九经相貌丑陋,身材佝偻,以"歪脖子树"自比:"分明栋梁材,零落路旁栽。如何遭小看,皆因脖子歪。"徐九经曾两榜夺魁却因貌丑而只任个知县,是朝廷"以貌取人"的不公,还是命运多舛?舞台美术设计的这株"歪脖子树",简洁而灵性十足,很好地诱发观众去理解"丑角"的身份和命运。"歪脖子树"因观众对丑角徐九经的同情而构成富有悲剧美的情境。正直人物拥有"心灵的诙谐"(梅瑞狄斯语),才有丑扮的可能。只有充分表现徐九经在失意的自嘲与相互嘲弄的喜剧效果中,才会诱发观众对这个"丑角"及其戏剧冲突的兴趣,从而达成对人物的心灵的正义感与斗争智慧的展示。

苏东坡对"丑石"的发现和创造,标志北宋时期文人写意画的兴起。苏东坡、米芾等士夫画的作品,不专师法,直抒胸臆,主张简淡天真和笔墨韵味,被称为"墨戏"。在《枯木怪石图》这幅画中,苏东坡发挥了水墨画墨色多变的特长与"我书意造本无法,点画信手烦追求"[42]的书法笔趣。石块以枯淡为骨,润淡为边,并以竹叶衬出石缘;画石用飞白,以旋转的笔锋皴出;画竹变通楷、行的撇、捺、竖、横,画枯木用折钗、屋漏痕。随手拈来,行笔迅疾,于笔意盘旋之中,凝聚着一团耿耿不平之气,可谓水到渠成之势。尽管由于苏东坡的诗文、理论遭到禁遏,士夫画在北宋没有很大发展,但他借丑石将内心痛苦赤裸裸地凸现于画面,却有不同凡响的震撼力,这对后世画家的创作产生了很大影响。至元代,文人画发展为占据画坛主流,明代徐渭、清初朱耷(八大山人)等画家在把写意引向发展和个人化中无意切入"以丑为美"。

三

西方古典造型艺术崇尚理想和形式美。罗丹的《老妓》《浪子》等作品,标示告别理想主义而进入写实主义。现代艺术更正面人的真实存在。罗丹说:"在艺术中,有'性格'的作品,才算是美的。""所谓'性格',就是,不管是美的或丑的,某种自然景象的高度真实,甚至也可以叫做'双重性的真实';因为性格就是外部真实所表现于内在的真实,就是人的面目、姿势和动作,天空的色调和地平线,所表现的灵魂、感情和思想。"因此,他认为:"自然中认为丑的,往往要比那认为美的更显露出它的'性格',因为内在真实在愁苦的病容上,在皱蹙秽恶的瘦脸上,在各种畸形与残缺上,比在正常健全的相貌上更加明显地呈现出来。"[43]罗丹从艺术表现的真实和"性格"的力量,表述了以丑为美的观点。他的《老妓》正是以丑——一种近乎残忍的真实,把这个悲剧形象的肉体和灵魂呈现出来,而成为伟大的作品。

中国古代艺术家苏东坡对"石丑而文"的发现和《枯木怪石图》的问世,虽然没有罗丹那种对艺术表现人类真实存在的清醒认识和美学观念更新的自觉,但也是在绘画向内心真实突入的艺术灵感中,进入了"以丑为美"的视阈。郑板桥赞赏"东坡胸次,其造化之炉冶乎!""陋劣之中有至好",以至刘熙载关于"以丑为美"的理论概括,虽是中国式的感悟,但在古老的艺术王国里却电光石火般闪烁着奇异的光彩。从中西方的"以丑为美"可以达成互补格局的方面考察,中国古典艺术的"以丑为美",具有自身的亮点。

中国艺术的写意手法比西方艺术的写实手法,更具有可塑性空间,提供了"以丑为美"的创造过程中艺术变形的可能;而中国艺术的主体表现性,又有利于写意变形中艺术直觉形象的内涵力的发挥。这种"丑"的变形艺术形象,也提供了具有艺术诱惑力的感性空间,无疑更切入艺术欣赏和审美接受心理的感性特征。

"以丑为美",标示艺术家思维方式的逆向性,由此而产生艺术表象与本质之间的反差或张力。这样的艺术品,既具有因陌生感而产生艺术惊奇,又给观赏带来了一定的难度。据《罗丹艺术论》中记载,罗丹的雕塑《老妓》在卢森堡美术馆展出时,观众都转过头,叫道:哎呀!太丑了。有些女人以手遮眼,不愿意看。而罗丹却说:"可见,我的作品是雄辩的,所以能激起这样强烈的印象;当然,这些人对于过分粗暴的哲学上的真理是很害怕的。"[44]他称"为知音而歌唱",就是指懂得他那"化丑为美"的"点金术"的人。然而,观者获得"丑到如此精美"的认知,则需要理智的思考,透过老妓秽恶的瘦脸上皱蹙愁苦的病容,去感觉老妓肉体受着垂死的苦痛,她为自己成了一具丑陋的尸体而充满恐怖,从而眼前浮现出"美丽的欧米哀尔"——这种骇人的对比效果:一面是年轻的美人,一面是降临于这个美人的残酷命运。可见,观者对这件雕塑引起的心灵的震撼,带有理性的力度。

莱辛在论诗与画的界限时,认为诗可以表现丑,而造型艺术不能表现丑,因为在诗中丑是在某一顷刻中的暂时存在的现象,是可以达到喜剧性与悲剧性的手段,而在绘画中表现丑的形式,则是静态不变的,"由于艺术给了它一种永久性,就会获得一种违反自然的形状,以至于愈反复地看下去,印象也就愈弱,终于使人对那整个对象感到恶心或是毛骨悚然"[45]。莱辛这一观点是否妥当,另当别论,但考察《十六罗汉图》《钟馗图》等中国画,似并不存在莱辛所担心的使人"感到恶心或是毛骨悚然"的现象。因为中国艺术写意变形,避开了对人物外貌的逼真的刻画,在形与质的张力中,有形(表象丑)中又寓有无形(神、质),使艺术形象在观众中产生了虽丑犹美的效果。

中国文人写意画,带有很强的主体性,大多是采用借物寄情、随物赋形的方式。"丑石",一旦成为"东坡胸次","造化之炉冶"的灵物,就有了为内心痛苦赋形的可能。这种借物寄情是因心造形,即对"胸中盘郁"的真实抒写。这不是一般意义上所说"借物寄情"的过程中被主体情感浸淫的形象,而是作者对一吐为快的直觉体验的艺术发挥。这种无形之形,达到对内心痛苦的深度显示,并非一般笔墨所能奏效,苏东坡笔下的墨色、线条充满生命精神的律动。

明清画家徐渭、朱耷同样以抒写内心痛苦,把文人写意画发挥到极致。譬如,牡丹花喻示荣华富丽,主光彩夺目,历来画家多以钩染烘托见长。而徐渭在《牡丹蕉石图》中,有意用碎笔淡墨画牡丹,并以混沌的墨块画出巨大的丑石,以煞住和压倒那富贵花。徐渭才华横溢,却一生潦倒不得志。他阔笔写意,惯用水墨而很少着色,借毛笔的弹性与宣纸的润性,灌注生命情感的热度,以显示其率真深挚之本色。他那画丑石的混沌的墨块一团元气,其气势被渲染到了极限,表现了他愤世嫉俗、狂傲不屈的个性。换言之,徐渭不拘一格、纵恣奔放的水墨大写意画风,是在感愤和拓展心胸中形成的。朱耷比徐渭晚出近百年,写意笔墨一样恣肆,但一个傲狂,一个悲狂,一个外向趋于热,一个内敛趋于冷。八大山人是明室遗子,一生躲避,秉性奇倔。其画多为寥禽孤鸟,疏花枯木顽石。禽鸟中常见水鸭,可谓丑鸭,都是独足而立,鼓胸缩颈,或立于孤石之上,或栖石呼鸣……尤其是画眼点睛,那白眼向人或漠然微闭的眼睛,山人采用了变形手法,凸现眼珠白色骨头,活现一副坚苦自持状,晚年之作《荷石水禽图》尤甚。正如道光丁未(1847)宗稷辰在朱耷《双雀图》上所题诗云:"巢倾毂孤,无枝可依。吁嗟麟孙,自命如此。想其笔端,涕泪濡纸。"可见,山人笔下"丑鸭"及构成的奇突空灵、冷逸荒寒的意境,是他那幽愤冷漠的心境的显影。朱耷在对内心悲狂的冷处理上,使直觉体验更内在,更浑朴,也更有生命锋芒,创造了写意的凝重与晦涩,表现了与徐渭迥然不同的写意风格。朱耷以不为规矩所囿、个性十足的灵性之笔,与苏东坡的《枯木怪石图》相呼应,在进一步向内心真实突入中显示出"以丑为美"的艺术魅力。

罗丹《老妓》的写实精神,在于揭开对丑的遮盖,使人的内心痛苦获得真实深刻的呈现,如此才被当时人们称为"美丽的欧米哀尔"。这也表明艺术观念的转变,或者说进入了表现内在真实的现代艺术的自觉。从这一意义上考察,苏东坡对丑石的发现和创造,朱耷表现"丑鸭"的独特方式,似与现代艺术表现相沟通。"石丑而文",石头固有的自然表征,多么切入人类与生俱来的痛苦。苏东坡借丑石寄托"胸中盘郁",不同于常见的中国文人被贬与放逐的感愤,而是使内心郁积得到浑然一体的呈现,"丑石"因之而不同凡响。如果说苏东坡的"丑石"主要是在发现意义上,其表现还带有中国文人普遍的情感倾向,那么,朱耷作品的情感内涵与发泄痛苦的方式,则趋于个人化。他创造的"丑鸭",则完全是他对自身幽愤绝望的处境的艺术表现。特别是他画眼"点睛"的变形手法,与西方现代派艺术的变形方法,颇有相通之处。如表现派画家的先驱蒙克的《呐喊》(1893),画面突出人身兽面、人的两手捂住兽的耳朵,蒙克以变形的丑的形象创造,表现内心的强烈不安和恐惧感。现代派艺术运用写实、变形、象征的方法,表现现代人的生存处境,表现外形丑或"残缺的自我",旨在表现内心真实。从形式上看,中国古代美学的"形残而神全"与"以丑为美"艺术的变形方式,与西方现代艺术的变形、魔幻现实主义等手法,岂不也有相通之处?

"以丑为美",大量见诸滑稽丑怪。雨果认为,滑稽丑怪在近代人的思想中占有重要位置。"从理想世界到真实世界,是要经过无数的人类的滑稽变形。""滑稽丑怪却似乎是一段稍息的时间,一种比较的对象,一个出发点,从这里我们带着一种更新鲜更敏锐的感觉朝着美而上升。"[46]西方滑稽变形充满着写实精神,而中国古代谐戏、喜剧性戏曲中的滑稽变形,大都表现在形式上。那种富有喜剧性的戏曲行当的基本特征,就是滑稽或谐诞。戏曲脸谱中丑角的扮相——"豆腐块""螃蟹脸",一出场就给人以一种滑稽感。京剧中丑角鼻子抹白,留着山羊胡子,故作猥琐滑稽之态,让观众忍俊不禁。这种化妆,鼻梁上白粉涂得对称均衡,山羊胡子倍显得精神,丑得很美。中国戏曲脸谱的"丑扮",不同于西方的滑稽面具,丑角化妆由于是一般美的特殊变形或是把丑强装扮成美而形成滑稽美,滑稽面具则是一味丑怪,使人感到陌生和可怕,虽然二者都带有可笑性。寒士的"富贵衣",女吊鬼的"绫子功",与丑婆子穿着肥衣宽裤一样,尽管镶有漂亮的花边,而在她的忸怩作态之中,却产生了滑稽感,逗人发笑。

毛笔书法为汉字所独有。郑板桥的六分半书("板桥体"),也是在变形写意的氛围中对"以丑为美"的美学追求。清初书法家傅山提出:"宁拙毋巧,宁丑毋媚,宁支离毋轻滑,宁真率毋安排。"[47]如果说傅山的草书宕逸浑脱,已露拙丑之端倪,那么,郑板桥徒矜怪异,运用真隶相参之法,而杂以行草的六分半书,则是对返璞归真的体验的成果。蒋士铨有诗云:"板桥作字如写兰,深磔奇古形翩翻。""颓唐偃仰各有态,常人尽笑板桥怪。"[48]于字形拙丑、章法诡谲之中,尽现质朴本真、乱石铺街之美。有书法史论者将"板桥体"列为不入主流的"另类",但在这"另类"中却放射出"以丑为美"的奇异光辉。郑板桥的六分半书与他的丑石画,属于同宗。

钟馗的伏魔脸谱,晏婴的矮子身段,属于谐诞之美,善寓于丑相之中。在喜剧角色中,"好人"丑扮与"坏人"俊扮一样,二者都是在加大和利用人物的"形"与"质"之间的反差,制造某种谐诞和令观众惊奇的情境,造成理趣盎然的审美效果。譬如,关汉卿的《救风尘》,描写一个惯于诱骗妓女的浪荡子最终被妓女诱骗,引起观众会意的戏笑。在第三场中,浪荡子周舍嘱店小二不问宫妓私娼,只要有好的来到客店,"你便来叫我"。小二:"我知道,只是你脚头乱,一时间哪里寻你去?"周舍:"你来粉房里寻找。"小二:"粉房里没有呵?"周舍:"赌房里来寻"。小二:"赌房里没有呵?"周舍:"牢房里来寻"。剧本通过周舍对小二的答话,制造了中国式[逗]的喜剧现场,取得"谐中见庄"的艺术效果。至于"好人"丑扮,更区别于西方喜剧角色。《升官记》编导在芝麻官徐九经的鼻子上抹着一块白色,对丑角的动作与情景的设计,不拘一格,引起观众极大的兴趣。剧中在让以说假话为能事的"丑角"貌似正经或万般无奈地说大实话中,在插科打诨中,在引发观众一连串的笑声中,活现徐九经这个身材不正良心正,不畏强权、秉公执法的品质和喜剧性格。诞中见真,庄谐并出,是中国艺术"以丑为美"的基本特点。

总观之,中国艺术"以丑为美"虽是感悟性的只言片语,尚未形成理论的自觉,但只要结合创作实践,进行深入的考察和理论发掘,就会发现其独特内涵。中国"以丑为美"的艺术,应当在与西方艺术的互补中取得应有的艺术和美学的历史位置。

戊子年端午节 于秣陵

注释:

[1] 郑板桥:《板桥题画·石》,《郑板桥全集》,齐鲁书社,1985年,第215页。

[2] 刘熙载:《艺概》,上海古籍出版社,1978年,第168页。

[3] 罗大经:《鹤林玉露》卷之一甲编,中华书局,2005年,第230页。

[4]《苏东坡全集》中册第五卷,黄山书社,1997年。

[5] 苏轼:《书鄢陵王主簿所画折枝二首》,陈迩冬选注《苏轼诗集》,人民文学出版社,1957年,第226页。

[6] 苏轼:《书朱象先画后》,《东坡题跋》,商务印书馆,1936年。

[7] 罗大经:《鹤林玉露》卷之三 乙编,中华书局,2005年。

[8] 苏东坡自题画《枯木怪石图》,伍蠡甫主编《中国名画鉴赏辞典》,上海辞书出版社,1993年,第276页。

[9] 黄庭坚:《题子瞻枯木》,李福顺《苏轼书画文献集》,荣宝斋出版社,2008年,第183页。

[10] 转引伍蠡甫主编:《中国名画鉴赏辞典》,上海辞书出版社,1993年,第274页。

[11][13]《净因院画记》,《苏东坡集》前集卷三十一。

[12][15] 黄庭坚:《山谷题跋》卷三。

[14]《东坡续集》卷二。

[16]《板桥集·题画》《郑板桥全集》,齐鲁书社,1985年,第215-216、213、214页。

[17][19][20]《板桥诗钞》,《郑板桥全集》,齐鲁书社,1985年,第125页。

[18][22]《板桥集外诗文·题画》,《郑板桥全集》,齐鲁书社,1985年,第352、374页。

[21] 雨果《〈克伦威尔〉序言》,伍蠡甫主编《西方文论选》下册,上海译文出版社,

1984年,第183页。

［23］查礼：《铜鼓书堂词话》，《津门诗话五种》。

［24］庄子：《齐物论》，陈鼓应《庄子今注今译》，中华书局,1985年,第61页。

［25］庄子：《天下》，陈鼓应《庄子今注今译》，中华书局,1985年,第884页。

［26］庄子：《德充符》，陈鼓应《庄子今注今译》，中华书局,1985年,第162页。

［27］王先谦注：《庄子集解》，三秦出版社,2005年,第48页。

［28］刘熙载：《艺概》，上海古籍出版社,1978年,第7页。

［29］一说为小说集，南朝人之作，大抵掇拾古代笔记、小说而成；另一说为笔记，清康熙时人撰，所记多为清初轶闻，亦颇多神怪故事。

［30］见《山海经·海外西经》。陶渊明《读山海经》诗云："刑天舞干戚,猛志固常在。"

［31］滕固：《唐宋绘画史》，人民美术出版社,1962年,第63页。

［32］李廌：《德隅斋画品》，中华书局,1985年。

［33］顾恺之：《论画》，《历代名画记》卷五，人民美术出版社,1964年。

［34］苏轼：《书晁补之所藏与可画竹三首》，《苏东坡集》前集卷十六。

［35］苏轼：《仆囊于长安陈汉卿家……》，陈迩冬选注《苏轼诗集》，人民文学出版社,1957年,第150页。

［36］王士禛：《五代诗话·野人闲话》。

［37］黄休复：《益州名画录》。

［38］刘安：《淮南子·说山训》，《诸子集成》本。

［39］无名氏：《卧闲草堂本儒林外史回评》第六回评语,黄霖等编《中国历代小说论著选》，江西人民出版社,1982年,第467页。

［40］刘义庆：《世说新语·巧艺》，《诸子集成》本。

［41］沈括：《补笔谈》，《梦溪笔谈》。

［42］苏轼：《石苍舒醉墨堂》，［清］王文诰辑注《东坡诗集》卷六。

［43］《罗丹艺术论》，人民美术出版社,1978年,第25-26页。

［44］《罗丹艺术论》，人民美术出版社,1978年,第23页。

［45］莱辛：《拉奥孔》，人民文学出版社,1979年,第19页。

［46］雨果：《〈克伦威尔〉序言》，伍蠡甫主编《西方文论选》下册，上海译文出版社,1984年,第184-185页。

［47］傅山：《霜红龛集》卷四。

［48］蒋士铨：《忠雅堂诗集》卷十八。

（原刊《江苏社会科学》2010年第2期）

中国画为什么没有走向世界

中国很多大画家大作品,为什么没有走向世界?这是我近年来一直思考的问题。

21世纪初国学的兴起,是对几千年的中国文化的验证,具有生命活力的优秀文化,仍将会从历史尘埃里脱颖而出,闪灼着光泽。中国文化有广义的构成,包括意识形态方面的哲学、美学、宗教、伦理、道德、历史、语言、文学、艺术等。

应该说,以孔子为代表的儒家思想和以庄子为代表的道家思想,在世界上还是挺响的。外国人提起中国文化就会谈到孔子、庄子。尤其是老庄的哲学思想在世界上影响很大。当下生态美学在世界上很热,很前卫。追根溯源,生态美学的老祖宗还在中国,庄子美学是生态美学的源头。因为中国是一个农耕社会,具有"天人合一"的美学传统,催生了大量具有生态美的文艺作品,突出体现在古代诗词和绘画中。例如南唐五代董源的《潇湘图》,可以称为庄子生态美学的形象文本,然而,即使在西方生态美学的"老庄热"中,《潇湘图》仍未走出中国馆藏的寂寞。

中国古代是诗和画的国度。古代诗歌在世界上是叫得响的。西方一位汉学家称"汉字是最适于写诗的文字",汉字的象形表意,是一种独特的诗性功能。西方意象主义诗歌的兴起,从汉字和中国古代诗词中寻找到了灵感,提炼成意象,或者说意象派诗歌的资源得力于中国古典诗词。20世纪初意象派诗歌的创始人庞德,在日本汉学家帮助下将杜甫、李白等诗译成英文,在西方诗坛引起轰动而持久的影响。直到今天,美国当代诗人詹姆斯、莱特、奥哈拉等,都在诗里提到杜甫、白居易、陶渊明等中国古代诗人。汉字在计算机中比字母文字有更大的优势,汉字的信息量,包括信息的容量与信息的密度,汉字在计算机里的效率要比英文高二点五倍。汉语一直被认为是小语种,现在已经升级,成为英语之后第二位的语种。

中国的小说《红楼梦》和元代戏剧在世界上也颇有影响。其实在康熙年间,曹家还没有衰亡,曹寅、曹𬘡相继在南京大行宫一带任江宁织造时,就与外国商船有来往。在曹家史料发现的英文典籍中,就有莎士比亚的戏剧。虽还没有史料证实曹雪芹创作《红楼梦》时受到莎士比亚戏剧的影响,但《红楼梦》的伟大成就却完全可以与莎翁戏剧相媲美,中外学者一致公认曹雪芹的《红楼梦》与莎士比亚的戏剧,是十八世纪世界文学之双璧。在戏剧方面有一作品名为《赵氏孤儿》,作者是纪君祥。在元代杂剧四大家中纪君祥的名字排在最后,按实际创作成就他应该排在第二名,除了关汉卿就算他。《赵氏孤儿》写孤儿复仇的故事,被改编为英文版上演,可谓走向世界。《赵氏孤儿》的创作思想与人物的英雄气概,颇为西方人所接受和欣赏,赵家当时被满门抄斩,株连九族,只逃出孤儿一人。他刚刚出生,被他家在朝廷的内亲偷偷抱走。孤儿长大以后,英勇复仇并取得了成功。

中国的绘画和工艺美术,同样富有而伟大,与诗歌一样辉煌。中国画与西洋画相比,具有独特的魅力。从五代董源的《潇湘图》到清代华嵒的《天山积雪图》,从南宋法常的三联轴《观音·猿·鹤图》,到元明的赵孟𫖯、朱耷("八大山人")的作品,还有堪称一个时代缩影的长卷画《清明上河图》,这诸多作品以独有的艺术形式和深厚的文化底蕴而辉耀于世,哪一件不能与西洋画相比呢?

中国画在世界上没有叫响,而西洋画在我们中国的影响很快就不翼而飞,固然有时间差方面的原因,西洋画的现代性,直接切入现代中国人的艺术心理,直接作用于现代画的创作。然而,还有一个不可忽视的文化输入方面的原因,从康梁维新到五四运动,国门打开,西方绘画随同西方文化流入中国,而我们中国何时有过一次像样的文化输出?陆陆续续去西方的中国人可谓不少,但像郑和这样大国风度翩翩下西洋传道兼取道的执着者,有几个?不可否认,中国的仁人志士受到政治环境的制约。在西方一些国家博物馆有中国的画和国宝,不少是西方列强从中国抢去的。中国缺乏称得上能与西方"传教士"相匹敌的角色。而在西方,有职业传教士,有许多人自觉充当传教士的角色,宣扬西方宗教和他们民族的文化。西方一些热心的传教士,对西方文化及艺术进入中国起着推波助澜的作用。而在中国,不仅缺少传教士这样的人才,而且也缺乏"传道"的自觉性。

中国画在世界上没有被叫响,也与西方人对中国画不理解有关。中国画和西洋画不一样,中国画有独特的艺术表现手法,它的技法,它的表达方式,它的审美特征,它所体现的文化底蕴,跟西洋画都是不一样的。比如线条、色彩是绘画的基本元素,但是在运用线条和色彩时,中国画和西洋画又是不一样的。在中国,因书画同源而使画具有深厚的底蕴。中国的水墨画可以不要颜色,一张宣纸、一支毛笔与水墨,就可以了。弹性十足的笔尖,在富有弹性的宣纸上一挥而就。中国的书法就是这样写出来的。西方人对此很陌生,这却是中国画的优势。西洋画是用画布,用颜料,画的时间比较长,今天不成明天再来画。而中国画家大多是在灵感来临的时候,积聚了状态一挥而就。中国画从物质材料到整个画面构成的意境以及所依赖的哲学背景与文化精神,都与西方不一样。如果西方人了解了中国画的特点,走进了中国画,他们也可能流连忘返,甚至会如痴如醉。

中国画得力于儒释道的文化思想,尤其是从老庄和禅宗的哲学中激发灵感,寻找精神支撑。中国画与古代诗词一样,大多体现了"天人合一"的生命精神和艺术生态。随着现代工业文明社会自然生态退缩与人的异化,现代人对中国诗和画,不是感到疏远,恰恰相反,而是觉得亲近,有一种生命的亲近感、家园感,古老的中国诗和画,将会愈来愈显示出这一现代魅力。

画与诗是"孪生姊妹"(钱钟书语),中西方亦然。莱辛有句名言:"诗画本一律。"且引用伏尔泰语:"画是一种无声的诗,而诗则是一种有声的画"[1]。苏东坡亦有"诗是无形画,画是有形诗"[2]之说。中国的画与诗,更有着密切联系。中国丰富而高水准的诗歌艺术,影响了绘画艺术的发展。中国画往往从诗词意境中吸取灵感,不少画作从诗词中取境。董源的《潇湘图》,灵感即来自"洞庭张乐地,潇湘帝子游"这两句词。这幅画颇有影响,米芾称:"董源平淡天真多,唐无此品,在毕宏上。近世神品格高,无与伦比也。峰峦出没,云雾显晦,不装巧趣皆得天真。岚色郁苍,枝干劲挺,咸有生意。溪桥渔浦,洲渚掩映,一片江南也。"[3]米芾所说"平淡天真",准确地道出了画境的主要特色。这幅山水画所营构的意境,彰显了天人合一的生命精神,是西方画所没有的。尤其是画中体现出的韵味,"一片江南也",是生命和灵魂所依之所。所谓"平淡天真"之"平淡",是一个褒义词,这里需要跳出文字学的角度,从哲学的角度来考察这个"淡",是禅宗所说的"淡"。王维、董源、董其昌等禅宗画派,创立了渲淡法,即指用墨渲染为深浅的颜色,以代替青绿的颜色,而这种深浅的颜色,对墨的本色而言,都是以淡为主。从其精神内涵看,包括超脱,淡泊人生。这里主要谈艺术表现方面,淡中不淡,淡而有味,这种艺术表现力不是一般的,具有独特的艺术奇效,用笔很淡而文化的底蕴非常深厚。老子有一句话:"淡兮,其若海"。淡中所包蕴的东西很多,意蕴很浓,像大海一样深厚。古代智者论说如此精要、奇妙,至今回味不尽。"天真",乃本真,返璞归真。本真乃人性之根。保持这种本真的状态,是人类生命得以存在和延绵的状态。这种淡与真的思想,就是道禅的思想,禅宗实际得力于道家老庄思想。《潇湘图》表现了天人合一的宁静美。画面上有人和船,船向对面划去,岸上有人在送行,人很小,如果不仔细看是看不到的,这个处理很妙,如果把人画得很大,就会有损于画境的构成。我到西藏,在冈底斯山脉行走的时候,就是看到天很蓝,山很高,牦牛很大,人很小。在山水迷濛、氤氲飘忽的宁静之中,才有天人合一的境界构建的可能,中国文化精神在古老的山水之间飘荡。庄子说:"虚静恬淡,寂寞无为者,万物之本也。"[4]庄子这一思想,与西方后现代主义的精神,颇相吻合。寂寞与宁静,是一种人类的最初也是最终的生存状态。寂寞无为,作为生态美学,最古老也是最现代。因此,我看到这幅《潇湘图》,就有一种亲近感。亲近感就是意味着灵魂和生命的亲近,是一种生命精神,一种"'在'的房屋"(海德格尔语)。

再看南宋法常和尚的《观音·猿·鹤图》,现藏在日本京都大德寺内。这一幅画在日本有很高的声誉,甚至认为与日本的国民精神息息相关。日本的著名美术史家矢代辛雄自述1925年于欧洲留学回国再看这幅三连轴画时,他说:"刚进大厅,一种出乎意料的伟大性扑面而来,几乎整个地征服了我的心灵……幽婉的梦幻般显身的白衣观音,恍如深山精灵般从森林深处凝视着什么的黑猿,似乎回荡于太空的声声鹤唳,此外,还有笼罩着三联轴整体画面的那种不可名状的渲淡和阴影,在大片地而且深邃地扩展着、扩展着……我不禁愕然了!"[5]矢代辛雄对这幅画的心灵体验是深刻的。这幅画有三种文化指向:原始文化、高蹈文化与佛教文化。猿站在树枝上,你无论从哪个方向看,猿的眼睛总是盯着你,逼视着你,你似乎感到灵魂受到了审视一样。这意味着什么?意味着猿的眼睛是最真实的眼睛,最本真的眼睛。它在问你:你离开我走了多远,回来吧。返归人性,返归本真,这是一个永恒的主题。随着高科技的发展,随着后工业时代的到来,自然生态受破坏与人性异化,人类返归自然和本真,坚守人的真实和善良,这是多么重要。我们的艺术创作不可绕过这一表现的内容。我们说猿的眼睛在看着你,实际上是你对人性本真的重视。如果我们连这块内陆都丢失的话,人的生命存在还有什么意义呢。白衣观音像画得也不一般,从着色到神态,给人以一种梦幻感,不是用佛教文化就能够阐释清楚的。白鹤代表高蹈的传统文化。陈之佛的《松龄鹤寿》,画了10只丹顶鹤,与青松相映,生意盎然,颇有气势,是建国10周年的庆贺之作。西方人不了解白鹤的中国文化内涵,因此说不是中国画不行,而是因为中西文化的差异,西方人没有走近中国画。

  从某种程度上说,大作品取决于艺术家的思想与艺术修养。中国古代画家大多具有深厚的文化修养和很高的艺术眼界。比如苏东坡,诗词书画都很精通,是个全才,同时思想博大,兼取儒道哲学,是个大师。他的《枯木怪石图》,与众不同,独创新路。在苏东坡这幅画之前,画石都是着眼于石头的瘦、皱、漏、透的美学特点。苏东坡发现怪石,认为"石丑而文",以前是没有人提及,这是苏东坡第一次发现。郑板桥非常赞赏苏东坡的这一发现,并提出"丑而秀,丑而雄"[6],这不单单开创了画石的另一种风格,"石丑而文"的关键是提供了艺术表现突入内心的可能。苏东坡当时已经从杭州知府被贬到了黄州,他受到政治上的迫害与打击,内心非常痛苦。他画《枯木怪石图》,就是抒写内心的痛苦与郁闷。米芾是苏东坡的知音,他说:"子瞻作枯木,枝干虬屈无端,石皴硬,亦怪怪奇奇无端,如其胸中盘郁也。"[7]"胸中盘郁",是郁闷和痛苦,是无形的精神的痛苦,只有丑石才能与"胸中盘郁"对应。而皱、瘦、透、漏的石头意象,缺乏切入痛苦的表现力。这幅画表明苏东坡发现了石丑而文,也就是发现了内心的痛苦和积郁。丑石的写意笔法,具有切入"胸中盘郁"的艺术奇效。

  苏东坡这一以丑为美的艺术发现,比罗丹的《老妓》要早八百多年,然而却没有引起世人的关注,至今也没有写进艺术史和美学史。美学家们论说"以丑为美",言必从西方雕塑艺术找个案,即"以丑为美"是从罗丹的《老妓》开始的。这岂不说明我们对自己的艺术也不甚了了?

中国画与西洋画不一样。以西方艺术方法和文化观念来看中国画,是看不出名堂的。只有在中外文化交流中加强对中国画的解读,让外国人了解中国画的艺术方法和表现特色,才能将中国画推向世界。中国画的表现手法很精妙,比如掩映法。见云藏山,见树藏水,因为有云必有山,有树必有水。你要把山画得高,直白地画高是不会高的,要擅于以云霞锁其腰,山有了云霞萦绕,就高耸起来;你要表现水流得很远,画面什么也没有,是不会流得远的,要擅于运用遮掩法,要画树,在水边画一些树木掩映,就会觉得水流很长。《清明上河图》中那个骆驼队,看上去是一个很长的骆驼队,实际上只画了两头半骆驼。半头是出了城门的,表明还有半边身子被城墙遮住,城门后边是两头骆驼,再后面又被遮住。这就是骆驼队,很多骆驼在城门里头,却没有画出一头。这种画法在西方是没有的。中国画还有一句话:画了鱼儿不画水,此间自有波涛。齐白石画虾,连水纹也没有,但观者见到虾子,就会自然联想到水,因为虾子离不开水。齐白石的《十里蛙鸣出清泉》,不仅没有画水,而且连青蛙都没有画,画的是小蝌蚪,真是太妙了。如果画青蛙就没意思,画小蝌蚪,就留下想象的空间。

画面留有大片的空白,是中国画写意的独到之处。以虚当实,计白当黑,是说画面留下虚白的必要性,以制造虚中见实、无中生有的艺术功效,这也是中国画讲究简洁的旨趣所在。南宋马远的《寒江独钓》,是根据柳宗元的《江雪》中"孤舟蓑笠翁,独钓寒江雪"的诗句而创造出来。画面上有形的部分,是一叶小舟,老翁在船头垂钓,水面只有寥寥几道水纹,其他的都是一片空白。几道波纹可以想象成江面,很寂寞的一叶扁舟,一位老翁,非常开阔的水面可以理解成无比无际的水,无边无际的天。画的意境体现出两个字：一个是独，一个是寒，寓意深刻，是中国知识分子的一种遗世独立的姿态与人格境界。柳宗元写《江雪》时，已被贬谪。著名的《永州八记》也是他被贬之后，游荡山水时写出来的。好的作品一般都是作者处于逆境中获得的体验，这几乎是一个规律。中国文人隐居山林、回归田园者颇多，很多经典是在他们归隐的宁静状态下精心创造出来的。

中国画具有西洋画不可代替的艺术内涵，我们不妨以徐渭与凡·高为例，对中西方的绘画艺术，略作比较。两位画家生前道路都非常坎坷，遭遇不幸。徐渭是画家，又是诗人、戏剧家、书法家，一生贫困潦倒，八次会试落第，九次自杀未遂，七年铁窗生涯。凡·高短暂的一生在社会底层度过，也遇到种种不幸，连女友都没有，只能与妓女来往。凡·高自传记载了他的一生，这样一个伟大的天才画家同徐渭一样贫困潦倒。他们是如何表现各自压抑的情感的呢？中国画是写意的，西方画是写实的，中国的文人画是从北宋开始，由苏东坡、米芾、黄庭坚等文人开创，从此绘画从工笔当中走出来，大大增强了绘画的内涵。正如苏东坡所说："文采风流磨不尽，水墨自与诗争艳。"明代徐渭把中国写意画发挥到了极致，叫泼墨大写意，他的质朴无华的水墨《牡丹蕉石图》，取得了以石头压倒历来寓意富贵、华贵的牡丹的艺术效果。他在《墨葡萄图》题诗曰："半生落魄已成翁，独立书斋啸晚风。笔底明珠无处卖，闲抛闲掷野藤中。"开创一代纵恣奔放而沉雄苍郁的画风。而凡·高呢，他有幅自画像，据说是在精神分裂症发作的时候画的，笔法比较粗犷，突出了他瘦削的脸和深陷的眼睛，凸现出内心的忧伤和痛苦。据说这幅画里有关于他与一个妓女之间的故事，一个妓女和他开玩笑说，你来到这里，又不肯花钱，你愿意把一个耳朵送给我吗？说者无意，听者有心。他果真把耳朵割下来送给她。从这个生活细节可以看出他当时处境与他为人的真诚。自画像是非常写实的，少了一个耳朵就少了。在表现技巧上，西方印象派画主要是强调色彩与光的效果，与中国写意画追求水墨效果，是截然不同的。

齐白石到了67岁才悟出画在似与不似之间,他说:"作画妙在似与不似之间,太似则媚俗,不似则欺世。"[8]画在似与不似之间,是中国古今艺术家锲而不舍的探索的伟大经验,它道出了中国画的艺术精妙。郑板桥有一句诗:"画到虚无缥缈处,已无真像有真魂"。就是指中国画写意的灵性,直逼其内在精神,是一种内心的形象。齐白石的《荷花影》,画面上仅一朵荷花,侧重画"缥缈处":水里的影子与追逐荷影的小蝌蚪。只有岸上可见而水里根本看不见的荷影,却又因有小蝌蚪在追逐成趣,可谓尽得"在似与不似之间"之境象。这幅画还妙在墨中有色,色中有墨,从红与黑的对比中看出淡的境界,淡出人生的哲理境界。墨色浓淡,关键在于淡出,大音希声,大味淡出,淡中自有深意,无色处显虚灵。你能品出这种画味来,可以说是品到家了,这是西方人不能理解的,所以说中国画具有西洋画所不可代替的艺术的价值和内涵。

注释:

[1] 莱辛:《拉奥孔》,人民文学出版社,1979年,第2页。
[2] 苏轼:《书摩诘〈蓝田烟雨图〉》,《东坡题跋》卷五。
[3][7] 米芾:《画史》,《中国古代画论类编》,人民美术出版社,2004年,第655页。
[4] 庄子:《天道》,陈鼓应《庄子今注今译》,中华书局,1985年,第336页。
[5] 矢代辛雄:《水墨画》,日本书店,1974年,第3-4页。
[6] 《板桥题画·石》《郑板桥全集》,齐鲁书社,1985年,第215页。
[8] 王振德等编:《齐白石谈艺录》,河南美术出版社,2002年,第70页。

(原刊《艺术百家》2009年第1期)

经验是超然的一个整体

这部小说缘起于我的经历和感受,而写作过程并非顺利,这不仅由于我缺乏井喷式的才华,更在于对青春记忆的把握与控制。这一反复的过程,既是对经历感受的重新认识和深入掘进,又是对记忆碎片的取舍与整合,因而对成稿文字也不得不重写。

对这一段青春记忆,应该说是刻骨铭心的,而一旦进入创作就变得茫然。

这涉及经验是客观的还是主观的。

经验,既不是纯粹客观的,也不是纯粹主观的,它是人与环境相遇时出现的,作家、艺术家的经验是在社会历史生活与现实存在中获得的对人生和生命的独特体验。作品的意义,在于拥有体验到的对象而呈现自身。这种"经验"是第一性的,而一切关于自我、对象的意识、思考,都是在"经验"的土壤上生长起来的。

这种"经验"超越主观与客观的二元对立。它是感性的,领悟的,具有扩张和发掘的无限可能性。

这种"经验"是动态的,现时的。真正鲜活的经验,具有前瞻性,乃至具有超前和先知先觉的特征。

这种"经验"是灵感的资源。有了创作冲动,不一定能够写出好作品,只有因为拥有了这种"经验"而引发创作冲动和灵感,才可能是成功的起点。

这种"经验",伴随作家、艺术家的敏锐感知而闪现深刻的意蕴,伴随作家、艺术家的直觉想象力而获得包孕和再生的可能性。

这种"经验"是浑然的整体,大浑为一。它隐藏有内在的潜能,提供了"注彼而写此"的可能。

这种"经验"是一次的,一个经验是一次重要发现,是开启一个艺术世界的钥匙。

从创作的反复和教训中获得对"经验"的这一理解,不能说已付诸文本,只是相对来说,有了一种创造的自觉,不至于因对经验的狭隘理解而束缚住才思和想象力。

我的"这一个经验"有别于记忆经验。

其实记忆经验也在岁月里改变着,拓展着,生长着。在七十年代,我的记忆经验也未超越伤痕文学。到了八九十年代,才不满意伤痕文学,意识到伤痕文学由于拘泥于真实事件,进行非白即黑的描写,致使人物形象扁平化。这种停留在一般客观记忆经验基础上的创作,局限性是明显的。几十年来,我没少反思和探寻自己在"文革"中身为中学的一名"红卫兵造反派"的真实的心路历程,却始终理不清自身错误在哪里,总是认为不是个人的问题,而是时代出了错。不是"苹果坏了",而是"桶坏了"。有时还以自己比较温和,没有做过激的事而自慰。其实只要是这场运动的参与者,都有推脱不了的责任,都是一个错误。参与运动的人,都认为是响应号召,出于公心。人们不觉得自己的行为是在打造一只"坏桶",都认为是为了砸烂旧世界而投身到"时代的洪流之中",是在打造一只崭新闪亮的"新桶"。正是有了这种"合理化"的托词,人的恶在所谓"公心""责任"下得以表现和膨胀。

那个年代,人们尽管高举大公无私的思想旗帜,普遍收敛自己,但欲望是驱逐不出大脑和人体的,只是按下葫芦浮起瓢,大多数人只是把己欲隐藏得更深而已。人的欲望不可离开理性的控制,而一旦走向极端,势必破坏了人的内心的生态平衡,导致表里不一,人性异化。叔本华、尼采等现代哲人对人的欲望与意志的分析,是深刻的。从对人的欲望的认识与把握上,反思青春记忆,使原先僵化的经验得以激活与提升,由此产生了创作冲动。学生暗恋上漂亮的女教师,是我亲历过的;而当这位女教师已经热恋、结婚,这位学生依然不放弃地追求着,在那个年代是不可思议的,但它符合人的爱欲的真实。在马尔克斯《霍乱时期的爱情》中,弗洛伦蒂诺年轻时,对费尔明娜一见钟情,苦苦等候了50多年,直到费尔明娜丧夫寡居后,一对耄耋老人乘坐在爱情的航船上,黄色的瘟疫信号旗把他们同外界隔开。唯有后者,才有作家的创造力。

青春记忆是那么单纯真切,而在雾霾笼罩之中,呈现悲哀的质感。

记忆的蜂巢,不停营造了容纳思想幼虫的房屋。

而真正获得写这部小说的"经验",应该说是在创作过程中,即两年之后重写之时。这个时候,记忆经验仿佛才被点亮,酿成"一个经验",得到自我满足。让人重返青春的力量与不可抵御的衰老对称。当过去的激情年代在"现时"映现出来时,是一种重返青春的痛苦的震惊,时代之痛不会随青春的逝去而消失,它像老寒腿一样,经常发作疼痛,不知不觉地转化成了现时的痛。

简单通俗地说,这种疼痛,就是引起我写作的"一个经验"。

记忆经验本身带有情感性质,一旦进入创造主体,就得以洞彻、凝聚和升华,具有审美的性质。所谓"一个经验",即有着自身不间断辐射并弥漫于创造过程的不可重复的审美性质。它虽然是精神的、主观的,但与现实世界又有着千丝万缕的联系,并因现实世界的复杂神奇,而不依赖于作家、艺术家的主观而存在。因而,它是超越主观与客观的整体,是形上的,不会发生形下那种一览无余而露底的现象。它一经被点亮之后,始终在脑海里模糊地闪烁着。

"一个经验"在对人与环境、生命与意识形态的全方位遮覆中而显现一个整体。它在驱动长篇小说创作中,不仅流动于事件与事件、人物与人物、场景与场景、细节与细节、声音与声音诸方面,并且链接一个世俗社会、一个世界的林林总总,只是有主有宾、有轻有重、有隐有现、有正有反。"一个经验"是一个母体,作家可以通过小说丰满自足的内在张力结构,包孕和呈现复杂多义的形象世界。

"一个经验",可以在处理好动与静的关系中,呈现对时空的穿越性。人生犹如一场戏,表现青春故事,只是一次异常之动,一次舞台背景的转换,让各种人物粉墨登场,平时没有表现出来的,或不能暴露的东西,在这个时候都表露出来了。可以说,中国人几千年的病根,在这个时候暴露无遗。而被扼杀和遮蔽的人的生命价值、生存权利,以及欲望与爱、真诚与正义,等等,也成了隐藏在故事背后的意蕴,故事完成归于静,而于静中寓有值得反思的永久话题。动中显静,也使作品上升到哲学境界有了可能。

"一个经验"的故事随着一代人青春的逝去而衰老。美国作家普鲁斯特称,"把这个生命过程表现为一个瞬间,那些本来会消退、停滞的事物,在这种浓缩状态中化为一道耀眼的闪光,这个瞬间使人重又变得年轻"。小说写作能够达到这样的境界,实属不易,而孜孜不倦地追求,也是一件快乐的事。

2017.1.9 于秣陵斋 姜耕玉

(本文是为《长篇小说选刊》2017年第2期选载拙作《风吹过来》时撰写的创作谈)

影视剧艺术的文学要素

这个论题,固然与文学剧本有关,然而,要谈这个论题,首先要认清文学剧本在影视剧艺术中的地位。这不单单是技术层面的问题,而是关涉影视剧艺术的基础构建,是赋予影视剧艺术之"形"与灵魂的基本要素,是需要深入探讨的问题。

一、影视剧艺术与文学之间的关联

首先,艺术家的天赋表现在声音、动作、表情方面,而文学家的天赋表现在对语言的感觉和想象之中。其次,艺术表现容易受到动作、形体的限制。比如戏剧,它是舞台艺术,它受着三一律规则的制约。电影艺术是蒙太奇叙事,显然比话剧表演自由多了,但剪接的分镜头,仍然受着演员表演的限制。而文学是自由想象的,天马行空,它不受什么限制,它可以让想象力得到充分的发挥,自由的创造,你想到什么,都可以用语言表达出来,没有什么不可以用语言描绘出来。这是这三者之间不同的特点。

如果比较戏剧与电影,它们之间的区别,也是明显的。最古老的是戏剧,电影是后来才出现的。有了工业革命和电子科技,才有了电影。所谓摄影机的眼睛、麦克风的耳朵,摄影机在每一瞬间都能转变方位和角度,随时成为各个人物的眼睛和心灵。电影镜头不像戏剧那样容易受到舞台的限制，它可以自由地进行转换，它这个蒙太奇叙事可以自由地转换，可以不受时空的限制，镜头就是艺术的眼睛，麦克风就是艺术的耳朵。比如，莎士比亚的《罗密欧与朱丽叶》，作为话剧只能坐在剧院里看舞台上表演。同样题材的电影《罗密欧与朱丽叶》，它的镜头就不一样了，它可以把镜头伸到小院子里，可以朝罗密欧的眼睛里看朱丽叶，也可以从朱丽叶的眼睛里看罗密欧。所以导演运用的镜头位置应该是心灵的位置。我举这个例子就是说，电影的表现空间应该说比戏剧前进了一步，电影摄影机获得了心灵的眼睛的可能。

但是，从艺术形式上来看，影视剧艺术是视觉的，表演的，外在的；而文学是内在的，想象的，心理的，思考的艺术。文学思考的空间比较大，只怕你想不出，不怕写不出。但是影视剧不行，很多东西即使想得出，也表现不出，它受到舞台、银屏的限制。文学的形象是自由想象的，虚幻的形象，是纸上的形象。而影视剧是付诸形体的，付诸演员的动作、表情、对话来进行表演。文学可以"观古今于须臾，抚四海于一瞬"，"笼天地于形内，挫万物于笔端"，前面那句说的是时间，后面一句说的是空间，语言想象不受时空的限制，可以将丰富复杂的内容凝聚于形象之中。而表演艺术则不行。当然，现代艺术表演在不断突破时空的限制中进行大胆探索，以致采用穿越的方式。比如电影《泰坦尼克号》中罗丝和杰克，两个人在船头临风展翅的爱情动作，不管是外国人还是中国人，都承认这个动作是爱情的永恒象征，大有抚四海于一瞬之意。这类艺术动作，富有高度的艺术概括与艺术凝聚力，它不是肤浅的，具有深刻的内涵，几乎成了象征性的符号，以其艺术的凝聚力，彰显它的艺术力量。

影视剧艺术是直观的、视觉的，在表现思想和内在心理上，常常显得无能为力。而影视剧艺术形象，同样要求深入生命体验和灵魂，这种内在的、心理的、精神的表现，如何赋予演员的动作表情与对白，无疑有一定的难度。韩寒主编、2010年出版的《独唱团》里有一首6岁小孩王子乔写的诗《风在算钱》:"谁也没有看见过风,不用说我和你了,但是纸币在飘的时候,我们知道风在算钱。"这四句诗比较通顺。后来有人说这首诗是抄袭的,英国女诗人蒂娜曾写一首诗叫《风》,前两句是相同的,后面两句改了。我把原诗《风》找了出来:"谁也没有看见过风,不用说我和你了。但是树叶颤动的时候,我们知道风在那儿了。"当看到树叶在颤动的时候,我们知道风在那儿。实际上树叶颤动,是风在吹的结果,看到树叶摇动,就看到了风。王子乔的《风在算钱》,有自己的创造,从纸币在飘的时候,想象是风在算钱,这个拟人化手法,比树叶颤动更有诗意。如果从拍摄电影镜头来看,像树叶在飘之类比较表面的东西,容易入镜,用树叶飘动的特写镜头,表现风大、风小、微风、大风、狂风。然而,"风在算钱",如何付诸电影镜头?这就有难度了。拍摄树叶的颤动,仅仅表现风的存在,是表象的;而拍摄"风在算钱",无疑是内在的,单单拍摄纸币在飘,是不够的。这句诗反映我们这个商业时代的特点,人们崇尚实际,崇尚物质和金钱,"风在算钱",正透视着这种时代信息与人们的心理,这个电影镜头需要通过风和纸币,透视人的心理、灵魂,使人的心理、灵魂附于风和纸币,加大"实中见虚"的力度。

再举一个例子,我自己写的一首小诗,名叫《青青草》:"一个人倒下/比草还低//坟上长出青青草/谁召唤记忆//年年秋风吹过墓地。"著名诗评家陈超曾称这首诗"最明白而最不明白"。这首诗要付诸电影画面,坟上长出青青草是可以表现的,表现春天;枯黄的草叶在摇动或颤动,表现的是秋风。"谁召唤记忆",就比较内在抽象。电影情景画面,不是肤浅的外景,而是借景抒情,包含有要表现的人物的情和意,也是文学语言之深意,诗外之意。电影镜头表现坟上草青了,又黄了,枯了,又青了,又黄了枯了,一幅人世间的轮回场景。"年年秋风吹过墓地",得以电影画面渲染出空寂苍凉的色调。

视觉叙事与艺术形象表现,是某种意义的纽带,赋予演员表演以神秘感。呈现人物内在的、灵魂的东西,虽有难度,但并非不可能。关键在于视觉叙事或蒙太奇叙事,要善于把文学形象所蕴含的思想精神包括秘密和神性的东西,转化为视觉艺术形象。

刚才讲了文学是内在性的思考的艺术,影视剧艺术如何进行心理表现呢?它不能通过文字来进行心理描写,电影可以有画外音,这个画外音一般不是经常使用的,根据电影本子的整体结构需要,安插少许画外音,可以起到画龙点睛的作用,如果依赖于画外音,说明这个剧本是失败的。

我举一个例子,证明电影电视可以进行心理描写的,它不是通过直接的文字描写,而是通过人物对白、细节动作和情境,来表现或烘托人物的内心世界与电影画面的独有寓意。

曾获得第一届戛纳国际电影节大奖的英国电影《相见恨晚》,导演大卫·里恩通过对白来描写心理。地点在乡村火车站的茶室,人物是中年男女阿雷克和罗拉,两个人默默坐在那里,只听到一个老太婆在叽叽喳喳的说话,却衬托着两个恋人永别前的不平静的痛苦心境。阿雷克要乘火车走了,站起来对罗拉说:"我走啦!"罗拉坐着一动不动地问了一声:"呃,你走吗?"阿雷克站起来拿了帽子和大衣。罗拉仍然坐着不动。最后阿雷克说了一声"再见",一只手捏了捏罗拉的右肩,头也不回地走出去了。这时罗拉呆呆地依然没有动,仿佛漠不关心地坐在那里。两人就这样分离了。

这是一个开头。这部电影就是从开头开始回忆的,这个对白与动作细节,很平常,如果不知道剧情,像是很平庸,但是,你看了电影,就会感到震撼。这对男女是婚外恋,两个中年人都有不错的家庭,罗拉每个星期四要到小镇上买东西,看场电影,有一次在火车站等车的时候,一粒沙子吹进了眼睛,阿雷克是医生,正坐在她身边,他很快把她眼里沙子取了出来。阿雷克也是每个星期四到小镇来出诊,这样两人就相识了。每个星期四两人都会呆在一起聊天，一起划船一起看电影，发展至最后到女的家里偷情，正在一起的时候，罗拉的丈夫回来，阿雷克匆忙跑掉了，然后他们下决心要分离。他们在茶室的对话，就是最后离别的一场对话。应该说，他俩已经发展到不可救药的程度，贸然收缰，贸然回头，阿雷克下决心要出走，他要到非洲去，要躲避罗拉，这段对白就是两个人要下决心分离的对话。看似平常，实际上，于平静表面之中酝酿了一场最后诀别时的内心蕴藏着的风暴，一种生离死别的体验。

可见，这一段看似平常的对话，却深入电影人物的内心，是精到的心理描写。这里可以联想到曹禺的话剧《雷雨》中的一段对话，周萍要走，蘩漪："你什么时候走？"周萍："现在。"蘩漪："就这么急吗？"周萍："是，母亲。"这是很经典的对白，表面上看很平常，却透视了内在情感冲突的狂风暴雨。在蘩漪表面平静的问话中，潜藏着滚滚的惊涛骇浪。这段对白与《相见恨晚》中男女主人公对白，有异曲同工之妙。

影视艺术中的人物对白，作为表现人物内心的一种手段，使视觉形象向内在的心理情感的突入，提供了可能性。即是说，影视剧艺术可以表现人物的心理，表现复杂的内在精神。当然，人物对话要求动作性，不能把文学里的心理描写照搬到银屏上来。

文学是影视剧艺术的提升和发展的重要资源。我们只能从二者之间的联系当中去探索，究竟文学的哪些东西可以吸取？特别重要的是，文学形象的深层次的思想精神的东西，可以支撑和提升影视剧人物形象的深度与艺术境界。从影视剧艺术的历史来看，文学对于影视剧艺术的发展起着不可忽视的作用。

二、剧本创作及屏幕形象创造的文学特质

剧本，剧本，一剧之本。剧本创作是影视剧艺术的重中之重。剧本直

接关涉导演与演员的表演,它是影视剧艺术的基础工程。真正有表演才华、有个性的演员,也是在选择剧本、斟酌人物角色的。文学剧本是影视剧艺术得以提升和突破的原动力,如果原动力的能量和蓄力不足,就不能推动和激发导演和演员的艺术创造,就不会保证演员在角色创造中得以充分发挥其艺术再创造力。

因此,编剧应当具备文学才华与语言艺术的创造力。剧作家除了熟练技术,把握剧本写作技巧,诸如段落、动作、情节点、场景、时间、地点、环境背景,以及人物与它们之间的关联,等等,更重要的是剧本文学形象的创造。优秀的影视剧艺术是以人物形象的成功创造为标志,艺术形象的生命力和灵魂,依赖于剧本文学形象的生命力和灵魂。不管是原创剧本,还是改编的剧本,都应当具有或保留文学形象创造的内涵和底蕴。文学剧本的灵魂,取决于剧作家的文学创造力,它可以直接转化为影视剧艺术的灵魂。一个剧本,如果不具备文学形象创造的精神力度与有个性锋芒,就难以去进行银幕形象、荧屏形象的成功创造。

人的视觉不单是外在的,大画家达·芬奇说,眼睛是心灵的窗户。电影的镜头如何照进心灵的窗户呢?影视剧对于文学的改编,有难度,因为作家进行创作,它凭借对于生活的长期体验与灵魂的探测,对于要表现的东西的深入思考和酝酿,到了呼之欲出的程度,得以表现出来。越是大作家,他那种体验,对生命与人生苦难的体验,这种体验也是对生存环境乃至一个时代的体验。越是成熟的作品,它的形象越是丰富复杂的。这对于影视剧艺术改编,进行形象的再创造,提供了十分重要的资源和动力。

影视剧艺术要吸取文学形象的特质,或精髓。具体言之,其要体现于三个方面:新鲜感,独特性,深刻性。

新鲜感。影视剧艺术不仅需要在形式方面的创新,更重要的表现在思想精神方面追求的新鲜感。伟大作品的艺术形象是感应与预知时代潮流的一种形象,展示新的现实意义和先锋性,具有精神导向的作用。经典性作品,蕴含着剧作家的重要的思想发现与新的精神形式的追求,它体现着时代的精神和特点。比如,曹禺的《雷雨》,就是30年代青年曹禺与当时社会的进步潮流相呼应而创造出来的作品,表现了对旧的传统思想的批判与现代人文精神和自由人性的张扬。

独创性。艺术形象的生命在独创。不断追求新的突破,追求具有新异感的独特艺术,是语言叙事与视觉叙事的艺术的共同追求。陌生感,是产生艺术惊奇的前提。一部好的作品,好的电影,要给予观众陌生感,才会引起观众的兴趣和新奇感。剧本创作,突出表现在人物形象的独创性上。比如《乱世佳人》的女主角郝思嘉,就是彪炳中外电影史的个性鲜明的人物形象。其成功经验,首先得力于小说原著《飘》对郝思嘉这个人物形象创造很成功;再则是明星演员费雯丽对小说人物的深入理解与独特出色的艺术再创造,将郝思嘉的性格和内心世界深入、细腻地表现了出来。

演员表演也有独创性。美国现代电影崇尚个性化,不是角色找演员,而是演员找角色,演员找人物,这样做更利于演员发挥自身独特的艺术潜能。就像梁朝伟的眼睛很独特,很神秘,独具表演的魅力,因而他创造了相应的令人难忘的电影形象。

深刻性。有人认为影视剧碍于视觉叙事,难以达到语言文学的思想深度。视觉叙事、电影的蒙太奇叙事,没有语言想象式的叙事那样自由洒脱,容易流于肤浅。但上面已述,经典电影为表现人物内在的、灵魂的东西,提供了可能性。一部电影、一部连续电视剧的思想涵义,诚然主要通过人物形象来揭示,同时也会发挥视觉叙事在动作、细节、场景与情境诸方面表现的特长,凝聚和创造出具有思想精神的分量,探测内心世界,孕育形而上的审美境界的画面。再则,电影有时间限制,对叙事结构有自身的要求,优秀的剧作家和导演,擅长在人物纠葛的戏剧性结构中,浓缩和包蕴最多最深入的思想内涵。比如,电影《茶馆》直接把老舍的话剧《茶馆》,转化为蒙太奇叙事结构,表现了中国战乱的不同年代里,进出茶馆的各色人物的性格命运,从而展示了宏大的深刻主题和时代精神。

谈到影视剧的肤浅问题,免不了要涉及娱乐片。当下的影视剧呈现多元化的发展,娱乐片是少不了的。提高娱乐片的审美趣味,也是值得探索的问题。寓教于乐。我们不能认同娱乐片就是场面很大的武打片,追求一种惊奇搞笑或走秀的情节。中国文化市场很大,不可能要求每部作品都站位那么高,但从文化艺术的角度,应该抵制低俗的娱乐片,提高娱乐片的审美趣味。而经典喜剧片,如卓别林一出场,不管演什么都会让你笑,笑出眼泪来,这就是寓教于乐的效果。再如电视剧《西游记》,得力于吴承恩的这部小说,它里面虽然尽是打斗,但其中蕴含的思想是深刻的。所以,我们提倡娱乐片也要达到审美的层次。

三、影视剧剧本改编与小说原著

优秀的影视剧文学剧本,更多的是对优秀小说的改编。优秀的小说原著为影视剧剧本创作,提供了丰富重要的资源。获得奥斯卡奖的影片,有不少是通过小说改编的。比如,《乱世佳人》是根据美国作家玛格丽泰·密西尔的长篇小说《飘》改编的;《朗读者》是根据德国作家本哈德·施林克的同名小说《朗读者》改编的;《歌剧魅影》是根据法国推理小说家的同名《歌剧魅影》改编的。《歌剧魅影》,在百老汇上演,经久不衰,我在2009年去美国,到曼哈顿,看见百老汇门口张贴海报,就是《歌剧魅影》。《歌剧魅影》有歌剧、有电影,不少人对其原著不太清楚。歌剧电影的《歌剧魅影》已远远超过原著——这本推理小说的影响。

中国改革开放以来有影响的影片,大多也出自对优秀小说的改编。比如导演张艺谋的作品《大红灯笼高高挂》《红高粱》,是对苏童的小说《妻妾成群》、莫言的小说《红高粱》的改编。这两部电影,可以说是张艺谋的奠基之作。导演冯小刚与作家刘震云堪称珠联璧合,从刚开始的电影《手机》《一地鸡毛》到后来的《一九四二》《我不是潘金莲》等,都成了有影响的作品。

作家创作出好作品,除了需要有才华、有思想,还要能坐冷板凳,耐得住寂寞。总观之,作家、小说家比影视剧编剧更拥有创造出好作品的优势,他们的优秀作品为影视剧本及影视艺术的发展提供了很大的可能性。

剧作家对小说原著的改编,也是一种艺术创造,它是把语言叙事与文学形象转化为视觉叙事与屏幕形象的艺术实现。然而,改编者要遵循一个基本原则,即尊重原著,在准确深入理解原著人物形象的基础上,使原著的人物故事获得影视剧的艺术再现。改编者尊重原著,尊重原著中人物形象,正是实现其创造的影视剧艺术形象的思想性格的独特性与深度感的可靠保证。

在剧本改编当中,应当切入影视剧艺术的特点,这里提出三点:一是故事情节的戏剧性的结构处理;二是视觉叙事的动作性、画面感、场面或情境的意蕴;三是人物对话的内在性与个性化。后两点,上面已涉及,这里侧重谈谈第一点。

犹如砌一座房子,没有框架结构的设计图纸是不行的。只有获得一个很好的故事结构,能够造成特有的戏剧冲突,才能支撑一部电影或电视连续剧。电影剧本是蒙太奇画面讲述出来的故事,包括对白、动作与场景的描述,而这些都发生在它的戏剧性结构之中。

比如,根据芥川龙之介的短篇小说《罗生门》《密林中》改编的日本电影《罗生门》,其故事结构是对两篇小说的有机综合。电影虽采用了"罗生门"片名,其实只吸取了同名小说的开头,而它真正的故事是在密林中展开的,即小说《密林中》是电影的情节主体。可见,影片的编导者独具慧眼,创造了简洁而完整的电影故事结构,取得了显著的电影美学的效果。

影视剧艺术的文学要素

以《红楼梦》为例。对这部中国古典名著改编的,有《红楼梦》电视连续剧,有越剧、京剧,电影有越剧片《红楼梦》电影,故事片《红楼梦》电影。小说《红楼梦》结构庞大,故事情节复杂纷纭,有378个人物,想把它们全部放到舞台银幕上是不可能的。高明的改编者,会做出睿智的选择,截取某几个章回中人物完整的故事,如京剧《红楼二尤》。如果说二尤故事传奇,人物性格鲜明,命运结局摄人魂魄,但二尤毕竟不属《红楼梦》的主要人物。我比较欣赏上海越剧团演出、徐进改编的电影越剧片《红楼梦》。

越剧片《红楼梦》提取了小说《红楼梦》中宝黛钗爱情的结构,无疑切入小说原著的主旨,通过三个半小时的波澜起伏、层层递进的视觉叙事,细腻深入地揭示了贾宝玉、林黛玉、薛宝钗的内心世界和性格特征,比较接近小说原著的人物形象。越剧片《红楼梦》突出表现在对小说原著的庞大结构做了一些简化的处理,提取红楼梦宝黛钗爱情的结构,毫无留下被肢解的弊端。再则,尤其是对凸现《红楼梦》反封建传统思想的集中代表——贾宝玉、林黛玉两个主要人物形象的创造,通过戏剧冲突的场面和唱腔,取得在内在的心理展示的卓越成效。比如,凤姐施了一个掉包计,骗贾宝玉和薛宝钗成婚,将戏剧冲突引向高潮。剧本精心设计了林黛玉(王文娟表演)焚稿断痴情的唱腔表演。"林黛玉焚稿断痴情,薛宝钗出阁成大礼",属于《红楼梦》后四十回,是高鹗续写的,高鹗虽然写得成功,但是没有诗词的才赋。越剧借助喜中写悲的氛围,发挥了越剧唱腔的特长。电影从宝钗的红盖头,切换到黛玉焚诗的场景,用柔情悲调淋漓尽致地表现内心的悲伤和绝望,取得了喜中写悲的巨大的悲剧效果。王文娟对这一情境中林黛玉角色的理解和表现,是很到位的。

人物形象在剧本层面上只是属于"纸上人物",等待着肉体和形象的附身。在脚本中,这个"纸上人物"被折叠起来,只能通过演员及演员的诠释与观众见面。

演员对角色的创造，离不开对剧本和原著中文学形象的深入透彻的理解，这需要演员具备很好的文学素养。扮演贾宝玉的徐玉兰说："原书中有而剧本中没有的，演员心里要有。原著是表演贾宝玉的最好依据。"导演和演员只有潜入小说原著的文学形象，才能创造出不逊色于原著的银屏艺术形象。

舞台形象、银屏形象，同样是一种艺术符号，一个视觉再现的复杂形象的创造符号。真正优秀的演员，总是忘了自己，进入角色，并对这个角色有创造性的表演，创造性的表演往往能超出原来的形象，是对文学形象的深度表现之花。演员只有全身心地投入、用生命精神的体验去表现，才能达到这种效果。这为伟大作品或文化经典的产生，提供了可能性。

（原刊《贵州大学学报艺术版》2020年5期）

艺术辩证法论纲

艺术辩证法是一门艺术科学,是艺术学的美学的科学方法和经验方法学说。

尤其在中国,艺术辩证法有着渊源流长的历史和美学氛围,突出地闪现着东方的艺术颖悟和智慧。

艺术辩证法作为艺术认识,是一种全面的整体的审美把握;而作为形象思维的方式,则是一种浑整的直观性的把握和表现,是一种艺术的深刻。它在提高和丰富艺术表现力方面发挥着重大作用,对于克服艺术中的片面性、简单化,增强艺术的整体感和内涵力,具有极其重要的理论意义和实践意义。很多艺术家在创作中自觉或不自觉地运用了艺术辩证法,使自己的作品达到较高的艺术境界。

多年来,我们对艺术辩证法的兴趣和认识,往往是即兴的、片断的描述,缺乏系统的理论研究;或是从哲学概念出发,对艺术规律作一番演绎。如何对艺术规律和现象作全面的整体的审视,从艺术科学或艺术思维科学的意义上,对艺术辩证法进行深入系统的探讨,以建立艺术辩证法的艺术学科,确是我们应当努力解决的重大课题。

一、概念或命名：相反相成的艺术生态系统

列宁在《谈谈辩证法》中说过："在任何一个命题中,好像在一个'单位'('细胞')中一样,都可以(而且应当)发现辩证法一切要素的萌芽,这就表明辩证法是人类的全部认识所固有的。"[1]艺术辩证法,则是人类在艺术认识中"所固有的",并且涵盖众多的艺术问题。

艺术辩证法是关于联系的艺术。它在实现从生活中的普遍联系到艺术中的普遍联系的过程中,担负着艺术认识和艺术方法的双重功用。首先,艺术辩证法又不同于一般的认识论,而是审美的艺术的认识论。因为艺术不是对生活的机械的被动的反映,而是审美的心灵的显影,是经过艺术加工和创造的高级审美形态。艺术家对自然和客观世界的主观反映,不是哲学的感知,而是艺术的感受,哲理感知包容于艺术感悟之中;不是概念的判断,而是对形象的理解,历史的道德的判断融合于直觉的形象的体验之中。艺术家的审美知觉的最终目的,就是通过心灵投射,创造一个独特的审美的艺术世界。建构这种艺术世界,不仅取决于艺术家的直觉感知的深刻性,同时还取决于艺术创造的能力——在艺术形象(形式)创造中的辩证艺术,往往表现出奇妙的效果,更能显示艺术家的智慧。艺术辩证法运用于艺术手段和技巧的操作,也不是一般的方法问题,而是运作微妙的、高出一筹的直觉创造方式。它比一般艺术表现技巧更富有潜在效应。它像一位不露声色的睿智老人,挥洒自如,点铁成金,明修栈道,暗渡陈仓,使意味弥漫于形象(形式)的背后。艺术辩证法完美显现于一切艺术潜能的总体之中。潜能,以潜在的方式含蕴。因为它是在所有联系的规定的总体性中暗示出来的,因而我们不难感到它的存在。只要从艺术整体的相互关系上去考察每一个艺术现象,只要这种考察深入到艺术构成的本质中去,我们就可以穿越艺术世界的迷宫,对艺术中的客观实在

及其全部奥秘,给予深刻的揭示和理论描述。

随着古代朴素的辩证法的出现,就有了艺术辩证思想。从中国的"立天之道"的阴阳学说,到古希腊的自然元素说认为"存在就是一"[2];从亚里士多德的"潜能"说[3],到老庄的"大象无形""大音希声",儒家的"中和之美"……最早为艺术辩证法提供了重要哲学根据,乃至直接体现了艺术辩证观、美学观。《易经》中"易象",以阴(--)阳(—)两爻对现实世界作广泛的象征。魏晋玄学家王弼在《周易略例·明象》中深悟其"立象尽意"的秘诀:"忘象者乃得意者也,忘言者乃得象者也。"王弼受到老庄的"有无相生""得鱼忘筌""得意忘言"等辩证思想的启发。老子认为:"道生一,一生二,二生三,三生万物,万物负阴而抱阳,冲气以为和。"[4]是说一立而万物生,万物归于阴阳两种矛盾对立的方面,而阴阳二气参和为统一,即万可复归于一。中西方古代哲人对哲学母题的理解,具有惊人的相似之处。老子的阴阳学说,也是我国古代十分重要的艺术辩证法理论。由阴阳两气构成互相对立又互相依存的统一体,成为代表万物的美学符号概念。古代艺术辩证法范畴,就是受到阴阳二元结构的支配和影响的。譬如刚柔、动静、藏露、隐显、曲直、主宾、明暗、虚实、奇正等范畴的二极配对,都与阴阳二极结构对应。换句话说,阴阳对应(对立同一)的框架,已成为艺术辩证范畴的基本结构模式。中国古代已形成丰富多姿的艺术辩证范畴的形态,不断引发着与日俱增的美学价值和艺术实践意义。近现代的哲学和艺术的发展,则进入了辩证艺术的自觉的阶段。从十八世纪德国古典哲学和美学的兴起,到十九世纪艺术哲学革命,到二十世纪的系统论、控制论、信息论及复调结构等新型艺术方法论的盛行,都大大开拓了人们的艺术认识视野和认知深度。特别是黑格尔的辩证法和美学、马克思主义的唯物辩证法学说,为艺术辩证法的理论建构,进一步奠定了哲学根基。这就使艺术辩证法的内涵和外延得以拓展,包容艺术的各个领域、各个层面(侧面),成为完整的艺术科学体系。

对立统一的艺术规律,是艺术辩证法的实质和核心,是认识艺术规律和现象的根本方法。艺术辩证法是从艺术自身的特点和实践出发,对艺术的规律和现象进行观照中作出的深刻反映——自然而然的美学的哲学的提升。辩证法的一般原理代替不了对艺术自身规律的研究。那种把艺术辩证法演绎为"艺术上的辩证唯物主义和历史唯物主义",实质上是一种变相的"代替",只会导致艺术上的概念化、简单化。艺术辩证法作为审美的认识论和直觉的方法论,完成对艺术形象(形式)中的宇宙的描述,也不能代替艺术家的道德观、历史观。因此说,艺术辩证法是一个独立自足的艺术科学体系,具有特定的客观的内涵和外延。它是作为揭示艺术的特质和规律的经验方法的理论范式而存在。

假如艺术辩证法是一张大网,那么很多艺术辩证范畴就是这网上的纽结,包容着对诸种艺术规律和现象的透彻阐释。而贯穿且牵动着这如许"纽结"的"网",无疑就是对立统一的艺术规律。根据"美在和谐"的原理,艺术不是将矛盾引向对立的两极,而是揭示它们的相互依存的内在联系,显现亲和力的协调一致和统一。艺术美的创造就是处在矛盾的同一性之中。古代"中和之美"的所谓"乐而不淫,哀而不伤","刚而无虐,简而不傲","圆而且方,方而复圆","正能合奇,奇不失正"等,就是避免了"太过"的倾向。唯有如此,才有和谐的高级艺术形态的呈现。艺术不仅仅是对客观世界的矛盾的反映,而首先是艺术的美的创造。艺术辩证法,无疑是符合"美的规律"的艺术创造的艺术法则。艺术辩证法的魅力,主要见诸艺术形式的创造方面。那许许多多艺术辩证范畴的构成,都闪现着相反相成的艺术光辉。本文对这一艺术矛盾的根本规律命名为相反相成的艺术机制。通俗地说,两个相反的东西中间有同一性,所以二者能够处于一个统一体中,又能够互相转化。结合艺术辩证范畴的构成,其结构框架的主要特征,可以具体概括为三:

一是相反相对的差异面和平衡感及其张力。艺术辩证法首先建立在差异或矛盾关系的基点上。由这种差异面或对立面之间的相互作用构成相反相对的艺术整体。相对的意思,是指在造成一定幅度的差异中,这种差异面或对立面之间达成平衡的状态。并且矛盾双方的相互排斥、相互吸引的关系,必然构成一种艺术距离和张力。如有与无、虚与实、形与神、隐与显、正与反、刚与柔、张与弛、动与静、繁与简、疏与密、浓与淡、明与暗、远与近等,尽管从质或量上见出差异的不同幅度,但都体现了对立互构的态势。它们愈是有差异感,愈是有对称感,愈是有相互牵引的张力,就愈能显示艺术辩证形式的效能。

二是相互包容和贯通中的潜能作用和相互转化的可能。在辩证艺术中,潜能处于十分活跃的状态。潜能存在于矛盾的对方之中或作为自身中的对立的因素。潜能的存在,意味着矛盾双方的相互转化。这种包容与被包容的关系,正是辩证艺术整体形态的基形。艺术辩证法就是对"你中有我,我中有你"的艺术现象的深刻揭示和理论概括。每一艺术辩证范畴,乍看由互相排斥和对立的反义词构成,实则相互依存和贯通,联结成一体;正方与反方相对而存在,失去一方就没有另一方。一方被另一方所包容,另一方又出自对方。各自引发对立面向自身转化,自身的意义也可以反射到对方。对立的双方在相互辐射、相互转化中构成艺术信息网。艺术匠心就在于创造了促成这种辐射和转化的情境(条件),或者说充分描述了这种艺术潜能的表现,中国古代艺术中的"有无相生""虚实相生"的精妙之处,就是这方面的佐证。当艺术矛盾到达一定的临界点,潜能充满了空间距离。从某种程度上可以说,艺术辩证法就是充分开发潜能的艺术机制。

三是相反相成的艺术时空的整体建构。艺术矛盾对立的双方互联互通、互渗互补而归于一体,是以造成艺术的整体建构为特征的。这里包含二层意思:一是从关联上去把握艺术对象的本质,即将艺术对象(形象)放到各种联系中去表现;二是从艺术过程中去理解形象的变化,将审美形象看成是艺术矛盾的潜能的作用和相互转化的成果。艺术整体感,是由艺术的充实和虚空组成的。所谓"时间意象""虚幻空间",就是对这种艺术整体的特有艺术感受,这也是潜能作用的艺术世界。每一艺术辩证范畴中相对立的双方,在相互转化的艺术过程中可能产生一种新质(艺术辩证范畴的功能质),即意味艺术整体形象或意境的生成。譬如,画家擅长于运用光的明暗对比的相对亮度,在伦勃朗画中发出的那种金黄色的光,三百年尘封也掩盖不住光的闪耀。这即是在阴暗反衬下的效果——由阴暗向明亮的转化中产生的新质,从而构成了世界黑暗的地方不时地被光照亮的金黄色的意境。当然,这种艺术转化也是有一定度的,是在对立双方的相互制约中进行的。但这只是遵循艺术创造的自身逻辑,并非束缚。相反相成的艺术机制是一个创造自由的生态系统。

艺术辩证范畴是艺术辩证法的基本表现形式。它是对艺术过程和现象中特有的艺术矛盾关系的概括,也是对局部艺术创造的矛盾关系的集中反映。它体现于艺术的外部规律与内部规律的各个阶段、各个层面,并且在不同类型的艺术中有不同的表现形态。每一对范畴,既是相反相成的艺术生态机制,又是揭示具体艺术规律的特殊的(个别类型的)艺术联系,因而表现了艺术认识的方法的特有功能。尤其是基本艺术辩证范畴("原始范畴""母范畴"),由于具有一定的涵盖面和繁衍性,因而显示了比较普遍的功能意义。

艺术辩证法体系作为艺术哲学的表现形态,具有思辨的智性的特征;而作为艺术经验的智性的展现,则更多地表现了创造性的直觉认识。西方崇尚思辨。黑格尔在《美学》中雄辩地描述了美的现象所包含的理念与感性形象的对立统一的内在矛盾及其发展过程,从而揭示了从自然美到艺术美——建筑、雕塑、绘画、音乐、诗歌等各类艺术自身发展的辩证过程,特别是人物性格的冲突及戏剧矛盾的辩证过程,充分显示了辩证逻辑的力量。中国古代文论注重直观和经验,其中有关艺术辩证法的内容,更是经验性的感悟和表述,以体悟式、颖悟式语言阐发辩证艺术的精要和妙谛,多形象意会而少理性思考和抽象概括。这种偏重于艺术体验和直觉感悟的经验思维和经验方法,虽然与西方抽象思辨结成互补态势,但应该说它是更切入艺术辩证法体系的建构的认知范式。因为艺术辩证法,更多地是作为形象思维的方式和艺术操作的方式,其辩证形式范畴带有较强的艺术运作性特征。当二十世纪科学美学崛起之后,西方评论家也不得不认为:"艺术即经验"(门罗语)。当然,朴素的直观感悟代替不了现代意义上的艺术学的经验研究,它仍有待于理性的凝练和升华。艺术学的经验方法,是富有智慧和活力的理性的自觉。

相反相成的艺术机制,属于艺术生成的优化结构模式。首先,这种逆向思维(双向思维)所具有的较大的张力空间结构,表现了全方位的开放和接纳。其次,在特定的艺术常数(临界点)下潜能的作用或转化,描述着变量及其它所有参数的艺术复杂系统。其三,由相互包容构成的艺术体的浑整性,包孕生长着艺术含量和美感。辩证艺术的魅力,主要在于丰富的艺术美的信息的传递或反馈——不仅表现在具体艺术形象(形式)或意境(情境)中所含的美的信息的原始量,更在于这些原有的美的暗示性、生殖性,包括对潜能的指向性、引发性。这也是说辩证艺术形式是形而上的艺术美符号,因此,我们称之为高级的艺术审美形态。

二、艺术过程中诸种关系的焦点透视

艺术发生过程:艺术家主体与客体的交互作用

艺术家主体与艺术客体的关系,是美学和艺术学的热点问题。艺术辩证法认为,艺术是在主客体的交互作用下的统一,或者说是主客体之间"互反的同化"。具体地说,是指具有独立自足的完善的审美意识、艺术精神和艺术能力的主体与具有一定的个性特征和审美价值的对象的交互作用,而引起艺术创造的冲动和兴趣,引起进入艺术创造的自觉。艺术家是从感受者的人到创造者的心灵的实现。艺术家的主体性,就是指艺术家内在精神世界和艺术智力的能动性,而在与艺术客体的交互作用中又有受动性。艺术家主体的受动与能动的协调一致,表现为艺术认识中的一种"亲和力",有利于实现主客体之间"互反的同化"的艺术进程。这种主客体的交互作用中包含着一系列既对立又统一的艺术矛盾过程,经过不断递进的艺术实践的深入,使这一过程成为由低级到高低的主客体的互化活动。

西方的"物我同一"与中国的"天人合一",都是主客体在交互作用中统一的审美范式,具有普遍的艺术实践意义。所谓"移情作用",也是一条艺术辩证原理。艺术家在情感外射中由我及物和由物及我的双向交感的艺术过程,进入"物我两忘""物我同一"的境界。黑格尔说,艺术对于人的目的在让他在外物界寻找自我,还有人称移情作用为"拟人作用",都是说"物我同一"的特有现象——"自然的人化"或"人化的自然"。中国古代就强调人与自然的统一,庄子说的"天地与我并生,万物与我为一"(《齐物论》),通过个体心理本体与宇宙本体的合一,达到自由和无限。他提倡的"天籁""天乐"("与天和者,谓之天乐")、"解衣般礴",成为我国古代音乐、绘画等艺术所竭力追求的一种艺术上的最高境界。这种古朴的自然审美观,仍为现代人所崇尚。

艺术家对自然客体的情感外射,是由限定到自由的"自我"与"非自我"的同一的艺术过程。这并非以"实用的自我"与"非自我"的物体相同一,而是以"观赏的自我"与"非自我"的形象相同一。王国维在《人间词话》中说的"有我之境"与"无我之境",实际上就是"自我"与"非自我"的形象相同一。外物界中的"我"、艺境中的"我",并不存在有无之别,而仅仅由于外射作用中情感的冷热浓淡程度不同而表现了"我"的有无。

艺术的创造：个性中寓有共性

艺术总是借个别的鲜明生动的形象得以表现，个别之中包孕一般，生动之中含有深刻。因为个别与一般相联系而存在，一般只能在个别中存在，只能通过个别表现出来；个别的特殊的事物也只有在一般里才能找到它的现实存在的坚固基础和真正意蕴。因此，艺术体只有在个性与共性的统一和交融中，才有真正的独立自足性。艺术的创造，可以说就是个性化的过程，也就是达到个性与共性的高度融合的过程。古人运用"一本万殊"（"一本散为万殊，万殊皆为一本"）的辩证观念解释宇宙万物和各种艺术现象。这种"一"与"多"的观念，正体现了个性与共性的对立统一。古人从"一"与"多"的辩证关系上把握艺术创造的原则，无疑是艺术辩证法研究的重要参照系之一。个性与共性的规律，贯穿于艺术创造的过程的始终。这里就其具体表现略作引证。

——选材取景（境）中的"因小见大"。人们常说的"角度要小，立意要深"，就充满了小与大的艺术辩证思想。所谓角度小，不仅是由艺术的具象化的特点决定的，同时也切入艺术个性化的创造规律。所谓立意深，是指对"小"的艺术孕育，既包含对生活素材和心灵材料的去粗取精、去伪存真的集中提炼和凝聚的艺术过程，又包含对具有鲜明个性的雏型的由表及里、由此及彼的艺术发掘和扩张，如此造成"小图画，大寓意"的艺术效果。再则，"因小见大"，也是艺术细节创造的艺术原则。尤其在视觉艺术中，从场景、道具设计中的一景一物，到人物外貌或举止言谈中的富有特征的细节，无不显现出在透视人物性格、心理和艺术意境等方面的显著效果。艺术细节愈是个性化，愈能显示重大的艺术分量，给人印象深刻。

——艺术形象创造中的"寓多于一"。艺术家要在艺术上对形象作量的浓缩和质的聚敛，以尽量扩张个性形象的外延和内涵。这也是"知一生万"（多）的艺术过程。首先，艺术家凭借对生活的心灵感受和独特理解，对表现对象进行广泛深入的艺术概括和开拓。如创造叙述性艺术形象，可以采取鲁迅说的"杂取种种人，合成一个"的方式，也可以采取在一个原型的基础上作吸取和生发的方式，还可以采取完全虚构的方式。再则，加大艺术过程中蕴涵的力度。通过隐喻、象征等表现手段，增强艺术形象（形式）的暗示能量，使更多的意义融合于具体生动的个性形象之中。在保持适度艺术平衡的条件下，最具象也是最抽象，最个别也是最一般。现代艺术形象（形式）的符号化，表现了较强的暗示性和不确定性。这是"一"中见"多"的特有表现形态。

——艺术风格的个性与民族性、人类性。艺术的民族风格离不开艺术家创造的个性特征。艺术家风格既取决于自身的才能、气质、个性特征等主观因素，又受到一定的民族文化背景、社会风情、生活方式、风俗习惯等客观因素的影响。它们投射到艺术的形象和境界之中。愈是艺术大家，这种投影愈奇丽夺人。作品愈是富有独特的个性风格，愈是含有普遍的深刻意义。这就是艺术家的个性与民族性的统一。提倡艺术的民族特点与人类性也是相一致的。"天下同归而殊途，一致而百虑"（《系辞》）。不同民族的艺术有很多暗合汇通之处。艺术家创造的民族文化背景也是与人类文化、时代潮流相联结和贯通的。汲取西方和其他民族艺术的长处，目的是优化本民族的艺术结构和基质，更好地发挥本民族的艺术特长和优势。愈是具备民族特色的艺术，愈能走向世界，成为人类艺术的共同财富。这就是艺术的民族性与人类性的辩证统一。

——艺术欣赏中的个人性与共鸣性。在艺术欣赏中，读者（观众）总是根据自己的兴趣、爱好或偏爱进行艺术再创造，从而表现了艺术欣赏的个人性的特点。尽管由于不同思想感情、生活经验、文化艺术修养以及不同欣赏习惯等原因，而造成艺术欣赏的千差万别，即所谓"一千个观众有一千个哈姆雷特"。但由于人类情感（人性）的共通性，而常常发生不同欣赏者之间感受一致的共鸣现象。尤其是优秀的艺术品，能够引起不同时代、不同国籍的读者(观众)的共鸣,而保持着历久不衰的艺术魅力。这是欣赏主体(观众、读者)对欣赏客体(艺术品)的全面的艺术精神的把握的效应,同时又表现出艺术欣赏的个性特点。即是说,共鸣现象同样切入"个性中寓有共性"的艺术辩证规律。

形象符号创造:表象与本质

艺术家在形象符号创造中,还要处理好表象与本质的艺术关系。表象与本质,是揭示艺术形象(形式)的内部联系与外部表现的艺术辩证范畴。艺术形象是现象的感性的,但却是艺术家的情感和灵魂的某种本质的展示。如果艺术表象缺乏与艺术家的情感的心灵的联系,就难免表面化而显得苍白无力。同样,本质的东西也依赖于表象而存在,如果艺术表象缺乏生动性、鲜明性,就不可能包孕深刻的本质。艺术形象属于艺术家直觉创造的产物。表象愈是生动丰满、复杂多样,就愈可能包孕广泛深邃的意蕴。如果说艺术品是由许多艺术表象珠联而成的,它们显现了丰富多姿、瞬息万变的特点,那么这也正是艺术本质的多方面的显示。艺术中本质的东西,如灯火在风云变幻中闪烁,似珍珠于涛声流逝中保持着自身的光芒。在有些传世精品中,艺术形象常常超越艺术家的本意而表现了多方面的深刻含义。以前论者一般用"形象大于思想"解释这种现象。从艺术辩证法的观点看,这是艺术的表象与本质得到高度融合的特有的形而上的艺术形态。现代艺术形式的符号化,或称为意象符号、情感形式符号,比一般艺术表象加大了艺术抽象强度,这可以理解为表象本质化的特有艺术形态。因而使形式更具有质感,也更具有意味。这虽然增大了人们的艺术感知的难度,但也带给人们审美的满足。在审美观照中,艺术表象直接诉诸人们的艺术感官和想象,而要理解和认识其本质,还需借助于抽象的思维,对艺术表象进行理智的分析和发掘。

情感或动作:偶然性与必然律(可然律)

艺术家按照可然律或必然律去叙述和表现人物的行动(情节)或动作,但人物的行动(情节)或动作往往是偶然性的表现。因为在艺术过程中它是以具体生动的艺术现象表现出来的,是艺术家追求出人意料的效果而虚构出来的。艺术发展的整个过程,就是由这样或那样的偶然现象连锁而成的。然而,偶然之中又有必然。"这种必然性本身出现在美的对象里,应该隐藏在不经意的偶然性后面。"[5]艺术的情节或动作的必然性,隐藏在人物性格之中,被称为"人物内在的性格逻辑"。这一般见诸戏剧、影视、小说等叙述性艺术之中。而像音乐、诗歌、舞蹈、写意画等抒情性艺术,常常出现"无性格"的行动或动作,仅仅追求创意(意境)效果,其必然性隐藏在艺术家的情感逻辑之中。

情节的生动曲折、引人入胜,动作的感染力,全在其偶然;但在情节或动作的发展过程中必然性居于支配地位,偶然倘若失去与必然的联系,也就失去了艺术存在的意义,只会导致情节离奇、动作游离的艺术平庸现象。其实,必然也离不开偶然,艺术的必然性是通过大量偶然性表现出来的。所谓"出乎意外而又入乎意内",前者指对偶然性的艺术效能的感应,后者指对必然性的内在根据的理解,这句话是对艺术的偶然性与必然律的形象阐释。只有入乎必然律的偶然性(情节或动作),才可能产生富有内涵的艺术诱惑。复杂的情节,是通过发现或"突转"而达到结局的行动。这种"发现"或"突转",也是按照可然律或必然律而发生的。可能是偶然向必然转化中要经历的过程。某些情节或动作不一定非发生不可,但也应该是可能发生的。偶然性与可然律的统一,构成另一种艺术偶然,是必然律的偶然表现的铺垫或补充,造成情节或动作的程序感、层次感。

形式美的内容与有意味的形式

艺术的内容与形式,是揭示艺术品的内在要素和它的结构及表现方式的一对范畴。内容与形式是各以对方为存在条件的不可分割的关系,没有无形式的内容,也没有无内容的形式。"只有内容与形式都表现为彻底的统一的,才是真正的艺术品。"[6]刘勰的《文心雕龙·情采》中曾过精当的比喻:"夫水性虚而沦漪结,木体实而花萼振,文附质也。虎豹无文,则鞟同犬羊;犀兕有皮,而色资丹漆,质待文也。"十分形象有力地阐释了"质"(内容)与"文"(形式)一体而不可分离的观点。那种偏重内容而不讲形式,或者认为先有内容后有形式的观点,岂不是如同虎豹失去斑斓的文采?那种所谓不讲内容的形式主义,岂不也如同无水之波,无木之花?

艺术,归根到底还属于形式的创造,内容自然蕴含在艺术形式之中。诚然,艺术家的情感冲动和心灵感受是引起艺术创造的契机,并要采用相应的艺术形式表现出来。但,艺术家并不是将心灵情感的东西强加给艺术形式,而是按照二者之间的同一性,自然化为艺术形式的内在要素。正如别林斯基所说:"在每一部艺术作品中,思想必须具体地和形式融合在一起,就是说,必须和它构成一体,消逝、消失在它里面,整体儿渗透在它里面。"[7]而达到这一艺术程度,就要通过自由的心灵的创造来实现。一方面通过艺术家的主体意识与形式结构及表现方式的对应和内在联系,促进心理情感内容向艺术形式的转化。黑格尔称"绘画的内容的基本定性是自由存在的主体性","音乐的内容是在本身上就是主体性的","而且也只能为主体的内心生活而存在"。[8]另一方面,通过加大艺术形式创造的力度,造成更大的艺术效能和感性美,以诱导人们进入特定的情境去感应和理解其内容蕴含,促成形式向内容的转化。在内容与形式融为一体中,形式愈有感性美愈可能蕴含丰富深刻的内容。优秀艺术品的感性形式的美，呈现出有如阳光穿透棱状水晶体一般，那生命的光辉的闪烁的变幻色彩，其意蕴之弥深，令人玩味不已。

实际上，艺术形式与我们的感觉、心理和情感的结构方式能够达成同构。正如亨利·詹姆斯所说的，艺术品就是"情感生活"在空间、时间或诗中的投影，因此艺术品也就是情感的形式或是能够将内在情感系统地呈现出来以供我们认识的形式。我在一篇谈叙述性艺术结构的论文中曾说"情感逻辑"为"内形式"。而在音乐、绘画、舞蹈等艺术中，不少艺术大师所表现出来的富有活力的感觉和情绪直接融合于形式之中，而暗示或象征的表现方式，只是制造感觉情绪的含蓄和意味。这种艺术形式与情感表现的同构，实质上达到了整合为一的艺术程度。可以直接称之为"情感的形式""心灵的图式"之类。现代艺术创造中更多地体现着这一艺术特点。这也是内容与形式的矛盾互相转化过程中的特有艺术形态。所谓本质进入形式，形式借本质特有的关系而建立，本质是艺术结构中的形式因素，即是说本质或结构意义直接成了形式的感性形态。这是形式与内容的合一，但并未取消二者之间的界限。只是"形式把观念吸收在自身之中，把普通事物变为局部的（个别的）现象"，"要理解这个普遍事物，就得使观念从形式中脱离开来"。[9]可见二者仍然是在相对的辩证运动中显示出形式符号的艺术意味。

艺术创新：继承中的变革

从艺术变化和发展的过程看，辩证的否定是艺术内部规律的根本标志，它集中表现为艺术的继承与革新的辩证关系。艺术否定是艺术发展的决定性环节。没有对旧艺术的否定，就不会有新艺术的产生。艺术同其它事物一样，总是由新旧替代向前发展。而传统一旦形成，就具有相对的稳定性，就有惰性，不肯变。因此否定的因素也伴随着传统而产生，并且在传统内部不断生长着。历史上出现的文化艺术变革，就突出表现了对旧传统的否定和批判的精神。然而,新艺术也不是凭空出现的,而是在传统艺术的胚胎里,并在吸收其合理成分的营养中诞生和成熟的。艺术辩证的否定,就是包括着肯定因素的否定,是继承中的艺术变革和创新。正如鲁迅在《论"旧形式的采用"》中说的:"这采取的主张,正是新形式的发端,也就是旧形式的蜕变。"揭示了新的艺术形式的产生发展的过程的一般规律。现代艺术思潮敢于同传统决裂,大胆标新立异,最可能充当艺术革新的先锋,但如果仅仅接受西方现代艺术的影响,而失去了与中国艺术传统的联系,这种现代艺术(思潮)也只能犹如沙上建塔,昙花一现。

创新是艺术的生命。对于艺术家来说,每一部作品都意味着一次新的创造。对于一个民族艺术而言,成功的艺术品的出现,就意味着艺术传统的诞生。任何艺术在它产生时就已经包孕着否定自己的因素。一种传统破坏了,新艺术又成了新传统。如此肯定中有否定,否定中有肯定,一部艺术发展史,就是在不断进行变革和创新中将艺术引向发展的过程。

创造的心灵:理智的直觉,必然的自由

艺术创造是直觉想象和智慧达到高度活跃的高级心理活动。愈是艺术天才的心灵,直觉与智慧、感性与理性愈发达完整而高度融合。艺术家进入创造过程的形象思维,无疑属于感性的直觉的想象和幻想的活动,但也包含着艺术家的深思熟虑和感情因素对感觉和想象的渗透。艺术家灵感来临时的那种神秘莫测的无意识状态,也并非天生具有、混乱无序,而是艺术感性的深层结构与有意识的经验多次相互作用之后而产生的一种自动推理活动。阿恩海姆说:"无意识的推理往往能够解决意识苦心思考而不能解决的问题,……然而如果没有意识和理性预先进行的那一番苦心煎熬,无意识推理就无法达到自由的相互作用。"[10]只有理解了的东西,才能更好地去感觉它;只有在意识和理性很好地发挥了自身职能的情况下,无意识的直觉幻象才能达到令人满意的境地。从自觉的意识

到不自觉的无意识,内含着一个转化的过程,即理性变成知觉的本能。克罗齐称之为"理智的直觉"。

假如说构成艺术创造的心灵的能力是想象力和理解力,那么想象力在认识活动中要受到理解力的束缚或制约。然而在艺术的审美的创造活动中,想象力表现了超越理性的自由。换句话说,艺术的审美的创造,是艺术家心灵自由的自觉想象的活动。但,这也并非是天马行空式的自由,而总是遵循一定的心灵轨迹的创造性直觉活动的自由,它并不排斥理解力的作用。艺术家在创造中的理解力,主要表现为心灵世界与宇宙世界的感应契合中的深刻的意会,一种直观性的把握的能力。理解力应该与想象力配合默契,促使想象力展开翅膀自由翱翔。这种创造的境地,正是康德从美学意义上阐释"灵魂"时所说的,"那就是把心灵的诸能力推向一种符合目的的自由的活动中;在这种自由的活动中,一方面是自给自足的,另方面又能加强心灵诸能力的活动。"[11]这样势必会加强想象力中的自由与必然的交互作用。

三、形象、情境及创造时空的艺术构成技巧

中国古典的"有无相生"与西方现代格式塔的启示

中国辩证艺术的渊源,要追溯到老子的"有无相生"的哲学。庄子的"物"与"道"与老子的"有"与"无"是相一致的。庄子并把它运用到艺术上,便产生了"大音希声,大象无形""无象之象""无乐之乐"("天籁""天乐")等艺术美学思想,表现了很高的艺术实践意义。老庄的"有"与"无",可以视为艺术辩证法的母题,或称为原型艺术辩证范畴,很多艺术范畴都能从中找到根据和解释。老子举过这样的例子:"三十辐共一毂,当其无,有车之用。埏埴以为器,当其无,有器之用。凿户牖以为室,当

其无,有室之用。"[12]他以车轮、器皿、房屋的空间的重要作用,引证"有"与"无"的密切关系。强调"以无为本",未免失之偏颇,但"物莫不因其所有,用其所无",却是事物的普遍规律。黑格尔也说过:"在每一事例中,即在每一现实事物或思想中,都不难指出有与无的统一。"[13]钱钟书在贯通中西艺术的《管锥篇》中对"因有用无",作了深刻阐释:当其无,方有"有"之用;亦即当其有,始有"无"之用。"有无相生"而相需为用;《淮南子》所谓必"因其所有",乃"用其所无"耳。[14]"有"与"无"是相对而言的,有"有"才有"无",无"无"不成"有","有""无"相反相成而又相需为用。这不仅更切入艺术创造的普遍规律,同时也是艺术辩证法组织原则的基本表现。

在感觉活动中,"有"与"无"一般是通过"形"体现出来的。西方格式塔心理学认为,任何"形"都是知觉经验中组织建构的功能,而不是客体本身就有的。艺术的发展与"形"的历史发展过程是密切相关的。最成熟的格式塔,即人们常说的多样统一的"形"。在艺术发展的更高级阶段上出现的不完全的"形",恰是"有无相生"的艺术辩证形态的深刻体现,最高级的不完全的"形"的艺术,也是将"有无相生"的艺术辩证原理运用和发挥到了极致。所谓"无状之状,无象之象",就是由不完全的"形"生发出的——无中生有的"完"形。对于不完全的"形"造成的很高的审美效果,格式塔心理学有着独特的解释:当不完全的"形"呈现于眼前时,会引起视觉中对完整以及对称、和谐和简洁的强烈追求,或者说会激起一股将它补充或恢复到应有的完整状态的冲动力,从而大大提高了知觉的兴奋程度。这也是联想和想象的审美再创造的复杂的过程。可见,格式塔心理学与"因有生无,无中生有"的艺术辩证法是相吻合的。换言之,格式塔心理学为"有"与"无"的对立统一的艺术,提供了有力的心理科学根据。

有与无的辩证艺术母题开启了虚与实、隐与显、形与神、庄与谐、抑与扬、动与静、起与伏、直接与间接、有限与无限、瞬间与永恒等一系列艺术辩证范畴。它们从不同方位和层面显现出有无相生的艺术的奇姿异彩。

空间创造中的虚幻与真实、有限与无限

艺术形式(形象)只是一种幻象,是刺激人们发生艺术的联想和想象的感性形式。从这一意义上,我们认同称"意象的虚幻本质",因为它依赖于读者(观众)的想象而存在。艺术创造的目的,就是要造成一种虚幻的空间。苏珊·朗格在谈到画家塞尚时,甚至说"虚幻空间是他心灵的住所"。[15]艺术幻象也是有形与无形、真实与虚幻的统一体。因有生无,真中出幻。这种艺术通真是指艺术家情感经验的真实和表现对象的内在的本质特征的"逼似"。这里就包含着艺术的非真实性,譬如一只花瓶或陶罐,在画家笔下就染上了非真实的虚拟的色彩,成了实在的幻象。因为艺术家首先要使创造的形式(形象)脱离真事实物,即虚化,赋予他性,成为自由荷载新的意义的纯粹的艺术表象。艺术形式(表象)的功能,是在纯质的、非真实的创造中,即从形而下的物象到形而上的幻象的艺术实现中得到表现的。表现力很强的形式,如克莱夫·贝尔说的"有意味的形式"的美学特质,正是似真而实虚,虽虚而实真的艺术感。

中国艺术注重表现"虚"的艺术境界,并形成了比较完备的虚实相成的艺术传统理论。清人赵执信在《谈龙录》中讲到的:"诗如神龙,见其首不见其尾,或云中露一爪一鳞而已,安得全体?"(王士禛语)可以视为对虚实相成的关系的形象阐释。首先,实中有虚,以虚带实。艺术家的笔墨在有无之间,从实处落笔,而艺术匠心在"虚",即对"象外之象,景外之景","境生象外"的追求。因而艺术品中留下大片的空白。写实又不拘泥于实,要使艺术表象尽量能够诱发欣赏者的联想和想象,即以实生虚。"见其首不见其尾,或云中露一爪一鳞",全在似与不似、若即若离之间,乃至夸张、变形或抽象,成为暗示或象征的符号。这也是"实者亦虚"。再则,虚中有实,以虚运实。艺术在有笔墨处,而妙在无笔墨处。"画中之白即画中之画","画外之画",书法"计白以当墨,奇趣乃出",这都是指那种"无状之状,无象之象"的境界。正如汉代刘安所说:"视之不见其形,听之不闻其声,循之不得其身,无形而有形生焉,无声而五音鸣焉,无味而五味形焉,无色而五色成焉。"[16]如是虚中有实——形、音、味、色,是欣赏者展开艺术想象中的虚幻的意象,这即是"不着一字,尽得风流"的艺术效果。刘安提出的所谓"听有音之音者聋,听无音之音者聪",[17]也是表明了对那种"虚"的艺术意境的追求的欣赏水准。

虚幻空间的创造,实质上是对虚实这对矛盾转化中潜能的充分发挥。在优秀的艺术品中,艺术大师往往运用暗示、隐喻或象征的表现手法,加大虚实互用、虚实相生的力度,造成艺术形式的外延力和内涵力的延伸,从而将形式意义引向极致——有形中寓无形,有限中见无限。这种艺术形式的虚化入幻的程度,近乎符号化、抽象化,成为人类精神或生命的形式的一种延伸,向无限的宇宙拓展。而这种"无形""无限"的艺术意蕴,全在于"有形""有限"的艺术形式(意象符号)——艺术媒介的审美刺激力,它作为心灵的符号,一般具有丰富的信息量和极大的美的生殖性。

时间意象的隐与显、省略与连锁、瞬间与永恒

当艺术表现相关的感性空间形式或运动着的形式的连续性,就进入秩序化的艺术过程。在这种时间意象的排列组合中必须有隐有显,有连锁有省略,尽量简化形式,又达到艺术的厚度和整体效果。毕达哥拉斯学派最早提出"美是和谐与比例"的观点,他们认为"音乐是对立因素的和谐统一,把杂多导致统一,把不协调导致协调"。[18]隐与显、省略与连锁,就是建构艺术的这种"比例"及"和谐统一"的辩证处理方式。

隐显与虚实有一定的联系,都能造成艺术含蓄。只是前者是曲尽形

容,后者是虚化(虚拟)。宋代郭熙在画论中说的:"山欲高,尽出之则不高,烟霞锁其腰,则高矣。水欲远,尽出之则不远,掩映断其派,则远矣。"[19]就是对显中见隐,以隐写显的辩证艺术的形象描述。隐与显、省略与连锁,主要表现为意象的组合艺术。正如建筑大师在设计时,总要考虑总体结构布局,一种潜在的"数"的关系。艺术品是通过人们审美的好奇心和心理能力,去对隐含或省略的部分的想象和补充而获得的艺术印象。叙事性艺术中的所谓草蛇灰线,就是对这种辩证关系的形象描述:(一)时间意象序列中的暗示性迹象,即"骤看之,有如无物"的东西,却是艺术精妙之处。真是无字处为曲直,隐中有显,出之以深隽;露中有含,隐约闪烁不定。省略的,一般是指人所共知的或者能够意料的部分,因而隐含性比较薄弱。(二)异彩纷呈的隐现或省略连锁的表现形态。笔似游龙,伏脉千里;横云断山,穿插映带;反逆隐回,山断云连;迷离烟灼,纵横隐现……但变幻中却有一条拽之通体俱动的线索,使人感觉到情节结构的整体和人物的完整形象。(三)隐伏映现,井然有序。这条若隐若现的线索,不能单单理解为事物的内在联系,而要理解为艺术的内在秩序。它是艺术家心灵情感的逻辑与客观事物发展的内在逻辑相契合的标示,或者说是艺术形象自身发展的逻辑秩序。

  抒情性艺术更讲究隐含性。简易闲淡之中常含有深远无穷之意,隐入极处,便入虚化。这种近乎以虚运实的隐中显,表现有很大的蕴含性。艺术的每一瞬间,都有接纳和凝聚无限时间、空间的可能性。艺术家的瞬间体验和精神启悟,常常与生命、哲学、宗教等领域相沟通,从而赋予瞬间意象以永恒的意义。

外形的内视:形与神、美与丑、庄与谐

  形神、美丑、庄谐的关系,是艺术形象创造中十分重要的美学问题。晋代画家顾恺之最早提出"以形写神"的命题,并成为许多论者探讨的热

点。"以形写形"（形式主义）者有之，主神轻形者有之。只有坚持形与神的辩证关系，才能克服这两种倾向。首先，以形写神，神藏于形。形是神得以体现的载体，离开了形，神就无处可依。形是外表，神是内里。我们说能使读者（观众）"得意（神）忘形"的作品，属于上乘之作，但如果没有对形的精到描写和刻画，也是不可能收到成效的。古人有"意得神传，笔精形似"之语。其次，神生于无形，离形得似。神与形的关系，也是有形与无形的关系，取神于离合之间，即在似与不似、若即若离之间。传神之妙，莫过于"似花还似非花"。倘若出于形似，却形而不神，即使酷肖逼似，这类形象也不会有多大艺术价值。成功的形象创造，总是不求形似求生韵，写形之中尽得其风神气韵。所谓"传神写照，正在阿堵中"。[20]这种"画眼睛"法，已成为刻画人物主要特征的代名词，堪称传神写照之妙诀。第三，形成神合，形神兼备。形与神在对立中达到了高度统一。正如明代屠隆形容的那样："铅与金熔，则铅亦金矣；形与神熔，则形亦神矣。"[21]实质上，这是虚拟之法，似花非花，独得生韵，形神毕现。这是形神俱妙的形而上的艺术境界。

艺术的美与丑、庄与谐，建立在形神关系的基础上。艺术形象的美，既在形似更在神似，在于形与神的统一。但从审美的角度，形式美又具有相对的独立性。在形象创造中常常出现外形美（丑）与内心丑（美）的矛盾，但这却能构成美与丑的统一。艺术丑，不单单作为美的陪衬，还有着独立的美学价值。因为它不仅倾注着艺术家的主观情感，而且赋有了艺术魅力。罗丹说："自然中认为丑的，往往要比那认为美的更显露出它的'性格'，因为内在真实愁苦的病容上，皱蹙在秽恶的瘦脸上，在各种畸形与残缺上，比在正常的健全的相貌上，更加明显地呈现出来。"[22]这与庄子很早提出的"形残而神全"相契合。形丑（残）更能取得"神全"的效果。而艺术形象的"神全"或"性格"的力量，会造成艺术的美。这也是审美与审丑的统一。

庄与谐是一种特殊的以形写神的表现形态,是包含着喜剧因素的审美形式。庄与谐互为现象与本质、手段与目的。庄中有谐,于庄的假象中更能揭露虚假和丑恶的本质;谐中有庄,真寓于荒诞之中,美藏于丑的背后,在谐谑机趣中闪现出善的本质光辉。庄与谐的辩证艺术,主要在于运用了情绪的逆差,制造了奇突的喜剧效果。谐谑和幽默,使人们在轻松的笑声中得到人性的升华,具有超验的艺术功效。

动作的内视:动与静、抑与扬

静中有动,动中有静,是人类生活和自然界中常见的现象。在特定的环境里,静更能表现动的效果,动也更能表现静的效果。中国有句古诗:"风定花犹落,鸟鸣山更幽",正是对以静显动、以动显静的辩证艺术的生动阐述。这种动与静的辩证艺术,是对动与静在相互作用、相互依赖中而达成相互转化、相得益彰的艺术契机的揭示,或者说是对二者配合默契达到最佳效果的情境艺术的揭示。它可分为自然型和智态型。自然型,是对客观外界的自然构成的情境的艺术感受和摄取。如上述古诗所云。智态型则是对人类的智态表现的艺术反映。这类动与静的辩证艺术形态的构成,一般包含着抑与扬的因素。抑扬之法有四:欲抑先扬,欲扬先抑,欲抑先抑,欲扬先扬。以动显静,属于欲抑故扬;以静显动,属于欲扬故抑。戏剧动作高潮中的净场表演,紧张气氛中的音乐戛然而止……往往产生"此时无声胜有声"的奇妙效果。优秀的绘画、雕塑、建筑,包含着一种具有倾向性的张力,因而静态中表现出飞动之美。阿恩海姆称为"不动之动"。我们从古希腊雕塑的折褶中或巴洛克式的建筑物正面的漩涡纹饰中,都可感觉到这种"不动之动"。反之,动中有静。正如姜夔在《扬州慢》词中云:"渐黄昏,清角吹寒,都在空城。"在"清角吹寒"中更显出这座城被寇扰掠后的一片空寂凄凉。在影剧、音乐中也常常出现类似的艺术境界。这种以动显静或以静显动,是以静(动)为依衬背景,动(静)在作用于静(动)的过程中又转化成了静(动)。因之,"鸟鸣",使本来就寂静的深山又增添了清幽,"花犹落",也是风的延伸的特有现象;写"风定"更显出无风之风。在动作表现中,只要善于造成动与静之间贯通和转化的情势(条件),就会发生令人折服的直接艺术功效。

古人说的抑扬之法,实质上就是自觉或不自觉地运用了抑与扬的艺术辩证关系。它由于是一种智性的运作,因而如何更好地切入客观生活规律,合乎人物性格的内在逻辑,达到造境自然,不留人工痕迹,确是智态型辩证艺术必须注意的问题。成功的高级的艺术,也总是在这方面显示着艺术家的自然造化之功。抑与扬的辩证艺术,还表现在人物表情、对话等方面。

表情或对话的内视:藏与露、冷与热、悲与喜

在人物表情或对话中常常出现表里不一、内外完全相反的现象。这属于感情心理中的抑与扬的对立统一,是感情心态的曲折表现形式,普列汉诺夫称"心理现象的这整个复杂的辩证法的基础就是社会方面的各种事实"[23]。其基本表现方式为藏与露,即将真象隐蔽着,而给人以假象。这种假象对于深入刻画人物性格,展示内心世界,却更具有艺术价值。有时藏得愈深,愈能显示出深藏中的真象。有语云"微密久藏偏自露",这就是藏中见露。而露中有藏,是指人物并不那么简单,在性情率真坦露之中,也常有言不由衷之意。当然,在人物心理上也有欲抑故扬、欲藏故露的现象可以理解为藏的特殊方式。人物性格固然有内向与外间之分,但在艺术中倘若离开藏与露的辩证艺术描写,就容易出现人物的简单化倾向。

人物感情的藏与露,在多数情况下,是社会生活和心智的反映,因而带有意识性;但有时是人物天性的自然流露,属于下意识的。这里不妨对藏与露的具体表现——冷与热、悲与喜,略作分析。冷反而热,悲反而笑,

是现实生活中常有的现象，成为不少作品及艺术表演中十分精彩传神的场面和细节。《红楼梦》中有一道脂批："凤姐恼时偏偏用笑字是章法。"这正是热中见冷的"章法"，是对炎凉世态的生动写照。喜中有悲，分两种情况：一种是喜剧大师的表演，使观众笑中有泪，即"含泪的笑"。另一种像贾母在贾府日衰中团圆赏月时的"忍悲强笑"，则更显出她心底的沉郁。"落第举子笑是哭，出嫁姑娘哭是笑"。喜反而哭更见喜，热反而冷更见热。这一般是自然情性的流露，并非有意识扭曲。达尔文在谈到"对立的原理"在感觉表现中的作用时，说："……在完全相反的精神状态下，有一种强烈的无意识的倾向，要实行完全相反性质的运动。"这种感觉表现，是心理生理相契合的人性之花。总之，藏与露、冷与热、悲与喜等辩证艺术，不仅有利于展示人物多姿多彩的情态表现和丰富复杂的心理现象，同时能够造成艺术局部的情境的魅力。

艺术描写的直接与间接、正面与反面

艺术家的功力大量体现于艺术描写之中。所谓"一声也而两歌，一手也而二牍""一击两鸣法""双管齐下法""背面敷粉法""烘云托月法"……乃至"一笔作两三笔"的"恒河沙数之笔"，都不同程度地体现了直接与间接、正面与反面的艺术辩证方法——这即是此类艺术技巧应用效果灵验精妙的奥秘之所在。山之精神写不出，以烟霞写之；春之精神写不出，以草树写之。这种以烟霞写山、以草树写春的方法，也是曲尽形容，含而不露。从这一角度看，间接与直接、反面与正面，也是隐与显的问题，但只是作为隐的一种手段和技巧。况且，这一辩证艺术技巧又不能单纯理解为一般的间接描写或侧面描写。注彼而写此，眼观彼处，手写此处，或眼观此处，手写彼处，但彼此均现，此中有彼，彼中有此。即是说，直接与间接、正面与反面是互相矛盾又互相依存的统一的艺术存在。刘熙载说："正面不写写反面，本面不写写对面、旁面，须如睹影知竿乃妙。"[24]

"睹影知竿",妙在显现了反面中见正面,对面、旁面中见本面的整体艺术境界。人们常说的云月关系,更能深入描述直接与间接的辩证关系。画月,要先画云彩,但意不在云而在月。赏画者明明见云画得工巧,却说月儿画得美。可见,不能评月不评云。云月之间有妙理贯通,欲合之则不可合,欲分之而更不可分。这岂不揭示了直接与间接(正面与反面)的关系的全部内涵?再则,这种辩证艺术技巧还可能以空间(时间)的四维性为依据,达到更佳的一笔多能的艺术效果。犹如石有三面佳处,不过一峰;路看两溪幽处,不逾一树。通过一峰一树透视多面性,放射出多棱的异彩,可谓将直接与间接、正面与反面的辩证艺术发挥到了极致。这更不是一般的间接(侧面)描写所能奏效的,而是"不可合"又"不可分"的多重云月关系的整体艺术效应。

艺术的节奏或旋律:张与弛、起与伏

节奏或旋律作为运动形式的特有表现,本身就体现了运动的矛盾规律。德国格罗塞认为:"节奏的本质形态,是某一个特别单位的有规律的重复。"艺术形式(情节)结构过程中的张与弛、起与伏,就是这种"特别单位"。这在各类艺术中表现形式不尽相同,如音乐中表现为强弱快慢的节奏或旋律线。它们都体现为遵循一定格式和规律的对立又对应的交替重复变化,并处于统一和谐之中。艺术节奏或旋律的张弛起伏,与人们的生理、心理的节奏相对应,给人们以审美的快感,这即是艺术的节奏美、旋律美。优秀的艺术品,总是通过张弛结合、起伏有致,构成丰富多姿、扣人心弦的艺术画面。

张与弛、起与伏的关系,是分别揭示节奏或旋律的速度、幅度的格式和规律的艺术辩证范畴。它们都受艺术家的心理情绪的支配。起伏与张弛紧密联系在一起。张弛必然表现为起伏,起伏之中又包含着张弛。张弛的程度与起伏的幅度成正比。我们认识张弛之道、起伏之理,不能停留

在艺术结构过程中有张有弛、波澜起伏的变化发展的布局上，还要看到张中有弛、弛中有张和起中有伏、伏中有起的艺术辩证技巧的精妙之处。张弛变化，时而金戈铁马、雷震霆击，时而凤管鸥弦、光风霁月。然而，从金戈铁马之中也能听到抒情短曲；从大雷雨中也能看到光风霁月；残漏之滴，更能烘托惊马乱驰；于无声处，更能透视惊雷霹雳。有些名曲在跌宕低回的旋律中，能给予我们波涛汹涌之感；而在管弦繁奏之中，仿佛又有希声窈渺之意。这种张与弛、起与伏的辩证艺术，大致指两个方面：一是指在节奏序列（或旋律线）的内在联系上，弛和伏之中包孕着张和起，张和起之中又孕含着弛和伏的因素。二是指表现手段上，欲张故弛，伏中见起，欲弛故张，起中有伏。这种抑扬之法，只要合乎自然情理，往往很有表现力，能够取得意外的艺术效果。

四、形式结构：对比或互补的效果

差异和对立中对称平衡的统一整体

自然美的抽象形式，是具有感性美和表现作用的形式，但也受到外在的定性的局限。这种形式的艺术辩证关系，主要表现为量的差异，诸如形状、位置、颜色、光线、声音、速度、空间方向等方面的差异，并形成矛盾和秩序。其结成具范畴的规则有三：一是相似而相反的原理。相似，是指结合对象在同质范围内；相反，是指结合对象的差异而构成矛盾对立的关系。例如，曲与直属于线条形状的差异矛盾，冷色与暖色属于色彩诉诸人们感觉的差异对立。这种相似而相反的对象的结合，本身就体现了对应的整体一律。二是平衡对称。结合对象的差异应该具备对称性，并且达成相互矛盾对立的关系的平衡。这样结合成的一致性的形式，才可能成为辩证艺术形式。因为失去平衡就没有秩序，失去对称就不能产生美。

三是整体结构的统一和谐。辩证艺术形式强调整体结构的作用,强调差异面和对立面的同一性,从整体上造成统一与和谐。这是从质上显出差异面的一种关系,也是消除了这种差异面的纯然对立而具有互相依存的内在联系。这已不是外在的统一,而是经过相互作用、相互渗透达到具体的同一,因而发生了和谐之美。这种纯粹的辩证形式,一旦运用和体现于具体艺术之中,就富有形式意味,显示出丰富的表现力和内涵力。

色彩：浓与淡、冷与暖、互补色；光：明与暗

一切视觉表象都是由色彩和亮度产生的。即使在线条画中,也只有通过墨迹与纸张之间的色和光的差异,才能把物体的形状呈现出来。视觉艺术就是运用各种不同色彩和亮度的反差,构成对比或互补的和谐的整体,从而显现出色和光的不同情调、意味及美感,乃至它们在不同的文化环境中不同的暗示和象征意义。

从色彩系统中各种因素之间基本的结构联系来看,浓与淡、冷与暖的关系,是揭示色相、角度、色调的对比或反差的表现效果的艺术辩证范畴。颜色与颜色之间的浓淡变化,是构成画面图案的色彩美及其层次感的基本方式。色彩的浓淡深浅之间的艺术对比或反差,可以取得淡(浅)中见浓(深)或浓(深)中见淡(浅)的显著效果。在造型艺术的构图中,总是通过不同层次、不同部位的局部或细部的对比效果,造成整体的艺术感。所谓浓淡相宜,是指色彩互相谐调一致,即色彩整体的统一和谐,达到了互为反衬、相映生辉的艺术境界。色彩在艺术中达到的审美效果,是在心理和生理的层次上实现的。冷色与暖色,既是视觉和触觉的作用,又是心理作用的反映。冷与暖的辩证艺术,主要表现在色彩的混合调配中冷色与暖色的相互转化。例如红与蓝,是一对暖冷色。但略带红色的蓝色,就给人以暖色感;而略带蓝色的红色,就给人以冷色感。这是某一特定色彩(冷或暖)向另一种色彩(暖或冷)的方面稍微偏离而引起色调的同化

(转化),发生了意想不到的艺术效果。画面、装饰中冷暖色调之间构成的鲜明对比,也能收到反衬效果。互补色,是在混合色重迭的情况下,在互相吸收或互相补充的过程中呈现出的圆满状态。它也是两种对立的力量达到的整体的平衡状态,或者说它是各种对立趋向的统一体,然而这是充满了生命力和艺术张力的平衡。譬如德拉克拉克在晚期绘画中,运用绿色与红色之间的对立而构成的互补色,成了"生活就是强有力的因素之间的冲突"的象征。

色彩与光是紧密结合在一起的,色彩在不同的光影下会呈现出不同的层次和特征。艺术家运用光和影的配合,能使各种形状、色相及人物面部表情,得到逼真的显示。明与暗,被称为一切颜色的抽象基础,是揭示光线的对比或反差的表现效果的艺术辩证范围。"明暗对照",伴随着达·芬奇的《最后的晚餐》一起问世而促进了绘画艺术的发展。艺术家应该擅长于利用明暗度创造出光的照射效果。在视觉艺术中,明与暗、透明与阴影是反相衬托、不可分割的整体。一种不均匀的照射,并非使人们感觉光线本身的性质,而是更能感觉到被照射事物(艺术表现对象)存在的空间特征。暗或阴影产生着光的深度效果,被描绘对象的立体感、空间感完全是由阴影诱发出来的。光的艺术,就在于是使事物的轮廓线及其亮度分布配合得当的空间创造。这种明暗对比的艺术,往往能使一个复杂的形状变得层次分明,具有整体的深度感,或者富有象征的内涵。光明与黑暗,已成了广义的艺术象征。语言艺术中光明与黑暗的对比,是对视觉的光的艺术的延伸。

线条:曲与直、刚与柔

人体或物体在运动中的线条的形状表现,一般分为曲线与直线两种。曲线体现为阴柔之美,直线体现为阳刚之美。在舞蹈、绘画、书法、雕塑、建筑等视觉艺术中,都存在着这种线条美学。在我国古代阴阳学说中,

"—"表示阳,"- -"表示阴,两个连为断,两断相呼应又连为一体。这种连中有断、断中有连的阴阳基本原理,正表明了曲与直、刚与柔的对立统一的关系。譬如舞蹈,男性主刚,动作挺拔;女性主柔,动作曲盈。男女相伴交映,艺术对比中相得益彰,刚者愈刚,柔者愈柔,阴阳刚柔相辅相成。即使单人动作结构,也是有断有连,曲直相间。动作的节奏美感,就在断连曲直之中。只是主柔或主刚,表现为柔中有刚或刚中有柔罢了。女性的舞蹈、体操表演,构成曲线的柔性美;男性的挺直动作则构成刚性美。曲线还有一种流动美、飞动美、回荡美,表现了比直线更多的艺术欣赏价值。高明的艺术家善于将曲线与直线自然巧妙地结合起来,通过曲直对比、刚柔相济的辩证方法,创造出优美或壮美的艺术形式,从而赋予线条丰富的蕴涵或象征意味,更能显示"一条线的质量"(贝尔语)。

广义的刚与柔,是揭示艺术特质和美学风格的辩证范畴,为各类艺术创造普遍遵循的重要规律。从视觉艺术到语言艺术的曲与直,是一种语义的引申,相当于隐与显这对范畴。

声音与对话:高与低、强与弱、繁与简、褒与贬

声音作为生理现象,具有高低、强弱、轻重、长短等物理特征。而声音一旦进入语境,便赋予意义。对话是声音最基本也是最复杂的高级形式。它不仅体现了声音的各种特点,同时使声音个性化,成为意义的独立的个体。对话是叙述性艺术的基本方式。不同角色之间的对话,构成对比的各种差异和多样性,语义空间在彼此之间统一和聚合产生秩序。高与低、繁与简、褒与贬,是揭示这种对话的关联的外在形态及表现效果的艺术辩证范畴。语调的高低,一般反映情绪的激动与平和。但在不同个性的人物之间或特定情境中的对话,也常常有低(轻)中见高(重)、高(重)中见低(轻)的现象。在低声轻语中可能带有沉重或铮铮作响的分量,有时沉默也显出千钧之力。而提高嗓门乃至咬牙切齿,有时反而显得低能无力。

这种对话艺术使语调更具有意味。音乐境界也是一种语境，且更深入人的情感和灵魂。音乐的节奏旋律表现了高低、强弱的交替变化中互相依赖、互相包孕的辩证规律。旋律的起落跌宕，在高潮与低谷之间形成整体上的鲜明对比，落差愈大，反向衬托的效果愈明显。在跌落低缓之中回荡着深沉凝重的感情（情绪），更能显示灵魂的深度。至于"此时无声胜有声""于无声处听惊雷"的奇突艺术效应，亦为艺术家们所崇尚和追求。在音乐的高潮部分，情感（情绪）表现明朗，但由于激情到达顶点也容易一览无余。

词语宜繁宜简，在于意达。汉语言文字繁多，保证了对话的充分个性化和丰富的表达力。简中见繁，就是以一当十，以少胜多，达到言简意赅、言少而意无穷的艺术效果。这与西方视知觉艺术要求"简化形式"的原则，也是相一致的。繁中见简，是从说话的整体内容上理解，所谓"愈碎愈整，愈繁愈简"；或是以啰嗦、唠叨表现人物性格；或是一种可笑的喜剧方式。褒与贬，不仅反映在语气上，同时作为对话的独有方式而存在。欲贬故褒，常常见诸反讽、揶揄、嘲笑等言语之中，锋芒不露之中却机锋四伏，也是一种艺术含蓄。欲褒故贬，一般发生在关系亲密的人物对话之中，以玩笑、谐谑、嗔骂等方式表现出来，具有浓郁的谐趣和情趣。在具体对话的艺术场景中，繁与简、高与低、褒与贬等关系，常常有机地交错在一起，构成丰富复杂的完整的语言现象。这在话剧、相声等表演语言艺术中，不难找到范例。

艺术布局结构中的主宾、藏露、疏密、远近

各类艺术都有布局结构的问题。在如何处理主宾、藏露、疏密、远近等关系中，同样需要有艺术辩证观念。主与宾，实属艺术的主要矛盾与次要矛盾的关系，因而它们所处的地位和作用是不平衡的。主决定宾，宾受制于主。所谓"主脑既得，则制动以静，治繁以简，一线到底，百变不离其

宗,如兵非将不御,射非鹄不志也"[25]。即是对"主"("主脑")的生动描述。另一方面,宾对主也起有影响作用,譬如配角对主角的陪衬作用,情节的副线及其它次要线索对主线的铺垫或烘托。宾主在一定条件下还互相转化。所谓反宾为主,就是艺术家根据某种题材或特定情境的需要,而作出的精心安排。反宾为主与喧宾夺主是涵义相反的两个概念。喧宾夺主是颠倒主宾关系的不良倾向。藏露与主宾紧密联系在一起。一般而言,"主"露"宾"藏,但又要做到露中有藏,藏中有露。只有藏露互用,交映生辉,方能增强布局结构的艺术感和内含力。叙述性艺术结构的藏与露,也具体表现为隐与显、省略与连锁。

疏密、远近,是揭示由主宾、藏露构成的整体布局的均衡规律和层次秩序的艺术辩证范畴。只有疏密相间,才能形成节奏效果;只有远近叠映,才能给人以层次感。疏密远近,本属空间的广延表现,见诸绘画、雕塑、建筑、园林等造型艺术之中。疏中有密,密中有疏,是从产生空间效果而言。疏中留下一片一片的空白,且在密的透射和诱发中意蕴荡漾,虽疏犹密;而密中有奇,且在疏的映衬下,并不显得密,意态纷呈,虽密犹疏。因此疏密交织对应,使人们感受到一种空间性节奏,而对其中艺术意蕴(氤氲)的感受,似乎没有疏密之分。远与近之间互相叠映、互相对称,造成离异或相应。一方面,各种风景或人物的相互重叠,能够造成深度效果,即近中见远;另一方面,不同风景或人物的对称,又可以抵销或减少因形状的重叠而造成的深度感,即远中见近。在复杂的画面和园林建筑中,又往往有远中近、近中近。中国山水画中就有"三远"的处理方法,即高远、平远、深远在空间中的不同方位的表现。可见远与近是相对而言,其辩证艺术原理相同。愈是纷繁复杂的画面,愈要借助于远与近的对比和反差,造成更多的空间层次感。然而,假如说这是艺术的刻意追求,也应该是"佳园结构类天成"的自然艺术境界。在音乐、舞蹈和叙述性艺术中,疏密远近表现为时间性节奏和时间意象组合的秩序感。

艺术装饰中的华丽与淡朴、古雅与现代

艺术装饰具有鲜明的形式感,是一种形式美学。华丽与淡朴的关系,也是多样性与简化性、变化性与恒常性的对立统一。二者之间只是表现形态的对立,而艺术质地还是同一的。如果失去了同一性,就会导致妖艳(矫揉做作)和俗气的两极分化。苏东坡把西湖比为西子,才有"浓妆淡抹总相宜"的哲理诗句。华丽,能够显现高贵典雅,是一种雕饰美。但,华丽出自淡朴。镂金错彩渐近自然,方显得美。浓丽之极而反若平淡,雕琢之极而更似天然。天然去雕饰的清水芙蓉,方有不衰的魅力。淡朴,更接近质地,是一种质朴美、天然美。淡中寓有意味,朴中蕴有风韵,淡朴也是一种含蓄。可以说,华丽或淡朴是在同质的天平上显示的复杂与简化的对比或反差的艺术效果。中国古代所谓"平淡乃绚烂之极",表面上是说"平淡"是"绚烂"的极致,"绚烂"最终而趋于"平淡"。实质上,则指一种千锤百炼而达到炉火纯青的极境的艺术质朴。我们可以理解为是华丽与淡朴的高度融合乃至合二而一,是一种形而上的艺术表现形态。艺术装饰的华丽与淡朴,具有泛指一切艺术的形式特色或美学风格的文本意义。

从艺术装饰的历史感考察,便有现代与古雅之分。现代与古雅,具有一定的相对性,但在时间逆差的对比中又互相联系、互相贯通。古雅,由于离现实生活较远,因而给人一种隔世之感。它能够唤起人们悠远质朴的情感、宁静的情绪。这种超越时代的美丽形式,却由于现代人的眷念和追求而赋有一种现代感。同样,艺术装饰中的现代形式与传统形式也有着一定的渊源关系,形式的现代美与古雅美相比较而存在。

艺术表现中的拙与巧

拙,作为表现手法,绝非俗常意义上的拙。艺术上的拙与巧,是揭示

艺术的技巧和功力的不同表现形态的一对范畴。我们称艺术家独具匠心，诚然指巧妙的艺术营构及表现，同时也指那种无巧之巧、拙朴自然的艺术运作和表现。"大巧若拙，归朴返真"[26]。拙，是巧的特殊表现，是一种艺术皈依——纯真质朴，乃至充满稚气童趣，显现出原始的天真、童年气派的美丽。如果说巧的经意不容易做到不留斧痕，那么大巧之拙，则进入了经意而不经意的艺术状态。从这一意义上，可以说艺术不难手巧而难于拙，愈巧愈拙，功倍愈拙，不胜其色。可见，拙离不开巧，巧是拙的先导。只有具备巧的功夫，才可能进入拙的艺术境界。拙，倘若离开巧，真正成了失去艺术神韵的笨拙之拙。因此，拙与巧是不可分的。拙者，虽拙亦巧；巧者，虽巧亦拙。在艺术大师的笔下或表演中，往往显示着"其工处乃在拙，其拙处乃见工"，"唯甚巧者，乃能就拙为巧"的辩证艺术的神秘魅力。

中国古代美学崇尚拙朴。老子最早提出"大巧若拙"[27]，庄子也提出"既雕既琢，复归于朴"[28]。老庄的这一美学思想对艺术的影响，不仅表现在艺术技巧的运作上，而且体现于形式创造的艺术风格的追求上。拙与巧的辩证艺术，具有重要的美学价值和艺术实践意义。

艺术领域中矛盾关系纷纭庞杂，本文不可能面面俱到，仅列出艺术理论和实践中常见的、基本的、具有代表性的艺术辩证范畴，作简要描述。

不同范畴，既有各自特定的属性，又有互通性。

艺术辩证法作用并依赖于艺术实践，仍将随着艺术实践的发展而发展。

注释：

[1] 列宁：《哲学笔记》，人民出版社，1974年，第410页。

[2] 古希腊哲学家德谟克利特(Demokritos)提出原子说，认为万物是由不可分割的原子构成。后来达戈拉斯学派认为人类世界中许多东西都是成双成对的，合二为一。存在物的本原是互相反对的。

[3] 亚里士多德：《亚里士多德全集》Ⅵ，中国人民大学出版社，1993年，第127页。

［4］《老子》第三十二章,陈鼓应《老子注译及评介》,中华书局,1985年,第194页。

［5］黑格尔:《美学》第一卷,商务印书馆,1984年,第148页。

［6］黑格尔:《逻辑学》,商务印书馆,1980年,第279页。

［7］［9］别林斯基:《〈冯维辛全集〉和札果斯金的〈犹里·米洛斯拉夫斯基〉》,伍蠡甫主编《西方文论选》下卷,上海译文出版社,1984年,第534、533页。

［8］黑格尔:《美学》第三卷上册,商务印书馆,1984年,第227、332-333页。

［10］阿恩海姆:《论艺术心理学》,加利福尼亚大学出版社,1966年,第288页。

［11］康德:《构成天才的各种心灵的能力》,伍蠡甫主编《西方文论选》上卷,上海译文出版社,1984年,第563页。

［12］《老子》第十一章,陈鼓应《老子注译及评介》,中华书局,1985年,第102页。

［13］黑格尔:《逻辑学》上卷,商务印书馆,第72页。

［14］钱钟书:《管锥篇》第二册,中华书局,1979年,第425页。

［15］苏珊·朗格:《情感与形式》,中国社会科学出版社,1986年,第93页。

［16］［17］《淮南鸿烈·原道训·说林训》,《丛书集成》本。

［18］转引田兆元:《艺术抽象论纲》,《文艺理论研究》,1990年第1期。

［19］郭熙:《林泉高致》,《历代论画名著汇编》,文物出版社,1982年,第64页。

［20］刘义庆:《世说新语·巧艺》,《诸子集成》本。

［21］屠隆:《形神》,《鸿苞》卷三十五,明庚戌本。

［22］罗丹:《罗丹艺术论》,人民美术出版社,1987年,第25-26页。

［23］普列汉诺夫:《论艺术》,三联书店,1973年,第18、20页。

［24］［25］刘熙载:《艺概》,上海古籍出版社,1978年,第74、172-173页。

［26］黄钺《二十四画品》,《壹斋集》,咸丰九年刻本。

［27］《老子》第四十五章,陈鼓应《老子注译及评介》,中华书局,1985年,第241页。

［28］陈鼓应:《庄子今注今译》,中华书局,1985年,第506页。

（原刊《美学与艺术学研究》1996年第1期）

美与艺术鉴赏纲要

"美与艺术鉴赏"是普通高校的美育与艺术教育课程。本课程讲授美与艺术鉴赏的基本知识,突出对审美原理和艺术再创造原理的讲授。既对艺术美进行整体的全方位的观照,又侧重于对美和艺术的感受和欣赏,在结合赏析中外美术、音乐、舞蹈、剧影等艺术名篇中,认识和把握各门艺术的特征和鉴赏规律。通过讲授,增强大学生对美与艺术的深入了解,具备基本理论素养,提高对美的感受能力和艺术鉴赏水平。

导语:美、艺术与鉴赏

一、作为社会历史科学范畴的美学

美学作为一门独立的科学,是近代的产物,是在十八世纪德国古典哲学中作为一个特殊部门开始确立起来。中国美学则是在近代以前的长时期内同哲学、伦理学,特别是同诗、书、画等各门文艺论说不可分割地融合在一起,而形成了特有的中华美学传统。

美学与哲学、心理学、艺术学等社会科学之间,既有密切的关系,又有确定的区别。美学与艺术科学有着特别密切的关系。美学的研究对象包括客观世界的美和人对客观世界的美的反映的全部领域。而艺术是美学研究的主要对象。因为艺术是审美意识的集中表现,是人对现实审美关系的最高形式,是人类一种极其普遍的精神活动,在人的精神生活中占有重要地位,对人们有很大的美感教育作用。人对现实的审美关系的一切特点,都从艺术中集中地体现出来。美的花朵在艺术的枝头上开放得特别艳丽夺目。美学与艺术学是彼此渗透、相互转化的。当然,二者又毕竟是有着不同的研究对象和任务的各自独立的两门学科。

二、审美在艺术中的特殊地位和作用

艺术是美的创造。没有美,也就没有艺术。艺术能够唤起人们的美感,这是它的基本特性。艺术家总是遵循"美的规律"进行艺术创造,审美认识是艺术家的主体意识的重要方面。艺术家的创作个性,集中表现为两个方面:一是对客观现实美的独特的艺术感受力,一是在对美的艺术传述(创造)中所表现出的独特的营构方式(包括艺术结构方式和艺术表现的方法、技巧)。

艺术的审美作用,就是由艺术所具有的美的特征产生的。衡量一部艺术品的高下和优劣,首先看她是否具有审美价值和审美效能。中外任何优秀的艺术品,总是依赖于她的美的魅力而显示自身的艺术价值。艺术的认识作用、教育作用离不开审美作用。

艺术的研究与鉴赏离不开美的研究和鉴赏,譬如,研究艺术的起源及其发展规律、艺术的本质及其功能,往往切入对美的规律和本质的探讨;艺术欣赏也往往集中体现为对美的欣赏。

三、做一个合格的鉴赏者的基本条件

马克思说过:"对于没有音乐感的耳朵来说,最美的音乐也毫无意义。"如何才能具备"音乐感的耳朵"呢?首先,要学习和掌握美学和艺术的基本理论知识;其次,要熟悉审美和鉴赏的对象,各门艺术的特征;再则,明白艺术鉴赏的规律和特点。在此基础上,多看、多听、多读中外艺术名篇,从鉴赏实践中培养自身"音乐感的耳朵"。

作为一名合格的艺术鉴赏者,不能满足于具有较好的艺术感觉,而且要获得对美和艺术的鉴别力。宋人邵雍的《善赏花吟》云:"人不善赏花,只爱花之貌;人或善赏花,只爱花之妙。花貌在颜色,颜色人可效;花妙在精神,精神人莫造。"把"花之貌"与"花之妙"对立起来,虽然并非妥当,但强调"花之妙",强调对艺术精神(内在美)的辨别力,无疑是可取的。我们不仅要"爱花之貌",还要从"花之貌"上看到"花之妙",才称得上"善赏花者"。

美是什么?

美的本质

一、几种对美的基本看法

什么是美?是历来人们探索的焦点问题。正确理解美的本质,是科学地解释各种复杂的美的现象以及艺术创作、艺术欣赏中许多具体复杂的问题的理论基础。

德国古典主义美学,侧重从主观理解美,黑格尔说:"美是理念"。十九世纪俄国哲学家、文艺理论家车尔尼雪夫斯基侧重从客观理解美,提出"美是生活"。中国美学家朱光潜则在总结吸收前人经验的基础上,提出"美是主客观的统一"。从黑格尔到别林斯基,还从形式上考察美,认为"美在和谐"。

二、美是一种感性具体的存在

综言之,美作为人们对自然界和社会生活的一种生理的心理感受,既具有主观性,又具有客观性。美不是事物的某种与人无关的自然属性,美不在物,而在于人。我们不管是被物的形象引起和谐愉悦之感,还是为人的形象所感动,都成了一种人的生理现象和心理情感现象。美不是意识、情感、精神的虚幻投影,但也反映着事物本身所具有的存在价值或社会属性。美作为一个客观的对象,是一种主观能动的感性存在;美作为一种意识,一种感觉,又是一个客观具体的实在。美是包含或体现着自然和社会生活的规律,能够引起人们特定的生理情感折射出的具体形象(包括自然形象、社会形象和艺术形象)。

三、真、善、美的相互联系及界限

科学求真,道德求善,艺术求美。但美不是孤立的东西。美的特殊本质,也表现在它与真和善的相互联系与相互区别之中;美的创造与欣赏在社会生活中的特殊作用,更是与真和善密不可分地联系着。美,创造生活。就其作为客观对象而言,是以对于真的认识和掌握为前提;但真并不就是美,只有当真的感性具体的存在形式成为人的能动创造的活动所必须掌握的东西,并成为对这种活动的肯定的时候,真才具有了美的意义。

美与善常常融合在一起。人对客观现实与主体目的的关系的认识形成了善的观念。美,一旦被善的因素所渗透,就显现了理性的力度和光辉。美虽然常常符合和服从于善,但美不等于善。善是直接与人的功利的目的联系着的,美不是一个直接满足于人的实际需要的对象,而是认识和观赏的对象。许多事物经常是具有善恶、美丑对立的两个方面。

美的形态

一、自然美、社会美与艺术美

美的本质存在于各种具体的审美对象中,具有丰富生动的形态,有自然中的美、社会生活中的美、艺术作品中的美等等。

自然美,指自然事物的美,包括日月星辰、山水花鸟、草木虫鱼、园林田野等。自然美即自然物自身的内在必然性相对完满的外在显现,是作为人的感性的美(审美对象的美)而存在。自然美分为未改造加工的自然对象的美(未人化的自然)与经过人类加工改造的自然对象的美(人化的自然)。

社会美,指现实生活中社会事物的美。在人们日常经验中,经常感受和认识社会事物作为审美对象具有某种审美性质,使我们能对之作出审美评价或体验。社会美与善往往具有不可分割的联系,审美评价之中也包含有道德判断。自然美是作为自然的一种属性,主要表现为客体对主体的关系;社会美则主要表现在人与人之间的关系之中,表现为主体内部精神力量的发挥。社会美是社会实践的产物的最为直接的存在形式,与时代有一定的联系。

艺术美是美的创造性的反映形态,它突破了自然美和社会美的局限性,具有集中、精粹、高级的创造性特点。当艺术家把现实的审美方面经过相对的抽象而化平淡为神奇,这种艺术的美就具有永久的魅力。因此,艺术美是重要的审美对象,更能够满足人们的审美需要。这一问题在有关艺术、艺术创造和艺术鉴赏各章中还要作探讨和阐述。

二、优美与崇高、悲剧与喜剧

不论在艺术美还是在现实美中,美的形态特质,大致可分为优美与崇高两种。中国古代提出了阳刚之美与阴柔之美的概念。西方康德、黑格尔阐述了崇高在美学中的独特地位。

崇高与优美的联系与区别:二者都是美,却是两种不同形态的美。优美作为美的一般形态,侧重于展示客体与主体在实践中经由矛盾对立达到统一、平衡、和谐的状态;崇高则主要体现实践主体的巨大力量,更多地展示着主体与客体在现阶段相冲突和对立的状态,并且从这一状态中显示出客体与主体相统一的历史必然性。

悲剧的审美价值,主要在于作为美学对象的悲剧,能使人奋发兴起,提高精神境界,产生审美愉悦。只有反映形态的悲剧艺术,才经常作为审美对象——通过对作品中主要人物形象身上所体现出的美好的东西的毁灭的展示,引起观众的悲怜和畏惧,从积极方面给人以"净化作用"。

悲剧冲突,往往也是善与恶的斗争。悲剧的审美特性,实质上是一种崇高的美。

喜剧或滑稽,主要在于丑的审美价值。喜剧对象的特征是"用另外一个本质的假象来把自己的本质掩盖起来"。艺术家通过对"假象"——"毫无价值的东西"的描绘,造成真与假、善与恶、美与丑的荒谬的对立,产生滑稽感的笑,在笑声中否定一切无价值的虚假的"丑恶"的东西。

优美与崇高、悲剧与喜剧等不同美的形态是相互联系、彼此渗透和相互转化的。审美对象以其复杂多样的现象形态,构成一个丰富多彩的美的世界,诉诸人们的审美意识。

美 感

审美经验

一、审美中的"心理距离"

美感起于直觉。美感经验中的"心理距离"有二层意思:一是说只有不为忧患休戚的念头所扰,才能进入审美境界;一是说要善于把事物摆在某种"距离"之外去看,方能造成事物的美感效应。这也是把我与物的关系由实用的变为欣赏的。就"我"说,"距离"是超脱;就"物"说,"距离"是孤立。艺术美能超脱实用目的,却不超脱经验。在审美经验中,一方面要忘我、超我,另一方面又要拿我的经验来印证作品。艺术家要善于制造"距离","不即不离"是造成艺术美的最好状态。

二、审美中的"物我同一"(移情作用)

在凝神观照(审美观照)时,由物我两忘进到物我同一境界,西方美学中称为"移情作用",即指人在聚精会神中观照一个对象(自然或艺术作品)时,把自身的生命和情趣"外射"或移注到对象里去,使本无生命和情趣的外物仿佛具有人的生命活动,使本来只有物理的东西也显得有人情。诸如"感时花溅泪,恨别鸟惊心"(杜甫),即是此意。移情作用与一般外射作用的区别:第一,在外射作用中物我不必同一,在移情作用中物我必须同一。第二,外射作用由我及物是单方面的,移情作用不但由我及物,有时也由物及我,是双向的。

三、审美愉悦

美感有种种特征,但其最终的结局或效果却是一种特殊的快乐。审美快乐不仅仅是来自某一单一的低级感官(如触觉、味觉、嗅觉等)的快感,而大多来自视觉和听觉等高级感官的快感,而且还要从这种感受一直贯穿到心理结构的各个不同层次(如情感、想象、理解),这样多种心理因素发生自由的相互作用,产生出一种既轻松自由、又深沉博大的快乐体验。只有当人们在欣赏壮阔崇高或优美别致的自然景色或艺术作品时,才能真正体验到审美的快乐。在这种快乐中,既有对形式的赞美和对情感意味的共鸣,又有洞察各种含蓄地展示出来的"真理"时的欣慰,还有对平时某些压抑情绪的消解和净化。心灵自由是产生愉悦感情的基础。审美愉悦的产生需要有两个基本前提:一是主体审美需要,一是审美对象的刺激作用。

审美心理要素

一、感觉与知觉

感觉,首先在于人能通过初级的感官造成一定的生理上的快感,没有这种初级的生理感受,更高级的情感和想象活动就失去了基础。具有复杂的审美经验的感觉,不仅包含知觉,也渗透着"情感"和"理解"的因素,这是因为外部物理结构、生理感受结构、社会情感结构三者之间的直接契合。感觉是对事物个别特征的反映,而知觉却是对事物的各个不同的特征的完整形象的整体性把握。而审美知觉（即处于审美态度中的知觉）的最终目标就是创造和引向一个独立的审美世界。

二、联想和想象

构成审美经验的第二个重要元素是想象。审美想象可分为知觉想象和创造性想象。审美中知觉想象是面对着美丽的自然事物或富有感染力的艺术品而展开的，一般不能脱离眼前的事物或形象。审美中的创造性想象则是在知觉想象的基础上，脱离开眼前的事物或形象，在内在情感的驱动下唤起种种记忆形象，进行大胆的创造性的联想和想象。在创造性想象中，眼前的刺激物只是起一种触发作用。

联想和想象在审美经验中占有举足轻重的地位。如果说感知的作用是为进入审美世界打开了大门，那么想象就是为进入这个世界插上了翅膀。

三、情感

在审美经验中涉及的情感大体上有二种：一是知觉情感，二是审美情感。知觉情感是伴随着知觉活动直接产生的，而且总是被主体看作是知觉对象的一种客观性质。所谓"移情作用"，就是在知觉中把自我人格和情感投射或转移到对象中，与对象融为一体。在联想和想象中，情感因素是十分活跃的，驱动和制约着整个形象思维活动。审美情感是组成审美经验的诸要素（感知、想象、情感、理解）按一定的比例配合达到一种自由和谐的状态时达到的审美愉悦。

四、理解

审美经验中的理解是不可缺少的重要心理因素，如果感知中没有理解，感知就只能停留在动物性的信号反应的层面上；如果情感中没有理解，情感就成了一种偶然性的自然情感发泄。最基本的理解，是对不同于"实用"状态的"虚幻"状态的理解。换言之，就是要把真实生活中的事件、情节和感情与审美态度中或艺术作品中的事件、情节和情感区别开来。

只有理解到"虚"的东西,用想象去取代真实,才能把感受导向审美的感受。理解的第二层意思,是对审美对象的表现方式包括题材、典故、形象、意象、境界、故事、情节、技巧程式等方面的理解。理解的第三层意思,是对形式中融合着的意味,即隐喻(象征)的意义的直观性把握。

总之,审美中的感知因素是导向审美经验的出发点,理解为它指明了方向,情感是它的动力,想象为它增加了翅膀。

艺术美

艺术的魅力

一、艺术魅力产生的内在根据:美的内质

艺术魅力本质上是艺术品的复杂功能体系所产生的综合美感效应。它不是纯粹的对象的客观属性,而是欣赏者对艺术品的审美关系的产物。魅力产生的内在根据是艺术品的美学结构与欣赏者的审美心理结构的对应。艺术品的美学结构可作下列图示:

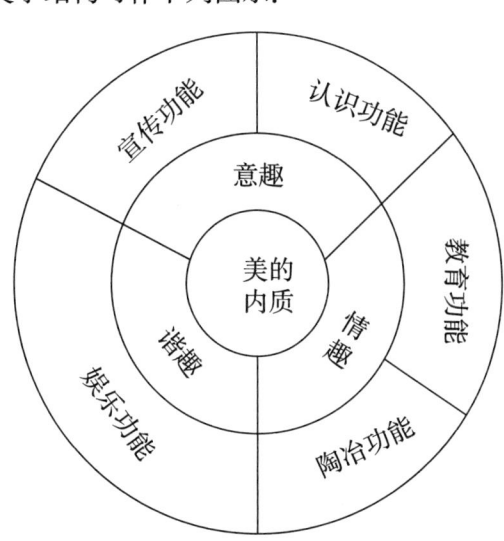

艺术魅力是艺术品的一种美感效应。美感效应来自艺术品的审美素质(美的内质)。这种审美素质(美的内质)不是抽象神秘的东西,它具体地表现为意趣、情趣、谐趣等多种审美趣味形态,它们的巧妙组合产生艺术品复杂的功能结构。一个作品的魅力,就是这个作品诱导观众(读者)进入审美境界产生美感效应的力量。

二、艺术的审美观照与社会功能

艺术鉴赏首先是艺术品的美感效应。所谓艺术魅力,是艺术品中的意趣、情趣、谐趣等审美素质衍生出来的复杂功能体系所产生的综合性美感效应。所谓意趣,指的是艺术形象(意境)中的思想内容所产生的审美趣味,主要作用于欣赏者的理智,它属于艺术品的认识性因素。所谓情趣,指的是艺术形象(意境)中的情感内容所产生的审美趣味,主要作用于欣赏者的情感,它属于艺术品的感染性因素。所谓谐趣,指的是艺术品的形式技巧所产生的趣味,主要作用于欣赏者的审美感官,它属于艺术品的娱乐性因素。艺术品的功能结构包括社会认识功能、思想教育功能、情感交流、陶冶情性功能、感官娱乐功能等,在艺术鉴赏过程中潜移默化地作用于欣赏者的审美心理结构,便产生出各种美感效应。所谓"寓教于乐",正是说明艺术的审美作用是第一位的,艺术的认识和教育的作用自然包含于艺术的美感效应之中。能否具备艺术的美的内质和美感效应,也是区别艺术品与宣传品的基本标志。

三、艺术品发生美感效应的基本条件

艺术的美感效应,一方面是客体(艺术品)对主体(欣赏者)的有效作用,另一方面则是主体(欣赏者)对客体(艺术品)的心理反应。(一)艺术品的美学特质,主要在于具备构成艺术美的四种要素:一真——艺术的真实性;二新——艺术的独创性;三深——艺术的深刻性;四蕴——艺术的含蓄性。(二)欣赏者的个人条件(如兴趣、需要、知识、经验、艺术修养、欣赏习惯等):1.艺术素质;2.艺术感觉;3.艺术感受能力。

艺术传达：形式、形象与境界

艺术美主要是通过艺术品的形象意境而显现出来。

一、运用形式美塑造艺术形象

形象是艺术的最基本的特征,是为人们所直观感受到的一种艺术存在。

1. 构成具体艺术形象的诸感性形式

雕塑:外廓、体、面、凹凸和色、线。

建筑:立面、布局、空间、装饰。

绘画:色、线、光、构图、章法。

工艺:造型、纹饰、色彩。

书法:点、画、布白、间架及分行。

音乐:旋律、节奏、节拍、和声、曲式。

舞蹈:人体、动作、节奏、表情、构图、造型。

戏剧:唱、念、做、打、脸谱、服装、道具、布影、灯光。

2. 形式的美及表情性

线条、色彩、声音、形体等本身的美,黑格尔称为"感性材料的抽象统一的外在美"。A.色彩美。色彩感是一种最普及的感觉。a.色调感(情感):冷色与暖色;b.重感(情感):深沉(如黑色)与轻柔(如嫩黄色);c.象征性。如白色——纯洁,红色——热烈,蓝色——自由。B.线条美。任何美的形象都有各不相同的线条和形体。霍迦兹认为最美的是蛇形线—波浪式的曲线。线条的表情性及象征意义。C.声音美。声音感也是一种最原始的感觉。音质美与音色美。

3. 形式组合的规律

色、线、形、声在时间和空间上排列组合的规律;整齐一律、平衡对称,变化统一等规律;色彩学规律、声学规律、力学规律等等。艺术家总是遵循感性特定材料作为形式表现的本身的规律,并按照一定的艺术构思,运用一定的艺术技巧和手法,才能构成具有情感内涵和隐喻意义的审美形象。

二、艺术品的境界(意境)

艺术鉴赏是对艺术品的形象(意象)的整体性的领悟。艺术品固然有由单一形象构成的,如中国工艺品《兽形壶》,西方雕塑《少女像》之类,但大量的艺术品是各种不同形象的有机组合。优秀的艺术品,总是由形象系列构成艺术整体,从而造成作品的境界和意境。中国意境的构成方式:一是虚化,实生虚,造成大片空白;二是意化,写意,造成一种意态、一种朦胧感,是一种模糊美学。所谓"大音希声,大象无形","象外之象,景外之景","言有尽而意无穷",都是说中国意境"境生象外"的特点。优秀作品的境界可分三层:始境——心灵对印象的渲染,感觉形象境层;中境——活跃生命的传达,艺术生命境层;终境——人格精神的展示,意蕴境层或最高灵境。

艺术种类与鉴赏

艺术分类

一、艺术分类的历史演变

艺术的种类是在艺术的产生和发展过程中形成和多样化的。艺术的分类,始于艺术诞生之初。最古老的原始艺术,就分歌舞艺术和造型艺术两大类别。现在一般认为诗、歌、舞在最初是三位一体,包括文学因素在内的歌舞艺术,是最早诞生的一种艺术。它伴随着人类的劳动而产生,以后逐渐分化独立,并逐渐发展演变为近代的音乐、舞蹈和文学三个艺术种类。除歌舞艺术外,造型艺术也是最早诞生的。它从石器工具发展演变为石器工艺品,或者由日用品发展演变为实用工艺品。总之,艺术种类是社会历史发展的产物,它伴随着历史的发展而变化,艺术由低级向高级的发展过程,也是艺术种类不断多样化的过程。

二、艺术种类划分

主要艺术门类:

1. 美术:A. 绘画——绘画在平面上描绘各种可见事物的形象,所能表现的对象十分广泛,而且在再现对象的形貌神情和丰富色彩方面具有特殊的表现力。B. 雕塑——雕塑是在三度空间的立体形式中再现生活,用物质性的实物形式来塑造形象。雕塑包括雕和塑两种。雕塑还分为圆雕和浮雕两种形式。C. 工艺美术——既是精神产品,又是物质产品。它分为陈设工艺和日用工艺两类。工艺美术的表现力来自造型、色彩和纹样装饰。另外,建筑艺术是实用性的物质产品或实用艺术,其形象由建筑物的体积布局、比例关系、空间安排、结构形式等构成。

2. 音乐:是以声音为其表现手段的艺术。音乐用有组织的乐音构成艺术形象,节奏和节拍是音乐的重要表现手段。

音乐重在表情,具有听觉艺术的真切或模糊性及灵魂深度。

3. 舞蹈:舞蹈把人体动作作为自己的表现手段,有节奏地、有组织地变换不同的动作姿态,从而构成舞蹈的艺术形象。舞蹈动作具有节奏感和韵律感,以及程式化造型。音乐是舞蹈的灵魂。舞蹈的形式美的独特价值。

4. 戏剧:戏剧是由演员扮演角色,运用多种艺术手段,在舞台上当众表演故事情节的一种综合艺术。戏剧冲突与角色创造。剧本、导演和演员是构成戏剧的三要素。

5. 电影:电影是综合戏剧、文学、美术、音乐等艺术成分,同时综合摄影等许多科学技术手段,把艺术和科学相结合而形成的一门综合艺术。蒙太奇叙事。人物内在的心理情感转化为外在的动作与对话等。

主要艺术门类 \ 分类标准 类别种别	感知方式	存在方式	物质形式	展示方式	功能
绘画雕塑	视觉艺术	空间艺术	造型艺术	静态艺术	美的艺术
工艺、建筑	视觉艺术	空间艺术	造型艺术	静态艺术	实用艺术
音乐	听觉艺术	时间艺术	音响艺术	动态艺术	美的艺术
舞蹈	综合艺术	时空艺术	人体艺术	动态艺术	美的艺术
戏剧电影电视	综合艺术	时空艺术	表演艺术	动态艺术	美的艺术

三、各种艺术的联系与创新

1. 吸取。以一种艺术为主,吸取他种艺术的某些长处,用来丰富和发展自己。

2. 结合。两种或多种艺术成分融合成一种新的艺术形式。

艺术鉴赏的特点与规律

一、艺术鉴赏的性质

艺术鉴赏是因接触艺术品产生的一种审美活动,它首先是一种审美享受。艺术鉴赏又是一种审美创造,一方面由于生动的艺术形象唤起了欣赏者的某些形象的记忆,印证了他的生活经验,调动了他的审美情绪,但这种审美接受不是消极被动的,而是在形象媒介的诱导下,发挥自己的想象力和情感体验能力,进行艺术的再创造。通过联想和想象,补充和丰富原有的艺术形象,从而加深对作品的艺术境界的理解。根据现代格式塔心理学,人们具有强烈的追求完整、对称、和谐的心理能力,对于高级的艺术形式的不完全的形,会在那些有特定欣赏能力的人身上激起将它"补充"或恢复到应有的"完整状态的潜在创造力量"。犹如对于"⌴",可以获得⌴→△、⌴→▢、⌴→▱等多种完形的意味。艺术鉴赏又是一种艺术思维活动。艺术家创造审美观照对象充分运用了形象思维,观众如果不具有相应的形象思维能力,便难以理解艺术家的创造。

二、艺术鉴赏的过程

艺术鉴赏的过程一般可分为三个环节:即感知、体味和判断。当人们的眼、耳等感觉器官接触作品的艺术形象时,便产生了艺术感觉和审美兴趣,这是进入鉴赏的第一步。继而对初步感觉印象的综合和深入,便形成知觉形象,或者产生情感反应。随着审美感知的深入,必然会产生对作品的体验和玩味。这是对艺术的精妙和奥秘的感受和体会,也是对艺术的审美境界的深度介入。人们在对艺术形象的感知和体味的过程中,还渗透着理性的审美判断。这种审美判断的对象是多方面的,包括艺术品中的形象或人物事件、艺术形式和技巧、艺术品的内涵、审美价值与艺术家的审美倾向等等。

三、艺术鉴赏的作用与共鸣现象

艺术鉴赏对于实现艺术功能具有重要意义。只有通过艺术鉴赏,艺术品的潜在的审美价值才转化为现实的存在。观众(读者)作为主体在艺术鉴赏活动中具有高度的自由性和创造性。共鸣是艺术鉴赏中的普遍现象。产生共鸣的原因,一方面由于艺术品具有激发观众感情体验的力量,一方面就在于欣赏主体审美心理结构和人性与艺术形象在不同层次上具有共同点,这种相通也就造成了共鸣。

视觉艺术鉴赏

视觉艺术的审美特征

一、形象的直观性与空间意识

视觉艺术是以客观事物的固有的视觉形象的构成因素——各种不

同的线条、色彩和形体作为其表现手段,运用一定的物质材料,在实在的三维空间或平面上塑造出可以凭视觉感官直接感触到的艺术形象。其主要特征:直观性、空间性、物质性、瞬间性、静止性。

视觉形象的有形与无形。优秀的艺术品并不囿于直接看见的实在形象与形的外在美,而是力求突破视觉形象的局限,以有形表现无形,间接描绘不为视觉感官所直接感受的人的心理情感内容。这就需要欣赏者以联想和想象去感知这种无形的存在。中国视觉艺术讲究"以形传神",讲究"神似"、韵味(神韵、意韵)。

视觉形象的静态与动态、瞬间与永恒。鉴于美术作品形象的瞬间性、静止性和永固性的特点,艺术家可以把自己所体验到的自然界和社会生活中最美好的那一瞬间、富有包孕性的一瞬间固定下来,通过画面的瞬间描述,展示过去和未来,乃至使瞬间之中寓有永恒,达到空间与时间一体。空间艺术中包含有时间意识。这就赋予视觉艺术以隐喻意义、象征意义,让欣赏者玩味不已。西方印象主义、立体主义等现代画派的优秀作品,即是佐证之一。

二、中西方视觉的空间创造异同

中西方视觉美的空间创造的不同之处集中表现在绘画上,中国画追求平面性,而西画追求立体感;中国画运用散点透视,以"三远"即平远、高远、深远为标准,而西画注重透视(焦点透视),把科技手段与绘画相结合;中国画讲究骨法用笔,运用笔勾的线纹及墨色的浓淡直接表达生命情调,西画重光色渲染,运用明暗对比的效果,衬托烘染出立体空间,增强画面"深度感"。中国画讲究空白、虚实,讲究所谓的"气",而西画一般都不留空白,充满画面;中国画一般表现一个完整的场景,山、水、人物、花鸟一般都出现在一幅山水画中,而西画只能描绘一个景致,而不能涵盖画外之画。

中西方绘画艺术互相吸取,互相补充。

名作赏析

一、工艺

1. 青铜艺术:(商)"司母戊"方鼎,(秦)铜镜、铜灯具,(东汉)青铜奔马。
2. 唐三彩:双女俑,宝相花盘。
3. 青花瓷器:始于宋,成熟于元,至明更盛。(元)青花瓷器二件:缠枝牡丹纹饰与鸳鸯莲花纹;(明)青花折枝花果瓶。

二、雕塑

(一)中国:(秦)兵马俑,(东汉)说书俑。

石窟艺术:云岗石窟、龙门石窟、敦煌莫高窟菩萨立像、罗汉像。

(二)西方:1. 埃及石雕:《狮身人面像》;2. 古希腊雕塑:米隆《掷铁饼者》,《克尼多斯阿芙罗狄特》,《巴特列的阿莱罗狄特》,菲狄亚斯《雅典娜女神》,《命运三女神》。3. 文艺复兴时期:米开朗琪罗《大卫》。4. 十九世纪:罗丹《地狱之门》《老妓》《思想者》等。

三、绘画

(一)中国

A. 古代:1. 人物画:东晋·顾恺之《洛神赋图》,唐·吴道子《送子天王图》,唐·张萱《虢国夫人游春图》与周昉《簪花仕女图》,清·高其佩《钟馗图》。

2. 山水画:唐五代·董源《潇湘图》,北宋·范宽《溪山行旅图》《雪景寒林图》,南宋·马远《寒江独钓图》《踏歌图》,米友仁《潇湘奇观图》,郭熙《早春图》,清·石涛《山水清音图》。

3. 花鸟画:宋·佚名《出水芙蓉图》,明·徐渭《墨葡萄》《牡丹蕉石图》,清·朱耷《荷花小鸟图》,郑板桥《风竹图》。

4. 长卷画:南唐·顾闳中《韩熙载夜宴图》,北宋·张择端《清明上河图》。

B. 近现代图画、油画：吴昌硕《桃李实》，齐白石《虾》《荷花蜻蜓》《蟋蟀图》《铁拐李》，徐悲鸿《奔马》《风雨鸡鸣》，潘天寿《雁荡山花》，李可染《山村飞瀑》《杏花春雨江南》，傅抱石《江山如此多娇》，李苦禅《群鹰图》，陈之佛《松龄鹤寿》，刘海粟《曙光普照乾坤》，林风眠《秋鹜》，罗中立《父亲》，华君武《误人青春》。

(二) 外国

1. 文艺复兴时期：(意)达·芬奇《蒙娜丽莎》《最后的晚餐》，米开朗琪罗《创世纪》，拉斐尔《雅典学院》。

2. 十七、十八世纪：(荷)伦勃朗《夜巡》，(日)葛饰北斋《南风带来了美好的天气》《神奈川冲浪图》。

3. 十九世纪：(法)米勒《拾穗者》，卢梭《枫丹白露的黄昏》，莫奈《日出印象》《唐菖蒲》，塞尚《苹果和桔子》《玩纸牌的人》，(荷)凡·高《向日葵》《割了耳朵的自画像》《夜间露天咖啡座》《星夜》，(俄)列宾《伏尔加河的纤夫》，列维坦《傍晚的钟声》。

4. 二十世纪：(法)马蒂斯《罗马尼亚式上衣》，毕加索《亚威农少女》《三个乐师》《格尔尼卡》，(俄)康定斯基《第一幅抽象水彩画》，(荷)蒙德里安《场景II》，(美)克洛斯《苏珊像》。

听觉艺术鉴赏

听觉艺术的审美特征

一、音乐艺术的听觉性、时间性

音乐用音响塑造形象。构成音乐形象的声音，是一种有组织的有规律的和谐的音响，包括旋律、节奏、调式、调性、和声、复调、曲式等要素。旋律是最有表现力的要素，音乐形象主要由旋律构成。

音乐诉诸人们的听觉。听觉感受的特长,在于人们对声音的生理反应、心理反应,听觉能够灵敏地感受时间过程,能够感受和体验到声音的每一瞬间,从时间上对声音加以分析。所谓"音乐感的耳朵",既有物理的和心理的因素,如感到和谐、悦耳、平衡、对称等因素而产生快感,但主要还是心理因素,即能通过音乐形象,产生丰富的想象,体验到作品中表达的情感及其意境,获得美感,并为之感动。

二、音乐形象的模糊性和不确定性的特征与情感体验的深度

听觉感受的特殊性,决定了作为听觉艺术的音乐,较之视觉艺术更能直接地作用于人们的情绪上的感受,震撼人们的心灵。而音乐作为时间艺术,表现了结构上的机动性、灵活性和富于变化的特点。音响运动中任何一种形式要素的最细微的变化,都会表现出某种情感状态的色调。同时,由于音乐形象通常呈现的模糊性和不确定性的特征,使情感的表现往往不具备特定的语义内涵,却也是为人们所体验和意会到的,甚至也是人类心灵最深处的一种本质力量的揭示,所以更容易引起人们的共鸣。一部作品的整个音乐形象和意境,正是在展示和包蕴丰富深邃的心灵情感世界中显示出音乐的特长。而人们在欣赏音乐的过程中,往往将自己的情感投入到音乐形象中去,使音乐欣赏的情感体验具有更加直接的个人的性质。优秀的音乐作品的境界,也是因欣赏者的深入的情感体验乃至引起灵魂的震撼,而显现出音乐形象和境界的深度,乃至使音乐成了灵魂的最高表现形式。

三、中外音乐的种类与欣赏

音乐分类。器乐:弦乐、管乐、打击乐;声乐:男声、女声、童声/高音、中音、低音等。声乐的重唱包括:男声二重唱、女声二重唱、男女声二重唱、女声三重唱和男声四重唱等。音乐艺术的样式,可分轻音乐、室内乐、交响乐和歌剧音乐等。

音乐欣赏的审美活动特点:情感体验的直接性与差异性;音乐欣赏的

想象、联想较其它艺术更自由,天地也更广阔;在对音乐意义的理解中,非音乐因素起有不可忽视的作用。具备乐感与良好的听辩能力,是音乐欣赏者的必需条件。

名曲赏析

一、中小型器乐曲

琴曲《流水》,古筝曲《渔舟唱晚》,琵琶曲《十里埋伏》,阿炳二胡曲《二泉映月》,冼星海《黄河大合唱》,柴可夫斯基《弦乐小夜曲》,肖邦《C小调革命练习曲》,小约翰·施特劳斯圆舞曲《蓝色的多瑙河》,海顿《小夜曲》《F大调弦乐四重奏》第二乐章(室内乐)。

二、交响音乐

贝多芬《第五交响曲》(《命运》)。

何占豪、陈钢小提琴协奏曲《梁山伯与祝英台》。

三、歌曲

日本《北国之春》,俄罗斯《莫斯科郊外的晚上》,《在那桃花盛开的地方》(蒋大为演唱),《黄土高坡》(杭天琪演唱)。

综合艺术鉴赏

舞蹈

一、舞蹈形象是动态的时空艺术

舞蹈是"以手势说话的艺术",舞蹈演员的形体动作有着特殊的表现力。在舞蹈中,一切形体动作(包括表现性动作和装饰性动作)必然是在流动中进行的。一个舞蹈,就是由各种不同的程式化动作的展示,连贯而成舞蹈的形象和意境。从这一意义说,舞蹈属于时间艺术。舞蹈又被称为"从台座上走下来的活的雕像""流动的雕塑"。在舞蹈动作的连贯运行过程中,不仅有静止的造型美,同时人体动作在一定的空间延伸和发展中,也具有造型性。从这一意义上说,舞蹈又属于空间艺术。舞蹈作为时间艺术,运用动作、手势和舞姿的连贯性,能更直接更具体地表现出角色的情绪和心理状态;舞蹈作为空间艺术,能够完美地展现人物内心世界的舞蹈造型,可以一下子给观众留下深刻的印象。

二、舞蹈艺术具有很强的形式美

与其他艺术门类相比,舞蹈艺术形式美的重要性显得尤为突出。舞蹈的形式美,首先体现在作为基本表现手段的形体动作的程式化。舞蹈动作的程式化,是遵循美的法则在实践中形成的。再则,由于舞蹈是一种通过人体的运动直接诉诸人的视觉的艺术,因此,演员本身形体的韵律美对于舞蹈动作的表现具有特殊的意义。舞蹈演员总是借"姿态的节奏"来摹仿或表现一定的性格、感受和行动。舞蹈形式美的魅力,主要在于千变万化,富有节奏感的人的形体动作所显示出来的"韵律美"。

总之,舞蹈造型的动人之处,主要不在于展示人体的自然美上,也不在于单独的动作和画面上,而在于为淋漓尽致地表达感情所塑造的动态的舞蹈形象上。

三、舞蹈欣赏审美活动的特点

舞蹈由于直接通过人的美的形体运动表现生命情感,使心理与生理、美感与快感更加紧密地联系起来,因而往往能达到其他艺术所未有的直接感染效果。舞蹈动作是演员与观众交流的语言,欣赏者只有从舞蹈动作的形态节奏入手,去领悟其情感意蕴。舞蹈是贯穿着节奏和韵律的艺术。欣赏者通过舞蹈动作的律动,不仅可以把握情绪的性质,还可以体会情绪的起伏、变化及其矛盾冲突和情节的发展。"舞者,乐之容也"。音乐是舞蹈的灵魂,舞蹈动作的有序运动要以音乐为基础,音乐对舞蹈内涵的揭示起有示意的作用。在舞蹈欣赏中,也要善于从音乐入手,从音乐与舞蹈的有机融合方面,去深入地体验和把握舞蹈的形与神(形式与意蕴)。

四、舞蹈艺术作品的种类与鉴赏

舞蹈体裁大体可划分为三类:民间舞、交际舞和芭蕾舞。

唐代舞剧《霓裳羽衣》。世界芭蕾舞经典《天鹅湖》。民族芭蕾舞剧《鱼美人》。民族舞剧《丝路花雨》。"现代舞之母"邓肯。

戏剧 电影 电视

一、剧影艺术的特点

戏剧、电影、电视艺术与音乐、美术、舞蹈等艺术不同,它是一门综合性艺术,是由演员扮演角色,运用多种艺术手段表现的舞台艺术、屏幕艺术。

1. 剧本创作的文学性——文学。剧本是剧影(视)艺术之本。剧本是戏剧、电影、电视中的文学成分,是表演艺术的基础。导演和演员的创造性要在剧本规定的基础上进行,优秀的剧本为导演和演员提供了再创造的广阔天地。剧本应具有表演艺术的特点。

2. 表演艺术的动作性与综合性。

动作性,是戏剧、电影、电视等表演艺术的基本特征,也是出"戏"的基本方式。在舞台上、屏幕上,演员扮演的角色的每一个动作都应具有吸引力。戏剧动作与戏剧冲突。艺术语言(台词与对话)富于动作性。戏曲演员的唱、做、念、打。话剧以人物对话和动作为基本表现方式,演员扮演人物的对话与动作的个性化。戏剧表演的动作造型。影视表演的特写镜头。

综合性。戏剧综合了文学、表演、导演、音乐、绘画、舞蹈等多种艺术因素。影视综合了文学、戏剧、导演、表演、绘画、摄影、音乐等各种因素。如影视从美术和摄影中直接借用了"画面""色彩""构图""透视""焦距"等,从而发挥了视觉形象的直接感染力。

戏剧的剧场性。电影、电视在二度的绘画平面上,创造出三维的内部空间远比戏剧自由的时空运动。戏剧演员扮演角色直接面对观众。戏曲中虚拟动作、道具,电影表演的逼真性。电影蒙太奇功能,增强了电影的表现力。电视艺术对时空更大突破。电视的家庭性。

二、剧影艺术欣赏的审美活动特点

戏剧演出尽管受到时间和空间的限制,但它与电影、电视一样,都具有作为表演艺术的时空性、视听性,即对于观众而言,兼视与听、时与空、动与静于一体。剧影艺术表演及背景,集中呈现出清晰的形象画面,给观众造成突出和强烈的视觉效果。同时,演员扮演角色的台词、对话或唱腔与表演动作及音乐伴奏的连续性,展示了人物的内心变化和情感流程及其生动曲折的故事情节,产生了引人入胜的视听效果。总之,在剧影艺术欣赏中,演员扮演剧中人物的感情及其故事情节发展的过程与观众的感情可以直接交流,观众可以直接感知和亲身体验剧影中人物的生命情感世界。因为剧影更切入现实生活,优秀演员扮演的活生生的形象,能直接打动观众,具有强烈的艺术感染力,并且容易为广大观众所接受。

三、名著赏析

可以借助于看录相片、举办赏析会等方式,进行赏析。

附：发表论文要目

1. 选材要严 开掘要深 　　　　　　　《人民日报》副刊 1973 年 3 月 25 日，被选入
　　　　　　　　　　　　　　　　　　《文艺创作杂谈》，湖南人民出版社 1973 年 7 月版
2. 赶"浪头"与下生活　　　　　　　　《上海文学》1979 年第 7 期
3. 历史真实与艺术真实　　　　　　　《剧本》1980 年第 4 期
4. 谈《红楼梦》中人物语言的特色　　　《文艺研究》1980 年第 5 期
5. 从"这戏写给谁"说起　　　　　　　《江苏戏曲》1980 年第 9 期
6. 争艳斗俏 情趣盎然
　　——《红楼梦》对女儿群的刻画　　《红楼梦学刊》1981 年第 3 辑
7. 同中见异 妙笔生辉
　　——《红楼梦》艺术笔谈　　　　　《名作欣赏》1981 年第 2 期
　　　　　　　　　　　　　　　　　　本文被选入新版人教版语文九年级上册
　　　　　　　　　　　　　　　　　　《义务教育教科书·教师教学用书》
8. 跟着人物走　　　　　　　　　　　《文学知识》1982 年第 1 期
9. 心情魔态几千般
　　——《红楼梦》对人物感情形态的刻画　《红楼梦学刊》1982 年第 2 辑，
　　　　　　　　　　　　　　　　　　被选入《红楼梦艺术论》，齐鲁书社 1983 年版
10. "清水出芙蓉 天然去雕饰"之美学　《美的研究与欣赏》1983 年第 1 辑
11. 草蛇灰线 空谷传声
　　——《红楼梦》情节的艺术特色兼论情节主体

附：发表论文要目

《红楼梦学刊》1983 年第 2 辑

12. 珍珠在磨难中闪光 　　　　　　　　　　《江苏戏剧》1983 年第 6 期
13. 《红楼梦》运用诗词刻画人物性格的手法 　　《写作》1984 年第 3 期
14. 曹禺剧作中陈白露式人物的审美价值 　　《北方论丛》1985 年第 1 期
15. 可爱乎？可憎乎？
　　——对《红楼梦》女子的审美感受及作家的感情倾向

《明清小说研究》1985 年第 2 辑

16. 别构一种灵寄——《红楼梦》意境的创造

《红楼梦学刊》1985 年第 4 辑

17. 文学主题说质疑 　　　　　　　　　　《文史哲》1987 年第 1 期
18. 千红一窟 万艳同悲
　　——《红楼梦》蕴涵多重主题的悲剧形态特征

《文学评论丛刊》1988 年第 30 辑

19. 一声也而两歌 一手也而二牍
　　——《红楼梦》人物描写多维功能的辩证艺术规律

《红楼梦人物论》，贵州人民出版社 1988 年版

20. 移植扮演《红楼梦》人物漫话 　　《影剧之声报》1988 年 5 月 6 日
21. 诗，为自己吟唱 又为人们吟唱——谈当代诗与读者的疏离倾向

《人民日报》1989 年 8 月 2 日

22. 模糊体验：诗的意象性语言 　　《文艺理论研究》1989 年第 5 期
23. 诗体蜕变：俗而非俗的美学原则——再谈当代诗与读者的疏离倾向

《诗刊》1990 年第 3 期

24. 缘情言志与多样并存的诗歌流派
　　——关于中国诗歌传统与李元洛先生商榷 　　《诗刊》1990 年第 10 期
25. 论诗的生命意识 　　　　　　　　　　《诗刊》1991 年第 3 期
26. 抒情诗的自我表现与人民性 　　　　　《诗刊》1991 年第 9 期
27. 诗人：从"感受着的人"到"创造者的心灵"的实现

《诗潮》1991 年第 11—12 期

28. 一片苦恋的黄土情
　　——丁庆友的诗歌创作 　　　　　《文艺报》1991 年 8 月 31 日
29. 论诗歌中的联觉意象 　　　　《文艺理论研究》1992 年第 1 期

30.	叶延滨诗歌创作的足迹	《文艺报》1992年4月4日
31.	"阳春白雪"与"下里巴人"的统一	《诗刊》1992年第5期
32.	拓展自己的空间	《人民日报》1993年1月21日
33.	艺术创造的心灵:想象力与理解力	《艺术学研究》1993年第壹期
34.	诗的意味:艺术抽象的强度 ——兼论当代诗歌形式的嬗变	《文艺研究》1993年第5期
35.	中国新诗在现代与传统的交构中发展	《诗潮》1993年第2期
36.	诗的特异感觉意象的渊源及其内在依据	《青年诗人》1993年第8期
37.	抽象的美丽幻象	《诗刊》1993年第7期
38.	拓展诗歌艺术的新天地	《文艺理论与批评》1994年第2期
39.	沉寂中的诗神	《诗潮》1994年第2期
40.	民间诗歌与走向21世纪的诗	《青春诗歌》1994年第2期
41.	诗人灵感来临的孤寂:"忘我的创作境界"	《诗刊》1994年第7期
42.	中国新诗现代化的艺术道路 ——评李瑛近年来的诗歌创作	《文艺研究》1994年第5期
43.	沉寂中的诗神	《诗探索》1994年第4期
44.	艺术意味	《艺术学研究》1995年第贰期
45.	盘中诗 篆书 装帧及剪纸	《中国民间工艺》1996年第16—17期
46.	有感于昌耀的自救诗集	《唯是》1995年第7期
47.	汉代盘中回文诗	《扬子晚报》1995年9月18日
48.	现代诗意的方式和审美倾向	《山花》1995年第11期
49.	艺术辩证法论纲	《美学与艺术学研究》1996年第1期
50.	寻找母语	《诗刊》1996年第1期
51.	康桥世界:性灵和生命的美丽显影	《名作欣赏》1996年第2期
52.	当代诗的隐喻结构	《诗探索》1996年第2期
53.	也谈画是有形诗	《江苏画刊》1996年第2期
54.	音乐的诗意	《剧影月报》1996年第2期
55.	舞蹈:力的幻相 灵动的诗	《舞蹈》1996年第3期
56.	中国智慧形式和诗性认识	《文艺研究》1996年第4期
57.	西部意象	《语文学习》1996年第6期
58.	你舞蹈给我们 歌唱给我们	《语文学习》1996年第11期

59.	以形写神 离形得似	《剧影月报》1997年第1期
60.	寻找:新诗体文本与母语的批评方式	《文艺研究》1997年第2期
61.	舞蹈——动的形式美与本质感	《舞蹈》1997年第3期
62.	"虚静":"物我两忘"的最高体验境界	《求索》1997年第4期
63.	艺术辩证法的经验性描述	《文艺理论研究》1997年第6期
64.	论香港诗歌的民族意识	《江苏社会科学》1997年香港研究专号
65.	《炉中煤》的韵律及喻义的限定性	《名作欣赏》1997年第4期
66.	自由体诗并不"自由"	《绿风》诗刊1997年第3期
67.	不得以晦涩为沉郁	《诗刊》1997年第6期
68.	归来的歌——香港诗歌鸟瞰	《文艺报》1997年9月11日
69.	书法自然 意明笔透	《内蒙古日报》1997年8月9日
70.	绘画"三部曲":"神遇""物化""迹化"	《江苏画刊》1998年第1期
71.	论新诗的文本意识与形式重建	《诗刊》1998年第2期
72.	以诗观诗	《雨花》1998年第3期
73.	台湾现代诗的母语情结	台湾《创世纪》1998年冬季号
74.	确立新诗的形式本体意识	《光明日报》1998年10月22日
75.	重视新诗的语言形式	《人民日报》1999年1月9日
76.	论20世纪汉语诗歌的艺术转变	《文学评论》1999年第5期
77.	诗风与策略:口语化的叙述	《诗刊》1999年第10期
78.	论相反相成的艺术生成系统	《江苏社会科学》1999年第6期
79.	谈艺术形式的感性美与内涵力	《剧影月报》2000年第3期
80.	痛苦的蜕变——新诗本性的失落与追寻	《文学报》2000年8月3日
81.	"西部"诗意 ——八九十年代中国诗歌勘探	《文学评论》2000年第4期

本文入选第二届鲁迅文学奖全国优秀理论评论奖
备选作品,编入《第二届鲁迅文学奖获奖作品丛书》

82.	昌耀:跋涉荒原的行吟歌者	台湾《创世纪》2000年秋季号
83.	中国艺术创造"三圆"论	《文艺理论研究》2000年第5期
84.	工细亦阔大	《剧影月报》2001年第3期
85.	论"外师造化 中得心源"的艺术创构与心理体验深度	
		《文艺研究》2001年第5期

86. 中国艺术的"一"的哲学意蕴　　　　　　　　《江海学刊》2001 年第 6 期
87. 倾听"火"的声音　　　　　　　　　　　　《名作欣赏》2001 年第 2 期
88. "雪"的丰富喻义与"自注"的画地为牢　　　《名作欣赏》2001 年第 3 期
　　　　　　　　　　　　　　　　　本文被选入旧版人教版语文九年级上册
　　　　　　　　　　　　　　　　　《义务教育教科书·教师教学用书》
89. "看"的视角:诗与思 —— 与龙泉明先生商榷
　　　　　　　　　　　　　　　　　　　　　《文艺报》2001 年 11 月 20 日
90. 关于批评的语境、立场及文本真实
　　—— 评估"后新思潮"的基本问题辨析　　《文艺报》2002 年 4 月 9 日
91. 画到生时是熟时　　　　　　　　　　　　《艺术百家》2002 年第 1 期
92. 情境创造:隐与现 动与静　　　　　　　　《东南大学学报》2002 年第 2 期
93. 艺术形象创造:"寓多于一"兼及"一"与"典型"的界限
　　　　　　　　　　　　　　　　　　　　　《江苏行政学院学报》2002 年第 2 期
94. 情境创造:简中见繁 乐景写哀　　　　　　《剧影月报》2002 年第 3 期
95. 叙事与节奏:奇正 张弛 起伏　　　　　　　《东南大学学报》2002 年第 3 期
96. 中国山水画中"一"的底蕴　　　　　　　　《画刊》2002 年第 8 期
97. "松开鞋带"与新诗标准　　　　　　　　　《诗刊》2002 年第 8 期
98. 新诗要表现汉语之美　　　　　　　　　　《诗刊》2003 年第 3 期
99. 新诗的汉语诗性传统的失落考略　　　　　《江苏行政学院学报》2003 年第 3 期
100. 艺术虚构中感性时空的超越与真实　　　　《江苏社会科学》2003 年第 3 期
101. 技巧或风格:大巧若拙 雅俗共生的境界　　《剧影月报》2003 年第 5 期
102. 艺术形式:线条、动作、声音　　　　　　　《东南大学学报》2004 年第 2 期
103. 画"园子"的辩证法　　　　　　　　　　　《剧影月报》2004 年第 4 期
104. "西安"诗变　　　　　　　　　　　　　　《诗刊》2004 年第 7 期
105. 物质形式结构:对比效果与和谐的深度　　　《艺术百家》2004 年第 4 期
106. 寓真于诞 谐中见庄　　　　　　　　　　　《江苏行政学院学报》2004 年第 6 期
107. 汉语诗意及精神生态的消失　　　　　　　《文艺报》2004 年 12 月 21 日
108. 我的居所是晃来晃去的世界　　　　　　　《世界华文文学论坛》2005 年第 2 期
109. 中国"一"的艺术创造论　　　　　　　　　《江苏社会科学》2005 年第 5 期
110. 台湾现代诗派的"母语情结"　　　　　　　《东南大学学报》2005 年第 4 期
111. 汉语诗性智慧:"源流"与现代活力　　　　《文艺报》2006 年 3 月 14 日

112.	新诗的汉语诗性灿亮于形音义一体的文本	《西南大学学报》2006 年第 2 期
113.	论新诗的语言意识与汉语诗性智慧	《江苏行政学院学报》2006 年第 4 期
114.	今古汉诗语言的断裂与连续	《江苏行政学院学报》2007 年第 4 期
115.	资源与转换：现代汉语诗意结构形式探析	《文艺研究》2007 年第 10 期
116.	内心的风景 是网望不尽的天涯	香港《当代诗人》2008 年第 3 期
117.	新诗的"革命性"对自身的遮蔽	《扬子江评论》2008 年第 3 期
118.	中国画为什么没有走向世界	《艺术百家》2009 年第 1 期
119.	中国艺术"以丑为美"理论的形成及其实践	《江苏社会科学》2010 年第 2 期
120.	精神之巢与修辞	《扬子江评论》2010 年第 1 期
121.	艺术的位置：从娱乐到审美	《东南大学学报》2010 年第 5 期
122.	艺术的直观感悟的经验思维	《艺术百家》2011 年第 2 期
123.	中国智慧形式的特征	《艺术百家》2011 年第 5 期
124.	艺术学与美学的界限	《江苏社会科学》2012 年第 4 期
125.	趣：艺术生命之元素	《东南大学学报》2013 年第 5 期
126.	汉字精神与诗意形式	《文艺报》2013 年 5 月 29 日
127.	东南大学新诗谱系揭橥	《文艺报》2013 年 7 月 27 日
128.	新诗的现代意识与母语意识	《南京社会科学》2013 年第 9 期
129.	中国艺术感悟方式：神遇——物化	《江苏社会科学》2014 年第 2 期
130.	艺术的本源及生态：味或魅力	《艺术百家》2014 年第 1 期
131.	原创力之于《创世纪》"三驾马车"	《海南师范大学学报》2014 年第 10 期 台湾创世纪 60 社庆论文集
132.	新诗的自由与汉文化的原生力 ——与洛夫先生一席谈	《文艺报》2015 年 12 月 23 日
133.	当代诗的语言美学问题	《文艺研究》2016 年第 11 期
134.	经验是超然的一个整体	《长篇小说选刊》2017 年第 2 期
135.	影视剧艺术的文学要素	《贵州大学学报艺术版》2020 年第 5 期

姜耕玉摄影作品

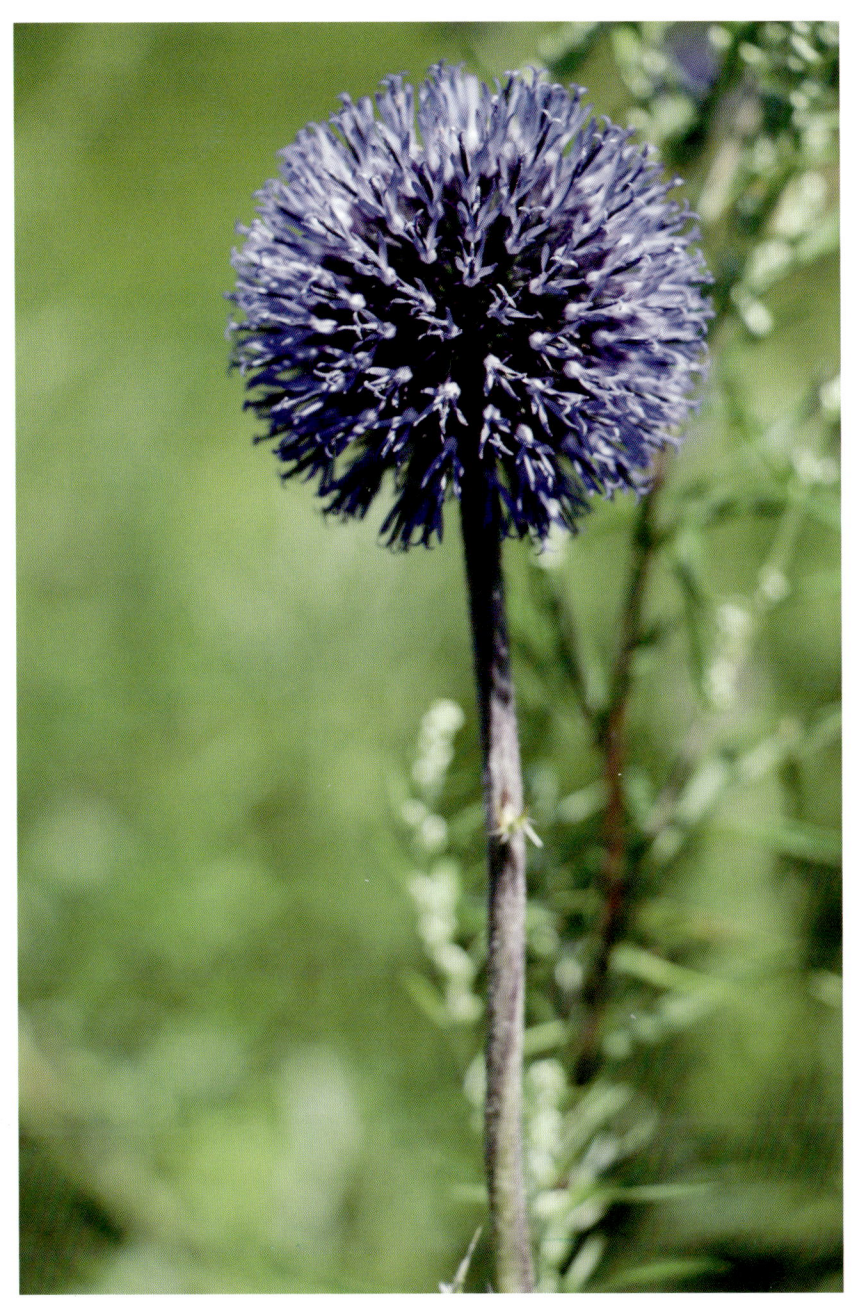

蓝色的梦

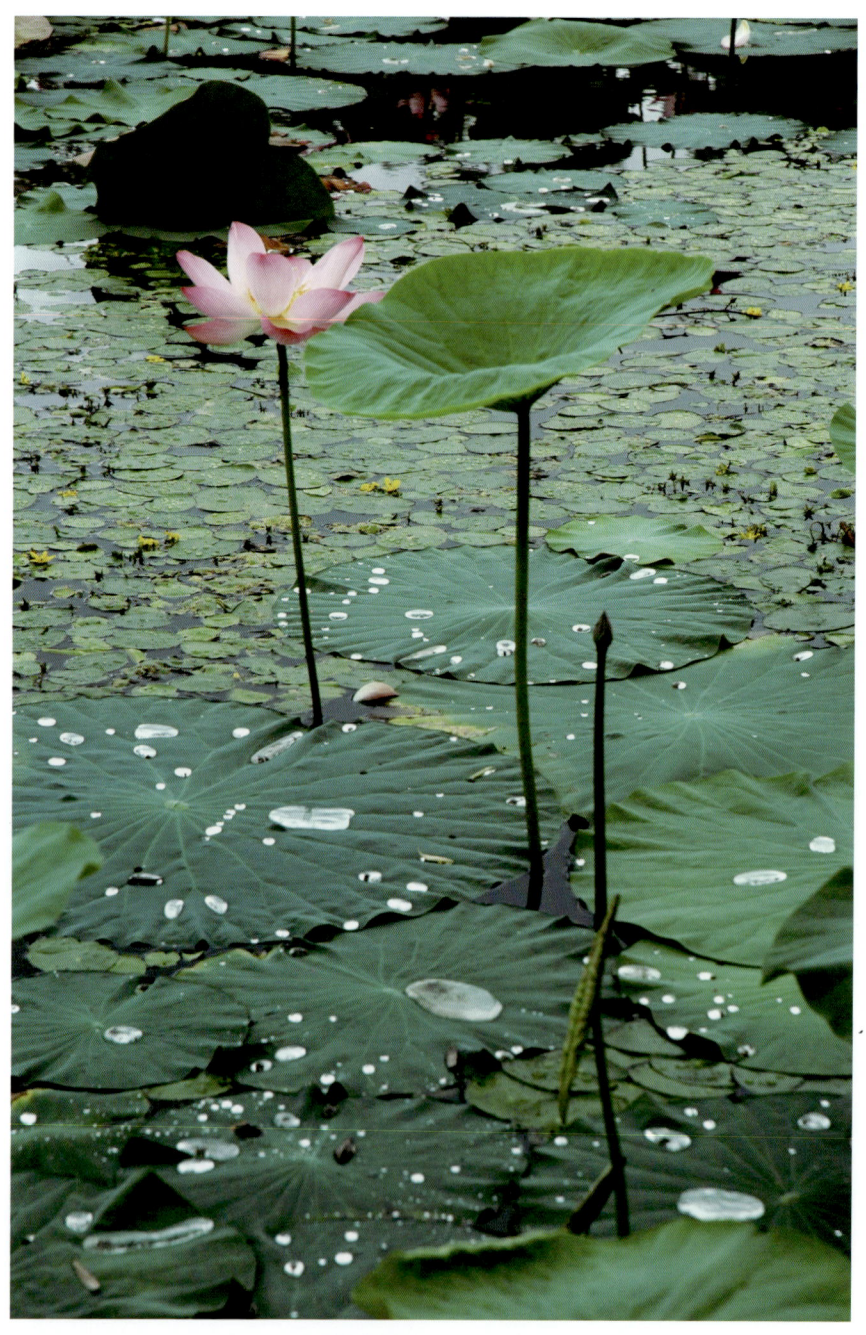

水面清圆 ——风荷举

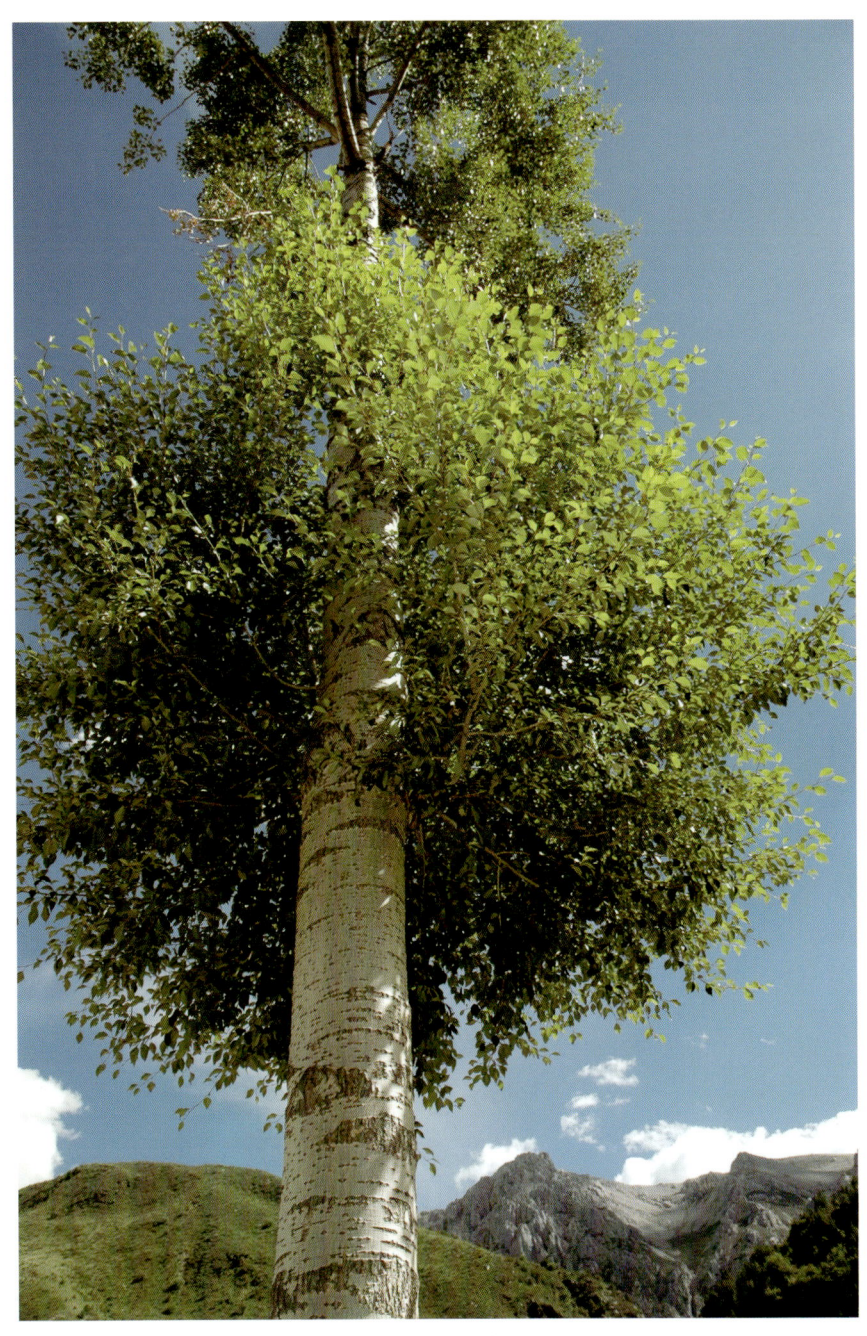

随性生长,独享一片天空

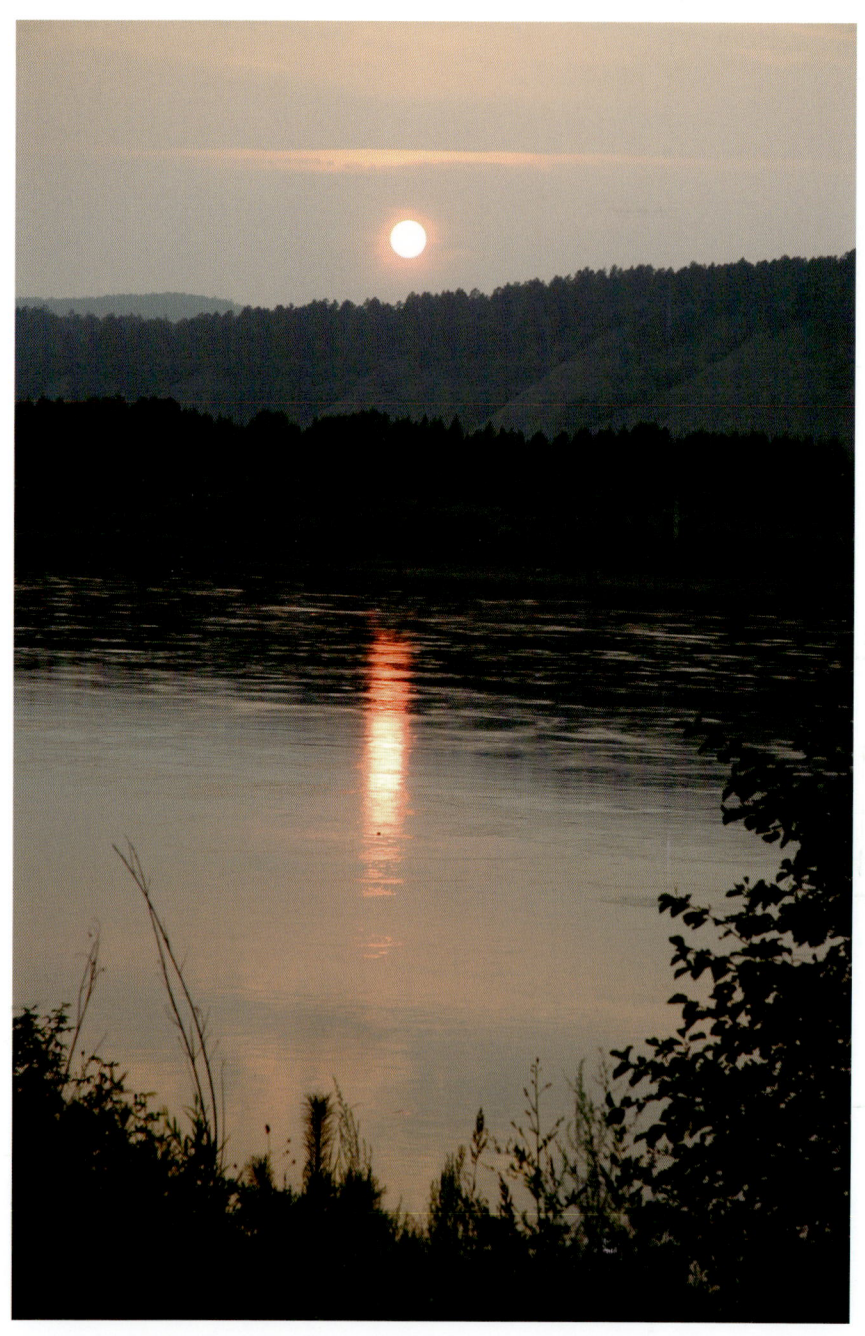

漠河落日

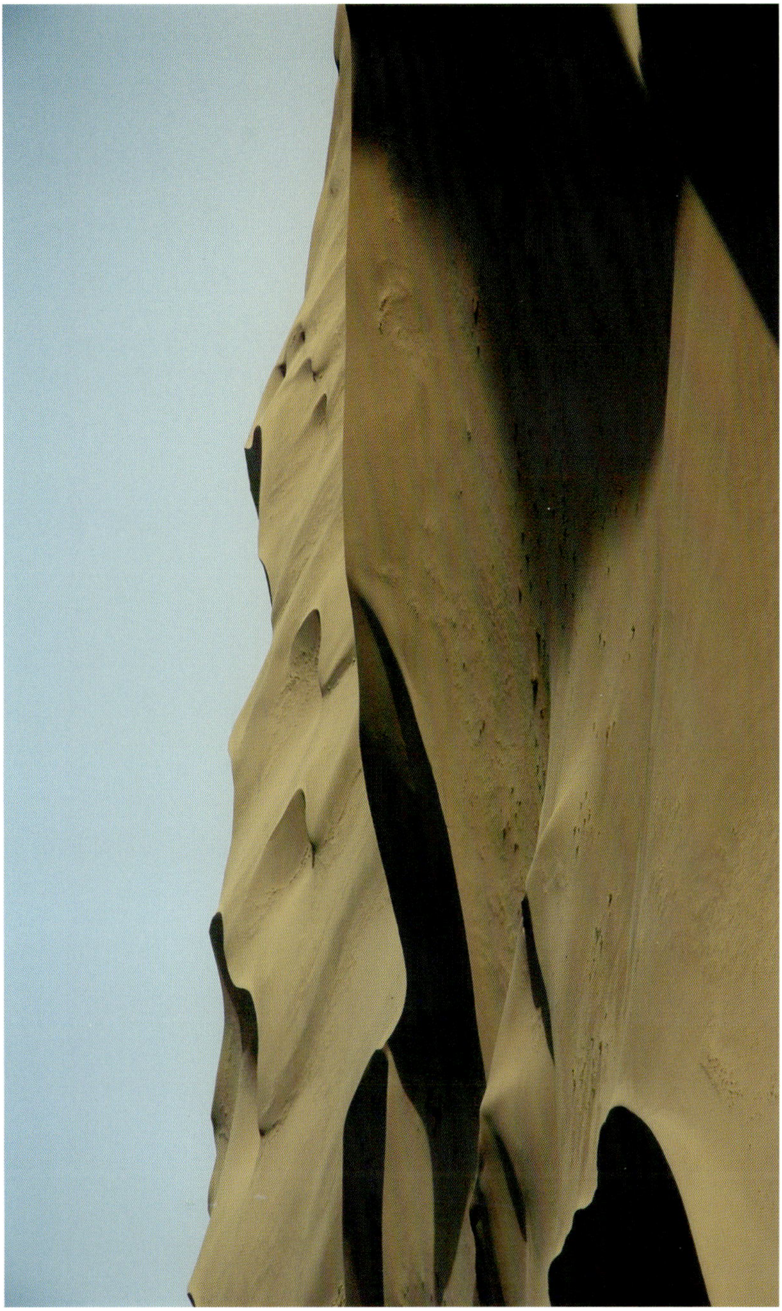

鸣沙山

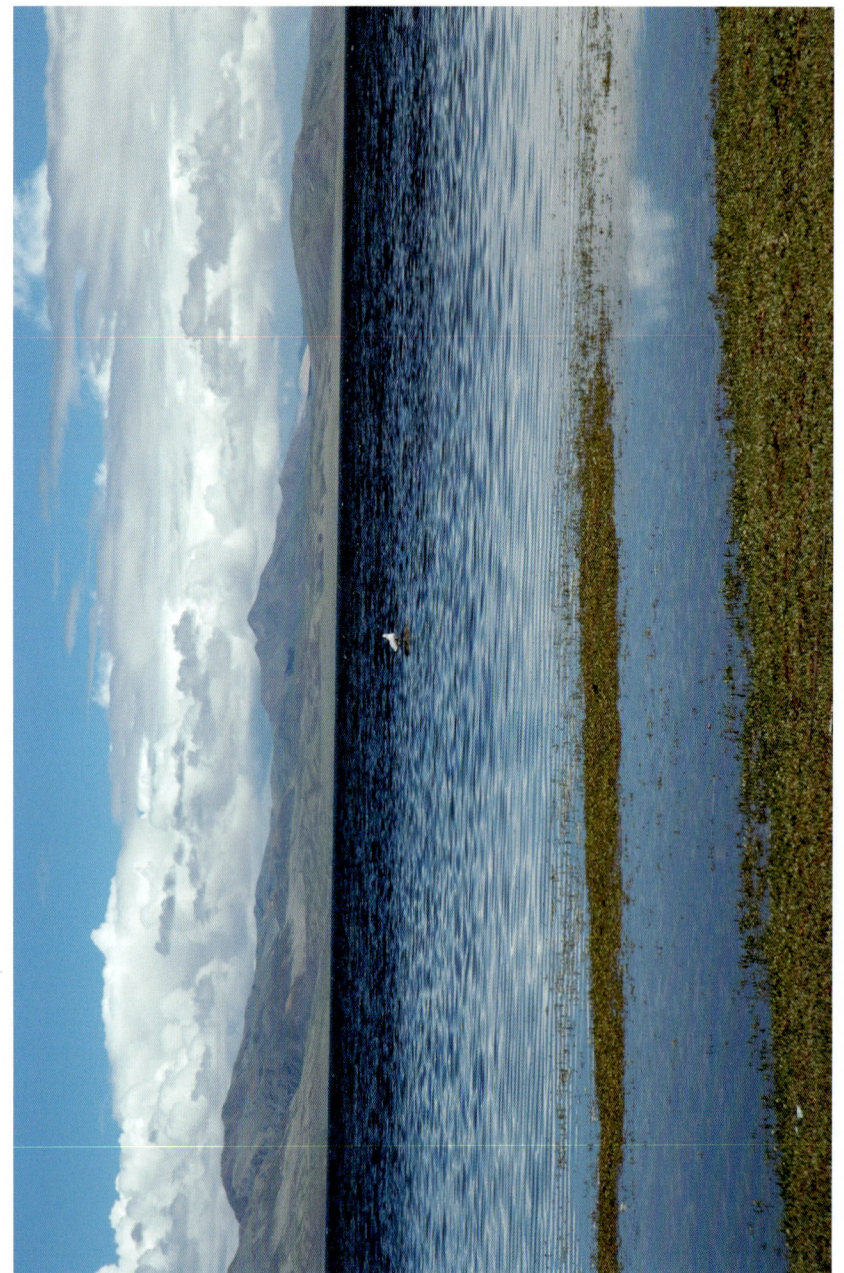

圣湖·玛旁雍错

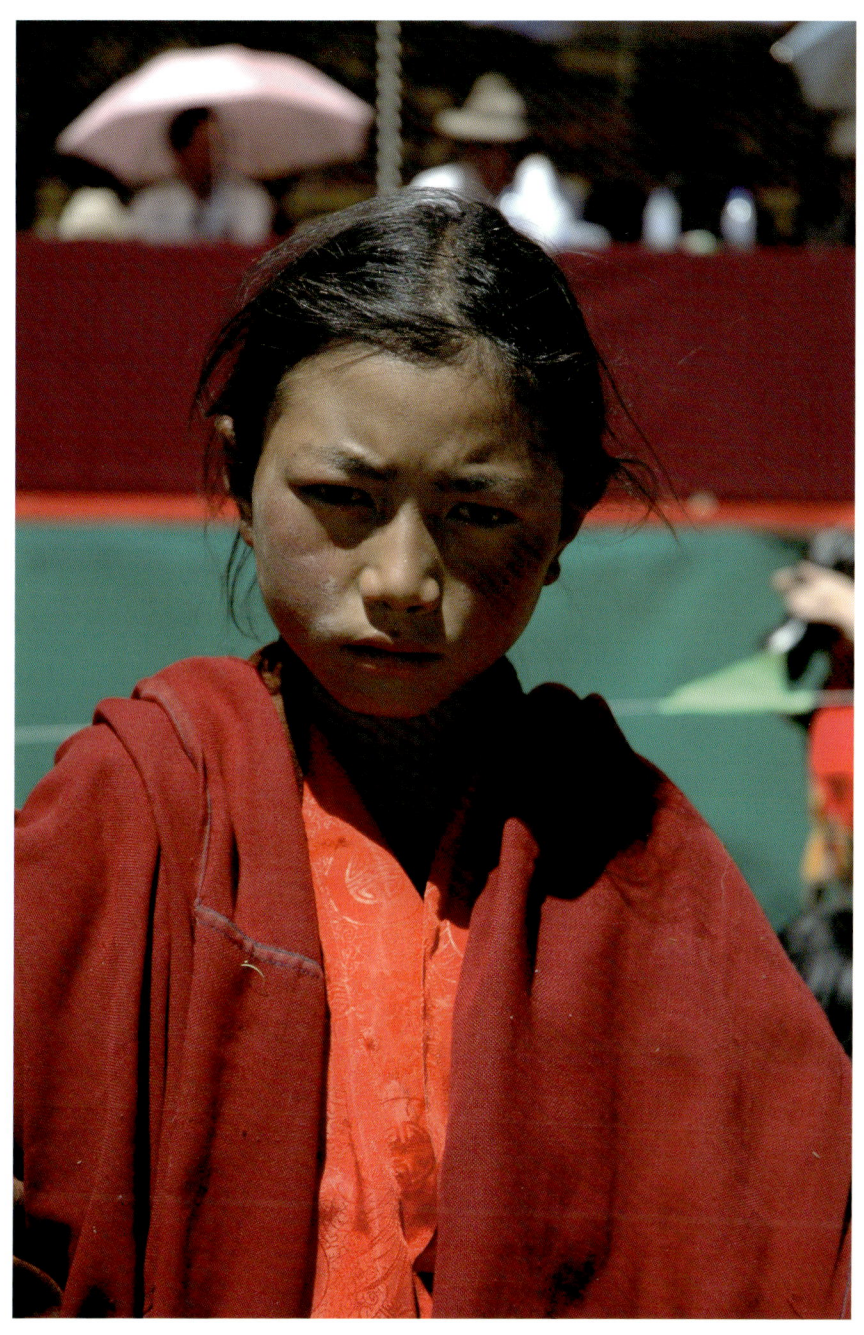

西藏女孩

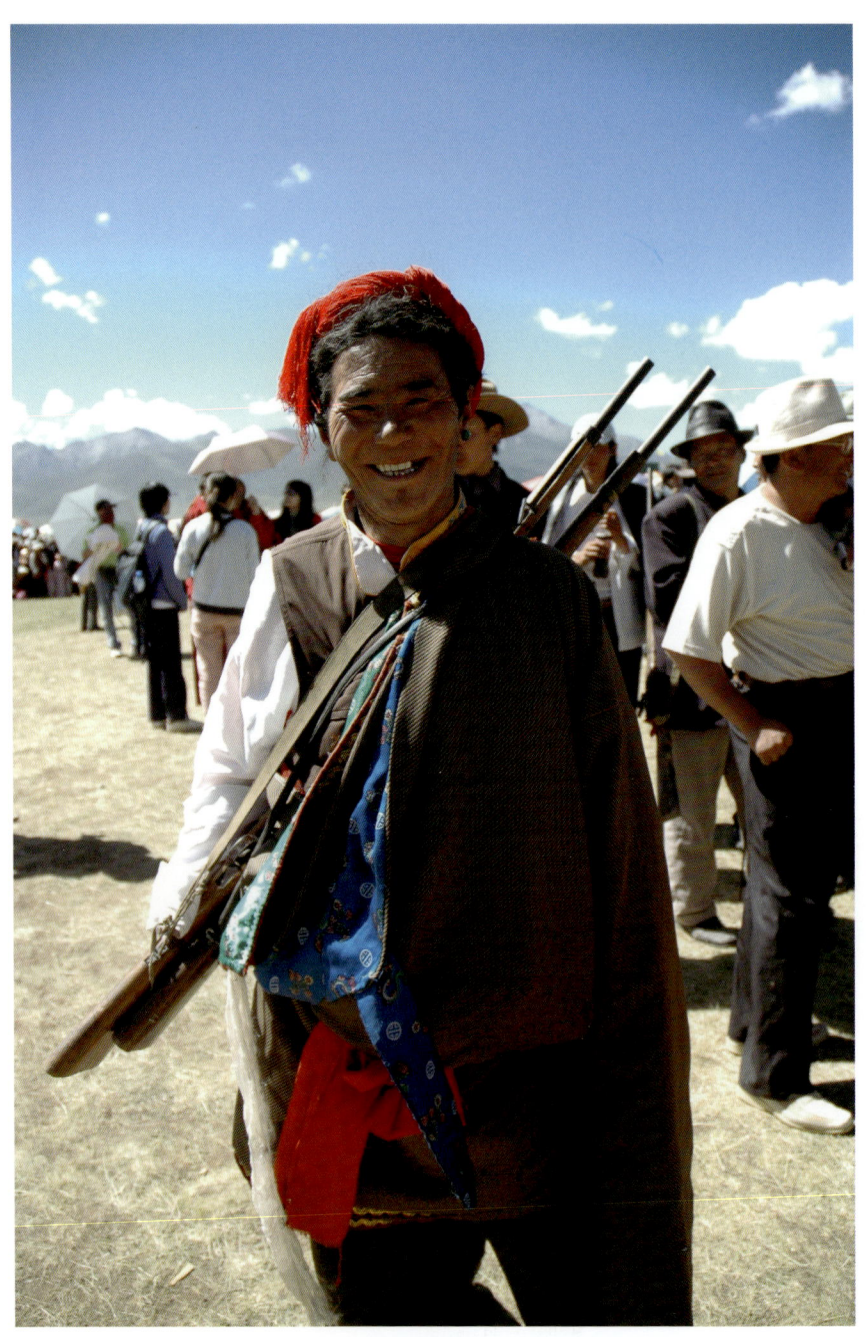
康巴骑手